BASTEI
LÜBBE
TASCHENBUCH

Weitere Titel der Autorin:

Die Hüterin
Das Erbe der Schlange

Über die Autorin:

Tessa Korber, 1966 in Grünstadt geboren, arbeitete nach Studium und Promotion in Verlagen, im Buchhandel sowie als Werbetexterin und Dozentin. Nach einigen in der vorchristlichen Zeit angesiedelten Romanen wandte sie sich mit *Die Hüterin* und *Das Erbe der Schlange* dem europäischen Mittelalter zu. Tessa Korber lebt mit ihrer Familie in der Nähe von Erlangen.
Weitere Informationen finden Sie unter www.tessa-korber.de

Tessa Korber

DAS LETZTE LIED DES TROUBADOURS

Historischer Roman

BASTEI LÜBBE
TASCHENBUCH

BASTEI LÜBBE TASCHENBUCH
Band 16 626

1. Auflage: März 2012

Pour Christian,
comme toutes les autres choses aussi

Bastei Lübbe Taschenbuch in der Bastei Lübbe GmbH & Co. KG

Originalausgabe

Lektorat: Dr. Stefanie Heinen
Textredaktion: Monika Hofko, München
Titelillustration: © The Lute-Player, French School/Hamburger Kunsthalle, Hamburg, Germany/Bridgeman Berlin; © City of Foix, from ›Grand Atlas‹, early 17th century, French School/Min. Defense – Service Historique de l'Armee de Terre, France/Giraudon/Bridgeman Berlin
Umschlaggestaltung: Geviert – Büro für Kommunikationsdesign, München
Satz: Urban SatzKonzept, Düsseldorf
Gesetzt aus der Caslon
Druck und Verarbeitung: GGP MediaGmbH, Pößneck
Printed in Germany
ISBN 978-3-404-16626-8

Erster Teil

Der Frühling der Kreuzfahrer

I

Unterhalb der Festung Lavaur, im Jahr 1211

»Navenias, Liebste«, flüsterte Amalric, »denk an mich. Vielleicht werde ich das hier nicht überleben.«

Seine Kehle war so trocken, dass er kaum schlucken konnte, doch er vermied es, sich zu räuspern, um kein Geräusch zu machen. Die deutschen Ritter konnten nicht mehr weit sein. Angestrengt starrte er in den Wald hinunter und zügelte dabei sein unruhig werdendes Pferd, das den Kopf schüttelte und mit den Nüstern durch einen Ginsterbusch zu schnobern suchte. Amalrics Langschwert klirrte leise gegen die Steigbügel.

Ein rascher Blick zum Vizegrafen von Foix verriet Amalric, dass auch sein Herr und Kommandant erregt war. Das schmale Gesicht des Grafen unter der Kettenhaube war noch bleicher als sonst, die Augen weit aufgerissen. Die Faust des Grafen umklammerte die Lanze, mit der er seinen zwischen Bäumen und Gestrüpp kauernden Männern das Zeichen zum Angriff geben wollte.

Gerade einmal sieben Ritter waren sie. Amalric biss sich auf die Lippen bei dem Gedanken. Sieben Gepanzerte hockten hier im Harnisch auf ihren mächtigen Gäulen, denen der Farn um die Fesseln strich. Mit ihren Kettenhemden, bunten Satteldecken und prächtig bestickten Wämsen sahen sie aus wie Fabelwesen, sie wirkten fehl am Platze im grünen Dickicht des Eichenwäldchens hier unter der Burg von Lavaur.

Sieben Kämpfer. Es wurden nicht mehr, je länger Amalric auch zählte. Der Rest ihrer Schar, wenn es auch nicht wenige waren, bestand bloß aus Bauern, aus Knechten und ein paar Handwerkern, jungen Burschen aus der Stadt, die sich ihnen angeschlossen hatten, allesamt mit mehr Mut als Verstand gesegnet. Und was sie in den Händen hielten, war ihr tägliches Arbeitsgerät: Da gab es Hämmer, Stangen, Brecheisen, Sicheln, Sensen, Dreschflegel – ein kleiner Wald von Gerätschaften ragte über die Köpfe der geduckt Wartenden, ein eiserner Hain des Todes, der nichtsdestotrotz eher wirr als beeindruckend aussah. Einheitlich wirkten an der zusammengewürfelten Truppe nur die frisch geschlagenen und zugespitzten Holzspieße, die sie trugen.

Amalric hatte sie mit den Männern gemeinsam angefertigt. Er war ihr Anführer gewesen und hatte in den letzten Wochen geduldig mit jedem Einzelnen geübt. »Gegen eine anreitende Front Gepanzerter«, hatte er ihnen erklärt, »hat man zu Fuß und ungedeckt nur eine Wahl: mit einem Wall langer Stangen, die ihr so halten müsst, seht ihr? So!«

Er hatte ihnen gezeigt, wie sie den Spieß vor sich in den Boden stemmen sollten, damit sich die Spitze den herangaloppierenden Pferden in die Brust rammte. »So kann man die Reiter zu Fall bringen, ehe ihre Lanzen einen erreichen.«

Mit großen Augen hatten sie ihm zugehört. Der Gedanke war ihnen neu, dass ein einfacher Mann gegen einen Gepanzerten überhaupt ankommen könnte. Und er gefiel ihnen. Bald jedoch begriffen sie, worin die Schwierigkeit bestand: Es brauchte dazu den Mut, stehen zu bleiben im Angesicht einer donnernd heranpreschenden Woge aus Muskeln und tödlichem Eisen. Man durfte nicht unruhig werden, wenn der Boden unter den nackten Füßen bebte, wenn der Stahl der Schwerter schon fast über den Köpfen zischte, und man durfte nicht einmal zurückzucken, wenn einem schon die Grassoden um die Ohren flogen, die von den Hufen der mächtigen Schlachtrösser aufgewühlt wurden.

»Von euch hängt es ab«, hatte Amalric ihnen gesagt und jedem Einzelnen tief in die Augen geschaut. »Von eurem Mut. Ihr könnt diese Schlacht entscheiden.« Amalric fragte sich, ob genau das heute dem Häuflein gelingen würde, das unter dem Befehl von Guillaume ihre Talflanke sicherte.

Die andere Wahl, die man ungepanzert gegen einen Ritter in vollem Harnisch hatte – er hatte die Lektion, die der Graf ihn gelehrt und die er selbst weitergegeben hatte, noch im Ohr –, bestand darin, sie auf Gelände zu locken, wo ein Reiter seine Stärke nicht ausspielen konnte. Deshalb lagen sie hier im Hinterhalt, an diesem bewaldeten Hang, an dessen Fuß sich der Weg entlangschlängelte, über den die deutschen Kreuzritter kommen mussten.

Weiter oben auf den Felsen schließlich hockte ihr dritter Trumpf: die Armbrustschützen, deren starke Bolzen die Rüstungen des Feindes durchschlagen würden, wenn er kam, wenn er denn endlich kam. Navenias! Er sandte ihren Namen als Stoßgebet gen Himmel. Ja, er war bereit zu kämpfen. Aber würde er das Warten überstehen?

Amalric sah aus den Augenwinkeln, wie einer der Jungen sich vorbeugte, die Hand auf den Boden legte und lauschend verharrte. Dann hob er den Kopf. Amalric fing den erschrockenen Blick auf, begriff und nickte. Die Erde bebte unter dem Schlag vieler Hufe; sie waren da.

»Herr«, flüsterte er.

Aber der Vizegraf von Foix hatte es bereits selbst bemerkt. Mit einer entschlossenen Bewegung hob er die lange Lanze über den Kopf. Alle hielten den Atem an. Manche bekreuzigten sich; gleich war es so weit.

Drunten zwischen den Bäumen wurden das bunte Wams und der Mantel des ersten Kreuzritters sichtbar. Gelassen saß er im Sattel und ließ sich im Schritt seines Tieres wiegen, ein großer, bärtiger Mann, die Hand in die Hüfte gestemmt und sich seiner Kraft gewiss. Dann kam der nächste. Und der nächste. Mann neben Mann zogen sie vorbei, geübte Krieger, erfahrene Orientkämpfer, so hatte man es ihnen berichtet. Amalric studierte ihre Wappen, die ihm unbekannt waren. Diese Männer hatten in Palästina gegen die Heiden gekämpft, und nun hatte der Papst sie gerufen, um hier, im Süden Frankreichs, die katharischen Ketzer zu besiegen.

Um *uns* zu besiegen, dachte Amalric und biss sich auf die Lippen. Mich, dich, Navenias, unsere Freunde und Familien. Uns nennen sie Ketzer, ein Christenmensch den anderen. Verflucht sollen sie sein, Papst, König und alle, die zu ihnen halten! Er hasste sie so glühend, dass er meinte, er hielte es nicht mehr aus. Amalric durchbohrte den Grafen förmlich mit seinem Blick; wollte er denn das Zeichen niemals geben?

Aber Foix blieb regungslos. Noch immer verharrten sie still in ihrem Versteck. Die Harnische der Deutschen drunten klirrten, ihr ungeniertes, ahnungsloses Lachen hallte zwischen den Bäumen wider. Sie fürchteten offenbar keinen Hinterhalt. Sogar eine Leier erklang und die Stimme eines Sängers, hie und da unterstützt von einem halbherzigen Chor. Die Hufe der Pferde schlugen einen gemächlichen Takt dazu. Die Reihe wurde länger und länger und riss nicht ab. Schon waren dreißig Ritter dort unten zu sehen, inmitten ihres wimmelnden Trosses, und kein Ende war in Sicht.

Wir sind wahnsinnig, schoss es Amalric durch den Kopf. Und im selben Augenblick durchströmte ihn eine glühende Kraft. Am liebsten hätte er laut herausgelacht. Alles an ihm bebte und brannte. Er war bereit für diesen Wahnsinn. Es konnte beginnen. Wie im Traum sah er Foix ausholen und werfen, verfolgte, wie die Lanze des Grafen die Luft durchschnitt, wie sie flog, dem Himmel entgegen, sich dann wieder der Erde entgegensenkte und mit einem Geräusch, dass er niemals vergessen würde, zitternd in der Brust eines deutschen Ritters stecken blieb. Er fühlte sich schwerelos, das Gewicht der Rüstung war mit einem Mal nicht mehr zu spüren, und als er losritt, war ihm, als würde er fliegen.

Amalric kam sich unverwundbar vor. Unwirklich erschien ihm der Hagel aus Geschossen, der im selben Moment über ihre Köpfe hinweg sirrend auf den Talweg niederging wie eine düstere Wolke. Er beachtete die Pfeile gar nicht. Das war nichts, was ihn anging. Die Schreie seiner getroffenen Freunde hörte er nur wie von ferne, wie etwas, das in einem Traum geschah, den ein anderer träumte.

Er nahm das Aufbäumen seines Pferdes wahr, als er zu scharf am Zügel riss, aber er fühlte weder Erregung noch Angst. Als wäre er unsterblich, trieb er das Tier, das unter der Gewalt seines Befehls in Panik geriet und mehr rutschte als lief, auf direktem Weg den Hang hinab. Steine und losgetretene Erde stoben um ihn herum. Amalric überlegte nicht, dass er stürzen und sich den Hals brechen könnte. Er verschwendete keinen Gedanken an die Armbrustbolzen, die auch sein Kettenhemd mühelos durchschlagen konnten und nicht fragten nach Freund oder Feind. Er hatte eingestimmt in das große Gebrüll aus allen Kehlen, spie mit seinem Atem seine Kraft, seinen Hass, alles, was in ihm war, dem Feind entgegen und hieb drein.

»Navenias!«, rief er. Auf einmal spürte er, wie heißes Blut über seinen Mund spritzte. Er schlug auf Arme und Leiber, stach in Fleisch, zerschlug Gesichter, zerfetzte Gliedmaßen. »Navenias!« Das war kein Kampf mehr, tausendfach im Duell geübt, das war ein Gemetzel; wie Raubtiere fielen sie einander an. Die zarte Gestalt seiner Freundin Navenias, der Sanften, die kein Fleisch aß und kein Tier schlachtete, die die Liebe predigte und die Vergebung, verschwand und verging wie ein Nebel über dem tobenden Schlachtfeld. Und doch tat Amalric das alles nur für sie. Es war ein Wahnsinn, und das Wissen darum trieb Amalric weiter und weiter. Der Boden wurde zu einem Sumpf aus Blut und Erde.

»Sieg! Sieg!«

Erst nach einer ganzen Weile wurde Amalric es gewahr, dass der Ruf erscholl – und dass er ihm selbst und den Seinen galt. Endlich hielt er inne.

Der Vizegraf kam ihm mit strahlendem Gesicht entgegen. Er hatte Helm und Kettenhaube abgestreift und tätschelte seinen schwitzenden Gaul. Als er Amalrics fragenden, verschleierten Blick sah, reckte er die Faust. »Sieg, junger Freund.«

Erst jetzt blickte der junge Ritter um sich. Die Seinen standen noch, diese bunt zusammengewürfelte, kleine, nun gänzlich zerraufte Schar, von deren Klingen und Stangen das Blut troff. Geschrumpft schien sie ihm, aber sie stand aufrecht, Entsetzen und Stolz in den bleichen Gesichtern. Und zwischen ihnen lagen die Kadaver der deutschen Pferde und die Leichen ihrer Reiter, verrenkt, kaum mehr kenntlich die Farben ihrer Wämser, hingeschlachtet, eine tote Landschaft aus Blut und Fleisch.

Noch immer schienen die wackeren Männer nicht glauben zu wollen, dass ihr Furor dies bewirkt hatte. »Mein Gott«, stammelte einer von ihnen, andere bekreuzigten sich. Nur einige Wohlgemute gingen pfeifend umher und hoben, wo immer sie noch einen am Leben fanden, ihren Spieß, um mit einem wohlgesetzten Stoß ein Ende zu machen.

Keine Gefangenen, das hatte der Vizegraf zuvor bestimmt. »Wir sind nicht auf Lösegeld aus. Wir üben keine Gnade. Wir werden ihnen einfach ein für alle Mal klarmachen, dass Lavaur und die Festung der Lauracs sich nicht ergeben. Und wer immer den Belagerern zu Hilfe kommt, den wird ein grausiges Schicksal ereilen.«

Diese Worte im Kopf, betrachtete Amalric das Schlachtfeld. Wahrlich, die Botschaft würde ankommen.

Dass sie sich schnell verbreitete, verrieten die ersten Lumpengestalten, die zwischen den Bäumen hervorkamen, um sich an den Toten zu schaffen zu machen. Beutelschneider, Schmuckdiebe waren die meisten, aber auch Waffen verschmähten sie nicht. Die Schmiede zahlten gut für das Eisen, und an Eisen herrschte derzeit Bedarf. Angeekelt wandte Amalric sich ab. Er kannte sie gut, sie kamen so unvermeidlich wie die Krähen, aber mit seinem Handwerk hatte das nichts mehr zu tun.

Plötzlich spürte er die Erschöpfung. Er ließ sich auf einem Baumstumpf nieder und schaute teilnahmslos zu, wie die Männer über das Leichenfeld streiften. In einem, der vorbeikam und ihn ehrfürchtig grüßte, erkannte Amalric einen Burschen, den er die letzten Tage an der Armbrust geschult hatte. Er mochte dreizehn sein oder vierzehn, die Haut war braun vor Schmutz, und die von der Sonne gebleichten Haare standen ihm wirr um den Kopf. Amalric hatte den Jungen gemocht wegen seines trotzigen Willens zu lernen. Die Verbissenheit, mit der er an sich gearbeitet hatte, hatte Amalric an sich selbst erinnert. Auch er war einmal aus der Gosse gekommen. Heute trug er ein Wappen und einen Namen. Wie war noch der Name des Burschen gewesen?

»Sei gegrüßt, Marcabrus«, rief er dem Jungen zu, als es ihm wieder einfiel, »ein gutes Tagwerk hast du vollbracht.«

Der Angesprochene errötete, aber das kurze Aufleuchten seiner Augen wich schnell wieder einem düsteren, eher bockigen Ausdruck.

Was hat der Kerl nur, überlegte Amalric. Er bemerkte, wie der andere etwas hinter seinem Rücken zu verbergen suchte. Dann schien Marcabrus sich zu besinnen und ließ den Arm langsam sinken. An seinem Gürtel baumelte eine Kette seltsamer Anhängsel. Es waren abgeschnittene menschliche Ohren.

Entsetzt starrte Amalric sie an. Marcabrus biss die Zähne so fest zusammen, dass die Kieferknochen hervortraten. Schließlich sagte er trotzig: »Ich stamme aus Béziers.«

»Béziers!« Amalric nickte. Béziers war die erste Stadt gewesen, die von den Kreuzfahrern belagert worden war. Sie hatte die Auslieferung von hundert gläubigen Katharern an die Krieger von Papst und König verweigert. Zur Strafe war die Bevölkerung ohne Ansicht von Person, Stand und Religion niedergemetzelt worden. »Béziers. Ich verstehe.«

»Gar nichts versteht Ihr!«, widersprach Marcabrus. »Sie hatten sich in die Kirche geflüchtet. Hört Ihr? In die *Kirche!*« Seine Stimme wurde lauter.

Amalric versuchte ruhig zu bleiben. »In St. Madelaine suchten sie Zuflucht, Marcabrus, ich weiß. Ganze siebentausend, wie es heißt.«

»Und die Kreuzfahrer haben keinen am Leben gelassen.«

»Ich weiß, aber ...«

»Nichts wisst Ihr, *gar nichts!*« Marcabrus schrie jetzt. In seinen Augen standen Tränen. »Es waren ja nicht Eure Eltern, die in der Kirche verbluteten, es war nicht Euer Bruder, der in den Straßen von den Flüchtenden totgetreten wurde. Was habt Ihr schon gesehen? Was habt Ihr verloren? Sagt nicht noch einmal, dass Ihr irgendetwas versteht.«

Amalric sah den Jungen mit seinem blutverschmierten Gesicht, in dem das Weiße der Augen leuchtete, nur stumm an. Béziers war der Anfang gewesen. Der Auftakt, der dem Süden zeigen sollte, was auf ihn zukam. Und wir, dachte Amalric, wir haben es begriffen. Sein Blick wanderte über das Schlachtfeld. Heute haben wir zurückgeschlagen. Die Zeit der Wölfe hat begonnen. Er wollte etwas sagen, aber Marcabrus senkte den Kopf und stapfte davon.

Es werden niemals siebentausend werden, wollte er dem Jungen hinterherrufen. Schon sieben mal sieben solcher Trophäen werden deine Seele vernichten. Aber er ließ es sein. Wer war er, die Gefühle anderer zu verurteilen, wo er nicht einmal seiner eigenen Gefühle sicher war?

Navenias!

Wieder und wieder erklang ihr Name in ihm. Wie sehnte er sich danach, den Kopf in ihren Schoß zu legen, ihre Hand auf seiner Stirn zu fühlen und zu erleben, wie sich all die Wirrnis in ihm löste. Er hatte das hier für sie getan, nur für sie. Navenias sollte leben, sie sollte frei sein. »Navenias!«, stöhnte er. Er wollte sie umarmen, um zu spüren, dass alles, was er getan hatte, gut war, dass es sich gelohnt hatte, weil es sie noch gab, weil sie am Leben war und er weiterhin ihren Duft riechen und die Wärme ihrer Haut fühlen durfte. Weil er ihr über das Haar streichen durfte. Sie war es, die all dem hier einen Sinn geben würde. Würde sie ihn dafür lieben können?

»Herr?« Eine Hand legte sich auf seine Schulter. Sein Knappe reichte ihm einen Lederschlauch mit Wasser. Amalric trank gierig. Dann begann er mit der Hilfe des Jungen, sich der blutigen Kettenteile zu entledigen. Langsam wurde ihm wohler, er dehnte und reckte sich und stapfte steifbeinig zu einem nahen Teich. Dort fasste er sein dunkles Haar zusammen und band es im Nacken auf, wusch sich das Gesicht und fühlte die Bartstoppeln. Zweifelnd neigte er sich über das Wasser. Seine Haut war braun gebrannt von der Sonne, das Gesicht hager, die dunklen Augen darin brannten.

Da legte sich ein Arm um seine Schulter; er wurde zurückgerissen und heftig umarmt.

»Amiel!«, rief Amalric. »Amiel, du bist hier!« Er erwiderte die ungestüme Umarmung mit Inbrunst.

»Noch, mein Freund, noch singt der Vogel.«

Amalric hielt den Gefährten auf Armeslänge von sich weg.

Auch Amiels Gesicht wies Spuren des Kampfes auf, eine Augenbraue war aufgeplatzt und das strohfarben gebleichte blonde Haar mit dunklem Blut verklebt. Aber Amiels honigbraune Augen leuchteten wie eh und je. »Wir leben, ja.« Noch einmal zog Amalric ihn an sich, dann klopften sie einander auf die Schultern und gingen eng umschlungen zu den Feuerstellen, die von den Knechten errichtet wurden. »Und wir haben gewonnen!«

Amiel und Amalric kannten sich seit Kindertagen; sie hatten die Gassen unter der Burg von Lavaur unsicher gemacht und von großen Taten geträumt. Aber während Amalric immerhin die illegitime Vaterschaft eines Kleinadligen für sich beanspruchen konnte, hatte Amiel nichts vorzuweisen gehabt als den Mist zwischen seinen Zehen und seinen beweglichen Geist. Schon als Kind war er geschickt gewesen im Klettern und Ballspielen, im Herumturnen und Tanzen. Dazu hatte er eine schöne Stimme, die immer wieder bei Festen und Feiern erklang. Eines Tages dann war er verschwunden, ohne jede Vorwarnung, war einfach mitgelaufen mit einer Horde Gaukler. Als er wiederkam, beherrschte er Flicflac und Jonglieren, Feuerspucken sowie die Kunst, auf dem Seil zu tanzen und die Mädchen zu verführen. Und er sang noch immer so, dass alle sich nach ihm umdrehten.

Es geschah wie von selbst, dass er Amalrics Kompositionen vorzutragen begann. Wenig später wurden sie ein Paar, der Troubadour und sein Joglar, Dichter und Sänger, Grübler und Charmeur, Glut und Funkenflug, und zogen bald die Blicke der Damen am Hofe auf sich.

Gemeinsam suchten sie auf der Leier nach Tönen zu ihrer Kunst, gemeinsam schäkerten sie auf den Festen, und Arm in Arm zogen sie manches Mal danach trunken über die Höfe nach Hause, auf der Suche nach einem gnädigen Heuschober, der ihnen ein Lager bot für die Nacht.

»Mein Freund, wird dieser Sieg dich zu einem Lied anregen?«, fragte Amiel; er überlegte, dann leuchteten seine Augen. »Zu einer Estampida vielleicht?« Er trat zurück, hob die Hände über den Kopf, um zu klatschen, und stampfte mit den Füßen den Rhythmus des Liedes. »Eine Estampida, die erzählt, wie wir den Kreuzrittern beibrachten, höchst anmutig mit uns zu tanzen?«

Gelächter stieg auf von den Gruppen am Feuer. »Ja, Amiel, zeig's ihnen.« Dann wandten sie sich dem Sänger zu. »Amalric, lass dich nicht lange bitten!« – »Komm schon, Amalric!« – »Eine Estampida, eine Estampida!« Ihr Händeklatschen wurde immer rhythmischer und legte den Takt unter Amiels gewagte Schrittfolgen und Sprünge. »Es-tam-pi-da! Es-tam-pi-da!«

Endlich konnte Amalric sich nicht mehr zieren. Er griff zu seiner Quinterne und dem Gänsekielplektrum. Als es beim ersten, noch ziemlich schiefen Ton mucksmäuschenstill wurde, grinste er. Zunächst gab er eine Strophe aus dem Stegreif zum Besten, in der er Amiel vorwarf, mit den Angebereien über seine Heldentaten nicht einmal durch die Tür des Gemachs seiner Angebeteten zu gelangen, geschweige denn in ihr Bett:

»Er zielte auf ihren Schoß und sank zu ihren Füßen.

Über ihn hinweg schritt sie. Blieb nur, die staubige Schwelle zu küssen.«

Das Gelächter war groß. Erwartungsvoll, mit vom Feuer und vor Erregung geröteten Gesichtern, wandten alle sich Amiel zu. Würde er dagegenhalten?

Der Joglar verneigte sich und schwenkte ironisch seine Mütze.

»Ein großer Kämpfer bist du zweifellos, mit Holz und Erz und Eisen.

Allein im Kampf mit Weiberarmen kannst du dich nicht als Held erweisen.

Ist der Feind nicht gut umzingelt,

reckt der Speer sich wohl vergebens,

ist das Scharmützel nicht gar kunstvoll –
Pech gehabt im Kampf des Lebens.
Feld und Bett sind beide weich,
doch es liegt sich drin nicht gleich.«

Die Männer lachten, klatschten und fielen in den Refrain ein, den sie bald auswendig konnten. Manchmal sprang einer auf, um einen eigenen Einfall in den Wechselgesang mit einzuflechten. Allmählich löste sich die blutige Erregung des Kampfes.

Da unterbrach der Ton ein Horns ihre Feier.

»Reiter von Osten!«, rief ein Wächter in die Stille. Sofort hob Foix den Arm, und alle verstummten. Am Waldrand tauchten Reiter auf.

»Seneschall«, rief der Vizegraf erfreut, als er die Farben des Neuankömmlings erkannte. Es war einer der Ihren. Die Ritter scharten sich um ihren Herrn, damit er den hohen Besuch würdig empfangen konnte. Foix vollführte eine spöttische Verbeugung, die vom Seneschall mit nachdrücklicher Hochachtung erwidert wurde.

»Ich beglückwünsche Euch, Vizegraf, zu Eurem Sieg«, erklärte er mit der klaren Stimme des geschulten Boten. »Und damit Euch künftig viele weitere Siege gelingen mögen, schickt mein Herr für Euch die Waffen, die Ihr verlangtet.« Er wies in Richtung des Waldes. »Die Karren stehen dort versteckt. Ihr mögt sie übernehmen.«

»Ich danke Euch und Eurem Herrn, dem edlen Grafen von Toulouse. Zwar kommt Ihr nach dem Kampf, aber immerhin, Ihr kommt.« Spott schwang mit in der Stimme des Vizegrafen. In seinem Gesicht war kein Lächeln, das die Schärfe seiner Worte gemindert hätte. Und er wies seine Ritter nicht zurecht, die so nahe an den Seneschall und seine Knechte herantraten, dass diese es gut für eine Drohung hätten halten können.

Der Name Toulouse wurde auf dem Gebiet der Foix nicht

gern gehört in diesen Tagen. Als der Papst zum Kreuzzug gegen die Katharer aufgerufen hatte, ging es zunächst gegen die Herrschaftsgebiete der Grafen von Toulouse, der Vizegrafen von Foix und der Vizegrafschaft der Trencavel von Carcassonne. Damals war der Graf von Toulouse der erste Fürst gewesen, der von den heranrückenden Heeren bedroht worden war. Und er hatte nichts Eiligeres zu tun gehabt, als den geforderten Eid zu leisten, dass er kein Ketzer sei, und sich auf die Seite der Angreifer zu schlagen. Durch diese Lüge verschonte er das eigene Land. Die Foix allerdings, die der Angriff an seiner statt traf, verübelten ihm diesen Schachzug, und selbst die heimliche Hilfe, die er ihnen zukommen ließ, behielt einen bitteren Beigeschmack.

»Er weiß, er wird die Hunde nicht ewig von seinem Hof fernhalten, nicht wahr?«, fragte der Vizegraf den Seneschall. »Bislang besorgen wir die Drecksarbeit für ihn, und wir danken schön, dass er uns die Schwerter dazu reicht. Aber früher oder später wird es ihn selbst treffen. Und dann muss er Farbe bekennen.«

Der Seneschall schüttelte den Kopf, dass die Bänder an seinem Hut wippten. »Der Papst hat vierzig Tage Teilnahme am Kreuzzug als ausreichend bestimmt, damit ein Mann in den Genuss des Sündenablasses kommt. Seit die Frist um ist, laufen den Kreuzfahrern die Truppen davon. Und der König hat seinen Strauß mit England zu fechten. Ihm ist an einem langen Krieg mit uns nicht gelegen. Der Spuk wird bald vorbei sein.«

Amiel stieß Amalric in die Seite. »Hörst du das?«, flüsterte er begeistert, »es wird bald vorbei sein.«

Amalric ballte die Faust. »Ja«, stieß er hervor, verstummte dann aber rasch unter dem tadelnden Seitenblick seines Herrn.

»Bislang stürmen sie jedenfalls gegen die Mauern meiner Burgen an«, gab der Vizegraf zurück. »Und wie es aussieht, sind sie auch um Nachschub nicht verlegen.« Er wies mit der Schwertspitze auf die noch nicht begrabenen Leichen. »Nun ja, man wird sehen. Diese jedenfalls werden der Dame de Laurac keinen Kummer mehr bereiten.«

Als Amalric sah, dass der Seneschall die Augenbrauen hochzog, konnte er nicht an sich halten: »Jawohl, die Herrin Gerauda, Aimery von Montréals Schwester, leitet selbst die Verteidigung der Feste Lavaur. Mit der Kraft einer Amazone und der Anmut eines Engels.«

Foix lachte über seinen Eifer. »Ihr seht hier«, sagte er und nötigte Amalric mit einer Geste zu einer Verneigung, die jener errötend vollführte, »den ersten Ritter und Minnesänger Geraudas de Laurac, der, obwohl er als Kämpfer in *meinen* Dienst getreten ist, es an Lob für sie niemals fehlen lässt. Ich danke Euch, Herr Amalric. Und so wie er es sagt, ist es auch, Seneschall: Nicht alle Frauen unserer edlen Familien dienen dem Herrn. Manche dienen auch unserem Land und unserem Namen.«

»Er möge hell leuchten«, sagte der Seneschall kleinlaut und neigte das Haupt. »In der Tat dachte ich eben an Eure Schwester, Esclarmonde, jene nahezu heilige Frau, die auch mein Herr so innig verehrt. Ich hoffe, sie befindet sich wohl?«

Der Vizegraf runzelte die Stirn. »Heilige, Seneschall, werden in diesen Tagen verbrannt. Was einst unser größter Stolz war, ist inzwischen unsere größte Sorge.« Er wollte weitersprechen, presste dann aber den Mund zu einem dünnen Strich zusammen. Schließlich rang er sich ein Lächeln ab. »Aber nun lasst uns sehen, was Ihr mitgebracht habt. Hilfe ist willkommen in dieser Zeit. Und auch die Gastfreundschaft soll nicht darunter leiden.«

Am anderen Morgen erwachte Amalric mit einem Kater. Metallischer Blutgeruch stieg von dem Schlachtfeld auf, neben dem sie lagerten, und die Fliegen waren unerträglich. Amalrics Kopf schmerzte vom Wein, den Toulouse neben Schwertern und Armbrustbolzen an sie hatte schicken lassen. Und seine Kehle schmerzte noch immer vom Gesang. Er räusperte sich mehrfach, spuckte aus und tastete nach dem Wasserschlauch. Gierig trank er, dann wanderte sein Blick über die schlafenden Gefährten. Später, wenn sie erwachten, würde der Rausch vorbei sein. Sie würden zur Festung zurückkehren und das Joch des täglichen Kampfes wieder auf sich nehmen, um die Übermacht der Belagerer von ihren Mauern fernzuhalten. Eingesperrt zwischen diesen Mauern würden sie kämpfen und töten und essen, scheißen und schlafen und wieder töten, jeden Tag aufs Neue.

Sein Blick wurde müde, wenn er daran dachte. Und in seinem Kopf reifte ein Entschluss. Er musste Navenias noch einmal sehen. Mit der Erinnerung an ein Wort, an eine Berührung von ihr würde alles leichter werden. Nur so könnte er ertragen, was auf ihn zukam. Ohne seinen Knappen zu wecken, machte Amalric sich daran, sein Pferd zu satteln.

»Du hast gehört, dass sie zurück ist, nicht wahr?«, fragte Amiel, der offenbar bemerkt hatte, dass sein Gefährte wach geworden war, unvermittelt und stützte den Kopf in die Hand.

Amalric zurrte den Sattelgurt energisch fest und schwieg.

Amiel versuchte es in einem leichteren Ton: »Freund, die Liebe sollte nie so heiß brennen, dass sie einem den Schlaf versengt.« Er gähnte ausgiebig und rekelte sich.

Amalric schwieg noch immer.

»Du willst tatsächlich zu ihr?« Amiel, endgültig wach nun, stand auf. Ratlos blinzelnd stellte er sich neben seinen Freund und schaute zu, wie Amalric sich reisefertig machte.

Er erntete bloß ein Nicken.

»Du weißt, dass das sinnlos ist?«, fragte er und hielt die Zügel von Amalrics Pferd. »Dass es sinnlos war von Anfang an?«

Amalric blickte ihn nicht an. Mit zusammengebissenen Zähnen machte er sich am Halfter zu schaffen.

Amiel schüttelte den Kopf. Er schien noch etwas sagen zu wollen, trat dann aber zurück und gab die Zügel frei. Das Pferd, von seinem Reiter herrisch angetrieben, preschte los. Amiel wedelte sich mit der Hand den aufgewirbelten Staub aus dem Gesicht. »Du Narr!«, schrie er dem Freund hinterher. »Was nützt es, eine Frau zu lieben, die deine Liebkosungen nicht zu schätzen weiß?«

Er erwartete keine Antwort. Noch einmal blickte er in die Richtung, in die Amalric so rasch verschwand. Warum nur nahm sein Freund Dinge, die man leichtnehmen sollte, so überaus ernst? Er würde sie bloß alle unglücklich machen damit. Das und nichts anderes würde am Ende herauskommen. Amiel schüttelte den Kopf und versuchte, sich eins zu pfeifen. Aber sein Gesicht nahm einen schuldbewussten Ausdruck an. »Verdammt, ich hätte es ihm sagen sollen.«

2

Das Städtchen Lavaur, eine Stunde später

Amalric band die Zügel an einen Ast des Olivenbaums, der den stillen Platz von Lavaur beherrschte. Der Lärm des Krieges und der Belagerung war noch nicht in das Herz des Ortes vorgedrungen. Hier war es still, nur das Laub rauschte sacht. Aus einem offenen Fenster drang das Klirren von Steingut, Frauenstimmen lachten leise. In den Ställen rumorte schläfrig das Vieh.

Die grauen Steinfassaden der Häuser ringsum wurden von der Sonne gewärmt. Dieselben alten Männer wie stets hockten auf der Bank und taten durch ein leichtes Nicken kund, dass sie Amalric noch immer erkannten, den Knaben von einst und den Mann, zu dem er geworden war.

Eine Katze räkelte sich im Staub und streckte die Krallen nach einer unreif herabgefallenen Olive. Ihre Augen waren von demselben klaren Grün wie die Frucht. Sie verfolgte Amalric mit ihrem Raubtierblick, als er zum Haus der Katharerinnen hinüberging. Wie lange war er nicht mehr hier gewesen?

Das Haus beherbergte eine Gemeinschaft, kein Kloster, auch wenn nur Frauen darin lebten und auch wenn sie sich der Keuschheit und dem Gebet verschrieben hatten und gute Werke taten im Namen des Herrn. Blanca de Laurac, die Mutter der Burgherrin Gerauda, führte sie an, wie eine Priorin es täte. Aber diese Frauen gingen ein und aus nach Belieben, keine Regel verschloss ihnen die Türen oder verbot ihnen Besuche, wie es in einem gewöhnlichen Kloster der Fall war. Sie verkauften ihrer

Hände Arbeit auf dem Markt nach eigenem Gutdünken, wirtschafteten selbstständig und waren niemandem Rechenschaft schuldig. Kein Abt, kein Bischof mischte sich in ihre Angelegenheiten oder gab ihnen gar Weisungen, wenn sie dies nicht ausdrücklich wünschten. Die Geistlichen, die bisweilen zu ihnen kamen, Vorträge hielten und mit ihnen diskutierten, waren ihre Gäste – Ebenbürtige, keine Vorgesetzten.

»Ein Kloster«, pflegte Navenias zu sagen, »ist ein Gefängnis, in das Männer Frauen im Namen ihres Gottes einsperren. Wir dagegen sind eine freie Gemeinschaft. Blanca lehrt uns, dass wir nur Gott und uns selbst gehören. Wir arbeiten, wir lernen, wir denken, wir sprechen frei. Frei!«

Amalric hatte das Gefühl, als hörte er ihre Stimme erklingen, und noch einmal sah er ihre Gestalt in dem dunklen Gewand, wie sie sich froh und selbstvergessen drehte, den Kopf in den Nacken gelegt und die Hände zum Himmel erhoben, die Zöpfe fliegend.

Da lief ein kleines Mädchen lachend über den Platz, ein Junge von vielleicht acht Jahren kam hinter ihr her und rief: »Ich krieg dich.« Kreischend vor Vergnügen raffte sie ihr Kleid und rannte weiter. Amalric sah ihnen versonnen nach, bis sie im Schatten einer Gasse verschwunden waren. Mit einem Mal begrüßte ihn eine dunkle Stimme, und er zuckte zusammen.

»Oh, Dame de Laurac.« Er beeilte sich, eine Verbeugung anzudeuten. Und eine Dame war sie noch immer, diese Blanca de Laurac, trotz des schlichten schwarzen Gewandes und des Korbs auf ihrer Hüfte, in dem sich die gefaltete Leinwand stapelte, die sie mit ihren Gefährtinnen gewoben hatte, um sie auf den Markt zu bringen. Sie trug weder Schmuck noch edles Tuch. Aber ihr silbernes Haar, zu einem Knoten im Nacken geschlungen, leuchtete in der Sonne, und ihre Haltung war königlich. Am beeindruckendsten aber waren noch immer die klugen dunklen Augen und der Ausdruck milder, lächelnder Stärke in ihrem Gesicht. Als Amalric noch ein Junge gewesen war, pflegte sie sich über ihn zu beugen, um seine Schrammen und Prellungen zu begutachten, wenn er es in den Gassen wieder einmal zu wild getrieben hatte. Und egal, wie sie geschmerzt hatten, die äußeren Wunden ebenso wie diejenigen, die sein empfindlicher Stolz erlitten hatte, egal, wie aufgewühlt er gewesen war, wie wütend oder erregt, in ihrer Gegenwart war stets Ruhe über ihn gekommen und das Gefühl, dass auf irgendeine Weise alles gut würde.

»Amalric, mein Lieber.« Sie lächelte freundlich wie immer, heute jedoch lag etwas in ihren Zügen, das ihm das Herz abdrückte, ein verhaltenes Wissen, ein Mitgefühl, das die schlimmsten Befürchtungen in ihm weckte. So, als wäre ihm etwas Furchtbares zugestoßen und er wüsste es nur noch nicht. Amalric hatte das schon auf dem Schlachtfeld gesehen: Männer, die aufrecht dastanden, sogar redeten, lachten – bis sie die Klinge bemerkten, die tief in ihrem Leib steckte, und dann mit ungläubigem Gesicht langsam vornübersanken. Unwillkürlich schaute er an sich hinab. Er öffnete den Mund, um etwas zu fragen, doch er wusste nicht, wie er die Worte wählen sollte.

Blanca de Laurac kam ihm zuvor. »Wie schön, dass du zu Navenias' Ehrentag kommst«, sagte sie. »Wir hatten nicht mehr damit gerechnet.«

Die Worte sackten in Amalrics Geist wie Steine in schlammiges Wasser. Ehrentag! Das konnte nur eines bedeuten: Sie erhielt das Consolamentum. Und das wiederum wäre das Ende all seiner Hoffnungen. Seine Hände, die während der Schlacht nicht einmal gezittert hatten, bebten mit einem Mal so sehr, dass er sie voller Scham verbarg. Das unwirkliche Gefühl breitete sich wieder in ihm aus, und mit einem Mal schien alles, der Platz, die Häuser, das silbergrüne Flirren des Baumes über ihren Köpfen, sich mit rasender Geschwindigkeit von ihm zu entfernen. »Ehrentag?«, hörte er sich fragen.

Blanca nickte. »Ja, es ist so weit. Heute wird sie eine von uns.«

»Was? Aber ...« Um Amalric drehte sich alles. Eine von ihnen, Navenias wurde eine von ihnen, eine Geweihte, eine Perfecta! Wenn das stimmte, dann war sie nun eine lebende Heilige, kein Weib mehr, das je im Leben ein Mann berühren durfte! Nein!, dachte er. Nein, das durfte nicht sein. Wozu dann alles, wozu ...?

Seine Gedanken verwirrten sich. Er suchte Blanca de Lauracs Blick. Die Priorin lächelte noch immer ihr ruhiges, starkes, unerschütterliches Lächeln. Sogar jetzt noch hatte es die Kraft, Amalric zu besänftigen.

Navenias wurde eine Perfecta! Immer schon hatte sie davon gesprochen. Aber er hatte nicht geglaubt, dass sie den Schritt jemals wirklich tun würde. Er hatte geglaubt, dass es nicht mehr war als eine romantische Mädchenschwärmerei. Hatte sie ihn nicht geküsst, damals, und damit die Hoffnung neu in ihm entfacht?

Die Finger wollten ihm nicht gehorchen, als er sie zur Faust ballte; sie waren mit einem Mal ganz kraftlos. Er hätte kein Schwert mehr zu halten vermocht. Da war er gekommen, ihr seinen Sieg zu Füßen zu legen, den Beweis, dass er bereit war, sein Leben für sie zu geben. Und dabei hatte er bereits verloren! Amalric hörte ein Schreien: »Ihr habt mir versprochen, dass sie sicher sein würde!« War er das gewesen? »Ihr habt es versprochen. Aber die Perfekten werden gejagt wie Aussätzige! Nennt Ihr das sicher sein?«

»Nennst du das Liebe?«, fragte Blanca nur zurück.

Amalric senkte den Kopf. Noch immer konnte sie in seiner Seele lesen. Wie er sie in diesem Moment dafür hasste. Liebe ist nicht Liebe, die nimmt und verlangt. Er wusste es, ohne dass sie es aussprach. Wie oft hatte er die Worte gehört! Aber wohin, dachte er, wohin mit meinem Verlangen? Zorn loderte in ihm auf. Er packte die Zügel.

»Sie hat es sich so sehr gewünscht.« Blanca versuchte, ihm die Hand auf den Arm zu legen. »Amalric, wohin willst du?«

Amalric wusste, wo er sie finden würde. Er kannte sie lange genug, besser als jeder andere Mensch auf der Welt.

Es war ein schöner Platz, ein Platz, wie Liebende ihn ausgesucht hätten, wie auch sie ihn einst ausgesucht hatten, zurückgezogen und still. Das kleine Tal lag einsam. Die Kuppen der felsigen Hügel ringsum leuchteten weiß im Sonnenglast, die Macchia duftete, und ein sanfter Wind raschelte in den Wipfeln der Steineichen. Zwischen gezackten Vorsprüngen hatte sich eine natürliche Terrasse gebildet, ein Steinblock lag dort wie ein Tisch, beschützt und beschattet von den ausladenden Zweigen einer Pinie. Die Glöckchen einer nahen Ziegenherde bimmelten durch die Mittagshitze.

»Die Natur«, hatte Navenias ihm erklärt, als er einmal über die Neigung ihrer Glaubensbrüder gespottet hatte, sich unter freiem Himmel zu versammeln, »ist die schönste Kirche überhaupt. Gott selbst hat sie erbaut. Wo sonst auf der Welt könnte man ihm näher sein?«

Verbittert betrachtete Amalric die kleine Versammlung dort drüben im schattigen Grün. Trotz all der Schönheit, die ihn umgab, hatte er sich seinem Schöpfer nie ferner gefühlt als in diesem Augenblick, da Navenias ihn verließ, so endgültig, als wäre sie gestorben. Und sie tat es aus freien Stücken, so leicht und so anmutig, dass ihm schien, sie wollte ihn mit jeder Geste verhöhnen.

Da stand sie, schlanker noch, als er sie in Erinnerung hatte, zerbrechlich fast nach der langen Fastenzeit. Amalric war sicher, dass er dunkle Ringe unter ihren schwarzen Augen sehen würde, wenn er ihr schmales Gesicht in seine Hände nehmen und mit den Fingern über ihre Wangenknochen streichen dürfte, die sich so deutlich unter ihrer olivfarbenen Haut abzeichneten. Ach, er kannte jeden Zug darin. Aber sie hatte sich abgewandt, jenen anderen zu, die sich jetzt so eng um sie scharten. Auch sie waren ihm nicht fremd, er kannte sie alle, kannte ihre Namen, ihre Familien, hatte seine Kindheit mit ihnen verbracht, sie geneckt, mit ihnen gefeiert. Aber er gehörte nicht zu ihnen.

Amalric ging nicht weiter, keinen Schritt. Nur ein kleiner Abstieg trennte ihn noch von Navenias, ein Geröllfeld und ein fast ausgetrockneter Bach, in dem sie zweifellos gemeinsam ihre Hände gereinigt hatten, ehe sie das Ritual begannen. Hernach waren sie zu dem Vorsprung aufgestiegen über flache Steine, bedeckt mit Piniennadeln, und über gewölbte Wurzelschlingen – er konnte die Tritte sehen, den Weg, den die kleine Prozession vor ihm genommen haben musste, eine natürliche Treppe, eine Einladung für diejenigen, die dazugehörten. Aber für ihn führte sie nirgendwohin.

Schwer ließ er sich gegen einen Felsen sinken, auf dem zitternd ein rosafarbenes Kraut blühte. Zwischen den Blättern hindurch sah er Navenias, wie sie sich hinkniete, eine ferne Miniatur. Sie senkte den Kopf unter dem Schleier, der über sie gelegt wurde. Für immer würde er nun zwischen ihr und der Welt stehen. Nur durch dieses Stück Stoff hindurch durfte ein Mann, und sei er ein Heiliger, sie ab heute noch berühren.

Amalric glaubte ihre Stimme zu hören über dem Rauschen der Wipfel, dem Läuten der Herdenglocken und dem Chor ihrer Gemeinde. Er konnte die Worte nicht verstehen, doch er wusste genau, was sie in diesem Augenblick sagte, so klar und so deutlich, als flüstere sie es ihm ins Ohr. Sie hatten die Szene als Kinder oft genug gespielt.

»Du bist der Bischof«, hatte Navenias damals verkündet, so klar und entschlossen, wie sie stets war, »und ich bin die Gläubige, die um deinen Segen bittet.«

Also hatte er sich aufgestellt, die Arme ausgebreitet, wie er es beim Pfarrer in der Sonntagspredigt manchmal sah, und hatte sich bemüht, würdevoll dreinzuschauen und irgendwie erleuchtet, während Navenias als Gemeinde, Anwärterin und Zuschauerin ihrer selbst zugleich lebhaft agiert hatte. »Segnet uns und erbarmet Euch unser«, hatte sie inbrünstig gefleht und ihn jedes Mal streng angesehen, wenn er nicht sofort begriff, was er zu tun hatte. »Nun segne schon«, hatte sie ihn angezischt, woraufhin er hastig mit den Händen herumgefuhrwerkt hatte. Navenias schien zufrieden. »Nach dem dritten Mal bin ich dran«, hatte sie sehr bestimmt erklärt und sich mit ernster Miene hingekniet, um zu singsangen: »Bittet Gott für mich Sünder, dass er mich zu einem guten Christen mache und zu einem guten Ende führe und vor einem schlechten Tod bewahre.«

Bei dem Wort vom schlechten Tod war Amalric immer ein wohliger Schauer über den Rücken gelaufen, und auch auf Navenias' dünnen braunen Armen hatte sich der sonnengebleichte Flaum aufgestellt.

Ein schlechter Tod, das hatte Größe und Ahnung, das war wie ein Raunen von fernen, abenteuerlichen Dingen, von denen er nicht sicher wusste, ob er hoffen sollte, dass sie ihm eines Tages widerfuhren, oder ob man ihnen lieber, unter dem Schutz der heimatlichen Bettdecke, glücklich entging. Jedes Mal hatte er sich hin- und hergerissen gefühlt und sich dabei in köstlichen Fantasien verloren.

Ein schlechter Tod – wie sollte er nun jemals einen guten Tod finden, da er Navenias verlor? Der Gedanke schmerzte Amalric so sehr, dass er stöhnte.

Durch einen Tränenschleier hindurch beobachtete er, wie der

Älteste Navenias das Evangelium zum Kuss hinhielt und es ihr dann auf den Kopf legte, um symbolisch den Heiligen Geist zu übertragen. Dann wurde ihm eine kleine Schale gereicht; Amalric wusste, dass er Navenias nun taufen würde. Es kam Bewegung in die Gruppe, als sie aufstand. Sie tauschten den Friedenskuss, Männer mit Männern, Frauen mit Frauen. Untereinander berührten sich die Geschlechter nur sacht am Ellenbogen, reihum, bis alle eingeweiht waren.

Über Navenias' stolzes Haupt, über ihre wie Rabenflügel so schwarz glänzenden Haare, war noch immer der dünne Schleier gebreitet, der ihr bis auf die Schultern fiel und nun sacht im Wind wehte. Wer den Friedensgruß mit ihr tauschen wollte, berührte sie dort durch das Gewebe hindurch. Durchscheinend und beweglich, dachte Amalric, und doch ein Gefängnis. Und doch ein Gefängnis! Er hieb mit der Faust auf den Fels. Aber nicht einmal der Schmerz konnte ihn beruhigen.

Dort stand die Frau, deren Hüften er mit seinen Armen umschlungen und deren Lippen er auf den seinen gespürt hatte. Die Frau, deren Geruch ihm vertraut war wie der eigene und deren Mienenspiel in all seinen Schattierungen er so gut kannte. Deren innerste Wünsche, Träume und Hoffnungen ihm kein Geheimnis waren und die treu die seinen hätte hüten sollen. Jetzt stand sie dort drüben. Und mit jedem Wort, das sie sprach, trennte sie sich unwiderruflich von ihm.

»Ich verspreche, mich Gott und seinem Evangelium zu weihen, nie zu lügen, nie zu schwören, nie einen Mann zu berühren, kein Tier zu töten, kein Fleisch zu essen und nur von Früchten zu leben. Ich verspreche weiterhin, nie ohne einen Mitbruder zu reisen, zu wohnen oder zu essen und, falls ich in die Hände unserer Feinde falle, nie meinen Glauben zu verraten, welches auch der mir angedrohte Tod sei.«

Amalric stieß einen Schrei aus, er konnte nicht anders.

Die Köpfe der Katharergemeinde fuhren herum.

»Und jetzt bist du glücklich, ja?«, schrie er. »Jetzt bist du endlich zufrieden, Herrgott verflucht noch mal. Und ich hasse dich dafür, jawohl, ich hasse dich! Ich hasse dich!«

Der Chor, der bereits eingesetzt hatte, vertröpfelte und verstummte.

Ja, ich hasse sie, bestätigte er sich selbst, ich habe sie immer gehasst im Grunde, von Anfang an, schon das hässliche, dürre, vorlaute Ding von sechs Jahren, das sogar den Straßenbengeln eine Plage gewesen war.

Die Lüge war so groß nicht. Er hatte es tatsächlich schon immer gewusst, vom ersten Moment an, als sie ihm in den Gassen seiner Heimatstadt begegnet war: dass sie sein Leben war und dass sie ihn würde retten oder zerstören können. Nicht ein einziges Mal hatte er ihr von einem Baum heruntergeholfen oder sie mit Steinwürfen gegen eine andere Bande verteidigt, hatte er mit ihr gestritten und sich wieder mit ihr versöhnt, ohne zu spüren, dass dies der tiefe Zweck seines Lebens war. Es war niemals nur ein Spiel gewesen.

Amalric hatte sie gerufen, und sie kam. Da stand sie vor ihm, mit ihrem Schleier, den er ihr am liebsten vom Kopf gezerrt und in Fetzen gerissen hätte vor Wut und Verzweiflung und den zu berühren er doch nicht wagte. Sie hat wirklich Augenringe, dachte er. Und sie war so dünn geworden, dass er ihre Taille mit einem Arm hätte umfassen können. Warum nur strahlten ihre Augen so, wenn sie ihn anschaute?

Er öffnete den Mund, um etwas zu sagen, da bemerkte er hinter ihr am Himmel die schwarze Wolke. Wie ein düsterer Heiligenschein legte sie sich um Navenias, quoll über den Horizont, wurde größer und größer, wie ein Turm, der in den Himmel wuchs.

Auch sie hatte den Rauch bemerkt. »Das ist …«, sagte sie statt einer Begrüßung. Furcht lag in ihrer Stimme.

»Ja«, erwiderte er.

»Die Burg!«

»Ja.«

Sie starrten einander an. Beide sprachen kein weiteres Wort. Sie wussten zu gut, was das bedeutete. Denn dort hinter den Bergen lag die Burg der Dame de Laurac. Sie war gefallen, ihrer beider Sache war verloren. Und nichts würde jemals wieder so werden, wie es war.

Ohne Navenias aus den Augen zu lassen, ging Amalric langsam rückwärts. Tastend setzte er einen Fuß hinter den anderen. Er musste sie verlassen, musste zu seinem Pferd, zu den Männern, die sich auf ihn verließen und auf ihn hofften. Und die vielleicht in diesem Moment schon starben. Amalric schämte sich mit einem Mal. Er hätte niemals hierherkommen dürfen. Der Sieg, den er Navenias hatte zu Füßen legen wollen, war nun noch weniger wert.

»Aber …«, begann sie. Die Sicherheit war aus ihrem Gesicht verschwunden.

Mit grimmiger Genugtuung las Amalric Furcht darin. Und vielleicht sogar ein leises Bedauern.

»Ich …«

Amalric legte den Finger auf die Lippen und schüttelte den Kopf. »Wir haben beide gewählt.« Er lächelte traurig. »Du hast gewählt.« Mit jedem Schritt entfernte er sich weiter von ihr. Schon musste er die Stimme heben. »Ich habe gewählt. Wünsch mir einen guten Tod.« Amalric drehte sich um und rannte. Er verstand nicht mehr, was sie ihm nachrief. Er wünschte sich nur, es würde noch eine Rolle spielen.

Zweiter Teil

Der Sommer der Kindheit

I.

Das Dorf Lavaur, im Jahr 1203

Der zehnjährige Amalric hockte auf einem Mäuerchen am Rand der Gruppe von Jungen, die Steine in die Krone des großen Olivenbaums warfen. Eine magere graue Katze hatte sich in das Geäst geflüchtet und duckte sich fauchend vor den Geschossen der Angreifer. Die alten Männer auf ihrer Bank schüttelten nur den Kopf. Auch Amalric begnügte sich mit der Rolle des träge belustigten Beobachters. Eben noch hatte er den großen Peire verspottet, dessen dritter Wurf danebengegangen war. »He, Dicker, so wird das nie was!« Nebenbei summte er eine Melodie vor sich hin, die schon den ganzen Tag in seinem Kopf genistet hatte. Ihm schien, als könnte sie auf die Situation passen, aber ihm wollte einfach kein Reim auf Katze einfallen. Träge wippte er mit den Füßen. Da störte ein Ruf ihre Ruhe.

»Hört sofort auf damit, ihr gemeinen Mistkerle.«

Neugierig wandte Amalric sich um.

»Habt ihr Dreck in den Ohren? Ihr sollt aufhören!«

Auch seine Kameraden drehten sich um, stemmten die Hände in die Hüften und begannen zu pfeifen und anzügliche Bemerkungen zu machen. Amalric wusste, dass sie nur so großspurig taten und in Wahrheit sprachlos waren vor Staunen. Denn der kühne Ruf kam von einem kleinen Mädchen, das höchstens acht war.

Auch Amalric fand das erstaunlich. Dass so ein kleines dürres Ding es tatsächlich wagte, der ganzen Bande die Stirn zu bieten!

Denn dünn war sie wahrhaftig, schmal wie eine Gerte, und ihr Zopf schwang ihr über den Rücken, so viel Mühe hatte sie, den schweren Eimer im Gleichgewicht zu halten, den sie mit beiden Händen heranschleppte. Sie wirkte wild entschlossen, aber kein bisschen ängstlich.

Sogar ich habe manchmal Angst vorm großen Peire, dachte Amalric, zumindest wenn er mit dem roten Arnold zusammen ist. Und Bertrand vom Metzger schlägt auch immer mit zu, wenn Peire es sagt. An ihrer Stelle hätte ich große Angst.

Er rutschte von der Mauer und wartete, was geschehen würde, schon halb entschlossen, ihr zu Hilfe zu kommen, wenn es nötig wäre.

»Ich habe gesagt, du sollst aufhören«, wiederholte sie, stellte den Eimer ab und stemmte die Hände in die Hüften.

»Gehört hab ich das schon«, erwiderte Peire herausfordernd langsam und wandte sich ihr zu, einen Stein in der Hand wiegend, als prüfe er, ob er auch zum Angriff auf kleine Mädchen tauge. Genüsslich spie er aus.

Sie ließ sich nicht einschüchtern. »Das Tier hat dir nichts getan. Es ist feige und grausam, es zu quälen.«

Amalric staunte über ihre direkte Art, vor allem schien es ihm mit einem Mal, als habe sie recht. Er warf einen Seitenblick auf das Kätzchen, das ängstlich auf seinem Ast hin und her balancierte und ihnen mit großen Augen zusah. Es hatte ihnen vertraut, hatte sich anlocken lassen und vor Schreck aufgeschrien, als sie plötzlich auf es losgegangen waren. Jetzt schämte Amalric sich dafür.

Peire aber ging auf das Mädchen zu. »Und wenn ich nicht …?«, fragte er. Statt einer Antwort traf ihn der Schwall aus dem Eimer mit voller Wucht.

»Dann dusche ich dich mit Pferdepisse«, sagte das Mädchen.

»Iiiiih!«, kreischten die Jungen und traten einen Schritt von

Peire zurück, der prustete und spuckte und sich die Flüssigkeit aus dem Gesicht zu wischen suchte.

»Mit schön viel vergorenen Pferdeäpfeln.« Sie dämpfte ihre Stimme nicht, und sie lief auch nicht davon.

Amalric, der befürchtete, dass sein reizbarer Kumpan jeden Moment explodieren könnte, sprang zwischen Peire und dessen Opfer. Demonstrativ hielt er sich die Nase zu. »He, Peire, du stinkst!«, rief er und wedelte sich vor dem Gesicht herum. »Ich glaube, die Fliegen kommen schon.«

Einige lachten. Amalric feuerte sie an. »Fliegen-Peire«, skandierte er, »Pisse-Peire. He, ich glaube, dir stand vorhin der Mund offen. Hat's geschmeckt?« Die Gruppe johlte und nahm den Spott mit Feuereifer auf.

Peire, rot im Gesicht und noch immer dabei, sich die tropfnassen Haare aus dem Gesicht zu streichen, warf Amalric einen feindseligen Blick zu. Aber er trat den Rückzug an. Angefeuert vom Singsang seiner vermeintlichen Freunde, stürmte er durch die Gasse davon.

Amalric trat auf das Mädchen zu und fragte: »Was glaubst du, wie lange wird es dauern, bis er bemerkt, dass es nur Wasser war?«

»Es wäre nicht recht, Menschen mit Unrat zu bewerfen«, gab sie zurück, »nicht einmal solche wie den da.« Einen Moment lang schaute sie ihn mit ihren schwarzen Augen an. Und Amalric hatte das Gefühl, als müsse sie das Herz in seiner Brust pochen sehen.

Dann trat sie an den Baum und lockte die Katze, die auf ihrem Ast hin und her strich und werbend maunzte. Endlich kam das Tier herunter und ließ sich von ihr kraulen. »Wie kann man einem so schönen Geschöpf nur wehtun wollen?«

»Ich heiße Amalric«, sagte er und streckte die Hand aus, um das Tier zu streicheln. »Und ich werde einmal ein Ritter.« Die Katze schnurrte.

»Ritter sind blöde«, verkündete das Mädchen. »Sie hantieren mit Waffen und jagen und töten.«

»Sie verteidigen die Schwachen«, widersprach Amalric. Seine Wangen wurden heiß vor Eifer. »Sie schützen das Recht. Sie kämpfen für die gute Sache.«

»Und gegen wen kämpfen sie?«, fragte das Mädchen. »Gegen andere Ritter, richtig? Also gibt es offenbar auch Ritter, die die Starken verteidigen, die das Unrecht schützen und die für die böse Sache zur Waffe greifen. Woher willst du wissen, dass du keiner von denen wirst? Wäre es nicht besser, man würde über Recht und Unrecht gar nicht erst mit der Waffe streiten?«

»Womit denn dann?«, fragte Amalric, verblüfft und gekränkt.

»Na, mit dem Wort natürlich«, antwortete sie und lachte ihn an. »Mit Argumenten und mit dem Verstand.«

»Das ist typisch Weiber«, ereiferte sich Amalric. »Nur weil ihr fix mit der Zunge seid.« Er war ehrlich empört, konnte sich aber nicht so aufregen, wie er es gern getan hätte. Denn wenn sie lachte, sah sie noch hübscher aus. Funken tanzten dann in ihren beinahe schwarzen Augen und machten sie noch lebendiger. Außerdem hatte sie so eine Art, auf dem Ende ihres Zopfes herumzukauen, die seinen Herzschlag beschleunigte, was immer sie dabei auch sagte. »Wie heißt du?«, fragte er.

»Navenias«, sagte sie. Sonst nichts. Navenias schien ihm der überwältigendste Klang zu sein, der jemals auf Gottes Erdboden vernommen worden war. »Navenias«, stotterte er.

Sie neigte den Kopf zur Seite. »Du scheinst nicht besonders schlau zu sein«, stellte sie fest.

Er schüttelte den Kopf. »Ritter müssen nicht schlau sein, sondern vor allem tapfer.«

Navenias zog die Brauen hoch. »Und bei wem wirst du Ritter?«, fragte sie.

Amalric blieb stumm. Da hatte sie seinen wunden Punkt berührt. Zwar war sein Vater von Adel und trug ein Wappen, aber er war nicht mit seiner Mutter verheiratet. Und es stand in den Sternen, ob er je gewillt sein würde, sich seines unehelichen Sohnes zu erinnern und ihm zu einem Knappenamt zu verhelfen. Und selbst dann würde er wohl sein Leben lang ein Knappe bleiben, die Waffen pflegen und die Pferde halten, ohne jemals weiter aufzusteigen. Er öffnete den Mund, fragte dann aber nur: »Und von woher stammst du?«

»Von da hinten.« Sie wies mit dem Kopf auf das Gebäude, das jeder in Lavaur kannte, das Haus der Katharerinnen. In der Gemeinschaft dort lebten viele Kinder, da nicht wenige der Frauen, die ihr beitraten, ihre minderjährigen Kinder, auch ihre Söhne, mitbrachten und sie bei sich behielten, bis sie für ihre weitere Erziehung in das Haus ihres Vaters oder eines Verwandten zurückkehrten. Manche wählten auch den Weg der Perfecti und blieben dort ihr Leben lang.

»Es ist das beste Zuhause der Welt«, fügte Navenias hinzu. »Ich lerne dort lesen und schreiben und alles über die Heiligen und über die Propheten.«

»Lebt deine Mutter dort?«, fragte Amalric, der nicht zugeben wollte, wie sehr ihn das beeindruckte. Das einzige Buch, das er bislang gesehen hatte, war die Bibel, aus der der Pfarrer sonntags in der Kirche las.

»Mehr so eine Art Tante«, erwiderte Navenias. Zum ersten Mal wurde ihr Blick ausweichend. Amalric wagte nicht, weiterzufragen. Er wusste, wie es war, wenn man sich seiner Herkunft nicht sicher sein konnte.

»Wollen wir etwas spielen?«, fragte Navenias unvermittelt.

Amalrics Herz schlug schneller. »Spielen wir Ritter«, schlug er vor. »Ich rette dich vor dem bösen Drachen, und dann stimmen wir einen Siegesgesang an.«

Navenias blickte zweifelnd drein. »Es gibt doch gar keine Drachen. Und was soll ich überhaupt dabei tun?«

Amalric erklärte ihr, dass in dem Ginstergestrüpp hinter dem Hof des alten Bernard wunderbare Drachen gebaut werden konnten aus abgebrochenen Ästen, Unkraut, Zweigen und Flusskieseln. Mit Feuereifer machten die beiden sich an die Arbeit. Bald waren sie ganz vertieft in ihr Tun. Binnen zwei Stunden hatten sie ein beachtliches Ungetüm gebaut. Amalric sang dabei zufrieden vor sich hin. »Dein Schuppenhaupt, dein Feuerstrahl, so Mal um Mal. Mhmmlalalal. Im tiefen Tal.«

»Was ist das für ein Lied?«, fragte Navenias. »Schon der Siegesgesang?«

Amalric errötete. »Nur so etwas, was ich mir ausgedacht habe. Es singt manchmal in meinem Kopf, weißt du. Und dann summe ich das vor mich hin, und manchmal finde ich auch Worte dafür. Nur so.« Verlegen arbeitete er weiter.

Zum Schluss pflückte Amalric einen Zweig Vogelbeeren und stopfte ihn dem Ungeheuer ins Maul. »Das ist die rote Flamme«, verkündete er, »mit der der Drache mich bedroht. Aber ich habe keine Angst, und ich zücke mein Schwert, und ich fordere ihn heraus und ...«

»Und ich?«, fragte Navenias, noch ein wenig außer Atem vom Bauen, und wischte sich den Beerensaft von den Fingern.

Amalric überlegte kurz. »Du setzt dich am besten dort auf den Felsen, wo du gefangen bist, und wartest, bis ich dich befreie. Vielleicht ringst du auch ein wenig die Hände.«

Navenias gehorchte, hockte sich mit angezogenen Knien auf den Stein. Neugierig schaute sie eine Weile zu, wie Amalric mit viel »Ha« und »Ho« den hölzernen Drachen bekämpfte.

Navenias seufzte. Sie gab das Händeringen auf und betrachtete ihre Fingernägel. »Amalric?«

»Gleich«, keuchte er. »Der Drache ist schlau, aber ich bin ihm überlegen. Ich muss nur noch ... da!«, rief er, hingerissen vom eigenen Spiel. »Und da, und da! Nimm das!«

Navenias seufzte wieder. Eine Weile beschäftigte sie sich mit einer Eidechse, einem smaragdfarben schillernden Tierchen, dessen Herz deutlich an seinem Hals klopfte und dessen dünner Schwanz lang über den Felsen herabhing. Geduldig und mit angehaltenem Atem versuchte sie, einen ausgerupften Grashalm so langsam an die Echse heranzubringen, dass die sich, obwohl ihr Kopf misstrauisch mitwanderte, davon berühren ließ. Am Ende ließ das Tier es sogar zu, dass der Halm ihm liebkosend über die Schuppenhaut strich. Wie schön sie war! »Dein Schuppenhaupt«, summte Navenias unwillkürlich und blickte auf. Amalric hieb noch immer mit rotem Kopf um sich und brachte das hölzerne Untier ins Wanken.

»Ksch«, machte Navenias sanft, damit die Eidechse dem herben Schicksal ihres großen Drachenbruders entging. Dann richtete sie sich auf, schaute sich um, fand einen Eichenknüttel, schwang ihn einmal durch die Luft und hieb dem Drachen mit einem Schlag den Kopf ab. In hohem Bogen flog er in den Bach.

Amalric schrie auf. »Nein! Was tust du?«

»Ich helfe dir«, erklärte Navenias und stieg von ihrem Felsen. »Und jetzt versorge ich deine Wunden.«

Betroffen schaute Amalric ihr entgegen. »Prinzessinnen helfen nicht. Sie rufen allenfalls um Hilfe. Das, das, das ist ihre ... äh ... Natur.«

»So ging es schneller«, meinte Navenias nur. »Halt still.« Sie nahm seinen Arm, der rot gesprenkelt war von Maulbeersaft. »Da wird ein Verband nötig sein.«

Amalric genoss die Berührung, aber er war noch nicht gänzlich versöhnt. »Es soll doch gar nicht schnell gehen. Und überhaupt darfst du keinem Lebewesen Schaden zufügen, dachte ich.« Er blickte sie triumphierend an.

In der Tat schien es sie einen Moment aus dem Gleichgewicht zu bringen. »Er war ja nicht echt«, erklärte sie dann. »Einen wirklich lebendigen Drachen hätte ich selbstverständlich nicht erschlagen.«

»Ach nein«, bemerkte Amalric ein wenig gallig. »Hättest du nicht? Wie hättest du ihn denn dann besiegt? Etwa mit klugen Reden?«

»Mit der Macht des Gebets natürlich.«

Amalric verschlug es die Sprache, so selbstgefällig sah sie aus. »Das will ich sehen, wenn es so weit ist«, meinte er. »Mit der Macht des Gebets, pah, da verlasse ich mich lieber auf mein Schwert.« Entschlossen packte er seinen Stock fester.

»Wir werden sehen«, sagte sie, aber es klang versöhnlich. Sie lächelte ihn an. »Wenn es so weit ist. Möchtest du jetzt etwas essen? Ich lade dich ein.«

Amalric hatte immer Hunger, wie alle Jungen seines Alters. Er nickte, wenn ihm auch ein wenig unbehaglich war bei dem Gedanken, das Katharerheim zu betreten. Es war ein wenig, wie in eine Kirche zu gehen. Und dort sollte er so etwas Profanes tun wie essen?

»Du, Navenias«, sagte er schüchtern, während sie sich auf den Weg machten. »Meinst du, du könntest mir dort eines von deinen Büchern zeigen?«

Zu Amalrics Erstaunen war sie so erfreut über den Vorschlag, dass sie ihn eifrig am Arm nahm und ihm so viel über Buchstaben und Grammatik vorschwatzte, dass ihm der Kopf schwirrte. Vielleicht lag das aber auch an ihrer Nähe und an dem sanften Duft von wildem Thymian und von Rosen, den ihre Haut verströmte. Noch nie war Amalric einem Mädchen begegnet, das so gut roch. Er war so betört, dass er kaum etwas wahrnahm vom Haus der Katharerinnen, als er es schließlich zum ersten Mal betrat.

Navenias schob ihn durch einen Seiteneingang in die um

diese Zeit verwaiste Küche, wies ihm einen Hocker an und hantierte danach mit Kisten und Töpfen.

Erst am Küchentisch, vor einer Schale Ziegenmilch, einem Stück Brot und einer Hand voll Oliven kam Amalric wieder zu sich. Eingeschüchtert betrachtete er die Einrichtung, die sich stark unterschied von der, die er gewohnt war. Der mächtige gemauerte Ofen, der den Mittelpunkt der Küche bildete, war ordentlich verputzt, und die Eisengriffe glänzten sanft, so sauber waren sie. Zwar stand auch hier nur ein hölzerner Tisch, umgeben von Bänken mit geflochtener Sitzfläche, und an den Wänden zogen sich Borde entlang, auf denen das Geschirr aufgereiht war. Aber die hölzernen Möbel waren akkurat zusammengefügt, ausgewogen in den Maßen und ohne jede Plumpheit. Die Flächen waren poliert und gewachst und die natürliche Maserung, ihr einziger Schmuck, mit Liebe zur Wirkung gebracht. Auch das Flechtwerk war äußerst sorgfältig gearbeitet, mit viel Sinn für die Struktur, das erkannte sogar Amalric.

Dasselbe galt für die Teller und Gefäße, schlichtes irdenes Zeug, aber jedes schön in seiner Art. Die graue Glasur schimmerte wie der Himmel vor dem Gewitter, und die Formen waren zwar ohne Schnörkel, aber gefälliger als alles, was er auf dem Markt gesehen hatte. Nirgendwo war etwas schadhaft, nichts war schmutzig oder lag herum. Ein Wille zur Ordnung herrschte hier, ebenso wie ein Sinn für Harmonie und Schönheit und der Glaube, dass das eine nicht ohne das andere zu haben war.

Eingeschüchtert hockte Amalric auf seinem Hocker und fragte sich, wie es wohl wäre, den Menschen gegenüberzutreten, die das geschaffen hatten und es täglich benutzten. Dann aber siegte sein Appetit.

Er schlang alles hinunter, was Navenias ihm hinstellte. Dann zog sie ihn in einen anderen Raum. Auch dieser Raum lebte von schlichten Formen und klaren Farben. Wollteppiche, von Hand gefärbt, machten ihn wohnlich, mit ihren sanften Blau- und Grautönen. An den Fenstern standen Pulte mit einem Stuhl davor, die peinlich aufgeräumt waren. Ein offener Kamin wartete auf Holz.

Ein Schrank aus Nussbaum mit schönen Intarsien war das einzig aufwendige Stück. Er barg das, was Navenias ihm, indem sie die Türen weit öffnete, darbot wie einen Schatz: ein ganzes Brett voller Bücher.

»Die gehören alle uns«, sagte sie stolz. »Auch mir, sagt meine Tante. Nur die Gräfin hat mehr, heißt es, aber das glaube ich nicht.« Sie holte ein Buch heraus, das mit metallenen Platten beschlagen und mit Halbedelsteinen besetzt war. »Das da ist echtes Gold.«

Andächtig strich er mit der Hand über die dunklen, teils mit vergoldeten, teils mit geschwärzten Lettern geprägten Rücken der Bücher. Dicke standen neben dünnen, große neben kleinen, zerfledderte neben festen, harten Bänden. Er fand, sie drückten sich aneinander wie Rinder einer kostbaren Herde.

Als Navenias die Schranktür ganz geöffnet hatte, stieg Amalric der Duft der Bücher in die Nase: salziges Leder, Asche, metallisches Tintenpulver und der warme, würzige Wein, in dem es aufgelöst worden war. Der Schweiß blätternder Hände. Der tierische Geruch des Pergamentes, der Staub des Alters. Sie rochen wie ein ganzes Leben, diese Bücher, wie eine Heimstatt. Und zu seiner Heimstatt, da war Amalric wild entschlossen, wollte er sie auch machen.

Seine neue Freundin erzählte ihm vieles, doch er konnte kaum zuhören, so sehr war er mit Schauen beschäftigt und damit, den beflügelnden Duft einzuatmen, den das Innere des Schrankes verströmte. Dort war das Ziel seiner Wünsche, unerreichbar für einen wie ihn normalerweise. Gebannt schlug er die schweren Seiten um und fuhr mit den Fingern über die verschnörkelten

Striche der Anfangsbuchstaben. Da blühten Blumen, hoben furchtsame Rehe den Kopf, streckten Narren die Zunge heraus, ja, ganze Heere mit Pferd und Fahne marschierten zwischen den Füßen der Lettern hindurch, in Rot und Gold und Grün und in dem leuchtendsten Blau, das er je gesehen hatte, einem Blau, wie der Himmel es zeigte, wenn die Nacht in den noch lichtlosen Morgen überging. Woher kannten die Schriftsteller diese Farben?, dachte Amalric. Ob auch sie bisweilen in den Sommernächten auf dem Rücken im Gras lagen und zu den Sternen hinaufstarrten?

»Schau, da ist auch ein Drache.« Navenias' kleiner Finger zeigte auf die grüngoldene, sich windende Figur. »Und das ist ein ›D‹.«

»D«, wiederholte Amalric wie betäubt. Wenn ich lesen lerne, dachte er, und schreiben, dann muss einfach ein Ritter aus mir werden. Dann wird Vater sehen, was ich tauge. Er kann mich dann nicht mehr mit Nichtachtung strafen wie einen unwissenden Bauern.

Seine Hand fuhr an dem Regalbrett entlang. Er zog einen Band heraus und schlug ihn auf. Verwirrt runzelte er die Stirn.

»Was ist das?«, fragte er und starrte auf das dichte Netz aus schwarzen Linien, das von vollkommen gleich aussehenden Punkten und einer Anzahl verwirrender Zeichen gesprenkelt war.

»Ach das, das ist eine Notation«, sagte Navenias gleichgültig. »Musik, verstehst du? Die Töne, die man spielen muss. Schau dir lieber das hier an. Das ist eine Sammlung von Texten über das rechte Leben, von einem berühmten Prediger und ...«

»Man kann Musik aufschreiben?« Amalric war so verblüfft, dass ihm der Atem stockte. Verständnislos starrte er auf die Zeilen.

»Ja, kann man«, bestätigte sie und kicherte, als sie sein Gesicht sah. Dann erklärte sie es ihm. »Schau, hier, die Linien stehen für die Tonhöhen, und die Punkte zeigen an, was für ein Ton gemeint ist. Das hier geht etwa so.« Sie räusperte sich und stimmte eine Tonfolge an. »Es ist ein Kirchenlied«, fügte sie hinzu. »Und das da drüben wäre etwa dein Lied: ›Dein Schuppenhaupt.‹« Sie tippte nacheinander auf vier Töne.

Amalric legte seine Hand darüber, als wollte er die vier Zeichen nie mehr loslassen. »Man kann also nicht nur die Worte eines Liedes, sondern auch seine Melodie festhalten.« Je mehr er das begriff, desto leuchtender strahlte er. »Was in meinem Kopf ist, könnte ich nach außen holen, sodass jeder es sieht.«

»Du könntest es auch einfach singen, dann hört es jeder«, meinte sie spöttisch. Sie hob den Kopf. »Oh, Tante Blanca«, rief sie und sprang auf.

Erschrocken sprang auch Amalric auf und verneigte sich so rasch, dass er beinahe das Gleichgewicht verlor.

Blanca de Laurac gab Navenias einen herzhaften Kuss auf die Stirn. »Und wer ist das?«, fragte sie mit einem leichten Nicken des Kopfes zu Amalric hin.

»Ich …« Amalric starrte die Herrin der Katharerinnen an, die Frau, vor der jeder im Ort sich verneigte. Sogar der Pfarrer grüßte sie, wenn auch mit Zurückhaltung. Ihr Wort galt viel in den Streitfällen unter den Bauern. Sie und ihre Frauen kamen zur Wundpflege, wenn man sie rief. Sie verkauften das beste Leinen auf dem Markt, und ihr Brot wurde sogar in der Burg gegessen, hieß es. Vor allem aber besuchten sie die Sterbenden. Denn das Wort und der Segen Blanca de Lauracs waren mehr als nur ein Trost. Sie vermochten es, einem Sterbenden den Weg ins Paradies zu öffnen, so hieß es. Alle Perfecti konnten das, als lebende Heilige waren sie die Gewährsleute für das Seelenheil ihrer Gemeinden. Es war ihre vornehmste Aufgabe in dieser Welt. Deshalb waren sie der kostbarste Besitz des Dorfes, sein Schlüssel zur Seeligkeit. Blanca de Laurac war darüber hinaus auch noch wunderschön und von großer Freundlichkeit.

Amalric schluckte.

Ihr Haar war damals noch schwarz. Es lag glatt und akkurat gescheitelt um ihr Gesicht, kein Strähnchen wand sich heraus. Dabei sah sie nicht streng aus, fand Amalric, sondern, ja, wie sollte er das beschreiben? Er fühlte Zuversicht in sich, je länger er sie ansah, und das dringende Bedürfnis, den Kopf in ihren Schoß zu legen und ihr bedingungslos zu vertrauen. Er errötete.

Blanca de Laurac lächelte ihn an. »Amalric, nicht wahr? Ich kenne deine Mutter.«

»Ja«, gestand Amalric und errötete noch tiefer. »Sicher.« Es war ihm unangenehm, auf seine Familie angesprochen zu werden. Seine Mutter war eine schlichte Frau, mit viel zu lauter Stimme und mit groben Gedanken, die sie gern zum Besten gab. Es gab wenig, was ihn zu ihr zog, und nichts, worauf er stolz gewesen wäre. Er schämte sich dafür, dass es so war, und noch mehr vielleicht dafür, dass er so dachte.

Blanca de Laurac nickte, als hätte sie all das im selben Augenblick verstanden. Das und noch einiges mehr.

»Er will einmal ein Ritter werden«, verkündete Navenias und nahm seine Hand.

»Will er das.« Es lag keine Wertung in Blancas Stimme, nur Nachdenklichkeit.

»Ja, und er will lesen lernen.«

Noch immer ruhte der Blick der Dame de Laurac auf Amalric. Endlich, nach einer endlos langen Zeit, sagte sie. »Dann sollten wir ihm wohl dabei helfen.«

2.

Die Burg Foix, im Jahr 1204

Amalric keuchte, während er den Stab wieder und wieder nach den Anweisungen des Waffenmeisters hob und sinken ließ.

»Blockieren! Und Angriff! Block! Und Angriff!« Die Stimme trieb das Grüppchen junger Knappen unbarmherzig an, die Augustsonne brannte ihnen heiß auf den Rücken. »Das ist gute Eiche in euren Händen, Jungs. Ich werde euch lehren, damit Wunder zu vollbringen, ehe ich euch an Eisen lasse. Block!«, kommandierte der alte Kämpfer. »Und achtet auf die Beinarbeit, na wird's bald! Gewicht nach hinten, jetzt nach vorn. Und Angriff! Und Wechsel!« Er fuhr Amalric in die Parade und brachte ihn mit einer leichten Drehung ins Stolpern. »Immer breitbeinig genug dastehen, seht ihr?« Aufstampfend positionierte er sich und ging in die Knie. »Wie ein Fels. Sonst geratet ihr zu leicht aus dem Gleichgewicht.«

Die anderen nickten, wischten sich den Schweiß von der Stirn und hoben den Stab erneut. Ein Jahr schon waren sie im Dienste des Vizegrafen von Foix, bereit, ihm als Knappen zu dienen. Aber nur diejenigen von ihnen würden die Ehre haben, zu echten Kämpfern heranzuwachsen, die den Unterricht dieses Altgedienten überstanden.

Amalric biss die Zähne zusammen und suchte festen Halt für seine Füße. Ja, in seinen Händen hielt er nur ein Holz, das Eisen würde erst noch kommen, im zweiten Jahr seiner Ausbildung. Wie wollte er je ein Krieger werden, wenn ihm der schlichte Stock schon die Arme schwer machte?

»Schneller«, kommandierte der Waffenmeister, »schneller! Ich kann ja im Schlaf vorhersehen, welche Bewegung ihr als Nächstes macht. Und Block! Und Angriff!«

»Kein Wunder, wenn er sie uns vorschreibt«, zischte der rothaarige Junge neben Amalric. Unmittelbar darauf jaulte er auf, weil der Stab des Meisters ihn auf die Finger traf.

Der Waffenmeister grinste. »Beweglich bleiben«, mahnte er mit tiefer Stimme.

So ging es weiter, Stunde um Stunde, bis Amalric glaubte, seine Kräfte verließen ihn. Irgendwann verlor er sich dabei, ohne dass sein Körper nachgelassen hätte. Dann trieb sein Geist so weit fort, dass er begann, die Übungssätze der Dame de Laurac aufzusagen. Stumm stiegen die Wörter vor seinem inneren Auge auf und formten sich zu Sätzen. Bis Block und Attacke sie wieder zerschmetterten und ein roter Schmerz sie überflutete und die schwarze Tinte auflöste.

Plötzlich stach ihn etwas an der Schulter. Er wischte die Empfindung fort und versuchte im Bewegungsfluss zu bleiben. Da war es schon wieder, dieses lästige Pieksen. Vorwurfsvoll schaute er seinen Nebenmann an. Aber der Rote schien nichts wahrzunehmen außer dem Stock des Waffenmeisters. Da, ein weiterer Stich. Amalric wagte es und wandte für einen Moment den Kopf.

Über der Mauer des Innenhofs tauchte der blonde Strubbelkopf von Amiel auf. Seine Wangen waren verschmiert mit rotem Saft, und noch immer stopfte er sich aus einem Beutel ganze Hände voller Himbeeren in den Mund, während er mit unreifen Kastanien nach Amalric warf. Der winkte ab. Nicht jetzt, formte er mit den Lippen. Ich kann nicht. Er suchte seinen Waffenmeister nicht aus den Augen zu verlieren und gleichzeitig dem Freund zu bedeuten, dass er warten sollte.

»Na, steh schon auf«, sagte sein Lehrer, der ihn mit einem

schnellen, schmerzhaften Wischer zu Boden gerissen hatte und ihm jetzt die Hand hinhielt, um ihm aufzuhelfen. »Und geh dir das Blut von der Nase waschen.«

Amalric zog sich hoch und presste grimmig die Lippen zusammen. Er würde sich nicht beschweren. Er war selber schuld. Oder vielmehr Amiel, der ihm das hier büßen würde, sobald er hier herauskäme. Amalric humpelte zum Brunnen, im Grunde froh, dass er das Klacken der Stäbe und den Schweiß seiner Kameraden für eine kleine Weile hinter sich lassen konnte.

»Warum zeigst du es dem Arsch nicht?«, fragte Amiel, der wieselflink neben ihm auftauchte. »Soll ich ihm mit der Schleuder eins überziehen?«

»Weil er *mir* etwas zeigen kann«, gab Amalric zurück. »Und nein, das sollst du nicht. Eines Tages werde ich ihn im Turnier besiegen, so macht man das als Mann von Ehre.«

Amiel betrachtete ihn kauend. »Es ist dir ernst mit diesem Ritterding, was?« Als er keine Antwort erhielt, fuhr er nachdenklich fort. »Na ja, es scheint ja auch wirklich ernst für dich zu werden.« Er seufzte. Niemals würde er einen Fuß in den Burghof setzen. Einen wie ihn nahm man allenfalls als Pferdeknecht, weil er ohne Eltern auf der Straße aufwuchs und von dem lebte, was die Bauern ihm als Handlohn gaben oder was er sich zusammenstahl. Vom Knappesein, vom Rittersein brauchte einer wie er nicht einmal zu träumen. Andererseits, wollte er sich so plagen? Amiel schob sich noch ein paar Beeren in den Mund und sog an ihrem Saft.

»Nie hast du mehr Zeit für mich. Das ganze Jahr schon nicht.« Er klang wie ein quengelndes Kind. »Die anderen sind zur Agout hinunter, um Forellen zu fangen. Es ist genau die richtige Tageszeit. Da stehen sie immer unter der alten Weide, du weißt schon«, sagte er sehnsüchtig.

»Dann geh doch mit«, gab Amalric zurück, dem der Gedanke

einen Stich gab, dass er jetzt mit der Bande am Ufer sitzen, den Schatten der tief eingeschnittenen Schlucht genießen und die Füße in den sanften Strom halten könnte.

»Mach ich auch, wirst schon sehen«, sagte Amiel. Aber er blieb. »Kommst du nachher wenigstens mit zum Feuer beim großen Peire? Er arbeitet jetzt fast dauernd auf dem Hof, ein richtiger Bauer ist er geworden. Aber er lässt uns noch auf seinem Land Feuer machen, und ab und zu spendiert er sogar einen Wein, um der alten Zeiten willen, der Großkotz.«

»Weiß nicht.« Amalric spritzte sich Wasser ins Gesicht und schaute hinüber zu den anderen, die noch immer übten. Sie waren zu einer neuen Technik übergegangen, die er noch nicht kannte. Das machte ihn ganz unruhig. Er wollte lernen. Er wollte bei ihnen sein. »Navenias hat gesagt, heute kommen wichtige Leute zu Besuch. Ich habe ihr versprochen, zuzuhören, wenn sie vortragen. Der Vizegraf kommt vielleicht auch.«

»Bah, die Ziege. Immer tanzt du nach ihrer Pfeife. Was kann es da schon Wichtiges geben? Sie werden vom Himmelreich reden. Und inzwischen sind die Beeren reif.« Wie zur Bestätigung stopfte Amiel sich die letzten in den Mund. Mit der rotverschmierten Hand hob er ein paar Kiesel auf und begann vorsichtig mit ihnen zu jonglieren. »Wusstest du, dass die Gaukler noch in der Nähe lagern?«, fragte er mit einem lauernden Seitenblick auf den Freund. »Sie sagen, ich würde zu etwas taugen.« Er änderte den Rhythmus und ließ die Steine schneller tanzen.

»Wozu taugen schon Gaukler?«, gab Amalric ungerührt zurück.

Amiel grinste und hielt ihm die Steine hin. »Mach's nach«, sagte er und lachte, als Amalric die Hand mit rotem Kopf fortschob. Plötzlich wurde er ernst. »Vielleicht geh ich mit.«

»Tust du ja doch nicht«, sagte Amalric. Da ertönte ein Pfiff des Waffenmeisters, und er zuckte zusammen. »Ich muss los«, stellte er fest.

»Tu ich wohl«, rief Amiel ihm nach. »Wirst schon sehen.«

»Tust du nicht.« Amalric wandte sich noch einmal um. »Und ich komme zu Peire, wenn der Vortrag vorüber ist. Versprochen.«

Navenias stand bereits in der Tür und hielt nach ihm Ausschau, als er endlich angerannt kam. »Du bist spät dran«, stellte sie fest und zupfte eifrig an seinem Wams herum. »Ist das Blut da vorn?«

»Keine Sorge«, beruhigte er sie. »Es ist nur mein eigenes.«

Sie gab ihm einen tadelnden Klaps.

»Es steht doch nirgends, dass es verboten ist, das eigene Blut zu vergießen, oder? Was würde sonst aus den Märtyrern?«

Navenias bemühte sich um eine strenge Miene. »Amalric, du bist ein Spötter.« Aber dann lachte sie schon wieder und hängte sich bei ihm ein. Er nahm ihre Hand, zog sie an sich und drückte sie kurz gegen seine geschundene Wange.

Navenias errötete, ließ sie aber nach kurzem Widerstreben dort ruhen und streichelte ihn zaghaft. Ihr Blick wurde weich. »Du Lieber«, sagte sie. Schritte auf dem Flur schreckten sie auf. Sie zog ihre Hand zurück und straffte sich. »Unsere Gäste kommen aus Toulouse«, erzählte sie eifrig, während sie ihn weiterzog. »Sie waren zuvor in Aragonien und wandern jetzt weiter gen Italien. Und überall verbreiten sie Gottes Wort. Oh, denk dir nur, was sie alles gesehen haben! Aragonien! Rom! Ach Amalric, wie gern würde ich das alles auch erleben.« Ihre Augen leuchteten. »Eines Tages werde ich das auch!«

»Und ich werde dich unterwegs beschützen«, versicherte Amalric ihr.

»Perfecti reisen eigentlich nur mit ihresgleichen.« Sie runzelte die Stirn. Hilflos schaute sie ihn an.

Amalric lächelte. »Dann wirst du eben die erste Perfecta mit eigenem Ritter sein. Stell dir nur vor.«

»Ach, du!« Sie drückte seine Hand und zog ihn in das Zimmer, wo sie einen Platz in einer Fensternische nahe der Tür fanden.

»Das ist Bruder Guillem«, erklärte sie ihm flüsternd und wies auf einen sehr jungen Mann mit dem Profil eines Römers, der seinen offenen Blick über die Menge gleiten ließ. »Pierre Maurand der Große dort drüben in dem kostbaren Mantel, war sein Gastgeber in Toulouse. Er hat ihn herbegleitet, um ihn noch einmal zu hören. Und auch weil er Geschäfte in der Gegend macht. Er ist ein sehr reicher und bedeutender Mann. Er hat Handelsverbindungen rund um das Mittelmeer. Man sagt, ihm gehören sogar Klosterpfründe.«

Amalric nickte. Die Perfecti wurden getragen von einer großen Zahl von Unterstützern im Volk, die sich selbst Gläubige nannten: Credentes. Diese lebten ein ganz gewöhnliches Leben, heirateten, gingen ihren Geschäften nach und waren durch ihren Glauben keinerlei Beschränkungen unterworfen. Viele von ihnen hatten ganz normalen Umgang mit der übrigen christlichen Bevölkerung, sie lebten und arbeiteten mit den gewöhnlichen Christen, übten Ämter und Privilegien aus und waren zum Teil eng verwandt mit ihnen.

Aber sie bewirteten und beherbergten die reisenden Prediger ihrer Glaubensgemeinschaft, besuchten ihre Gottesdienste, hörten ihr Wort und hüteten es wie einen Schatz. Denn auf dem Totenbett würde ihr Segen ihnen den Weg in Gottes Reich öffnen.

Amalric erinnerte sich, dass Amiel zu sagen pflegte, die Katharer seien bloß deswegen so beliebt, weil sie jedem erlaubten, bis zu seinem Tode so sündhaft zu leben, wie es ihm beliebte. Wenn er sich dann nur segnen ließ, war alles gut. Er errötete heiß, als er an die weit drastischeren Worte dachte, mit denen sein Freund diesen Gedanken zum Ausdruck gebracht hatte.

Immerhin, verteidigte er Navenias' Leute im Stillen, lebten die katharischen Priester die gottgefällige Reinheit in ihrem eigenen Leben aufrichtig und ohne Makel vor. Sie verkauften keine Ämter, rafften keine Reichtümer an sich und gaben keinen Ablass gegen Geld. Sie prassten, soffen und hurten nicht, wie etwa die Bischöfe von Béziers und Viviers. Dass die das taten, war ein offenes Geheimnis; das wusste jeder. Und jeder hätte noch weitere Priester nennen können, die sich solcher Vergehen schuldig machten. Es war nichts Ungewöhnliches. Weit schwieriger wäre es gewesen, Priester zu finden, die es nicht taten. Die Perfecti hingegen waren ehrbar. Und sie kümmerten sich teilnahmsvoll um die Nöte der Menschen, wenn man sich an sie wandte. Sie waren gute Zuhörer und trösteten mit Ernst und Anteilnahme. Welcher Pfarrer tat das schon?

Amalric versuchte, seine Aufmerksamkeit auf den Vortrag zu richten, der schon vor einer ganzen Weile begonnen hatte. Guillem hatte eine wohlklingende Stimme, die mit Leichtigkeit bis in den letzten Winkel des Raumes trug. Sicher war er ein guter Sänger, dachte Amalric, der ein wenig Mühe hatte, die Gedanken und Melodien in seinem Kopf zum Schweigen zu bringen. Schließlich war er nicht Guillems wegen gekommen. Sondern um Navenias' willen. Endlich aber schlug ihn die geübte Rednerstimme doch in ihren Bann, und er hörte zu.

»Wie kann ein guter Gott«, fragte Guillem, »diese Welt geschaffen haben, in der so viel Böses ist? Wie kann er zulassen, dass Krankheiten die Menschen quälen, dass Dürre ihre Felder zerstört, Überschwemmungen sie bedrohen, Feuer ihre Heime zerstört, ja dass sie einander mit dem Schwert bekämpfen und sich in blutigen Kämpfen um ihr bisschen Leben bringen? Wie, Freunde, kann das sein? Ist Gott gut, so kann er willentlich nichts Böses geschaffen haben. Hätte er es aber unwillentlich getan, so wäre er nicht vollkommen in seiner Macht, also wäre er nicht Gott.« Guillem blickte ernst von einem zum anderen und schüttelte dann nachdrücklich den Kopf. »Nein, Freunde, diese Welt trägt den Abdruck ihres Schöpfers auf der Stirn. Sie ist böse und kann nur von Bösem kommen: Lucifer ist ihr Vater, er hat sie gemacht, gerade so, wie Johannes es in seinem Evangelium beschreibt: ›Ihr seid von dem Vater, dem Teufel. Er ist ein Mörder von Anfang an.‹ Er«, verkündete Guillem mit bebender Stimme, »der eine von Gottes beiden Söhnen.«

Amalric brummte der Schädel. Zwei Söhne? Und der Teufel, nicht Gott, sollte die Welt erschaffen haben? Das war ja zum Schwindligwerden. Eine gewaltige Botschaft war das. Wenn der Pfarrer das hörte! Und was würde der Vizegraf dazu sagen? Ein Blick in die Runde sagte ihm, dass sein Lehnsherr nicht gekommen war. Der Vizegraf von Foix liebte seine Schwester Blanca und verehrte sie. Aber er ging jeden Sonntag zur Kirche. Wie ging das zusammen?

In Amalrics Kopf begann es durcheinanderzuwirbeln. So ging es vielen, wenn vom Teufel gesprochen wurde. Es war Amalric, als bebte die Erde und vor seinen Füßen, mitten in diesem so friedlich und harmonisch wirkenden Heim, täte sich ein tiefer Riss auf. Das hier war gefährlich. Eine tiefe, unklare Angst erfasste ihn. Dennoch lauschte er mit immer heißer werdenden Wangen der Geschichte, die ihn gegen seinen Willen in ihren Bann zog.

Er hörte, wie Lucifer einst die Himmel verwaltete, deren es sieben gab, einer reiner und glänzender als der andere, und wie Lucifer schließlich aufbegehrte gegen seinen Vater und gestürzt wurde mit allen Engeln, die sich ihm angeschlossen hatten. Das wiederum war etwas, was Amalrics Ritterherz ansprach. Was für prachtvolle Schlachtengemälde entfalteten sich da vor seinen Augen, in denen Engel mit Schwertern und mächtigen Schwingen miteinander rangen!

Amalric erfuhr weiterhin, wie Lucifer sich die Schöpfung erschlichen hatte, indem er seinem Vater vorgaukelte, alles wiedergutmachen zu wollen; wie er dann die Seelen der gefallenen Engel nahm, um sie in Menschenkörper einzuschließen, und sie zum Sündenfall verlockte.

»Was für eine Geschichte«, flüsterte Amalric Navenias zu, die gleich ihm gebannt dasaß und seine Finger knetete, ohne dessen gewahr zu sein. »Ich sehe die sieben Himmel vor mir, jeden in einer anderen Farbe des Regenbogens. Wie der Schleier einer schönen Frau. Der Schleier, den sie ihrem Kämpen reicht, damit er ihn im Kampf an seiner Lanze trägt. Und Lucifer und Jesus sind wie zwei Ritter, ganz in Schwarz und ganz in Weiß, die den ewigen Kampf um den Sieg der Reinheit ausfechten.«

Er sah sie wahrhaftig vor sich, Jesus mit einem Wimpel in den Farben des Marienmantels, von einem Blau, reiner als der Himmel der Provence. Es war ein Gedicht, wunderbar auf Gegensätze aufgebaut, und er verzweifelte fast bei dem Bemühen, die rechten Töne dafür zu finden. Unwillkürlich begann er zu summen.

»Du mit deinen Rittern«, flüsterte Navenias. »Hier geht es um Philosophie.«

Ein strafender Blick aus der Reihe der Zuhörer vor ihnen brachte sie zum Schweigen.

Der Redner fuhr nun fort, aus dem siebten Kapitel des Römerbriefes von Paulus zu zitieren. »›Dank sei Gott durch Jesus Christus, unseren Herrn! Es ergibt sich also, dass ich mit meiner Vernunft dem Gesetz Gottes diene, mit dem Fleisch aber dem Gesetz der Sünde.‹ Mit eigenen Worten beweist uns der Apostel hier, dass der Jehova des Alten Testamentes mit Lucifer gleichzusetzen ist.« Und donnernd fuhr er fort, gegen das Alte Testament anzureden. Nur Teile des Neuen Testamentes wollte er als Gottes Wort gelten lassen.

Amalric allerdings hörte schon nicht mehr zu; das waren Dinge, die ihm wenig sagten. Er schwelgte in Bildern von zartfarbenen Himmeln, hehren Kämpfern und dem Lob der reinen Liebe, das die trauernden Engel im Menschenleib anstimmten, ein gefangener Chor, dessen Klage aufstieg zum Gesicht einer schönen Frau, die mildtätig lächelnd auf alles herabblickte.

»Ist das nicht wunderbar?« Navenias sah ihn mit feuchten Augen an.

»Was?«, fragte er leise. Die Bemerkung seiner Freundin riss ihn aus seinen Träumereien. Er war ein wenig unwirsch, hatte er doch gerade einen vielversprechenden Melodiebogen zu fassen bekommen. Aufschwingend, dachte er, sich aufschwingend musste er sein, wie der Flug der Lerche. Ja, das wäre wahrhaftig wunderbar.

»Jeder kann den Engel in sich befreien und den Weg des Geistes gehen.« Navenias strahlte. Sie fasste sich an die Brust, als könnte sie den Schlag der Flügel in sich spüren. »Guillem hat es gesagt, so klar wie noch keiner. Die Priester wollen, dass wir uns vor dem Teufel fürchten. Dabei kann jeder ihn in sich besiegen und den Weg des Geistes gehen. Ist das nicht wunderbar?«

»Ja, ja«, stimmte Amalric zerstreut zu. Jetzt war der Liedfetzen, der gerade begonnen hatte, in seinem Kopf Gestalt anzunehmen, wieder verschwunden. Verwirrt sah er sich um.

Da sagte Guillem etwas, das ihn noch einmal aufhorchen ließ: »Der Leib Christi ist weder auf dem Altar noch in den Händen der Priester. Er ist in den Händen derer, die höchste Minne pflegen, in den Händen der Minnekirche.«

»Hat er eben gesagt ...?«, wollte Amalric fragen.

»... dass er die Eucharistie ablehnt?«, vollendete Navenias den Satz. »Ja, das hat er gesagt. Er sagt, es ist nicht wichtig, ob man sein Fleisch isst oder sein Blut trinkt, es kommt auf den rechten Geist an und ...«

Um Amalric herum setzte Gemurmel ein über die Frage, ob die Transsubstantiation ein Sinnbild sei oder ein wahrhaftiges Geschehen; wie die Gewichtung des Johannesevangeliums in der Beweisführung des Redners zu werten sei, und über andere theologische Feinheiten, die ihm gleichgültig waren und die seine Aufmerksamkeit einschläferten. Aber die Worte von der Minnekirche hatten etwas in ihm angestoßen, ein Ton war erklungen, und er wusste, dass, auch wenn er nichts verstanden hatte, doch etwas seinen Anfang genommen hatte. Minne. Liebe. Er ahnte dumpf, wie groß die Bedeutung dieses Wortes für sein eigenes Leben war. Eine Liebe, so groß wie ein Gottesdienst.

Aufgewühlt stimmte er in das Gemurmel der Gemeinde ein, ihr dreimaliges »Segnet uns«, beantwortet vom beruhigenden Klang von Guillems Stimme. »Gott segne euch. Möge er aus euch gute Christen machen und euch zu einem guten Ende führen.«

Navenias rutschte von ihrem Sitz. »Ich möchte Guillem noch so viel fragen. Kommst du auch mit zum Gastmahl?«

»Amiel hat gesagt, die anderen rösten jetzt Forellen beim großen Peire. Und ich habe ihm versprochen … na ja.« Amalric errötete. »Auch habe ich, ehrlich gesagt, gar keine Fragen. Ich, ich …« Er überlegte, wie er es in Worte fassen sollte. »Ich möchte lieber noch ein wenig allein sein mit seinen, also Guillems, Worten«, sagte er dann zögernd. Tatsächlich brannte er darauf, seine Vision des himmlischen Turniers in Verse zu bannen. Sein Bild dieses Kampfes um die größte aller Lieben. So vieles arbeitete in ihm, und er wollte in Ruhe im Lichtschein des Feuers sitzen, den Sternenhimmel über sich, um über alles nachdenken zu können.

Navenias sah ihn mit liebevoller Nachsicht an. »Er hat dich auch beeindruckt, nicht wahr? Er beeindruckt jeden.«

Plötzlich war Blanca neben ihnen. »Unser Amalric hängt ein wenig zu sehr am Wort«, stellte sie fest. »Liebe. Kampf. Es kommt aber auf den Geist an, der in den Worten lebt.«

Navenias öffnete schon den Mund, um ihn zu verteidigen. Aber Blanca fuhr fort, mit einem Blick auf Amalrics blutverschmiertes Wams. »Kommst du voran in deiner Ausbildung, Amalric?« Es lag kein böser Ton in ihrer Stimme.

Dennoch fühlte er sich unsicher. »Ja. Und der Meister ist zufrieden mit mir. Ich kann Euch gar nicht genug danken. Ohne Eure Vermittlung wäre er niemals auf mich aufmerksam geworden.«

Sie nickte, als wüsste sie das bereits. Tatsächlich war sie es gewesen, die den Vizegrafen auf diesen Jungen hingewiesen hatte, der sich aus eigener Kraft das Lesen beibrachte und der die Anlagen zu mehr haben mochte als zu einem weiteren Strolch, der den Kriegern um die Beine strich und ihre Pferde hielt. »Du stehst am Anfang deines eigenen Weges.« Sie sagte es nachdrücklich. »Und es spricht für dich, dass du ihn so gedankenvoll gehst. Auch wenn es fremdartige Gedanken sind.«

»Aber er …«, begehrte Navenias auf. Doch Amalrics stolzes Lächeln ließ sie hilflos verstummen.

»Geh nur«, ermunterte Blanca de Laurac ihn. Schweigend schaute sie ihm nach, als er erleichtert davonsprang.

»Guillem hatte ihn beeindruckt.« Endlich fand Navenias die Worte, die sie gesucht hatte. »Und du? Du schickst ihn einfach weg. Nennst ihn fremdartig! Pah!« Sie war kurz davor, mit dem Fuß aufzustampfen.

»Jeder von uns ist in seiner Form geboren«, erwiderte die Perfecta. »Er füllt sie aus, bis seine Zeit gekommen ist. Das ist sein Sinn und Zweck. Du musst ihn gehen lassen.«

»Gehen lassen?« Navenias schnappte nach Luft. »Wozu?

Wohin? Amalric wird mich niemals verlassen.« Navenias sprach aus, was ihr als Erstes durch den Kopf ging. »Er ist mein bester Freund. Er gehört mir. Zu mir«, verbesserte sie sich rasch und hoffte, dass die Dame de Laurac ihr Erröten nicht bemerkte.

Die ging darüber hinweg. »Er wird ein Ritter sein.«

»Na und?«, gab Navenias zurück.

Blanca hob die Brauen. »Stellst du diese Frage ernsthaft?«, sagte sie. »Ich hoffe es, Navenias, ich hoffe es wirklich. Denn die Antwort darauf wirst du finden müssen, wenn nicht heute, dann sicherlich morgen. Vielleicht hast du recht, weißt du, vielleicht wird Amalric nicht fortgehen. Aber was tust dann du?«

3.

Die Burg Foix, im Jahr 1205

Amalric saß auf der Mauer des Burggartens. Die Rosen und die bunten Wicken standen in voller Blüte, die weißen Lilien strahlten, der Lavendel leuchtete, die Heilkräuter in ihren Beeten hüllten alles in ihren Duft, doch er hatte gerade überhaupt keinen Sinn dafür. Nicht einmal die reifenden Trauben konnten ihn verlocken, auf die der Vizegraf so stolz war, weil sie nach Muskat und Aprikosen schmeckten, wie es hieß. Ein arabischer Händler hatte sie einst hierhergebracht. Sie waren der gräflichen Tafel vorbehalten. Nun schimmerten die grünen Beeren direkt vor Amalric. Aber der hatte keinen Blick für den einzigartigen Genuss.

Sein Kopf ruhte auf dem angezogenen Knie, das linke Bein ließ er baumeln, seine Gedanken ließ er treiben. In seinem Kopf mischten sich so viele Eindrücke; der Feuerschein des gestrigen Abends und die lustigen Gesänge der Freunde, Guillems Stimme und Bilder von schillernden Mänteln, die um die Schultern kämpfender Engel wehten. Dabei ging ihm der eine Satz nicht mehr aus dem Kopf, der sich aus alldem irgendwie in seinem Geist geformt hatte: Die Lieb' ist eine Kathedrale.

Er wusste nicht, woher die Worte kamen, aber er konnte nicht anders, als sie immer wieder vor sich hin zu murmeln. Irgendwann entstanden Töne dazu und verliehen ihnen Flügel. Amalric begann, mit den Händen auf seinen Schenkel zu klopfen, um ein Gefühl für den Rhythmus zu bekommen. »Die Lieb' ist eine Kathedrale. Sie labt den Geist und gibt ihm Ruh'. Mit zarter Hand …« Hier wusste er nicht weiter. War es der Gedanke an

Navenias' zarte Hand, der ihm die Kehle zuschnürte und seinen Puls so heftig schlagen ließ, dass er ihn in den Schläfen pochen hörte? Oder war es der schwierige Reim auf ›Kathedrale‹, der ihm den Vers verdarb?«

Plötzlich hörte er ein Kichern.

Errötend fuhr Amalric auf. Unter ihm, die Haube mit dem Schleier auf Höhe seines Knies, standen drei Fräulein. Sie waren von vornehmer Herkunft, das verrieten die kostbaren Gewänder, die sie trugen, ihre bestickten Mäntel und die reich verzierten Ärmel ihrer Kotten. Amalric kannte sie nicht, aber er wusste, wer sie waren. Sie mussten aus dem Gefolge der Dame Gerauda stammen, die seit einigen Tagen ihren Lehnsherrn in Foix besuchte. Ihre Anwesenheit hatte den Anlass für zahlreiche Feste gegeben. Auch die Gaukler, die Amiel erwähnt hatte, waren davon angezogen worden und gaben ihre Vorstellungen drunten im Dorf, damit auch die Bauern etwas von dem Glanz verspürten. In der Burg selbst würden sie an diesem Abend bei einem Bankett auftreten.

Amalric war nicht für den Pagendienst bei Tisch eingeteilt, und er war dankbar dafür. Die Nähe der vielen Frauen machte ihn nervös. Auch jetzt wäre er lieber unsichtbar gewesen, statt oben auf der Mauer zu sitzen wie der Pfau auf der Pastete. Amalric fluchte innerlich, während er versuchte, eine Verneigung anzudeuten. »Meine Damen«, stotterte er.

»Was für ein hübscher Knabe«, hörte er eine von ihnen sagen. Spott schien in ihrer Stimme mitzuschwingen. Oder täuschte er sich? »So anmutig von Gestalt. Und seine Augen.« Eine ihrer Gefährtinnen ergänzte: »Ich glaube, er hat Temperament.«

Amalric, der unruhig auf der Mauerkante herumgerutscht war, wurde stocksteif.

»Was hast du da eben gesungen?«, fragte eine, die sich aus dem wispernden, kichernden Trio gelöst hatte und die Wortführerin zu sein schien. »Es kam mir gar nicht bekannt vor. Aber es war ein hübscher Klang.«

Hilflos starrte Amalric in ihr blasses Gesicht mit den Sommersprossen und den weit auseinanderstehenden hellgrünen Augen, die ihn unbefangen musterten. Wie hoheitsvoll sie sich hielt. Sie konnte höchstens ein paar Jahre älter sein als er selbst. Aber um wie viel sicherer und gelassener stand sie da. Ein selbstverständlicher Teil der Welt, die er von Weitem bewunderte und der er sich trotz allem noch so fern fühlte.

»Das«, begann er und räusperte sich, während seine Hände haltsuchend die Mauerkante umfassten, »das habe ich mir gerade ausgedacht.« Er fühlte die Hitze in seinem Gesicht und betete, dass man sie nicht sehen konnte.

»Oh, ein Dichter!« Sie wandte sich an ihre Kameradinnen, die anerkennend zu nicken schienen. Oder hatten sie ihn zum Besten? Amalric konnte es nicht sagen.

Wieder flüsterten sie miteinander. Und die Grünäugige warf ihren Schleier zurück. »Uns scheint ›Quale‹ ein angemessener Reim zu sein, mein Herr. Wie denkt Ihr darüber?«

»Was?«, fragte Amalric verblüfft und verlor für einen Augenblick beinahe das Gleichgewicht, bevor er sich wieder fangen konnte. Und natürlich kicherten sie erneut. Amalric unterdrückte ein Seufzen. »Quale«, meinte er dann, »allerdings ist diese Art der Mehrzahl ein wenig ungewöhnlich. Vielleicht ginge ›Mit zarter Hand erlöst von süßer Quale‹?« Abwartend schaute er sie an.

Die drei klatschten begeistert in die Hände. Amalric fühlte sich ermutigt. »Neigt Seele sich der Seele zu.«

Die Mädchen schauten einander lächelnd an. »Er ist wirklich ein Dichter«, rief eine.

Nur die Grünäugige blieb zurückhaltend. »Es ist viel Seele in Eurem Lied, Dichter. Aber hat die Liebe nicht auch mit dem

Körper zu tun?« Sie neigte den Kopf und wiegte die Hüften auf eine Weise, die Amalric den Atem raubte.

»Ja, nein, ich, nein, es…« Die Worte in seinem Mund purzelten übereinander. Gerade noch rechtzeitig erinnerte er sich an die ruhige, machtvolle Stimme Guillems. Und noch bevor er die Sache ganz zu Ende gedacht hatte, sagte er genau das, was dieser gesagt hatte: »Es kommt nicht auf das Fleisch an, sondern auf den Geist.« Amalric richtete sich auf und straffte sich.

Die Grünäugige bekam rosafarbene Wangen.

»Ein wahrer Philosoph der Liebe«, stellte ihre Freundin fest.

»Und ein Minnesänger. Nur dass ihm das Instrument fehlt«, beklagte die Dritte.

Die Grünäugige stieß sie in die Seite. »Das Instrument, auf das es ankommt, wird er schon haben.«

Wieder kicherten sie, drängten sich aneinander und flüsterten eine ganze Weile so leise miteinander, dass Amalric kein Wort davon verstehen konnte.

Dann wandten sie sich, wie auf einen Befehl hin, ihm zu, machten einen tiefen Knicks und gingen mit gezierten Schritten davon, nachdem sie sich ausgesucht höflich von ihm verabschiedet hatten. Ratlos schaute er den dreien hinterher. »Heh«, fiel es ihm dann ein. »Wieso bis heute Abend?«

Er bekam keine Antwort. Verärgert ließ er sich wieder gegen das Mauerwerk sinken. Frauen! Sie waren der Daseinszweck eines Ritters. Aber wie man mit ihnen umging, wenn man sie nicht gerade aus tiefster Gefahr rettete, das wollte sich ihm noch nicht erschließen.

»Willst du den ganzen Tag dort oben verbringen?«, fragte mit einem Mal eine krächzende Stimme.

Amalric zuckte vor Schreck zusammen. Er hatte den alten Mann nicht kommen hören. Jetzt beeilte er sich, von der Mauer zu rutschen, klopfte sich die Beinlinge ab und zog sein Wams glatt. »Verzeihung«, murmelte er.

Der Alte brummelte etwas und betrachtete ihn von oben bis unten. »Die Dame Gerauda wünscht, dass ich Euch für heute Abend ein Instrument zur Verfügung stelle. Was pflegt Ihr denn zu spielen?«

»Ich?«, fragte Amalric. Die klapprige Vogelgestalt des Alten, der ihn mit kleinen, wässrigen Augen ansah, in denen kein Funke von Interesse lag, machte ihn unruhig. »Also ich ...« Er hielt inne. Bisweilen hatte er sich Schilfrohre zurechtgeschnitten, um darauf die Töne zusammenzusuchen, die in seiner Fantasie entstanden. Aber es war ihm wenig tauglich erschienen, da es ihn am Singen hinderte und er sie immer aus der Hand legen musste, wenn er ein paar Worte niederschreiben wollte. Auch hatte er wie jeder Junge seines Alters bei Dorffesten schon einmal die Trommel geschlagen oder das Tambourin, das um das Feuer im Kreis herumwanderte und von jedem reihum bedient wurde, wie es gerade kam. Aber ein Instrument? Und er sollte es heute Abend spielen? Bei dem Gedanken sank ihm der Mut.

Der Alte wartete gleichmütig »Kommt«, sagte er schließlich und stakte in seinem seltsamen Vogelgang davon, ohne sich darum zu kümmern, ob Amalric seiner Aufforderung nachkam.

Amalric folgte ihm. Der Alte bewegte sich schnell, obwohl er das rechte Bein ein wenig nachzog. »Seid Ihr einmal verwundet worden?«, fragte Amalric.

»In den Diensten des Königs von Aragonien«, antwortete der Alte, ohne stehen zu bleiben. »Ein Bolzen in meiner Hüfte. Er durchschlug mein Fleisch und nagelte mich an den Sattel. Ich konnte mich nicht rühren, während mein Pferd unter mir starb.«

Ein Sturz war ein Unglück für die gepanzerten Ritter. Das Gewicht ihrer Rüstung machte sie unbeweglich. Alles kam darauf an, dass die Knappen einem rasch Hilfe leisteten und einem wieder aufhalfen, am besten auf ein frisches Pferd. Sonst war man den Angriffen der Gegner hilflos ausgeliefert, wie ein Käfer, der auf dem Rücken lag. Oder den Plünderern, die am Ende über das Feld zogen und den Lebenden wie den Toten raubten, was es zu rauben gab. Meist gaben sie verletzten Rittern den Gnadenstoß. Aber da sie keine geübten Kämpfer waren, waren sie auch keine guten Henker. Von Fledderern erschlagen zu werden wie ein Hund, das war es, wovor jeder Ritter sich fürchtete.

»Und?«, fragte Amalric und hielt unwillkürlich den Atem an.

Der Alte zuckte mit den Schultern. »Ich lebe, wie du siehst.« Er ging noch immer rasch weiter. »Das war nichts. Das war gar nichts. Nichts gegen ...« Er senkte die Stimme zu einem unverständlichen Murmeln, in das sich von Zeit zu Zeit seltsam zischende Atemlaute mischten, so als säße ein Pfeifer in seiner Kehle.

Amalric bemerkte jedoch die Geste, die er dabei machte, eine rasche Bewegung mit der Handkante über den Hals. Amalric musterte den Alten, das abstehende, schmutzige graue Haar, die vorspringende Nase, den dürren, fast nur aus Sehnen bestehenden Hals, um den er trotz der Sommerhitze einen Stoffstreifen gewickelt hatte, der verdreckt und ausgebleicht über seine Brust herabhing. Amalrics Blick wanderte weiter über die schäbige Kleidung, ein einfaches Lederwams voller Flecken und eine eng anliegende, uralte Hose. Dann aber begriff er.

»Es ist Euer Hals, nicht wahr?«

Jetzt blieb der alte Rogier stehen. »Der Kehlkopf«, bestätigte er. »Ich war bei arabischen Ärzten und sogar bei einem jüdischen Zauberer. Aber sie alle sagten dasselbe. Das, was ich schon wusste: Ich würde nie wieder singen können.«

Amalric fasste sich unwillkürlich an die eigene Kehle. »Noch ein Bolzen? Oder war es ein Schwertstreich?«

»Eine Mistgabel. Hier ist es.« Rogier blieb vor einer Eichentür stehen und suchte nach dem passenden Schlüssel. »Ich kann dir nur empfehlen, die Hände von Bauernmädchen zu lassen. Sofern sie Brüder haben.«

»Aber …«, sagte Amalric, abgelenkt durch das Quietschen der Tür.

»Ich hatte danach einen Joglar bei mir«, fuhr Rogier fort und drückte die Pforte ganz auf, hinter der eine Treppe lag. Sie führte einen runden Turm hinauf, den Amalric bislang noch nicht betreten hatte. »Mehrere, um ehrlich zu sein. Aber es ging nicht gut. Ich trank zu viel. Und wenn ich trank, war ich unglücklich und zornig, und wenn ich zornig wurde, schlug ich sie. Vielleicht weil sie so mühelos sangen wie die Vögel.«

»Aber …« Amalric stieg hinter Rogier die Stufen hinauf, dessen knarrende, seltsam tote Stimme von den Steinwänden widerhallte.

»Einer starb sogar. Man wollte mich köpfen, aber der Vizegraf begnadigte mich wegen eines Gedichts.«

»Oh, ich …« Amalric fühlte sich immer unbehaglicher in dem dunklen Treppenhaus.

Rogier stieg unbeirrt Stufe um Stufe hinauf. Eine weitere Tür versperrte ihren Weg. Rogier öffnete auch diese. »Und nun pflege ich seine Sammlung von … aber sieh selbst.«

Amalric, der sich bisher ein gutes Stück hinter seinem seltsamen Führer gehalten hatte, trat zögernd neben diesen. Er stand in einem Raum, der durch ein Fenster Licht erhielt, dessen Läden Rogier soeben aufstieß. Staubflitter tanzte in der Luft und legte einen sanften Schleier über alles. Sonnenstrahlen fielen auf warmes Holz, auf Elfenbein und Perlmutter, sie strichen über Saiten und Intarsien und spiegelten sich in Metall, das leuchtete, als würde es jeden Tag sorgfältig poliert.

Auch mit Rogiers Gesicht war eine Veränderung vorgegangen. Es hatte sich aufgehellt und war weich geworden; der harte Zug um den Mund war verschwunden. Sogar die kleinen Augen leuchteten mit einem Mal voller Wärme. Oder nein, dachte Amalric: In Wahrheit leuchteten sie voller Liebe.

»Das ist, das ist …« Der Junge wusste nicht, was er sagen sollte angesichts der Sammlung von Instrumenten, die vor ihm an der Wand hingen oder auf verschiedenen Truhen lagen.

»Ja«, erwiderte Rogier.

Seine Stimme hatte keinen neuen Ton hinzugewonnen. Nichts von dem, was sich in seinen Zügen zeigte, drückte sich darin aus. Er klang genauso wie zuvor. Ein zerstörtes Instrument. Zum ersten Mal begriff Amalric, dass er selbst ein Geschenk besaß.

»Dies hier ist eine Sackpfeife«, sagte Rogier. »Du kennst sie ja wohl.« Er blies das Instrument ein wenig auf und entlockte ihm einige halbherzige Töne. »Es ist eine von den leisen. ›Süß im Ton‹ nennt man sie. Damit sie auch in geschlossenen Räumen gespielt werden kann, ohne dass einem die Ohren schmerzen. Und dies hier ein Psalterium.« Fürsorglich hob er die griffbrettlose Zither aus ihrem Stoffbett. »Schau dir die Einlegearbeiten an.«

»Wunderschön.« Amalric streckte die Hand aus, um über die Mäander aus Perlmutter und Jade zu fahren. Hastig entzog Rogier sie ihm. Unerwartet erklang ein Ton, als Amalrics Finger versehentlich eine Saite streiften. »Entschuldigung«, sagte Amalric verlegen und verschränkte die Arme hinter dem Rücken.

»Man sagt, sie sei im fernen Orient gefertigt und ein König aus Persien habe sie an seinem Hof gehabt. Kreuzritter holten sie nach Byzanz, von wo sie ihren Weg zum deutschen Kaiser fand, der sie dem französischen König schenkte. Wie sie hierherkam, ist unbekannt. Aber Vorfahren des Vizegrafen haben sich Ansehen im Dienste dieses Königs erworben, und so reiste sie wohl einst als Geschenk hierher.«

»Heute wäre das wohl kaum möglich«, meinte Amalric, anspielend auf die Spannungen mit dem König, die ihm schon ewig zu dauern schienen. Es war das Hauptgespräch beim Training und bei den Mahlzeiten. Frankreichs Norden war der Feind, das schien ausgemacht. Unfassbar, dass die Dinge einmal anders gewesen sein sollten.

»Kriege kommen und gehen«, meinte Rogier. Dabei legte er das Psalterium so ehrfürchtig in seine Hülle zurück, dass klar war, was er nicht aussprach: Kunstwerke blieben.

»Und das da?«, frage Amalric. Er ging an der Reihe Flöten und Schalmeien vorbei und griff nach einem kleinen Instrument mit fünf Saiten und einem Hals, dessen Ende geschnitzt war wie ein Drachenkopf.

»Das ist eine Quinterne, eine Art kleinere Laute. Gut für den Sänger, der sich selbst begleiten will«, sagte Rogier, »weil sie wenig Gewicht hat, gut in der Hand liegt und leicht zu halten ist, schau.«

Und er wollte Amalric das Instrument abnehmen, um es ihm vorzuführen, aber der hatte es bereits in den Arm genommen wie einen Säugling und fuhr mit den Fingerspitzen über die Saiten. Die ersten Laute klangen ziemlich falsch. »Sie muss gestimmt werden«, stellte Amalric fest.

»Hast du mit so etwas Erfahrung?«

»Nicht viel«, gestand Amalric. »Im Haus Blanca de Lauracs ist eine Dame von vornehmer Herkunft, die in ihrer Jugend das Lautespielen lernte. Sie gab mir ein wenig Unterricht auf ihrem Instrument. Nicht oft; ich glaube, sie hielt es im Grunde für nicht gottesfürchtig, aber es fiel mir immer leicht.« Er neigte den Kopf und lauschte den unter seinen Händen sich verändernden Klängen, bis er zufrieden war. Mit einem Lächeln strich er einen zarten Akkord.

»Erstaunlich.« Rogier schien das Lob nur widerstrebend zu

geben. »Du scheinst ein Naturtalent zu sein. Ein fast perfektes Gehör.«

»Es kommt mir lächerlich einfach vor«, sagte Amalric schlicht.

»Nun, das ist es nicht für alle.« Rogier nahm ihm die Quinterne ab. »Das hier wird mit einem Gänsekiel als Plektrum gespielt«, erklärte er.

»Ist es wahr, dass der Vizegraf stets einen Adlerkiel verwendete?«, fragte Amalric.

»Schon möglich«, brummte Rogier, »schon möglich. Ahhh!« Offenbar hatte er etwas gefunden, das ihm wirklich gefiel. »Dem hier könnte selbst deine heilige Dame nicht widerstehen.« Er holte eine reich verzierte, mit Blattgold überzogene Harfe hervor, klein genug, um von einem Sänger auf dem Schoß gehalten zu werden. »Das hier ist in Wahrheit die Königin der Instrumente. König David selbst hat es einst gespielt, das steht in der Bibel geschrieben. Weshalb die Kirche sich ausdrücklich nicht gegen ihre Benutzung ausgesprochen hat.«

»Und wenn ich damit Tanzlieder spiele?«, fragte Amalric und hob spöttisch die Brauen.

Rogier grinste. »Man darf der Mutter Kirche keine zu komplizierten Fragen stellen. Man bekommt sonst nur unverständliche Antworten. Die Musik ist eine Himmelsmacht, Junge, das sollte uns genügen.«

»Ist das hier eine Rebec?«, fragte Amalric, ohne auf die Bemerkung einzugehen. Er nahm ein längliches Holz von der Wand.

»Eine Oud«, verbesserte Rogier ihn. »Ich fand sie in Córdoba, im Viertel der Mauren. Auch sie stammt also aus dem Orient. Es heißt, ihre vier Saiten stehen für die vier Säfte im menschlichen Körper, wie sie auch der große Mediziner Galen bestimmt hat, der an unseren Universitäten gelehrt wird: Blut, Schleim, gelbe und schwarze Galle.«

»Aber die hier hat fünf Saiten«, wandte Amalric ein.

Rogier lächelte. »Die fünfte Saite hat ein arabischer Gelehrter hinzugefügt. Er sagte, der Körper könne nicht klingen ohne die Seele.« Er hob einen Bogen und strich über die fünfte Saite.

Der hohe Klang schnitt Amalric ins Ohr und ins Herz.

»Das ist die Seele.« Rogier lauschte noch immer der längst verklungenen Schwingung nach. Dann wandte er sich jäh ab und verstaute den Bogen wieder. »Ich rate dir zur Harfe«, sagte er über die Schulter.

Aber Amalric hatte seine Wahl längst getroffen. Er ging zurück zu der Quinterne und strich über den Drachenkopf. »Die hier«, sagte er entschlossen, »oder keine.«

»Du klingst, als sprächst du von einer Frau.« Rogier lächelte nicht, als er es sagte.

Amalric glaubte vielmehr, in dem Gesicht des Alten so etwas wie Anerkennung zu lesen, als der ihm das Instrument, in ein Tuch gewickelt, so sanft in die Arme legte, als wäre es wirklich ein lebendes Wesen. Einen Augenblick lang standen die beiden Männer da, lächelnd vornübergeneigt, wie man einen Säugling in den Armen seiner Eltern bewunderte. Rogier räusperte sich als Erster. »Und, weißt du schon, was du heute Abend zum Besten geben wirst?«

Die Furcht, die Amalric bei Rogiers Frage befallen hatte, verließ ihn nicht mehr bis zu dem Moment, als der Vizegraf ihn mit einem Winken zu sich rief. Er hatte wenig von dem Festmahl wahrgenommen. Braten und Pasteten, Wildschweinköpfe mit gebratenen Äpfeln darin und gebratene Gänse in ihrem Federkleid, sie waren an ihm vorbeigezogen und hatten seinen Appetit nicht reizen können. Durch seine sich wie zugeschnürt anfühlende Kehle ging nicht einmal ein Schluck Wein. Amalric saß da, steif wie ein Bolzen, und trieb seine Tischdame zur Verzweiflung, die mit ratlosen Blicken Hilfe bei ihren Gefährtinnen suchte. »Mir scheint, mein Herr, die Reize weiblicher Gesellschaft können Euch nicht verlocken«, sagte sie schließlich nicht ohne Galle.

»Ja«, erwiderte Amalric zerstreut und starrte auf die Szenen des Gobelins, der sich an der gegenüberliegenden Wand in der Zugluft bauschte. Eichen und Einhörner waren darauf abgebildet und Jungfern, die ihn auszulachen schienen, während er verzweifelt versuchte, sich an die Worte seines Auftaktliedes zu erinnern.

Er hatte beschlossen, es mit »Süß ist der Frauen Lieb« zu versuchen, einem altbekannten Lied, das die Stimmung im Saal aufwärmen sollte für seine eigenen Dichtungen. Er hatte sich »Oh holde Dame mein« und »Erwart mich unter dem Weißdornbusch« zurechtgelegt, und am Ende würde er noch »Die Lieb' ist eine Kathedrale« vortragen.

Die Grünäugige saß dort oben, rechts von der Dame Gerauda auf dem Podest an der Schmalseite der langen Tafel, das den Ehrengästen vorbehalten war. Und schon mehr als einmal hatte er gespürt, wie ihr Blick auf ihm ruhte. Noch immer war Amalric sich nicht sicher, ob er hierhergerufen worden war, um erhoben oder um vernichtet zu werden. In dem Augenblick allerdings, als die Hand des Vizegrafen sich hob und sein Name erklang und er aufstand, sich verneigte und das warme Holz des Quinternenhalses umfasste, da wurde das mit einem Male unwichtig. Ich allein, dachte er, als er wie auf Wolken den langen Weg an der Tafel entlang nach vorn ging, ich ganz allein werde entscheiden, was heute Abend mit mir geschieht.

Amalric verneigte sich vor dem Vizegrafen und dessen Schwester, er drehte sich um und verneigte sich vor dem Publikum. Er hob sein Instrument und stimmte es. Dann begann er zu singen. »Süß ist der Frauen Lieb« erklang, mit lauem Beifall belohnt. Beim zweiten Lied allerdings breitete sich erwartungsvolle Stille aus, die dichter und klarer wurde, je länger er sang. Als er geendet hatte, brandete der Beifall zu ihm heran. Amalric stand da wie erstarrt, er hatte Mühe, zu begreifen, was da geschah.

»Bemerkenswert«, rief die Dame Gerauda und klatschte in die erhobenen Hände. »Das ist wahrhaftig Eure eigene Dichtung, junger Knappe?«

Amalric brachte nicht mehr zustande, als zu nicken und sich vor ihr zu verneigen. Sie winkte gnädig und ließ den Rubin an ihrem Ring aufblitzen. »Fahr fort; nach diesem Anfang sind wir sehr gespannt.«

Und Amalric fuhr fort. Er sang vom Weißdornbusch, vom Wunder des Morgens, der sich in den Augen der Liebsten spiegelt, vom frohen Schritt dessen, der nach der Liebesnacht über frische Wiesen geht, und am Ende auch von der Kathedrale der Liebe. Nach dem letzten Lied war nichts zu hören als einige Seufzer. Amalric wollte schon verzagen, als seine Zuhörer endlich die Hände hoben und klatschten wie die Besessenen. Er stand da wie verzaubert.

»Das ist das Lied, das ich ihn auf der Mauer üben hörte«, rief die Grünäugige in den Lärm. »Er hockte da im Weinlaub wie eine Amsel und sang gerade so schön.«

»Dann soll eine Traube dieses Weins auch seine Belohnung sein«, rief Gerauda und griff mit der rot beringten Hand nach den grünen Trauben, die leuchteten, als wären sie aus Glas. Sie wandte sich an ihren Bruder. »Wenn er den Ritterschlag erhalten hat, dann schick ihn mir. Nein«, sagte sie, als der Vizegraf abwehren wollte. »Du musst es mir versprechen. Ich muss ihn haben. Meine Damen würden es mir niemals vergeben, wenn ich ihn woanders hingehen ließe. In den Mauern von Laurac und nirgends sonst soll seine Kunst erklingen.«

Amalric versank in einer tiefen Verbeugung. Ihn schwindelte.

»Mein Minnesänger seid Ihr, nicht mehr und nicht weniger. Kniet nieder.«

Es dauerte eine Weile, bis Amalric begriffen hatte und der Aufforderung nachkam. Gerauda lächelte, als sie ein Tuch aus ihrem Ärmel zog und an einem Band seines Wamses befestigte. »Hier meine Farben«, sagte sie. »Gebt sie mir zurück an dem Tag, da Eure Ausbildung beendet ist und Ihr den Weg zu mir findet.«

Draußen im Hof legte Amalric den Kopf in den Nacken und atmete tief die frische Nachtluft ein. In seltener Deutlichkeit leuchteten die Sternkonstellationen über ihm, und er sah den weißen Nebel der Milchstraße, als könnte er ihn mit Händen greifen. Er hätte schreien können vor Glück. Da vernahm er ein Geräusch. Amalric legte die Hand über die Augen, um sie vor dem Fackellicht vom Eingang des Festsaales zu schützen. »Wer da?«, rief er, als er eine Gestalt erkannte, die im Schatten der Mauer stand, als hätte sie an den Fenstern gelauscht. »Heda!« Er ging auf den Unbekannten zu.

Der löste sich von der Mauer und hinkte rasch davon.

»Rogier?«, fragte Amalric halblaut. Hatte er richtig gesehen? »Rogier, warte!« Das Urteil des ehemaligen Troubadours interessierte ihn brennend, mehr als der Applaus der Damen und Mädchen. Es gab so vieles, was er ihn gerne gefragt hätte.

Aber der Alte beschleunigte nur seine Schritte und antwortete nicht.

Verwirrt blieb Amalric schließlich stehen und schaute dem einsamen Mann nach, der sich in steigender Hast entfernte. Sicher war er sich nicht, er mochte sich verhört haben, und es erschien ihm auch unsinnig. Dennoch: Konnte es sein, dass der alte Rogier weinte?

4.

Das Dorf Lavaur, am selben Tag

Ein lautes Klopfen rief Navenias an die Tür des Hauses. Vor ihr stand eine Bäuerin mit hochrotem Gesicht. Feuchte Strähnen drängten sich unter ihrem Tuch hervor auf die verschwitzte Stirn, über die sie sich in ihrer Verlegenheit immer wieder strich. Ihr Busen bebte vor Aufregung. »Ich glaube, das Kind kommt«, rief sie. »Bei der Auda vom Schafhirten, Ihr wisst schon. Aber es stimmt etwas nicht.«

Blanca und einige der älteren Frauen traten hinzu. »Was heißt, du glaubst?«, fragte Blanca.

Die Augen der Bäuerin waren schreckgeweitet. »Es hat wieder Lärm gegeben, drüben. Schon gestern Abend. Er hat sie ... Und ich dachte ... Das ist doch sicher nicht gut ... jetzt, wo ...« Sie rang die dicken roten Hände. »Ihr solltet wirklich kommen«, fügte sie leiser hinzu. »Bitte.«

Blanca zögerte keinen Augenblick. »Navenias«, sagte sie. Das Mädchen nickte. Sie wusste, was sie zu tun hatte, und holte den Korb, den sie zu Gebärenden und Wöchnerinnen mitzunehmen pflegten. Tücher waren darin, Salbe, ein blutstillender Tee und ein scharfes Messer. Dazu ein sauberer Topf für das Wasser und Seife. Und eine Bibel. Sie vergewisserte sich, dass alles Nötige darin war, legte frische Kräuter dazu und holte ihr Umschlagtuch. Als sie zurück zur Tür kam, hörte sie eine der älteren Frauen sagen:

»Sollten wir Navenias nicht hierlassen?«

Diese wollte schon vortreten und heftig widersprechen. »Ich

kann das«, lag ihr auf der Zunge. Doch zu Navenias' Erleichterung schüttelte Blanca bereits den Kopf. »Wir gehen gemeinsam«, sagte sie.

Genau, dachte Navenias. Weil ich nicht zu jung bin. Ich bin der Sache gewachsen. Zu ihrem Erstaunen aber sagte Blanca:

»Es hat keinen Sinn davonzulaufen.«

»Und wenn sie sich erinnert?«

Blanca wandte sich brüsk ab.

Davonlaufen?, dachte Navenias, wovor sollte ich davonlaufen? Und woran könnte ich mich wohl erinnern? Eilig schloss sie sich ihrer Herrin an, die mit raschen Schritten aufbrach. Die Bäuerin folgte ihnen. »Dame de Laurac, warum …?«, setzte sie an, doch mit einer Geste wurde ihr bedeutet, zu schweigen.

Blanca wandte sich zu der Bäuerin um. »Hast du Anzeichen gesehen, dass die Wehen eingesetzt haben?«, fragte sie, ohne ihren Schritt zu verlangsamen.

Die Frau fuhr sich über die Augen. »Heute Morgen kam sie kurz zu uns, um ein wenig Ruhe zu haben, bis er wieder nach ihr rief. Da lief Blut auf den Boden. Sie ist mit dem Fuß drübergefahren, um es im Lehm zu verwischen, aber ich hab es gesehen.«

»Schlimmer, als ich dachte«, murmelte Blanca.

»Oh ja, schlimm, schlimm, es ist schlimm«, rief die Bäuerin aus und bekreuzigte sich. Den ganzen Weg jammerte sie laut.

Navenias folgte den beiden verwirrt. Der Weg war weit, die Hütte des Schäfers lag vor der kleinen Stadt, jenseits der Mauer auf der anderen Seite des Flusses, wo ein paar Behausungen, ärmlich eine wie die andere, sich dicht aneinanderdrängten. Hier wohnten Tagelöhner ohne eigenen Grund, verarmte Bauern und Kätner. Die Hütte des Schäfers war nicht schwer zu finden; das Gebrüll des Mannes führte sie hin.

»Er hat getrunken«, flüsterte die Bäuerin. »Schon wieder.«

Blanca schickte sie fort und winkte Navenias zu sich heran. Ernst fasste sie das Mädchen bei den Schultern. »Angst ist seine Nahrung«, erklärte sie. »Also halte dich aufrecht und schau ihm in die Augen. Er muss fühlen, dass du dich nicht fürchtest. Aber fordere ihn nicht heraus. Wenn er sich gedemütigt fühlt, wird selbst ein Feigling wild. Gut?«

Navenias nickte und beobachtete, wie ihre Herrin auf die Hütte zuging, ohne Zögern die Tür aufstieß und sofort eintrat. Hastig rannte sie ihr hinterher. Die letzten Schritte tat sie mit derselben gelassenen Würde wie Blanca.

»Gott grüße Euch«, sagte die Dame de Laurac laut.

Der Mann saß zusammengesunken am Tisch. Als sie eintraten, schaute er auf. Er war groß, Haar und Bart hingen ihm in Zotteln herunter wie bei einem Bär. Seine Augen blinzelten rot und entzündet in ihre Richtung. »Was …«, begann er.

Aber Blanca trat zu der Frau, die die Arme um den hochschwangeren Leib geschlungen hatte und vor dem kleinen Ofen kniete, betastete ihren Bauch und strich ihr kurz übers Haar. »Diese Frau bekommt jetzt ein Kind«, stellte sie fest. »Es ist so weit.« Dann ging sie zurück zu der wackligen Brettertür und stieß sie weit auf.

Der Mann starrte sie an. Er ließ die Gelenke seiner Finger knacken. Einen Augenblick überlegte Navenias, was geschehen würde, wenn er auf sie losginge. Die Frau am Feuer schien ähnlich zu denken. Sie drehte verstohlen den Kopf zu ihnen hin. Dabei konnte Navenias erkennen, dass ihr linkes Auge zugeschwollen und dunkelblau war. Unwillkürlich schnappte sie nach Luft.

Blanca legte ihr sachte die Hand auf den Arm. »Das ist Frauensache«, sagte sie leise. »Seit alters her.«

In den Mann kam Bewegung. Er wankte vorsätzlich dicht an ihnen vorbei zur Tür. Navenias musste all ihre Kraft zusammennehmen, um nicht zurückzuweichen. Es gelang ihr sogar, nicht das Gesicht zu verziehen, als der Hirte sich an ihnen vorbeischob und sein Gestank nach Schaf, Schweiß, Urin und Bier sie für einen erstickenden Moment einhüllte.

»Weiberkram«, knurrte er.

Kaum hatte er ihnen den Rücken zugewandt, um über den mit Weidenrutenbündeln ausgelegten Morast um die Hütte herum davonzutaumeln, eilten sie zu der Schwangeren. Aus der schien mit dem Verschwinden ihres Peinigers alle Kraft zu fließen. Wimmernd sank sie auf die Seite und blieb trotz allen guten Zuredens liegen. Ihre beiden Helferinnen mühten sich, die Frau mit ihrem aufgeblähten Leib auf das einzige Lager zu heben, das es in der Hütte gab, eine wackelige Bank, die mit Stroh bedeckt war.

»Navenias«, sagte Blanca wieder.

Das Mädchen nickte. Das Bettstroh war bereits faulig. So schnell sie konnte, raffte sie es zusammen und trug es hinaus, wo sie es einfach vor die Hütte warf. Ein paar magere Enten kamen und machten sich daran zu schaffen. Ihr Schnattern begleitete Navenias zurück, die eilig die mitgebrachten sauberen Tücher herauszog und unter der Frau des Hirten ausbreitete. Das erste färbte sich sofort rot.

»Auda«, fragte Blanca behutsam und streichelte der gequälten Frau über das Gesicht. »Wie lange blutet das schon?« Dabei warf sie Navenias einen Blick zu und bedeutete dieser, sie möge Wasser bringen.

Navenias machte sich bereits am Herd zu schaffen.

»Es ist nichts«, murmelte Auda. »Es geht schon.«

»Wie lange, Auda?« Blanca legte die Hände auf den Bauch der Schwangeren, um nach den Wehen zu tasten. Lautlos die Lippen bewegend, zählte sie mit.

»Seit gestern, gestern Abend. Da wollte er, dass ich ihm noch etwas hole. Ich kam nicht schnell genug hoch mit diesem ...«

Hilflos wies sie auf ihren Bauch. »Da hat er nach mir getreten. Ich bin dann hingefallen. Ich bin so ungeschickt.«

»Das war gewiss nicht dein Fehler«, sagte Navenias aufgebracht, während sie mit der Schüssel voll Wasser kam. An Blanca gewandt, flüsterte sie. »Der Rest ist bald warm.«

»Gut«, Blanca nickte. »Wasch dir die Hände.«

Sie wusch auch Audas verwüstetes Gesicht, tupfte ihr das Blut von den aufgeplatzten Lippen und legte einen Umschlag auf das Auge.

»Und wofür war das?«, fragte Navenias, deren Wut mit jeder Wunde wuchs, die sie an Auda entdeckte.

»Er wollte, dass ich nicht so herumschreie.« Die Hirtenfrau versuchte zu lächeln. Aber eine neue Wehe verzerrte ihre Züge.

Blanca reichte ihr einen hölzernen Stab. »Du kannst daraufbeißen, wenn du möchtest. Aber es ist völlig in Ordnung, wenn du schreist. Wir werden alle unter Schreien geboren.« Sie lächelte.

Audas Augen weiteten sich. »Und wenn er wiederkommt?«

Blanca schüttelte bloß den Kopf.

Und Auda vertraute ihr. Sie bäumte sich auf und schrie, wenn eine Wehe sie packte, und sank danach schweißüberströmt zurück. Wenn sie die Kraft hatte, nahm sie etwas Wasser zu sich, ließ sich das Gesicht und die Brust abwaschen und presste sogar einige Worte hervor. Die ganze Zeit aber ließ sie die Hand nicht los, die Navenias ihr hingestreckt hatte, als die erste Woge aus Schmerz kam.

»Du hast noch keine Kinder«, stieß Auda in einer Pause hervor. »Solltest das nicht sehen.«

Navenias schüttelte den Kopf. »Ich mach das nicht zum ersten Mal«, sagte sie.

»Wo sind deine Kleinen, Auda?«, fragte Blanca.

Sie mussten eine weitere Wehe abwarten, ehe Auda wieder sprechen konnte. »Der Große ist weggelaufen; kann es ihm nicht verdenken.« Sie schnaufte schwer. »Den Kleinen hat er verkauft, an einen vorbeiziehenden Krämer. Mit Gottes Hilfe lebt er.« Sie mied den Blick der beiden Frauen. »Und das Mädchen ...« Zum ersten Mal wurde ihr Blick weich. In ihre Augen kam so etwas wie Leben. Da kam eine neue Wehe und wischte den Ausdruck fort. Auda griff mit der freien Hand nach dem Stab und verbiss sich darin wie ein Tier. Dennoch drangen dumpfe Schreie aus ihrer Kehle. Als es vorbei war, sank sie mit einem langen Seufzer zurück. »Meine Rixen war schon etwas Besonderes.«

»Und wo ist sie jetzt?«, fragte Blanca.

Navenias bewunderte sie für die Ruhe, die trotz allem in ihrer Stimme lag. Die Herrin der Katharerinnen tat so, als führten sie ein behagliches Gespräch am Küchentisch.

Auda fletschte die Zähne. Unwillkürlich packte Navenias ihre Hand fester, in Erwartung der nächsten Wehe. Aber das war es nicht.

»Er hat gesagt, sie wäre ertrunken. Beim Wäschewaschen am Fluss. Aber ich weiß nicht.«

Auda warf den Kopf hin und her, schneller und schneller. »Ich weiß es nicht, ich weiß es nicht. Aaaaaaah!«

Es dauerte fünf Stunden, bis das Kind geboren wurde, ein bläulich angelaufenes Wurm mit Wimpern so fein wie Spinnenfüße, die sich nicht von seinen blassen Wangen hoben. Sein Mündchen war so fest geschlossen wie die kleinen Fäuste.

»Es ist ein Mädchen«, sagte Blanca. »Es ist tot.«

Auda seufzte. »Gedankt sei Gott«, sagte sie. »Dann geht das Elend nicht weiter.« Sie sank in eine tiefe Ohnmacht.

Wortlos wickelte Blanca das Kleine in Tücher. Navenias bemerkte, dass sie die reinen dafür nahm. Danach legte sie es in ihren Korb. Sie entfernten die Nachgeburt, wuschen Auda und kochten einen Tee, der helfen sollte, das Blut zu stillen, das noch immer leise rann. Aus trockenem Moos und Tüchern wickelte Navenias ihr eine Binde. »Wir sollten die Nachbarin bitten, bei ihr zu bleiben«, sagte sie.

Blanca schüttelte den Kopf. »Sie wird sich nicht hertrauen. Ich bleibe.«

»Soll ich das nicht tun?«, bot Navenias an und setzte sich auf einen Schemel.

»Nein«, beschied Blanca.

»Ist es, weil du Angst hast, ich könnte weglaufen?«

Blanca schaute auf. »Das hast du gehört? Nein, Navenias. Ich glaube nicht, dass du Angst vor ihm hast.«

»Gut«, stellte das Mädchen nachdrücklich fest und musste sich im selben Moment eingestehen, dass sie erleichtert war und dass ihr bei dem Gedanken an den Hirten nicht recht wohl wurde. Sie besaß noch nicht diese Aura von Autorität und Unverwundbarkeit, die Blanca umgab. Wenn sie sich in diesem Moment auch mehr als je zuvor danach sehnte, eine solche Aura zu besitzen.

Blanca schien ihre Gedanken zu erraten. »Es geht nicht allen Frauen so.«

»Aber sie ist auch nicht die erste.« Navenias erinnerte sich gut einiger Szenen, nicht so schlimm wie diese, aber ähnlich, zu denen sie gerufen worden waren. Der gebrochene Arm der Bäckerin, Austorgas blaue Flecken – es war schon beinahe Alltag für sie, die Wunden von Frauen zu verbinden, die geschlagen worden waren.

Blanca schaute sie an, als suche sie nach etwas, wandte dann aber den Kopf ab, ohne etwas zu sagen, als Auda sich regte.

»Tee, Auda«, sagte sie und hielt der stöhnenden Frau die Tasse an den Mund. Als die Hirtin getrunken hatte, fragte Blanca: »Willst du Abschied nehmen?«, und wies mit dem Kinn auf den Korb mit dem toten Kind.

Auda schüttelte den Kopf. »Besser, sie geht unbelastet von hier fort. Was bringt es ihr, mich zu kennen?«, sagte sie.

Blanca sagte nichts, stand auf und nahm den Korb. Der Pfarrer würde die Kleine nicht bestatten, da sie nicht getauft war. Besser, *sie* brachte sie fort, als dass der Vater es tat. »Ich werde sie unter der Weide begraben«, sagte sie und ging.

»Weißt du, Mädchen«, wandte Auda sich an Navenias und ergriff wieder ihre Hand. »Ich war nicht immer so, das darfst du nicht denken.« Sie versuchte zu lächeln. Ihre Augen waren gerötet. Das Fieber brannte darin. »Beim Erntefest, als ich ihn kennenlernte, da war ich die Schönste, wirklich, kannst jeden fragen. Ich war so hübsch mit meinen Bändern. Und wie ich mich gedreht habe.« Sie hob den Kopf, als könne sie die Musik wieder hören, und zuckte unwillkürlich mit den Beinen. »Alle wollten mich haben. Aber mir gefiel er, der Schäfer. Und so ging ich mit ihm mit. Ich wollte ihn. Wie brannte ich in dieser Nacht. Wie eine Flamme. Ja, und dann war ich seine Frau.« Sie verstummte.

Ich wollte ihn. Diese Worte gruben sich in Navenias' aufgewühltes Gemüt. *Sie* wollte *ihn.* Bislang hatte Navenias immer gedacht, dass es die Männer seien, die begehrten. Und dass es an den Frauen war, anzunehmen oder abzulehnen.

»Du wolltest ihn?« Die Frage war heraus, ehe sie darüber nachgedacht hatte. Navenias errötete. Da es jedoch einmal ausgesprochen war, setzte sie nach: »Wie ist das, einen Mann zu wollen?«

»Wie das ist?« Auda schien nachzudenken. Für einen Augenblick zog ein Leuchten über ihr Gesicht, ähnlich wie bei dem Gedanken an ihre tote Tochter. Und wieder sah sie hübsch und lebendig aus, trotz der Verwüstung in ihren Zügen. Aber dann erlosch alles wieder. »Es juckt einen eben«, sagte sie. »Und dann kratzt man sich.«

Navenias saß da wie vor den Kopf geschlagen. Es juckte? Was sollte sie damit anfangen? Und dann kratzte man sich? Das war ja abstoßend.

Auda schien deren Verwirrung zu bemerken. Sie drehte mühsam den Kopf und schaute sie an. »Man kann es nicht lassen, nicht wahr, wenn es richtig juckt. Man kann einfach nicht anders.«

»Als sich zu kratzen.« Navenias wollte fort hier, und sie war froh, als die Tür aufging und Blanca wieder erschien. Der Saum ihres Gewandes war schmutzig, und ihr Korb war leer. Sie ging zu dem Topf am Herd, um sich gründlich die Hände zu waschen. Dann kam sie zum Lager herüber.

Navenias machte ihr bereitwillig Platz.

Blanca überprüfte die Binde und runzelte die Stirn. Navenias schaute ihr über die Schulter und erschrak. »Wird sie …?«, setzte sie an.

»Nicht heute Nacht«, sagte sie. »Aber wenn es morgen früh nicht besser wird, spende ich ihr das Krankenconsolamentum.«

An der Tür scharrte es. Die beiden fuhren herum. In der Öffnung standen mehrere Frauen, in dunkle Tücher gehüllt. »Wir kümmern uns um sie«, sagte die Älteste und trat vor. »Er ist in die Stadt gegangen und wird die Nacht wegbleiben. Das tut er immer.«

»Und wir sind fünf«, fügte eine andere hinzu.

Blanca nickte. »Pack zusammen, Navenias«, sagte sie und segnete jede der Frauen, ehe sie ging. »Ein gutes Ende«, murmelten sie dankbar.

Navenias hörte, wie sie leise zu singen begannen. Es war ein langsamer, schwermütiger Gesang, der ihr alles zu enthalten schien, was an Kummer in einem Frauenleben vorkam. »Ich will das nicht«, entfuhr es ihr. Sie war selbst erstaunt über die Worte.

Blanca legte den Arm um sie und spürte, wie das Mädchen zitterte. »Es tut mir leid«, sagte sie. »Ich hätte das nicht von dir verlangen dürfen.«

»Weil ich mich erinnern könnte, nicht wahr? Das haben die anderen gesagt. Aber woran sollte ich mich denn erinnern, Blanca, woran?«

Blanca seufzte. Dann drehte sie Navenias an den Schultern zu sich und schaute sie an. »Du warst vier«, sagte sie, »als ich dich aus einer Hütte wie dieser holte. Dein Vater war ein Säufer ...«

»Nein!«

»Er schlug deine Mutter regelmäßig. Und eines Tages ...«

»Nein!« Navenias versuchte, sich loszumachen, aber Blanca hielt sie mit eisernem Griff fest.

»Du hast meine Hand ergriffen, bist fortgegangen und hast nicht zurückgeblickt. Und das brauchst du auch nicht, Navenias. Das wird nicht dein Schicksal sein.«

»Nein!« Irgendetwas in Navenias schien aufzubrechen. Auf einmal war da dieser Geruch nach Wein und nach Schweiß, war da der Bart und die Berührung, diese Umarmung, die sie beinahe zu ersticken drohte, die Hände, überall. Und dazu diese Stimme. Sie kannte diese Stimme, sie fürchtete sie. Es war eine donnernde Stimme. Sie sagte furchtbare Dinge. Und sie stank. Aber in diesem Augenblick brüllte sie nicht, sie wimmerte und schmeichelte und jammerte auf abstoßende Weise. »Jetzt sind wir ganz allein«, hörte sie es flüstern, und sie schloss die Augen vor dem blutüberströmten Leichnam, von dem sie wusste, er lag da drüben, hinter dem Tisch. Die Beine sahen hervor, die nackten Füße. Die Füße von ... »Jetzt, wo deine Mutter von uns gegangen ist, musst du mein liebes Weiblein sein. Musst gut zu mir sein, meine Kleine ...«

Navenias schnappte nach Luft wie eine Ertrinkende. Sie trat und schlug um sich, und es dauerte eine ganze Weile, bis sie begriff, dass es kein Ungeheuer war, das sie hielt, sondern Blanca, die gute, starke, unbesiegbare Blanca. Die Tränen liefen Navenias über die Wangen. »Ich will nicht so sein«, flüsterte sie. »Ich will so sein wie du. Alles soll gut sein und rein und klar und ...«

Blanca strich ihr über das Haar und drückte sie an sich. In den Falten ihres Gewandes verebbte Navenias' Schluchzen. »Du musst dich vor nichts fürchten«, sagte sie. »Weißt du noch, was Guillem gesagt hat? Es ist jeder Einzelne selbst, der den Teufel in sich besiegen kann.«

Navenias fuhr sich über das Gesicht. Ihr schien, als hätte sie nun erst begriffen, was der Prediger ihnen hatte sagen wollen. »Ich muss mich nicht fürchten vor ihm«, sagte sie. »Vor keinem wie ihm. Ich kann meinen eigenen Weg gehen.«

Blanca nickte. »Das kannst du.«

»Wo ist er?«, wollte Navenias wissen.

Blanca schaute sie ernst an. »Er starb in einem Straßengraben, auf dem Rückweg vom Wirtshaus. Vor etwas drei Jahren.«

Navenias nickte. »Gut«, sagte sie.

5.

Die Stadt Toulouse, im Jahr 1205

Arnaud Amaury, päpstlicher Legat im Languedoc, wusch sich die Hände. Er schob die Ärmel seiner Kutte zurück und erlaubte seinem Sekretär mit einem Nicken, das parfümierte Wasser darüberzugießen. Langsam rieb er die Hände gegeneinander, aber das klebrige Gefühl wollte nicht weichen, das ihn nach dem Gespräch mit dem Bischof von Béziers befallen hatte. Mit spitzen Fingern zupfte er einen Fremdkörper von seiner Haut. Rosenblätter! Kopfschüttelnd schnippte er die zerriebenen Blüten in die Schüssel, in der auch noch Lavendel schwamm. Kein Zweifel, der Süden war anders; müde und sinnlich wölbten sich die Hügel, so süß roch die Luft. Es war kein Wunder, dass Gott seine Kinder in dieser Umgebung härter prüfte als anderswo, es war kein Wunder, dass so viele seiner Diener hier versagten. Ihm sollte das nicht passieren!

»Es war ein harter Tag«, bemerkte sein Sekretär leise.

Amaury hörte den Zweifel in der Stimme des jungen Mannes und schnaubte. Noch so ein südliches Gewächs, dachte er. Der Sekretär war groß geworden in Toulouse, in dieser roten Stadt, rot von den Ziegeln der Bauten, die in der Abendsonne sündhaft glühten. Und wie alle hier war er hoffnungslos mit dem Übel verknüpft, verwandt, verschwägert und so daran gewöhnt, dass er es kaum noch bemerkte. »Das Handtuch, Junge, dort in der Kommode. Nun mach schon.«

Gestern erst hatte Arnaud Amaury mit den Konsuln der Stadt gesprochen, lauter achtbare Männer, Kaufleute, Kleinadlige, brave

Kirchgänger allesamt. Aber als er sie darauf hingewiesen hatte, dass der Papst ausdrücklich verlangte, zweimal im Jahr selbsttätig nach Ketzern zu suchen, selbsttätig, wohlgemerkt, nicht nur zu warten, bis jemand angezeigt wurde, und dabei die Hände in den Schoß zu legen, da hatten sie erstaunt die Augen aufgerissen. Dabei stand es schwarz auf weiß im »Decretum ad Abolendam«, jener Denkschrift des Vatikans, welche die Häresien genau festlegte und auch das Katharertum als solch eine Abweichung vom rechten Glauben beschrieb. Und das Schriftstück gab es ja nicht erst seit gestern! Es stammte immerhin schon aus dem Jahre 1185.

Er hatte es ihnen zitiert. Und schließlich ihren Eid darauf erhalten, dass sie die Forderungen künftig befolgen würden, im Gegenzug für die Anerkennung ihrer lächerlichen Kommunalstatuten. Ja, den Konsuln war am Ende sehr an der rechtlichen Absicherung ihres Stadtregimentes gelegen, das noch recht frisch war und unsicher in seiner Autorität. Sie fühlten sich nicht stark genug, sich schon mit dem Papst und dessen Vertretern anzulegen. Man hatte sich auf den Feuertod als Strafe für jegliche Ketzerei geeinigt. Alles recht zufriedenstellend, aber auch recht zäh. Und am Ende hofften sie doch, durchzukommen wie bisher und nichts zu tun, sobald er ihnen den Rücken zugekehrt hatte. Das spürte er nur allzu gut. Amaury wusste, wenn Bewegung in die Sache kommen sollte, dann bedurfte es weiterer Anreize. Anreize, die diese Krämer verstanden. Mit energischen Schritten ging er auf und ab und ließ seinen Sekretär, der sich sichtlich unbehaglich fühlte, mit dem Rücken an der Wand stehen. »Geld«, murmelte er. »Geld, immer nur Geld.«

Nicht umsonst kam der größte Widerstand gegen seine Arbeit aus dem Viertel um die Kirche St. Sernin, wo die Leute wohnten, die mit Finanzgeschäften ihr Geld verdienten. Sie hatten nicht viel übrig für die eifernden Predigten der Kirche gegen den Wucher und neigten von Natur aus den Katherern zu, die nichts gegen das Zinsnehmen hatten. Aber sie verstanden es, wenn man mit ihnen in der Sprache des Geldes sprach. Und es war nicht so, dass die wahre Kirche diese Sprache nicht beherrschte.

Was Amaury also vorschwebte, war eine finanzielle Übereinkunft, die etwas mehr Schwung in die Angelegenheit bringen würde, etwa so: Ein Drittel des eingezogenen Ketzervermögens wäre für den, der die Anzeige erstattete, ein Drittel für die Kirche und ein Drittel für die Autorität, in deren Kerker die Haft vollzogen würde. In diesem Fall also für die Konsuln von Toulouse. Er notierte sich im Geiste, dem Papst Entsprechendes vorzutragen. Er blieb stehen, als er hörte, wie sein Sekretär sich räusperte.

»Was sagtet Ihr? Ach ja, ein harter Tag. Hart, meint Ihr? Mag sein, aber es war notwendig.« Zufrieden betrachtete Arnaud Amaury das Kästchen, in dem nun der Ring des Bischofs von Béziers lag, wartend auf einen neuen, würdigeren Träger. »Morgen empfangen wir den Bischof von Villiers und werden mit ihm dasselbe tun.« Zufrieden ließ er sich in den Lehnstuhl neben dem Tischchen fallen, auf dem das Kästchen mit dem Ring stand. Der Stuhl knarzte.

»Ist das wirklich notwendig?« Der Sekretär stieß sich von der Wand ab und trat zögernd einen Schritt vor. »Noch eine Amtsenthebung? Es sind schließlich Bischöfe.« Vorsichtig stützte er die Finger auf den Tisch.

»Und eben deswegen hätten sie sich der Aufgaben ihres Amtes und ihrer Würde besser besinnen müssen. Nein.« Entschlossen schüttelte Amaury den Kopf. »Wie sollen wir von unseren Schafen, von den niederen und verirrten, die rechte Lebensführung verlangen, wenn wir selbst sie ihnen nicht vorleben? Wie können wir gegen das Ketzertum vorgehen, wenn wir Gottloses in den eigenen Reihen dulden?« Er nahm das Kästchen mit dem Ring und knallte es mit Nachdruck auf den Tisch.

Sein Sekretär zuckte zusammen und zog die Finger zurück. Er verschränkte die Arme und schob sie unter die Ärmel seiner Kutte. »Zweifellos wird es für diesen Schritt des Papstes Beifall geben«, räumte er ein. »Die Bischöfe waren nicht beliebt im Volk. Ich wundere mich nur ...«

»Auf diesen Beifall bin ich nicht aus!« Amaurys Stimme schnitt ihm scharf das Wort ab. »Ich lege keinen Wert darauf, von Ketzern gelobt zu werden.« Wieder sprach Amaury die Silben mit besonderer Schärfe aus, und wieder zuckte sein Sekretär zusammen. Amaury fasste ihn fest ins Auge. »Ketzer, jawohl. Seit fünfundzwanzig Jahren, seit dem Dritten Laterankonzil« – unwillkürlich bekreuzigte er sich – »sind die Katharer als Ketzer ausgemacht und exkommuniziert. Wir befinden uns in einem gottlosen Land, mein Lieber.«

»Aber ...« Der Sekretär zog die Arme aus den Ärmeln und rang die Hände.

»Ihr seid von hier, nicht wahr?«, hakte Amaury nach.

Der junge Mann errötete. »Ich, ich ...«

Amaury kam ihm zuvor. »Euer Vater war Klingenschmied in Toulouse. Und eure Familie ist weitläufig mit einem der Stadtkonsuln verwandt. Und auch mit der Familie Maurand, nicht wahr? Ketzer allesamt!« Er hieb mit der flachen Hand auf den Tisch.

»Aber Maurand ist einer der wichtigsten Kaufleute in der Stadt.«

»Ketzer.« Erneut hieb Amaury auf das Holz.

»Er, er ist kein schlechter Mensch. Er hat den Neubau der Basilika mitfinanziert. Und er hat der Abtei den Kirchenzehnten für Valségur geschenkt!« Die Augen des Sekretärs leuchteten hoffnungsvoll auf. »Sein Vater ist Mitglied im gräflichen Gericht.« Er verstummte.

Arnaud Amaury schnaubte. »Pah, Ketzer alle beide. Ketzer, die sich Gunst erkaufen mit schnödem Geld! Und es schert weder Graf noch Abtei. Sie nehmen es, das unrechte Gut! Sie machen sich gemein, statt die Ketzer anzuzeigen. Das Gefühl für das, was richtig ist, ist ihnen abhandengekommen. Und das ist es, was ich meine, mein Sohn. Das ist der Fluch des Südens.« Er ließ sich zurückfallen und schnaufte schwer. »Helft mir aus den Stiefeln, und bringt mir meine Pantoffeln.«

Der junge Geistliche gehorchte und bückte sich. Mit aller Kraft zog er an den kurzen Stiefeln des Legaten. Von unten herauf sagte er: »Aber sie sind unsere Verwandten, unsere Nachbarn? Und es geschieht doch nichts Unrechtes. Das Land blüht. Es herrscht Frieden.« Fragend hob er den Kopf.

»Das wird so nicht bleiben. Das kann ich Euch versichern. Dieser Frieden nämlich, der ist faul, er beleidigt Gottes Willen, er stinkt zum Himmel. Unter der Blüte verbirgt sich die Schlange. Und wahrlich, ich sage Euch, in diesem Land ist kein Heil. Nicht, solange hier Ketzer nächtliche Feste feiern, bei denen sie Unzucht miteinander treiben und die daraus hervorgegangenen Kinder hernach verbrennen, um mit der Asche ihre Todgeweihten zu salben.« Er fuhr sich aufseufzend mit einem Tuch über die Lippen. Dann wies er auf eine Truhe. »Die Pantoffeln, habe ich gesagt.«

Der junge Mönch gehorchte und ging sie holen. Was der Legat sagte, beeindruckte ihn, er konnte sich aber nicht vorstellen, was es mit den Menschen, die er kannte, zu tun haben sollte. Solche Ammenmärchen glaubte hier kein Mensch. Und er fand es erschreckend, sie aus dem Mund eines gebildeten Mannes zu hören. Die Katharer unter seinen Mitbürgern waren nicht anders als der Rest, genauso normal und bieder wie dieses Paar Hausschuhe. Er betrachtete sie einen Augenblick sinnend. »Ihr selbst habt doch den Vorwürfen der Menschen hier nachgegeben und die Bischöfe entfernt. Alle denken jetzt, dass Ihr nachgeben werdet. Warum ...?«, fragte er schließlich.

»Damit ich die Stärke des Rechts auf meiner Seite habe, Roger. Ich habe für die Gerechtigkeit gesorgt, die die Kirche ihren Untertanen schuldet. Jetzt fordere ich das Recht ein, das die Untertanen der Kirche schulden. Ich fordere, dass sie sich an Gottes Wort erinnern.« Er nahm dem Jüngeren die Pantoffeln aus der Hand, zog sie über und erhob sich, sodass seine Kutte raschelte. »Ich werde den Grafen von Toulouse exkommunizieren. Nicht nur, weil er mit seiner Schwester Unzucht treibt und die Konkubinen seines Vaters besteigt, wie alle Welt weiß, sondern weil er die Ketzer beschützt.«

Der Sekretär presste die Lippen aufeinander und schwieg. Er trat ans Fenster und schaute hinaus auf den Platz. Friedlich schien die Sonne auf die roten Ziegelbauten von Toulouse. Gegenüber stand das Castrum, das steinerne Haus der katharischen Familie Maurand, ein Wahrzeichen der Stadt, nicht weniger als die Basilika. Dass diese festgefügte Ordnung jemals wanken sollte. Kreischend trieben Kinder einen Reifen vorbei; Mägde plauderten am Brunnen.

»Der Graf von Toulouse, exkommuniziert«, murmelte er.

»Und der Vizegraf von Foix wird der Nächste sein.« Amaury ging im Raum auf und ab, seine Pantoffeln klapperten. »Seine eigene Mutter hat in Pamier eines dieser Häuser eröffnet, in denen die Frauen unzüchtig leben, allein, ohne männlichen Schutz und geistliche Führung, allen Einflüsterungen des Teufels ausgesetzt.«

»Unzüchtig!«, stieß Roger ungläubig hervor.

»Ja, unzüchtig. Unzüchtig.« Zu jedem Wort hieb Amaury das Kästchen mit dem Ring auf den Tisch, dass es knallte. Endlich, als er den erschrockenen Blick seines Sekretärs sah, stellte er es wieder hin. »Man sagt, sie empfangen reisende Männer und beherbergen sie über Nacht.« Amaury schwitzte. Schließlich verlangte er nach Wein.

Sein Sekretär löste sich vom Fenster und ging zu dem Bord hinüber, auf dem die Magd das Tablett mit dem Weinkrug und dem Becher gelassen hatte. Mit zitternden Händen schenkte er dem Legaten einen Silberbecher ein.

Amaury drehte ihn in den Händen und betrachtete die eingelassenen Schmucksteine. »Wisst Ihr, was man sagt, woher der Name Katharer kommt?«, fragte er, nachdem er einen großen Schluck genommen hatte.

»Ich habe gehört, es stammt vom griechischen Wort Katharoi ab und bedeutet die Reinen«, gab der Sekretär verhalten zurück. »Natürlich ist das ein Name, den sie selbst sich gegeben haben. Und er zeugt wohl nicht von Bescheidenheit.«

»Falsch!« Amaury hob den Becher. »Es kommt aus dem Lateinischen, von Cattus, die Katze, nämlich.« Er nahm noch einen Schluck. »Weil sie bei ihren abscheulichen, gottlosen Zusammenkünften den Anus dieses Tieres zu küssen pflegen, das bekanntlich dem Teufel angehört. So ist das.« Angewidert verzog er das Gesicht.

»Das glaubt Ihr doch nicht wirklich, oder?«, entfuhr es dem Sekretär. Als er den Blick des Legaten bemerkte, senkte er rasch den Kopf und murmelte: »Ich danke dem Legaten, dass er mich belehrt hat.«

Vor dem Haus hörte man das Klappern von Hufen. Der Sekretär stand regungslos da.

»Und sie wissen es, mein Sohn. Sie wissen genau, was sie tun.« Amaury starrte auf seine Füße und bewegte die Zehen in den weichen Pantoffeln. »Sie wissen um ihr Unrecht. Und dass ich gekommen bin, sie zur Rede zu stellen. Endlich. Warum sonst sollten sie sich eine Festung bauen?«

»Eine …?«

»Montségur wird wieder aufgebaut. Raymond de Péreille hat damit begonnen, auf Bitten der Katharerbischöfe. Sie wollen es als Stützpunkt und Fluchtburg natürlich. Weshalb wohl, in diesen friedlichen Zeiten?« Der Ton des Legaten war mit einem Mal gallig geworden. »Trotzig sind sie geworden. Sie sind es, die die Mauer zwischen sich und uns errichten. Aber ich werde sie einreißen, diese Mauer, Stein für Stein. Und wenn es das Letzte ist, was ich tue.« Unsanft setzte er den Becher auf den Tisch und fluchte, als der Wein ihm über die Hand schwappte.

Der Sekretär holte hastig ein Tuch.

Derweil erklangen Schritte auf dem Flur. Es klopfte an der Tür. Erst ein Mal, dann nachdrücklicher. Unsicher blickte der Sekretär auf von der großen Lache auf der Tischplatte.

»Lasst das!« Amaury ließ sich wieder in den Sessel fallen und wischte den Becher mit einer ausladenden Geste beiseite. »Hört auf. Bringt mir meine Stiefel.«

Scheppernd fiel der Becher hinunter und rollte über den Boden. Rasch schob der Sekretär ihn mit dem Fuß unter den Stuhl. Er hetzte zur Truhe mit den Stiefeln und mühte sich, sie Amaury überzuziehen.

»Du Tölpel, mach schneller.«

Wieder klopfte es.

»Geh zur Tür, ich lasse bitten.« Mit rotem Gesicht zwängte Amaury sich in sein Schuhwerk.

Dann holte er tief Atem, setzte sich auf und ordnete sein Gewand. Es galt, einen Grafen zu exkommunizieren. »Tretet ein!«

6.

Ein Wald in der Nähe von Lavaur, im Jahr 1206

Als der Hirsch in die Knie brach, jubelten die jungen Ritter. Der Vizegraf von Foix ließ lächelnd den Bogen sinken. »Belissensöhne!«, rief er.

»Belissena!«, jubelten die jungen Männer zurück. Es war ihr Kampfruf. Belissena, eine Göttin des Mondes längst versunkener Völker, war die Ahnherrin derer von Foix. Und sie alle waren ihre Erben, was Kühnheit, Leichtigkeit und die Schönheit des Lebens betraf.

»Bernard, schlag ihn aus seiner Decke«, befahl der Vizegraf, während er absaß. Andere begannen damit, ein Feuer zu entfachen, und reichten dem Grafen einen Becher. »Die Auerhähne und die Rehe bringt meiner Herrin«, befahl Foix. »Der Hirsch soll uns zum Guten dienen. Amalric, wie steht es mit einem Lied?«

Amalric grinste. Er holte die Quinterne aus seiner Satteltasche und schlug ein paar Töne an. »Wie wäre es mit einer Ballade über die Hosenlosen?«, fragte er und begann auch schon mit einem Spottlied über die Zisterziensermönche in ihren Kutten, die den allgemeinen Hass auf sich zogen.

»Hätte ich ein Weib,
ich verböte ihr, als Zeitvertreib
sich zu setzen neben einen Mann
ohne Hosen an.
Denn gleiche Weite

haben ihre Röcke beide.
Und wie schnell entzündet Wachs sich an Feuer.
Nein, das wäre mir nicht geheuer.«

Bernard, das blutige Messer in der Rechten, steckte die Finger der Linken in den Mund für einen langen anerkennenden Pfiff. Sein Gefährte, der die Pferde zur Tränke führte, lachte und fluchte, als die Tiere daraufhin scheuten. Die anderen eilten ihm feixend zu Hilfe. Auch Foix lachte und verzog dabei scherzhaft das Gesicht, als hätte er Zahnschmerzen.

Nein, keine Mönche«, meinte er dann. »Von ihren Predigten habe ich wahrhaftig mehr als genug.« Sein Gesicht bekam kurz einen harten Zug. »Sing uns etwas Schöneres, Amalric. Gibt es denn gar nichts mehr zu sagen über die Liebe?«

»Die Liebe hat Amalric keusch gemacht«, warf einer ein. Die anderen lachten.

»Die Liebe macht jeden keusch«, gab Amalric zurück. »Gilt sie doch der edelsten Dame und erfüllt sich ganz in ihrem Lob.«

»Hört, hört!«, ertönte es ringsum.

Die Zweige knackten in den Flammen und ließen einen würzigen Duft aufsteigen. Bernard brachte die ersten Stücke zerwirkten Fleisches, die mit frisch gepflücktem Rosmarin eingerieben und mit Salz aus einem Lederbeutel bestreut wurden. Ein Schlauch mit Wein machte die Runde. Schließlich, während der erste Fleischsaft zu tropfen begann, ließ Amalric sich doch noch erweichen.

»*La joi de cambra en pastori*«, verkündete er.

»Kammerfreuden, im Gras erlebt!« Begeistert klatschten seine Zuhörer. »Das ist das Richtige für eine Pause im Wald, Kamerad. Sing lauter.«

Amalric ließ sich nicht lange bitten.

»Neulich, beim ersten Sonnenstrahl
ritt ich wohl hügelan
und traf die Dame meiner Wahl
sitzend unter einem Weißdornstrauch.«

Suchend fuhr er mit den Fingern über die Saiten seiner Quinterne. Er dachte an Navenias, an ihre tiefschwarzen Haare vor dem Weiß der Blüten, die in üppigen Wolken über ihnen gehangen hatten.

»Froh sprang sie auf, mich zu begrüßen.
Ich hielt das Pferd im Lauf
und gab der Süßen
die Hand und hielt mich etwas bei ihr auf.«

Er dachte an ihr lachendes Gesicht, das er in seine Hände genommen hatte. An ihren arglosen Blick, der dem seinen standhielt, bis sie seine Finger ergriff und ihn in den Schatten zog. Wie viel hatte sie ihm immer zu erzählen, während er mit klopfendem Herzen neben ihr saß.

»So saßen wir im Schatten einer Linde.
Was wir besprachen, sag ich nicht.
Genug, ich koste mit dem Kinde.
Und endlich küsste sie mich ins Gesicht.«

Anerkennender Applaus und Anfeuerungsrufe unterbrachen Amalrics Spiel. Er war dankbar, sich eine Weile auf das Zupfen der Saiten beschränken zu dürfen. Wohl spürte er die Wärme von Navenias Schenkel an dem seinen, wenn er bei ihr saß. Wohl beobachtete er, wie ein feiner Schweißtropfen an ihrem Schlüsselbein entlanglief an jenem Sommertag, und er glaubte beinahe, unter ihrer braunen Haut das Schlagen ihres roten Pulses zu hören. Wenn sie nebeneinander auf dem Rücken im Gras lagen und zu den Wolken hinaufschauten, war er sich ihrer Nähe so quälend bewusst, dass das Gras unter ihm zu brennen schien. Aber geküsst hatte Navenias ihn noch kein einziges Mal. Amalric war bereit dazu, er hatte den Schwung ihrer Lippen studiert, die Farbe des feuchten Fleisches und das Glänzen der weißen Zähne darunter, auf die seine Zunge als Erstes stoßen würde, wenn ihr warmer Mund sich teilte.

Er hatte bereits gespürt, wie die Schauer über seinen Körper jagten. Aber als er sich über sie gebeugt hatte, nach einer endlosen, vibrierenden Stille, und endlich zur Tat schreiten wollte, da hatte sie nur die Hand über die Augen gelegt, ihn angesehen und dann lachend einen Halm aus seinen Stirnhaaren gezupft. Verwirrt hatte er innegehalten. Und bis er sich wieder gefangen hatte, hatte sie angefangen zu sprechen. Sie redete und erzählte, und Amalric hatte sich wie betäubt wieder zurücksinken lassen. Er spürte, dass er auf einem Stein lag und dass der Moment vertan war.

»Wir schweigen also, bis zum Abendrot.
Und schweigt ihr auch.
Eva aß den Apfel trotz dem Gebot.
Und uns wär Tadel auch nur Schall und Rauch.«

Amalric endete mit einem Akkord und einer Verneigung und suchte tapfer in den Applaus der Seinen zu lächeln.

Auch aus dem Dickicht wurde ihm Applaus gespendet. Foix

und seine Männer sprangen erschrocken auf, brachen aber in Willkommensrufe aus, als sie sahen, dass die Neuankömmlinge bunte Fetzenkleider und Schellen an den Hüten trugen.

»Die Gaukler sind wieder da! Die Gaukler! Kommt ans Feuer! Habt wohl gerochen, dass es was zu essen gibt.«

Gutmütig machte man den Neuankömmlingen Platz, die sich vielmals verneigten, ihre Pirouetten drehten und sprangen, wie man es von ihnen erwartete, und die bei aller Unterwürfigkeit zugleich mit Witzen und Frechheiten um sich warfen. Dabei langten sie blitzschnell nach den Fleischstückchen, die fertig auf den Platten lagen, und stopften sie sich in den Mund. Foix lachte und wedelte mit der Hand vor dem Gesicht herum, als müsse er eine Wolke Fliegen verscheuchen. »Wird man eurer nicht Herr?«, rief er.

»Wenn Ihr unser Herr sein wollt, so mögt Ihr es versuchen!«, rief ein blonder Bursche mit einer übertriebenen Verneigung. »Als Herr der Narren wärt Ihr deren größter Narr.«

»Für diesen Abend soll es so sein.« Foix winkte allen, Platz zu nehmen. »Ein Abend als Narr bekommt mir vielleicht ganz gut. Es hilft einem, die Dinge aus einem anderen Blickwinkel zu sehen.«

Der Blonde wiederholte seine Referenz. Als er sich wieder aufrichtete, rief Amalric: »Amiel? Ist das möglich?« Er zeigte mit dem Finger auf ihn. »Bist du es?« Die beiden stutzten einen Augenblick, dann fielen sie einander um den Hals und umarmten sich, so fest sie konnten. Sie klopften einander auf den Rücken, dass ihre Wämse staubten, lachten, schüttelten den Kopf, umarmten sich wieder und lösten sich dann plötzlich beschämt voneinander. Aber nur, um einander nach kurzer Musterung erneut zu umschlingen.

»Du bist es, unglaublich. Ich dachte, ich sehe dich niemals wieder.« Amalric zog den alten Freund auf den Platz neben sich. »Ich glaubte, du wärest auf und davon.«

»Bin ich ja auch«, erwiderte Amiel und griff dankbar nach dem Fleisch, das ihm angeboten wurde. »Wir sind nur für ein paar Tage in der Gegend. Du weißt ja, die Straße ist des Gauklers Wiege, seine Heimat und sein Grab.«

»Und?«, fragte Amalric. »Ist es, wie du es dir vorgestellt hast?«

Amiel schwieg einen Moment, dann lächelte er. »Und du? Ein Ritter, wie ich sehe. Haben deine Träume sich erfüllt?« Er klopfte Amalric auf die Schulter und tat so, als entferne er etwas Staub von dessen Wams.

Amalric schwieg kurz. »Ich mache immer noch Lieder«, sagte er schließlich und griff nach seiner Quinterne. »Die alte Marotte, du weißt ja.«

»Lieder, du?« Amiel hob die Stimme, sodass auch die Umsitzenden ihn hören konnten. »Du konntest doch noch niemals richtig singen.«

Er erntete Gelächter für seine Bemerkung und fuhr mutiger fort: »So also sehen die Vergnügungen der Vornehmen aus. Deiner Krächzstimme zu lauschen. Da weiß ich doch wieder, wieso ich die letzten Jahre im Wald gelebt habe. Und was ist das, eine Laute?« Er nahm die Quinterne mit spitzen Fingern. »Dabei weiß doch jeder, dass es die Fidel ist, die von Engeln und Spielleuten gleichermaßen gespielt wird.« Mit scheinbar angewidertem Gesicht gab er dem Freund das Instrument zurück. »Wollen wir hoffen, dass nicht alles an dir so winzig ist.«

»Wem's nicht passt«, rief jemand, »der macht es besser.«

»Und größer«, fügte ein Spaßvogel hinzu.

Amiel neigte spöttisch den Kopf vor dem Sprecher und begann damit, eine vulgäre Ballade über die amourösen Abenteuer eines Pfarrers zum Besten zu geben.

»Es war einmal ein Priester,
mit einiger Eleganz.
Er hatte feine Hände
und einen großen ...«

Amiel legte eine Kunstpause ein, und die ersten Ritter prusteten los, vereinzelte Lacher stiegen auf, und einer rief laut »he, he, he« und klatschte dabei in die Hände.

Mit schnellen Fingern zupfte Amalric ein kleines freches Dideldum an Tönen in die eintretende Stille, wie ein Kichern oder einen Kommentar.

»... Rosenkranz«, beendete Amiel die erste Strophe unter dem brüllenden Applaus seiner Zuhörer, die er bereits ganz für sich gewonnen hatte. Nach einigen weiteren Strophen beherrschten sie den Refrain und sangen ihn lautstark mit.

»Er nahm den kardinalsroten Spieß
und führt ihn ein ins Paradies.
Unter Stöhnen arbeitet er sich vor
und seufzt dem guten Kind ins Ohr:«

Dann fielen sie mit Inbrunst ein und beendeten die Ballade gemeinsam:

»Nun halt schön still und bete mit, mein Augenstern,
denn reuigen Sündern vergibt der Herrgott gern.«

Amalric schüttelte lächelnd den Kopf. Er hatte nur noch hier und da ein paar Töne einfließen lassen, jetzt improvisierte er und hängte ein eigenes kleines Stück ans Ende des Liedchens an, während seine Freunde sich die Tränen aus den Augen wischten.

»Recht keck«, lobte der Vizegraf. »Seine Stimme ist tatsächlich besser als deine, Amalric. Aber seine Moral lässt zu wünschen übrig.« Seine Männer lachten.

»Mit Moral wurde noch nie große Kunst gemacht.« Amiel reckte selbstgewiss das Kinn.

»Hört, hört, der Kerl spricht mir von der Kunst.« Amalrics Augen funkelten. »Wie wäre es denn hiermit?«, fragte er und stimmte die Melodie eines alten Ernteliedes an, das einen ganz anderen Charakter hatte. Sein uralter getragener Rhythmus malte die schweren Bewegungen der Bauern nach, die ihr Korn schnitten und aufluden.

Amiel fiel unverdrossen ein. Er passte seine Stimme an, der neckische Ton verschwand, dafür atmete sein Vortrag Zuversicht und Kraft und sogar etwas von dem melancholischen Wissen um die ewige Widerkehr des Gleichen.

Amalric nickte anerkennend und leitete unversehens auf ein anderes Lied über, eine schmachtende Liebesklage. Amiel blieb ihm nichts schuldig, geschmeidig ging er mit, wurde leiser, weicher, glaubhaft in jedem Augenblick. Fast wäre sogar Amalric auf ihn hereingefallen, wenn Amiel ihm nicht gerade an der Stelle, die vom großen Schmerz vergeblicher Liebe sprach, kurz und verschmitzt zugezwinkert hätte. Nein, das echte Liebesleid, dachte Amalric, während er weiterspielte, kannte sein Freund nicht. Dennoch konnte er es hörbar machen. Es war fast so, als ob Amiel, wenn er sang, mehr wusste. Als ob die Musik ihn hellsichtig machte und empfindsam für Dinge, die er sonst im Leben verleugnet oder sogar verlacht hätte.

Auch als Amalric auf seinem Instrument zu improvisieren begann, brauchte Amiel nur kurz, um sich hineinzufinden. Mit klaren Tönen antwortete er den Klängen der Quinterne, und es entspann sich ein harmonisches Zwiegespräch. Amalric flocht hier und da ein paar Worte ein, einen Vers, einen Reim, Amiel antwortete mit einem sanften Echo, mit einer Frage, manchmal mit einem deftigen Witz. Aber bald waren sie beide ganz von ihrem Lied ergriffen und vergaßen alles um sich herum. Mit vor Begeisterung geröteten Wangen endeten sie schließlich und nahmen den einsetzenden Applaus entgegen wie betäubt.

»He.« Amalric stieß Amiel in die Seite. »Wenn du singst, bist du ein besserer Mann, scheint mir. Um nicht zu sagen, du bist beinahe ein Mensch.«

Glücklich über das, was ihnen widerfuhr, achteten sie nicht auf ihre Umgebung. Dann wandten sie sich wieder den anderen zu.

»Einer von ihnen«, sagte der alte Spielmann gerade zum Vizegrafen, »hat ein Kloster für Nonnen gegründet, ein Gegenstück zu den Häusern unserer katharischen Frauen soll es sein. Aber in Wahrheit ist es ein Gefängnis, in dem gerade mal neunzehn magere, geknechtete Weiblein leben, die samt ihrer Äbtissin den Pfaffen blind gehorsam sind. Es wird keinen Erfolg haben, dieses Haus, genauso wenig wie die Prediger des Papstes.«

»Der Papst schickt uns Prediger?«, fragte Foix.

»Sind sie hier noch nicht gewesen?«, fragte der Spielmann. »Wahrhaftig, man könnte meinen, sie wären überall.« Bedrückt starrte er ins Feuer. »Stellen sich auf die Märkte und nehmen einem ehrlichen Gaukler die Arbeit weg. Sie sprechen mit den Menschen, mahnen und verkünden, was sie Gottes Wort nennen. Wenn sie einen bekehrt haben, so machen sie ein Schauspiel daraus, dass ein Seiltänzer vor Neid erblassen würde.«

»Mhm«, murmelte Foix nachdenklich.

»Und sind dabei so überzeugt von sich«, fuhr der Alte fort. »Sie verdammen das, was sie Ketzerei nennen, in Grund und Boden. Und was kann ein armer Bauer, der gekommen ist, um seine Ziege zu verkaufen, ihren gelehrten Argumenten schon entgegensetzen?« Er zuckte mit den Achseln. »Andererseits: Was nützt ihnen all ihre Gelehrtheit? Der Bauer, der ihnen mit offenem Mund zugehört und genickt hat, dreht sich um, geht, verkauft gleich danach seine Ziege einem Katharer und gibt das Geld bei Marina hier für einmal Handlesen aus.« Er beugte sich zu seiner Gefährtin hinüber und klopfte ihr auf den ausladenden Hintern.

Sie kicherte und gab ihm einen Klaps auf seinen kahlen Schädel.

Zufrieden schaute er den Vizegrafen an. »Es wird sich nichts ändern. Solange ich lebe, hat sich nichts geändert, und es wird auch in Zukunft nicht geschehen.«

»Man muss doch aber etwas tun«, überlegte Foix. »Man muss doch etwas tun, wenn diese Mönche hier auftreten wie die Verkünder der einzigen Wahrheit. Ich bin nicht bereit, meine Mutter und ihren Glauben von Fremden beschimpfen zu lassen. Nicht, wenn ich sie zu Rede und Antwort fordern kann.«

»Was habt Ihr vor, Herr?«, fragte Amalric. »Sollen wir die Rockträger zu einem Turnier bitten?« Gelächter antwortete ihm.

Aber Foix schüttelte den Kopf. »Nein, ich will sie mit ihren eigenen Waffen schlagen. Ich will sie zu einer Disputation auffordern. Wenn sie so überzeugt davon sind, dass sie die besseren Argumente haben, dann sollen sie gegen unsere Gelehrten damit antreten, nicht gegen unsere Bauern.«

»Ein Turnier der Worte«, rief Amiel. Er sprang auf und klemmte sich einen Stock zwischen die Beine. »Der Zisterzienser reitet an, er nimmt Geschwindigkeit auf, mächtig galoppiert sein Ross heran. Gleich ist er am Gegner, gleich ist er heran, da brüllt er: ›Matthäus zwei, Vers sieben!‹ Ein schwerer Schlag, der Gegner taumelt. Schon wankt er im Sattel. Da hebt er im letzten

Augenblick den Kopf und ruft: ›Johannes fünf, acht!‹ Was für eine Entgegnung. Unter der Wucht des Arguments gleitet der Zisterzienser aus dem Sattel, noch hängt er mit der Ferse fest. ›Beichte‹, keucht er. Aber der Perfectus gibt ihm den Rest: ›Selbstheiligung‹, verkündet er und spendet dem Armen noch stehend das Consolamentum. ›Zum Teufel‹, will der Pfaffe rufen, stirbt aber vor Wut, als er erkennt, dass das auch nur ein Umweg in den Himmel ist. Und der Perfectus siegt mit drei zu zwei Lanzen, pardon, Argumenten.«

Johlend klatschten die Ritter ihm Beifall.

Amalric und Amiel prosteten einander zu. »Auf die Zukunft!«, rief der Troubadour.

Der Trinkspruch wurde begeistert aufgenommen. Auch Foix hob den Becher, aber sein Lächeln war abwesend.

Es war dunkel geworden. Einer nach dem anderen hatte genug vom Wein und dem Übermaß an fettem Fleisch und wickelte sich in seine Decke ein. Statt Versen hörte man Rülpsen und Furzen, Stöhnen und gute Wünsche dazu und immer häufiger friedliches Schnarchen. Hier und da schlug einer im Buschwerk sein Wasser ab. Die verkohlten Äste in der Glut knackten behaglich.

Eine der Frauen, die mit den Gauklern zogen, kam leise an Amiels Seite. »Wie ist es?«, fragte sie und schmiegte sich an ihn. Verführerisch knabberte sie an seinem Ohr. »Nimmst du mich mit, wenn du als Joglar an den Hof von Foix gehst?«

Amalric, der noch nicht schlief und alles mitbekommen hatte, richtete sich halb auf und schüttelte energisch den Kopf.

Mit hinter dem Kopf verschränkten Armen legte Amiel sich zurück und überließ sich ihren Liebkosungen. »Die Gaukler verlassen? Wer sagt dir, dass ich das tue?«

»Niemand, ich bin einfach ein kluges Kind.« Sie strich sich die mit Blättern und Gras verfilzte Mähne aus dem Gesicht und begann, seinen Hals zu küssen. Dann wanderten ihre Hände langsam tiefer. »Merkst du es?«, fragte sie von unten.

»Du meinst, deine Klugheit? Mmmmh.« Amiel grinste Amalric zu, der stumm die Augen verdrehte. »Aber mein eigener Verstand sagt mir, dass du das nicht aus Nächstenliebe tust.«

Sie hob den Kopf. »Du könntest mich mitnehmen.«

Amalric seufzte ergeben. Er kam zu dem Schluss, dass das dauern konnte. Und er wollte wahrhaftig nicht Zeuge davon werden. Steif stand er auf und streckte die Beine. Eine Weile ging er auf der Lichtung auf und ab. Er versuchte, die Geräusche zu überhören, die zu ihm herüberdrangen, und stürzte sich in den Kampf mit einigen Verszeilen, in denen er das Gefunkel der Sterne mit dem Licht in Navenias' dunklen Augen verglich. Wenn er dem Stöhnen der Frau in seiner Fantasie jetzt noch Navenias' Stimme und Gestalt gab, dann …

Für einen Moment wusste er nicht, wen er mehr hasste, Amiel oder Navenias oder die ganze Welt. Er schlug sich in die Büsche, tastete sich stolpernd zu dem nahen Bachlauf und tauchte seinen Kopf in das eisige Wasser. Sein Hemd wurde feucht, und ihm war kalt. Auf dem Rückweg trat er gegen einige Bäume und verlor einen Schuh. Fluchend hüpfte er auf einem Bein herum, schließlich ließ er sich auf alle viere nieder und tastete nach dem Schuh. Dabei schnitt er sich die Hand an einem scharfen Stein auf. Er fluchte, so leise er konnte. Blutend, tropfnass und auf allen vieren fand er endlich im Licht der letzten Glut sein Lager wieder. Schwer seufzend ließ er sich fallen, wickelte sich in seine Decke und suchte für den kurzen Rest der Nacht ein wenig Schlaf.

Er erwachte, als der Himmel schon durchsichtig wurde, von unterdrücktem Geflüster. Es kam von der anderen Seite des Haselstrauchs, der ihn von seinem Freund trennte.

»Warum sollte ich dich mitnehmen?«, fragte ein Mann. Das war Amiel.

»Weil ich dich warne?« Die Stimme der Frau war immer noch schmeichelnd. »Der Alte hat vor, dich in Fesseln zu legen und mitzunehmen, noch ehe der Morgen graut. Er will nicht auf dich verzichten.«

»So, so, der Alte.«

»Ja. Und ich denke doch, die Nachricht ist ein wenig Entgegenkommen wert, hm? Zumal es ja nicht wehtut, mich zu umarmen, oder?«

»Aber wenn es der Alte ist, der mich fassen will, wie du sagst …« Aus Amiels Stimme war jetzt alle Schläfrigkeit verschwunden. »… warum bist du es dann, die einen Strick dabei hat, mein Täubchen?«

Ein Aufschrei erklang, dann ein kurzes heftiges Rascheln.

Amalric sprang auf. Aufgeschreckt starrte er in die Dunkelheit, bereit, dem Freund zu Hilfe zu eilen. Er hörte einen Fluch und einen dumpfen Schlag. Dann teilten sich die Zweige, und Amiel wankte heraus.

»Einen Knüppel hatte sie auch«, seufzte er. »Komm, lass uns verschwinden.«

Amalric war derselben Meinung. Besser, er erklärte dem Vizegrafen all das in einem ruhigen Moment auf der Burg als jetzt, nass und schlammverschmiert.

Ohne jemanden zu wecken, zäumte er sein Pferd und zog den Freund hinter sich in den Sattel. Bei Sonnenaufgang waren sie am Rand des Waldes angekommen.

»Lavaur«, sagte Amiel, als er die Umrisse der vertrauten Gegend erkannte.

»Ja«, bestätigte Amalric. »Aber jetzt die Burg, nicht der Weiler. Ich bin bei der Dame de Laurac in Diensten, wenn Foix mich nicht benötigt. Sie ist meine Gönnerin.«

»Nicht mehr das Nönnlein?«

»Navenias ist keine Nonne«, erwiderte Amalric heftig und biss sich sogleich auf die Lippen. Das Beben von Amiels Brustkorb verriet ihm, dass der Freund sich über ihn lustig machte. Missgelaunt betrachtete er die Aprikosenhaine und Weinberge, zwischen denen sie friedlich hindurchtrabten. Verschlafene Bauern auf dem Weg zu ihren taubenetzten Feldern grüßten sie. Amalric nickte knapp zurück.

Amiel räkelte sich, dass seine Knochen knackten. »Sie sind alle Töchter Evas«, stellte er fest. »Es juckt sie, sie kratzen sich, genau wie wir. Und das zu wissen, glaub mir, macht wahrhaft frei.« Er legte den Kopf zurück, ließ sich die Sonne ins Gesicht scheinen. »Am Ende kann man sogar gut Freund bleiben.«

»Und das sagt mir einer mit einer frischen Beule am Kopf.«

»Lehrgeld will gezahlt sein.« Amiel ließ sich die gute Laune nicht verderben.

Eine Weile ritten sie schweigend. Dann zügelte Amalric das Pferd. »Da, Lavaur!«

Die Sonne war aufgegangen und wärmte den grauen Stein der Hügel. Das silberne Grün der Olivenhaine leuchtete wie seit Hunderten von Jahren. Ein Frieden lag über der Landschaft, dem auch die beiden sich nicht entziehen konnten. Als eine Lerche aufstieg, flatternd und flirrend, ein schwebender Punkt hoch droben über den Feldern, war ihnen, als schlügen auch ihre Herzen mit den Flügeln.

»Lavaur«, wiederholte Amiel. Eine irrsinnige Freude packte ihn; erneut warf er den Kopf zurück und johlte übermütig.

»Du Irrer!« Amalric lachte und stieß nach ihm. Sie rangelten eine Weile.

Schließlich hatte Amiel ihn im Schwitzkasten. Übermütig flüsterte er ihm ins Ohr:. »Soll ich dir beweisen, dass auch sie nur aus Fleisch und Blut ist?«

Ohne auch nur den Kopf zu wenden, gab Amalric zurück: »Wenn du das tust, töte ich dich.«

Amiels Lachen verstummte. Er ließ den Freund los. Endlich murmelte er: »Fairer Preis.«

»Navenias, beeil dich.«

Das junge Mädchen hatte Mühe, Blanca de Laurac zu folgen, die mit gerafftem Kleid, den Korb über dem Arm, vor ihr durch die noch menschenleere Gasse eilte.

»Philippa hat gesagt, es ist dringend, der alte Bernard stirbt.« Sie seufzte. »Wenn er doch nur ein wenig länger ausgehalten hätte. Nächste Woche schon wäre unser Bischof aus Castres hier gewesen, um zu predigen. Ein großer Mann und weit würdiger, ein Sterbe-Consolamentum zu spenden, als ich es bin.«

»Aber Ihr seid doch wahrhaftig die Würdigste von allen«, gab Navenias kurzatmig zurück und bemühte sich aufzuschließen. Navenias erlebte sie jeden Tag, wie sie die Kranken besuchte, Kinder unterrichtete, mit Sterbenden sprach, bei Tisch das Brot für alle brach, die Gärten und Webstühle prüfte und in Gesprächen mit der Gemeinde Geld für die Armen sammelte. Sie war Ärztin, Beichtvater, Politikerin und Wirtschafterin in einem und schien dabei niemals müde zu werden. Und sie war diejenige, die sie in den Arm nahm, wenn jene Erinnerung sie wieder zu quälen begann, die nach der Geburt von Audas totem Kind zurückgekommen war.

Die Frau des Hirten war am folgenden Tag gestorben. Navenias war nicht zur Beerdigung gegangen. Von der Mauer des Friedhofes aus hatte sie zugesehen, wie der Leichnam in einem einfachen Leintuch in das Grab gesenkt wurde. Audas Mann hatte am Rand der Grube gestanden und geschluchzt, das Gesicht in der Hand verborgen. Navenias hatte den Alkoholdunst bis zu sich herüber gerochen und Mühe gehabt, die schlechten Gefühle in sich zu unterdrücken. Sogar auf die, die den Mann gestützt hatten, war sie wütend gewesen. Bis Blanca es ihr verbot. Blanca, sie trug das Leid der Welt auf ihren Schultern und machte es so den anderen erträglich. Sie war die Gewähr, der lebende Beweis dafür, dass eine Frau in Frieden und voller Kraft und Glück leben konnte. Navenias hätte am liebsten immerzu ihre Hand gehalten. »Ihr seid die Beste«, brach es aus ihr heraus.

Blanca blieb stehen und schaute sie an. »Manchmal, Mädchen, ist es eine Last, zu fühlen, dass das Heil so vieler Menschen von der eigenen Rechtschaffenheit abhängt. Man wird, wie soll ich sagen ...« Blanca brach ab.

Zwischen den Mauern der Häuser lag noch die Kühle der Nacht. Die meisten Fensterläden waren geschlossen, und nur vereinzelt sang bereits ein Vogel auf dem First. »Man wird manchmal ein wenig müde von der Anstrengung. Versteh mich nicht falsch«, fuhr sie rasch fort, als sie Navenias erschrockenes Gesicht sah. »Wir glauben daran, dass unsere Reinheit und die rechte Lebensführung uns erlösen können. Und wenn wir uns Rang und Recht damit erworben haben, so erlösen wir auch andere. Das ist unsere Pflicht, aber auch unsere Last. Schau, der Mann, der mich geweiht hat, hat mit seiner Ehre für mich gebürgt und die meine erschaffen. Und jeden, den ich weihe, erschaffe ich wiederum durch die meine. Befleckt er sich, so bin auch ich befleckt, und bin ich befleckt, so sind es alle, die den Segen von mir empfingen. Fehle ich jemals, mein Kind, was sind dann all meine Segnungen und Taten noch wert? Niemand, dem ich die Hand auflegte, kann dadurch noch ins Paradies gelangen. Verliere ich mich, verlieren sich auch alle, die sich von mir die Rettung erhofften.« Sie seufzte wieder. »Manchmal ist das zu viel.«

»Aber ist nicht eben das wunderbar, dass wir in einer langen, glücklichen Reihe stehen, Hand in Hand?«, fragte Navenias.

Als sie das besorgte Gesicht des Mädchens sah, lächelte Blanca de Laurac wieder. »Du hast ja recht«, sagte sie. »Wir sind eine glückliche Gemeinschaft. Wir stehen nicht allein, so muss man es sehen. Und wir sollten niemals kleinmütig sein. Ich danke dir für diese Lehre.«

Navenias errötete.

»Vielleicht ist es einfach ein wenig zu früh am Morgen«, fuhr Blanca fort. »Und es gibt so vieles, worüber man nachdenken muss. Vor allem aber müssen wir uns beeilen.« Und sie verfiel wieder in ihren schnellen Schritt.

»Ich ...«, sagte Navenias und beeilte sich, mitzuhalten, »... ich würde so gern mehr helfen.« Sie nahm Blancas Hand und passte ihren Gang an, bis sie im Gleichschritt gingen. »Bitte, Tante, wann kann ich das Katechumenat beginnen? Ich bin alt genug dafür.«

»Du bist noch immer sehr jung, um dich jetzt schon vorzubereiten, eine Perfecta zu werden«, wehrte Blanca ab. »Es ist ein harter Weg. Bist du zum Beispiel sicher, dass du die drei großen Fastenzeiten durchstehen kannst? Hier entlang, wir müssen links.« Sie zog das Mädchen mit.

»Mehr als das, Tante.« Navenias machte sich los und nahm der Älteren den Korb ab. Die Straße stieg an, und beide mussten heftiger atmen.

»Und wie kommt es, dass du so sicher bist? Du triffst ihn doch noch immer, oder?«

»Wen?«, fragte Navenias und errötete selbst über den künstlichen Ton in ihrer Frage. Als ob sie nicht wüsste, dass die Perfecta von Amalric sprach. »Was ...?«, fragte sie und bemühte sich um Gleichgültigkeit, »... was hat er mit der Sache zu tun?« Sie übertrieb ihre Kurzatmigkeit ein wenig und schaute zu Boden beim Weitergehen.

»Nun«, schmunzelte Blanca, »alles, möchte ich meinen.«

»Aber er ist doch nur ein Freund.« Navenias wurde unwillkürlich lauter. »Wir haben nicht …, ich meine …, wir würden niemals …« Erschrocken schaute sie ihre Mentorin an. »Ich will das nicht, das wisst Ihr doch, oder?«

Blanca blieb stehen. Das Thema war unerwartet ernst. Sie hielt Navenias am Arm zurück. Eine Weile holten sie beide tief und regelmäßig Atem.

»Er ist wirklich nur ein Freund«, wiederholte Navenias lahm und bohrte mit den Zehen in einem Loch im Pflaster. Dann hob sie das Kinn. »Das ist doch nichts Verbotenes, oder?«

Blanca wiegte den Kopf. »Glaubst du, dass eine Perfecta solche Freundschaften hegen darf und kann?« Sie wartete nicht auf eine Antwort. »Was findest du an seiner Gesellschaft?«, fragte sie.

»Ich …« Navenias schwieg, verblüfft darüber, dass sie nachdenken sollte. Amalric war ein Teil ihres Lebens, beinahe ein Teil von ihr, er war immer da gewesen. Auch wenn sie ihn nicht alle Tage sah. Unvorstellbar, dass er einmal fehlen könnte. Auch wenn sie sich noch keine Gedanken darüber gemacht hatte, wie die Zukunft aussehen würde und was die Vorsteherin eines Hauses mit einem Ritter verbinden könnte. Aber, dachte sie, und ihr Herz begann schneller zu schlagen, ganz sicher hatte Amalric, der liebe, sanfte Amalric, nichts mit dem Hirten und seiner Frau zu tun. Das war etwas ganz anderes. Das war es doch, oder? Hilfe suchend schaute sie Blanca an.

Die strich ihr nur beruhigend über den Scheitel. Dann nahm sie Navenias' Hand und zog sie mit sich. »Du bist ein gutes Kind«, murmelte sie.

»Ich …«, wiederholte sie, in dem Bemühen, sich zu rechtfertigen. Sie stolperte, kam aus dem Tritt und wurde unwillentlich grob von Blanca mitgerissen. »Er verändert meine Sicht, die Dinge zu sehen«, stieß sie schließlich hervor. Sie bogen in die

Gasse des Schmiedes ein und gingen nun bergab, dem Haus des alten Bernard entgegen, das am Ende des Weges an die Stadtmauer geschmiegt stand. »Mit seinen Liedern, dem von der Lerche zum Beispiel. Kennt Ihr es? Er singt, dass sie aufsteigt, so hoch sie kann, und sich dann fallen lässt, aus reiner Freude am Dasein. Seit ich das gehört habe, spüre ich jedes Mal dieselbe kribbelnde, unbändige Lebendigkeit, die den Vogel treibt, in mir drinnen, jedes Mal, wenn ich eine Lerche sehe.«

»Der Vogel steigt und singt zu Ehren Gottes, Kind«, sagte Blanca de Laurac.

»Aber das ist es ja. Und darf man sich nicht mit seinem ganzen Sein an Gottes Schöpfung erfreuen?«

So wenig wie an Bratensaft, dachte Blanca, wusste aber, dass es komplizierter war. »Wir sind da«, sagte sie statt einer Antwort.

Auf ihr Klopfen hin öffnete sich die Tür. Navenias fuhr herum und suchte sich zu sammeln. Schließlich waren sie hier, um dem Tod zu begegnen. Sie hatte Mühe, in dem Mann mit den rot geweinten Augen den großen Peire zu erkennen, der einst Katzen gequält hatte. Seit einem Jahr schon führte er des Vaters Hof, hatte sie gehört. Nun war er erwachsen geworden. Vor ihr stand ein Mann, gereift vor der Zeit von der harten Arbeit und auch gezeichnet, ein Landmann mit sonnenverbranntem Gesicht, schlichtem Gemüt und schwarzem Schmutz an den rissigen Händen, dem nun die Trauer ins Gesicht geschrieben stand. Ob er sie überhaupt erkannte? Ob er sich an ihre Auseinandersetzung vor drei Jahren unter dem Olivenbaum erinnerte und in ihr das kleine Mädchen sah, das einst einen Eimer Wasser über ihn geschüttet hatte? Oder hatte auch sie sich verändert? Seit wann waren sie keine Kinder mehr?

Mit einem Mal zitterten ihr die Knie, und das nicht, weil ein Sterbender im Zimmer nebenan lag. Aber ihr war, als rausche die Zeit durch die geöffnete Tür an ihr vorbei wie ein kalter

Luftzug. Sie konnte es förmlich fühlen. Unwillkürlich zog sie ihr Schultertuch enger um sich. Und sie spürte, dass sie etwas übersehen hatte. Gestern hatten sie noch auf dem Dorfplatz gespielt. Morgen schon lägen sie auf der Bahre. Aber was war jetzt? Was war mit ihr? Warum war sie so verwirrt? War das Leben nicht so einfach und gerade wie Blancas aufrechte Gestalt?

Navenias schaute zu ihrer Führerin und versuchte, sich ihre Verwirrung nicht anmerken zu lassen. Pst, suchte sie der Stimme zuzurufen, die in ihr flüsterte, dass das Lied von der Lerche kein Kinderlied war. Navenias wollte es nicht hören.

Ehrerbietig begrüßte Peire die beiden Frauen und führte sie in das Sterbezimmer, in dem sich betende Menschen jeden Alters drängten. Über dem Bett hing ein Kreuz, auf einem Schemel daneben stand eine Kerze. Weder Läden noch Fenster hatte man geöffnet. Der Dunst von Schlaf und von Krankheit hing in der Luft. Das Heu auf Vater Bernards Schlafstatt roch nach Urin und nach Schweiß. Die Betenden in der kleinen Kammer verströmten Angst.

Blanca trat ein und veränderte wie stets allein durch ihre Gegenwart das Bild. Es schien heller zu werden, wo immer sie war. Einige Frauen seufzten erleichtert. Hier kam jemand, der wusste, was zu tun war.

Ruhig und entschlossen stellte Blanca ihren Korb ab und öffnete als Erstes weit die Fensterläden. Frische Morgenluft strömte herein und vertrieb den Geruch von Furcht und von Tod. Auf dem Dach gurrten Tauben. Im nahen Stall regten sich mit dumpfem Muhen die Kühe, die heute noch niemand auf die Weide geführt hatte. Jemand in einem nahen Garten pfiff vor sich hin. Man hörte einen fernen Gruß und eine Frage. Auch die Anwesenden sprachen wieder mit leichterer Stimme, wenn auch ehrfürchtig gedämpft. Das Leben hielt wieder Einzug; das Sterben war nur mehr ein Teil davon.

Und sie hatten die Gewissheit, dass es unter der Hand der Katharerin seinen geziemenden Verlauf nehmen würde. Einer nach dem anderen suchten die Anwesenden ihre Nähe, tauschten ein Lächeln, eine Berührung am Ärmel, manche wagten zu flüstern: »Gut, dass Ihr hier seid.«

Blanca lächelte, aber sie sagte nichts. Sie holte ein paar Kräuter aus ihrem Korb und verbrannte sie in der Kerze. Dann küsste sie die Mägde auf die Stirn und ermahnte sie, sich um die Tiere zu kümmern, die unruhig und vernachlässigt in den Ställen schrien. Peire schickte sie um lauwarmes Wasser. Die anderen setzten sich hin. Dann wurde es friedlich im Raum. Mit einem Lächeln beugte Blanca sich über den alten Bauern, der ihr ohne Furcht entgegensah.

»Ist es so weit?«, fragte er mit knarzender Stimme und fügte, ehe sie etwas sagen konnte, hinzu: »Es ist schon recht.«

»Gott ist Liebe, Bauer«, murmelte sie und strich ihm über die Wangen. Sie schlug seine Decke zurück und zog ihm mit Navenias' Hilfe das verschmutzte Hemd aus. Sanft wuschen sie ihn dann mit dem Wasser, das Peire ihnen brachte. Den Kindern, die sich neugierig und ratlos zugleich im Zimmer herumdrückten, erlaubten sie, mit einem kleinen Lappen die Füße des Sterbenden zu reinigen, und lobten sie dafür, auch wenn das Schwarz von Bernards Sohlen in diesem Leben nicht mehr abgehen würde. Die Kleinen kicherten stolz, küssten Bernard die Hand, der ihnen mit letzter Kraft einen kleinen Klaps gab und sie schimpfte, wie er es immer getan hatte, und gingen dann in eine Ecke zum Spielen.

Bernard trug nun ein sauberes Hemd und war zugedeckt. Peire rasierte ihn auf Blancas Geheiß. Es war der letzte Moment von Zweisamkeit zwischen Vater und Sohn. Die Mägde kamen zurück und brachten Blumen mit und den Geruch nach frischer Milch. Nun duftete es in der Kammer.

Blanca de Laurac holte das Evangelium aus ihrem Korb; Bernard schloss die Augen, und sie legte es ihm erst auf die Stirn und dann auf die Hände. Als sie es wieder hochhob, verneigte ihre kleine Gemeinde sich dreimal und murmelte dazu im Chor: »Segnet und erbarmet Euch unser.« Blanca antwortete: »Ich bitte Gott, dass er euch zu guten Christen mache und euch zu einem guten Ende führe und vor einem schlechten Tod bewahre.«

Da trat Peire vor und bekreuzigte sich. Einen Moment wirkte er unbeholfen. Navenias trat zu ihm und zeigte ihm, wie er seinen Vater halten und stützen konnte. Peire dankte ihr mit einem tonlosen Flüstern. Dann half er dem Alten, sich aufrecht hinzusetzen. Bernard schaffte es, den zitternden Kopf zu heben und Blanca anzusehen. Aber die Worte musste sein Sohn für ihn sprechen, der ihn hielt. Leise sagte Navenias ihm vor. Es war wie ein Kanon. »Gott führe mich und mache einen guten Christen aus mir.«

»Gott möge Euch segnen«, murmelte Blanca. Auch diese Zwiesprache wiederholte sich dreimal. Noch einmal berührte sie Bernard mit dem Buch, danach Peire, der die Berührung mit der freien Hand an den Nächststehenden weitergab. Schüchtern fasste so einer den anderen an und gab den Segen weiter. Beglückt und mit klopfendem Herzen spürte Navenias, dass dies wirklich geschah, der Segen vollzog sich. Mit ihrer Hand verschenkte auch sie ihr Lächeln an ihre Nächsten. Ihre Unsicherheit verschwand in einem großen Glücksgefühl.

Blanca sprengte ein paar der Tropfen aus der Waschschüssel auf die Stirn des Sterbenden. Mit einem Blick gab sie Peire zu verstehen, dass er seinen Vater wieder hinlegen könne. Der Alte sank mit einem so tiefen Atemzug in die Kissen, dass alle für einen Moment glaubten, es könne sein letzter gewesen sein. Es wurde ganz still. Aber Bernard atmete weiter, sein magerer Brustkorb hob und senkte sich, seine Wangen gewannen sogar etwas Farbe, wenn er die Augen auch nicht mehr öffnete.

Blanca legte die Bibel zurück in den Korb und wies Navenias mit einer Kopfbewegung an, ihr beim Zusammenpacken zu helfen. Verlegen hielt Peire sie auf. »Vergebt mir«, murmelte er. »Aber was machen wir, wenn ... nun, wenn der Vater doch nicht ...«

Blanca warf einen Blick auf den Daliegenden, die scharf hervortretenden Jochbögen, die tief eingesunkenen Augen, die Falten am Hals, die so fest wirkten wie Wachs. Seine Hände wanderten, obwohl er zu schlafen schien, auf und ab über das Leintuch und rieben es zwischen den Fingerspitzen, als wollten sie es einer Prüfung unterziehen. Blanca schüttelte den Kopf. Es war so weit, dessen war sie sich sicher. Dennoch antwortete sie. »Gebt ihm kein Essen mehr, es würde ihn nur beschweren, nur noch Wasser, wenn er es wünscht. Es wird ihm den Weg leichter machen. Und der Segen bleibt erhalten.«

»Wie Ihr es sagt«, murmelte Peire erleichtert und brachte sie zur Tür. Verschämt drückte er ihr einige Münzen in die Hand. »Für die Armen.«

Blanca reichte das Geld an Navenias weiter. Die steckte es ein, um es später Philippa zu übergeben, die die Armenkasse führte.

Draußen angekommen hielten beide Frauen einen Moment lang inne. Keiner von ihnen war nach Reden zumute. Aber sie genossen den Frieden, den die Zeremonie ihnen geschenkt hatte, und die Sonne, die nun über die Dächer gestiegen war und ihre ein wenig klammen Glieder wärmte.

»Herrin, Herrin!« Aus dem Nachbarhaus kam eine Magd angelaufen und griff nach Navenias' Hand. Blanca wagte sie nicht zu berühren. Doch an sie richtete sich ihre Bitte. »Herrin, mein Kind hustet die ganze Nacht durch, und es hat gewiss Fieber.«

Aufmunternd schaute Blanca Navenias an. Die sagte: »Mach ihm einen Wickel aus Quark. Aber achte darauf, dass er um den ganzen Brustkorb herumreicht. Nimm kalten Quark, hörst du, und streich ihn halb fingerdick auf das Tuch. Dann wickle alles mit einem Wolltuch ein. Und wechsle es erst, wenn alles trocken ist und in Bröckchen abfällt.« Sie überlegte, ob sie etwas vergessen hatte. »Halt den Kleinen warm, trotz des Fiebers. Falls er dir aber zu heiß scheint, wickle ihm zusätzlich kalte feuchte Tücher um die Waden.« Sie seufzte, als sie das ratlose Gesicht der Frau sah. »Ich komme nach dem Mittagsgebet und sehe nach Euch.«

»Gott segne Euch«, murmelte die Magd und ging rückwärts unter Verbeugungen davon. »Gott segne Euch beide.«

»Herrin!« Der Ruf ereilte sie nach wenigen Schritten. Und Navenias unterdrückte ein Seufzen. Diesmal antwortete Blanca. Ein Mann hatte sie angesprochen, ein Händler, der in der Tür seines Geschäftes stand und wissen wollte, wann die vereinbarte Menge Tuch von den Katharerinnen geliefert würde. Schnell flüsterte Navenias, die in der Weberei mitarbeitete, Blanca den Stand der Bestellung zu, dann trat diese zu dem Wollhändler und verhandelte mit ihm. Er war seit Jahren ihr Wolllieferant, da sie keine eigenen Herden besaßen, und kaufte ihnen das fertige Tuch zu einem Preis ab, den auszuhandeln Philippas Aufgabe war, die dafür ein besonderes Geschick besaß.

Navenias wurde ungeduldig. »So ein sinnloses Gerede«, beklagte sie sich, als Blanca sich endlich verabschiedet hatte und wieder zu ihr stieß.

Die Vorsteherin der Katharer wies sie zurecht. »Es genügt nicht, dass wir gute Ware liefern«, sagte sie. »Wir müssen den Kunden auch ein gutes Gefühl geben. Wir müssen sie pflegen, sie zähmen, wenn du so willst. Damit sie Freunde der guten Sache bleiben. Wenn sie mit uns zusammenarbeiten sollen, müssen sie uns vertrauen können. Denk immer daran, das Geld, das wir verdienen, ist die Grundlage unserer Freiheit. Und unserer Arbeit für die anderen.«

Sie machte noch einen Umweg, um zu sehen, ob die Bäckerei,

die zu ihrem Hause gehörte, ordnungsgemäß geöffnet hatte und ob die jungen Frauen, die dort zu Bäckerinnen ausgebildet wurden, auch alle arbeiteten, wie sie es erwartete. Blanca blieb bei jeder Einzelnen stehen, lobte oder gab einen Rat. Navenias folgte ihr lautlos, lauschte und lernte und merkte sich die Namen der Mädchen, für die, wer weiß, vielleicht sie selber künftig einmal zuständig sein würde.

Als sie alles zufriedenstellend vorfanden, machten sie sich auf den Weg nach Hause. Navenias war tief in Gedanken versunken.

»Er macht aber nicht nur Lieder über Lerchen, nicht wahr?«, sagte Blanca unvermittelt.

Navenias stutzte.

»Oh, ja, äh, er sagt, die Schönheit der Frau zu preisen heißt, heißt ...« Sie suchte sich der Worte zu entsinnen, die ihr damals so zwingend und so schön erschienen waren, die aber jetzt, da sie sie laut aussprach, in ihren eigenen Ohren nicht mehr so überzeugend klangen. »Es heißt: die Schönheit der Schöpfung Gottes zu loben.« Sie errötete und wurde wütend auf sich.

Blanca hob eine Braue. »Das wird zweifellos der Grund sein, warum er sich so eingehend damit befasst.«

»Und er sagt, die wahre Liebe sei rein und keusch von Natur aus und im Grunde ein Ausdruck der Liebe zu Gott. Das sagt er.« Navenias faltete fromm die Hände.

»Und wenn er klagt, dass die Geliebte ihn nicht über die Schwelle ihrer Kammer lässt, ist das ein Ausdruck von – was genau?«, fragte Blanca.

Navenias schwieg. Verlegen schob sie die Unterlippe vor. Aber sie konnte nicht verhindern, dass die Röte auf ihrem Gesicht noch tiefer wurde.

»Verzeih«, sagte Blanca und nahm ihren Arm. »Ich wollte dich weder verspotten noch beleidigen. Auch ist es mir gleich, was er mit seinen Liedern sagen will. Einzig um dich geht es mir, Navenias. Und um das, was du willst. Das, wovon du selbst gesagt hast, dass du es willst. Ich werde dich zu nichts bereden. Es gibt viele Wege in diesem Leben. Und nicht einer allein führt zur Seligkeit. Aber du musst herausfinden, welches der deine ist. Und du musst die Gefahren kennen, die dir dabei begegnen. Damit du ihn sicher gehen kannst. Denn wir sind eine Gemeinschaft, in der einer den anderen stützt.«

7.

Lavaur, am Abend desselben Tages

Navenias hörte ein Klacken an ihrem Fensterrahmen. Verwundert schaute sie hin. Sie fragte sich gerade, ob ein Vogel sich verflogen haben könnte, als sie undeutlich durch die geharzten Leinwandscheiben Steinchen fliegen sah.

»Bist du von Sinnen?«, sagte sie, als sie die Läden öffnete und hinaussah. Dort unten stand Amalric. Und er war nicht allein. »Warum kommst du nicht einfach zur Tür herein?« Sie warf einen ungnädigen Blick auf Amiel, der weitere Kiesel in der Hand wog und mit dem Arm ausholte, so als wollte er werfen. »Du kannst ihn ja mitbringen, wenn du unbedingt möchtest.«

»Wir sind in geheimer Mission unterwegs.« Die beiden jungen Männer schauten sich an, lachten, knufften einander und rangelten herum, bis Navenias ungeduldig von einem Fuß auf den anderen trat.

»Ach ja?«, fragte sie und stützte herausfordernd das Kinn in die Hand.

»Wir haben uns aus der Burg geschlichen, um zu der Kirchweih zu gehen.« Amalric war ganz außer Atem. Mit glänzenden Augen schaute er zu ihr herauf. »Willst du mitkommen? Heute Abend ist Tanz.«

Navenias erschrak, als sie das hörte.

Amalric sah, wie sie zögerte. »Du brauchst dir auch nichts anderes anzuziehen. Du wirst so oder so die Schönste sein. He, Amiel, lass das.«

Navenias starrte wie blind auf die beiden hinunter, die sich gegenseitig aus dem Gleichgewicht zu bringen versuchten. Sie musste sich mit beiden Händen am Fensterrahmen festhalten. Die Schönste beim Fest, echote es in ihr, die Schönste beim Fest. Sie sah Audas strahlende Augen einen Augenblick lang vor sich. Ihr wurde übel. Sie schluckte und presste sich die Fäuste auf den Magen. War das der Moment? War das die Gefahr? Die Schönste beim Fest!

»Wie ist es, Navenias?« Amalric machte sich von seinem Freund los, wischte sich die Haare aus der Stirn und suchte ihren Blick. »Wenn du willst, werde ich auch ein Lied für dich singen. Navenias?«, wiederholte er.

Sie war nicht in der Lage, zu antworten. Mit fest zusammengepressten Lippen schüttelte sie nur heftig den Kopf. Dann, ehe sie darüber nachgedacht hatte, schlug sie die Fensterläden zu. Sie verriegelte sie hastig und lehnte sich mit dem Rücken dagegen. Die Übelkeit wurde heftiger, und mit einem Schwall erbrach sie sich auf den Boden. Dann sank sie langsam unter dem Fenster zusammen.

Navenias hörte Amalric ihren Namen rufen, erst ratlos, dann zunehmend verärgert. Amiel riss ein paar Witze, schließlich flüsterten die beiden miteinander. Dann trat Stille ein. Sie hörte, wie die Schritte ihrer Freunde sich entfernten.

Navenias starrte in das Dämmerlicht ihres Zimmers. Es kam ihr eng vor und dunkel. Es roch süßlich schal und bitter nach dem Erbrochenen. Noch immer zitterte sie vor Angst. Sie musste ihre Knie mit den Armen umschlingen, damit sie endlich aufhörten zu beben. Noch immer ebbte die schwarze Panik in ihr nicht ab. Im Dunkeln kroch die Gestalt ihres Vaters näher, sie roch seinen Alkoholatem, den Atem der Männer beim Fest. »Nein«, rief sie, »nein, nein, nein. Ich will nicht.« Erst nach langer Zeit wurde sie ruhiger.

Navenias saß da, hielt ihre Knie umklammert und wartete mit

aufgerissenen Augen, bis der Schmerz nachließ. Sie hatte es geschafft; sie war gerettet. Sie würde nicht das schwache Glied in der Kette sein. Vor Erleichterung begann sie zu weinen.

Und ein wenig, ohne es ganz zu begreifen, weinte sie auch um sich selbst, um das junge Mädchen, das sich nicht freuen konnte, wenn es zum Tanz eingeladen wurde von dem Mann, für den sie die Allerschönste war.

»Und was jetzt?« Amiel riss eine Blume am Wegrand ab und kaute auf dem Stängel herum.

Amalric schüttelte noch immer den Kopf. »So habe ich sie noch nie erlebt.«

»He, du hast nichts falsch gemacht.« Amiel musterte ihn aus zusammengekniffenen Augen.

»Gott ist mein Zeuge, nein, wahrhaftig.«

»Und es gibt keinen Grund, warum wir nicht trotzdem hingehen sollten.«

Amalric, eben noch überzeugt, schaute unglücklich drein. »Ich weiß nicht ...«

»Aber ich weiß es.« Energisch hakte Amiel sich bei ihm ein. »Wir werden tanzen, und wir werden trinken. Und wenn wir genug getrunken haben, werden wir singen, bei Gott. Und wem's gefällt, der mag zuhören.«

»Und wem's nicht gefällt ...«, fiel Amalric ein. Seine Lebensgeister erwachten allmählich wieder. Er passte seinen Schritt dem des Freundes an. »... der soll ...«

»... zum Teufel gehen«, vollendeten sie den Satz gemeinsam und liefen zum Festplatz.

Ein Gaukler mit einer Einhandtrommel in der Linken und einer Einhandflöte in der Rechten spielte auf. Er pfiff und trommelte, tanzte dabei und sang und rief die Feierlustigen herbei.

Begleitet wurde er von einem Kumpan mit einer Fidel und von einem anderen, der einen Dudelsack blies, dass es Gott erbarmte. Das Instrument jaulte und schrie wie ein gequälter Hund. Drum herum stand die Dorfjugend und klatschte den Rhythmus dazu.

Amiel zog sich die Kappe in die Stirn, als fürchtete er, seine alte Truppe zu erkennen, doch dann entspannte er sich wieder. Es waren andere Spielleute, Fremde, und schnell fand Amiel seine Munterkeit wieder, schnappte sich den Dudelsack und gab eine Probe seines Könnens.

Die Dorfburschen lachten und stießen mit ihren Bechern an.

»Was ist«, rief ein Mädchen, die Hände in die Hüften gestemmt, und drehte sich herausfordernd hin und her. »Wollt ihr jetzt endlich tanzen oder nicht?«

»Jetzt passt's. Jetzt kommt«, stimmte eine andere ein und streckte die Arme nach ihrem Galan aus. Der knüpfte sein Schnupftuch noch einmal fester an den Gürtel und führte sie zum Tanzboden. Auch Amalric wurde bei der Hand genommen und mitgezogen. Amiel nickte ihm zu und zwinkerte, schon rot im Gesicht. Er setzte das Instrument kurz ab, um nach Wein zu rufen, dann spielte er weiter.

Der Tanzboden war aus rohem Holz gezimmert, die umliegenden Häuser und auch der Brunnen waren mit Blumen geschmückt. Eine Kanne hing über der Tür, hinter der es heute Bier und Wein im Ausschank gab. Fettiger Rauchgeruch verriet, wo gegrillte Vögel verkauft wurden, Dohlen, Amseln, Rotschwänzchen und verschiedene Zugvögel, die die Bauern mit Leimruten fingen. Ihre knusprigen kleinen Körper drehten sich auf Spießchen. Daneben stapelten sich duftende Maisbrotfladen.

Ehe Amalric sich's versah, drehte er sich mit einer Blonden, deren Zöpfe nur so flogen, während das ganze Fest um sie herum in verwischten Farben verschwamm. Der Blonden folgte eine

Brünette, dann eine Rote. Dann tauchte Amiel auf, der sein Instrument abgegeben hatte, zwei Schöne im Arm, die sich kichernd an ihn schmiegten. Zu viert schlenderten sie eine Weile umher, bis Amalric erkannt wurde und man ihn drängte, doch ein Lied zum Besten zu geben.

Amalric ließ sich die Fidel geben. Das Instrument der Engel und Spielleute, erinnerte er sich an seinen ersten Tag in der Musikalienkammer. Sie war verstimmt, und er hielt sie sich ans Ohr.

»Anfangen«, rief jemand lallend.

»Ich«, sagte Amalric laut, als er mit dem Klang der Saiten zufrieden war, »werde das Lied von der schönen Rosemonde spielen. Mein Sänger hier«, er wies auf Amiel, der sich aus den Armen seiner Gespielin losmachte und mit übertriebenen Verneigungen neben ihn trat, »ist der große Amiel. Joglar der Herrin von Laurac.«

Der Applaus toste, aber auch Pfiffe ertönten. Amiel grinste, holte vier Bälle aus der Hosentasche und begann, damit zu jonglieren. Er zwinkerte Amalric zu. »Mach's nach«, flüsterte er.

Amalric neigte sich lächelnd über seine Fidel und stimmte den ersten Ton an. Es war ein schmachtendes Liebeslied. Er traf den traurig-schönen Ton genau. »Mein schönes Lieb, ich sterb dir zu.«

Atemlose Stille herrschte, als das letzte Wort verklang. Manch einer wischte sich eine Träne ab. Das ganze Fest schien stillzustehen. Ohne ein Wort ging Amalric zu einer Tanzmusik über. Der rasche Rhythmus ging allen in die Beine. Amalric fiedelte wie der Teufel. Und ehe die Leute sich's versahen, drehten sie sich schon wieder. Amiel sang aus voller Kehle den Refrain dazu und trieb sie mit Händeklatschen an. Die beiden warfen einander einen Blick zu – und wurden schneller. Strophe für Strophe, in atemberaubendem Tempo, steigerten sie sich. Mal fiedelte

Amalric voraus. Mal vollführte Amiel ein zungenbrecherisches Wortstakkato, das ihm Szenenapplaus einbrachte. Wer nicht selber tanzte, der klatschte mit, bis ihm die Hände brannten.

»Und sie drehn sich, drehn sich, drehn sich.«

Wer Atem hatte, fiel ein in den Refrain.

Amiel selber drehte sich wie ein Kreisel, klatschend, singend, mit fliegenden Haaren, aus denen die Schweißtropfen in glitzernden Bögen flogen. Amalric stampfte, dass der Tanzboden bebte, wagte halsbrecherische Hüpfer und sang sich die Seele aus dem Leib.

»Und sie drehn sich, drehn sich, drehn sich immerzu.

Und dann ist Ruh.«

Er zog den Bogen ein letztes Mal energisch über die Saiten und warf den Kopf zurück. Auch er schwitzte. Aber wahrhaftig, er war glücklich. Alle klatschten, jubelten und juchzten. Die Freunde fielen einander in die Arme, gaben den Musikanten ihre Instrumente zurück und hatten Mühe, sich zwischen ihren Bewunderern hindurchzudrängen. Erst als die Musik erneut einsetzte und die ersten Tanzwütigen wieder zum Tanzboden strebten, bekamen sie etwas Luft.

»Lass uns ...«, keuchte Amiel, »... was trinken gehen.«

Den ersten Wein kippten sie in einem Zug hinunter, den zweiten hinterher. Sie legten die Münzen für einen dritten hin. »Hab ich einen Durst«, seufzte Amalric. Ich könnte einen Trog leersaufen.«

»Wasser gibt's am Brunnen«, gab Amiel zurück, »bei den Pferden. Prost.«

Erschöpft und nicht mehr ganz sicher auf den Beinen, suchten sie sich bei einem Spaziergang abzukühlen. In den einsamen Gassen klang die Musik gedämpft zu ihnen herüber.

»Weißt du, wonach mir jetzt wäre?«, fragte Amiel.

»Du Schwein«, gab Amalric zurück.

»He, du weißt doch noch gar nicht, was ich sagen wollte.« Amiel gab sich gekränkt.

Amalric blinzelte zu ihm hinüber. »Verbessere mich, wenn ich falschliege.«

Amiel grinste. Dann stieß er ihn gegen die Schulter. »Ertappt«, gab er zu. »Du nicht?«

Amalric schwieg. Man hörte nur ihre Schritte. Und dann die eines dritten.

Sie wandten sich um.

»Was ist das für ein komischer Vogel?«, fragte Amiel stirnrunzelnd. »Läuft der uns nach?«

Amalric zuckte mit den Schultern. »Ich glaube, warte. Das ist Rogier.« Er senkte die Stimme. »Er war früher ein berühmter Troubadour.«

»War er das?« Amiel kniff die Augen zusammen. »Verbessere mich, wenn ich falschliege. Aber kann es sein, dass der Alte gewaltig geladen hat?«

Rogier kam schwankend näher.

Amiel breitete die Arme aus, um ihn aufzufangen. »He, Alterchen, hoh, ist ja gut. Du wirst dir noch wehtun. Wohin so hastig?« Er grinste Amalric zu.

Rogier stützte sich schwer auf Amiels Schultern, fand aber schließlich sein Gleichgewicht wieder und stieß sich von ihm ab. Schwankend richtete er sich auf. »So, du bist also das Zugvögelchen. Das Piepvögelchen.«

Amiel tippte sich an die Stirn und warf Amalric einen kurzen Blick zu.

»Zwitscherst wie eine Lerche, hm?« Rogier stand schwankend da. Seine Augen schienen geschlossen. Speichel lief ihm aus dem Mundwinkel. »Schwitschervögelchen, zwschizscherst herum.«

»Ist ja gut, ist ja gut.« Amiel klopfte ihm auf die Schulter.

»Also, ich weiß nicht«, begann Amalric, den plötzlich ein unbehagliches Gefühl überkam.

In diesem Augenblick öffnete Rogier die Augen. Sie waren voller Hass.

»Amiel!«Amalric hatte das Messer zuerst gesehen.

Im letzten Moment wich Amiel Rogiers erhobener Hand aus. Die Klinge, die nach seiner Kehle gezielt hatte, verfehlte ihn knapp. Rogier warf sich auf ihn und umklammerte mit den Händen Amiels Hals. »Verzschwitzscher Vogel!« Spucke spritzte aus seinem Mund. »Ich dreh dir den Hals um.«

»Nein!« Amalric warf sich auf ihn und versuchte, ihn von seinem Freund wegzuziehen, dem die Augen aus den Höhlen traten. Rogier trat um sich, jaulte und schrie. Mit einem unmenschlichen Knurren schlug er die Zähne in Amalrics Schulter.

»Ahhh, verflucht!« Endlich gelang es dem jungen Ritter, sich loszumachen. Er holte aus, um Rogier mit einem FaustSTOß außer Gefecht zu setzen. Da brach der Alte zusammen und riss Amiel mit zu Boden.

Eine Zeit lang rührte sich keiner von den dreien. Endlich stöhnte Amiel und versuchte, Rogiers Körper von sich herunterzurollen. Amalric kam zu sich und half ihm dabei. Amiel setzte sich auf und rieb sich den schmerzenden Hals. »Das war knapp«, krächzte er. »Hab ich ihn erwischt?«

Statt einer Antwort drehte Amalric den leblosen Alten auf den Rücken: In seiner Brust steckte das Messer, das Amiel im letzten Augenblick gezogen hatte. »Ja«, sagte Amalric tonlos.

»Verdammt!« Amiel wollte aufspringen, doch er musste husten, dass es ihm den Atem raubte. Keuchend und würgend hockte er da. »Ich hau ab«, sagte er endlich, als er wieder sprechen konnte.

»Bist du verrückt?« Amalric hielt ihn am Arm fest.

»Was glaubst, du, was die mit mir machen? Ich bin ein Gaukler. Ich bin nur Dreck unter ihren Sohlen. Ich hab hier nicht mal mehr das Bürgerrecht.«

»Er hat angefangen, das kann ich bezeugen.«

Amiel kauerte noch immer mit hängenden Armen da. »Dann wäre ja alles in Ordnung.«

»Glaubst du mir nicht?«

»Deine guten Absichten in Ehren, mein Freund. Aber du bist hoffnungslos einfältig. Denk doch mal nach. Zwei junge betrunkene Raufbolde und ein toter alter Mann von Adel. Was denkst du, wird passieren?«

»Du bist nicht der erste Joglar, den Rogier getötet hat«, wandte Amalric ein. »Jedenfalls ist er schon mal mit einem Mord davongekommen. Man hatte ihn nur begnadigt, wegen seiner Verdienste.«

»Ein verdienter Ritter.« Amiel schlug sich gegen den Kopf. »Gratuliere, Amiel, ganz großartig gemacht. Ich bin erledigt. Erledigt.« Wieder und wieder schlug er sich gegen die Stirn.

Bis Amalric ihm in den Arm fiel. »Das bist du nicht«, sagte er.

Als Amiel ihn anstarrte, stand er auf und packte Rogier bei den Füßen. »Was ist?«, fragte er, als Amiel sich nicht rührte. »Wir werfen ihn bei Peires Hof über die Mauer. Da wo wir früher auch immer rüber sind.«

»Und dann?« Amiel rührte sich noch immer nicht.

»Schmeißen wir ihn in den Fluss. Wenn sie ihn finden, ist er eben ertrunken. Blau genug war er ja.«

»Ertrunken?« Amiel war nicht überzeugt. »Mit einem Messer in der Brust?«

Amalric bückte sich, zog es heraus, zuckte kurz zusammen bei dem schmatzenden Geräusch, wischte es an einem Grasbüschel sauber und hielt es Amiel hin. »Wenn sie ihn überhaupt finden«, sagte er. »Weit von hier.«

Endlich kam Leben in seinen Freund. Er stand auf und packte Rogier unter den Achseln. Gemeinsam hoben sie ihn hoch und schleppten ihn in den Schatten der Häuser. Das Dorf lag wie ausgestorben da. Die Dunkelheit stand ihnen bei, und Rogier landete mit einem schweren Geräusch jenseits der Mauer im Gras. »Dort wachsen die Brennnesseln hoch, da sucht ihn keiner.« Amalric rieb sich die Hände mit einem Heubüschel sauber.

Amiel nickte. Langsam kehrte die Farbe in sein Gesicht zurück. »Wir werden danach zurückmüssen zum Tanz, damit es nicht auffällt.«

Amalric nickte. »Also dann«, unterbrach er das unbehagliche Schweigen, das eingetreten war. »Bringen wir es hinter uns.«

Als sie wieder im Städtchen waren und der einschmeichelnde Klang der Musik lauter wurde, blieben sie wie auf ein Zeichen hin stehen. Die Finsternis und der kalte Nebel am Fluss waren nicht so bedrohlich gewesen wie das Gelächter und der Gesang, der ihnen entgegenscholl.

»Ich danke dir«, sagte Amiel endlich. Zaghaft legte er Amalric die Hand auf die Schulter. »Du bist ein echter Freund. Mein einziger.«

8.

Auf dem Hochufer des Flusses Agout in der Nähe von Lavaur, im Jahr 1207

Amalric hatte sich auf alle viere niedergelassen und blies in die Glut, bis ihm der Schweiß auf der Stirn stand und schwarze Punkte vor seinen Augen tanzten.

Amiel warf Navenias einen schrägen Blick zu. »Du könntest wirklich mal helfen«, meinte er. Er rupfte ein Rebhuhn, dass die Federn nur so flogen.

Navenias wedelte mit der Hand vor dem Gesicht herum. Es war erst Mai und dennoch bereits um den Mittag herum beinahe unerträglich heiß. Man hatte auch fern des kleinen Lagerfeuers das Gefühl, kaum mehr atmen zu können.

»Ich töte kein Lebewesen«, gab Navenias zurück.

Die beiden Männer wechselten einen schnellen Blick.

»Du sollst es ja auch nicht töten, nur rupfen«, erwiderte Amiel gereizt. »Immer lässt Madame sich bedienen.«

»Ich töte nicht, ich häute nicht, ich rupfe nicht, ich nehme es nicht aus.« Navenias nahm für die Aufzählung ihre Finger zu Hilfe. »Ich werde es nicht kochen oder braten. Und ganz bestimmt esse ich keinen Bissen davon.«

»Mmmmhhh, lecker.« Aufreizend fuhr Amiel mit dem toten Huhn vor ihrem Gesicht herum, bis sie sich vorbeugte und ihn gegen die Schulter stieß. »He«, rief er in gespielter Empörung, »du hast Gewalt gegen mich angewendet.«

»Du bist kein Lebewesen«, gab sie müde zurück, »du bist eine Krankheit. Ich werde nie verstehen, wieso Amalric sich mit dir abgibt.«

»Und sie hat üble Nachrede gegen ihre Mitmenschen ge… äh, gedingst«, rief Amiel. Seine braunen Augen leuchteten vor Übermut. Er blies sich die blonden Fransen aus der Stirn.

Amalric richtete sich auf. »Ich habe Feigen für dich dabei«, sagte er und kam zu ihnen herüber, um sich an Navenias' Seite niederzulassen. »Und Käse. Und Brot, damit du es nachher für uns brichst.«

Amiel verdrehte die Augen. »Wenn sie partout kein Fleisch will, dann frage ich mich, warum sie zu einem Jagdausflug mitkommt.«

»Keine Sorge«, sagte Amalric zu Navenias. »Wenn wir erst einmal verheiratet sind, können die Mägde das mit den Tieren erledigen. Und für dich lege ich einen Garten an, einen Garten, sage ich dir…« – mit einer ausholenden Handbewegung ließ er ihn am Horizont erstehen – »… wie ihn noch niemand gesehen hat. Dort werden Früchte wachsen und Gemüse, Blumen und deine Heilkräuter. Es wird nach Rosen und nach Lavendel duften, die Pflaumen werden reifen und der Kohl…«

»Was für eine allerliebste Gemüseidylle«, spottete Amiel. Er wies mit dem Bratspieß auf Amalric, bevor er ihn tief in den toten Vogelkörper stieß. »Mein Lieber, ich sage dir voraus, dass du als Pflanzenfresser enden wirst, ob du willst oder nicht. Wie eine Kuh.« Er muhte. »Die Mägde werden allenfalls Mangold rupfen, aber kein Federvieh, hab ich nicht recht, Navenias? Oder würdest du den Schlachtbetrieb neben deinem Paradiesgarten dulden? Einen Fleischfresser in deinem Bett?«

Navenias schwieg. Es war ihr unangenehm, dass Amiel das Wort »Bett« aussprach. Allein schon wie er es aussprach. Dieser Mensch hätte aus dem Wort ›Engel‹ eine Anzüglichkeit gemacht, und sie hasste ihn, samt seinen Bernsteinaugen und seiner braunen Haut und diesen Bewegungen, die die Menschen an das Schlechteste statt an das Beste denken ließen.

Außerdem störte er. Er machte es ihr unmöglich, endlich mit Amalric zu sprechen. Denn ihr Freund hatte sich verändert. Es war nicht immer zu spüren. In manchen Momenten nur. Dann aber kam ein seltsamer, unbehaglicher Ton in ihre frühere Vertrautheit. Er hatte es sich angewöhnt, über ihre Zukunft zu reden. Über ihre Hochzeit etwa, wie gerade eben. Als wäre das eines ihrer Kinderspiele, ein Märchenreich, das es zu erobern galt, oder ein Drache, den man mit einem Holzschwert besiegen konnte. Sie schüttelte den Kopf. Was sie davon hielt, das fragte er sie nie. Er warb nur mit stummen Blicken, die sie schwer auf sich ruhen spürte. Wenn sie ihn dann darauf ansprechen wollte, wich er aus, lachte sie gar aus und redete von etwas anderem. Genauso beharrlich aber kam er immer wieder darauf zurück, gerade in den schönsten Momenten, wenn sie es am wenigsten erwartete. Langsam witterte sie überall einen Hinterhalt, und ihre Treffen hatten kaum jemals mehr die frühere Leichtigkeit, die sie so geliebt hatte. Ach, all das Ungesagte! Es war fast noch schwerer zu ertragen als all das Gesagte.

Am Ende löste sich zwar immer alles in einem Scherz auf. Aber sie ahnte, dass ein bitterer Ernst dahinter lauerte. Bitter spätestens, wenn sie ihm ihre Gefühle anvertraut hätte. Ihre … Gefühle. Navenias hasste auch dieses Wort. Es war eng verwandt mit »Bett« und mit »Körper« und mit dem Kribbeln, das nicht sein durfte. Verwandt auch mit jenem ›Jucken‹, von dem Auda gesprochen hatte und das sie immer noch würgen machte. Das sollte nicht sein, das wollte sie nicht. Ihre Absichten und ihre Ziele, die kannte Navenias sicher. Aber was genau waren ihre Gefühle? Außer im Weg?

Ja, wie sollte das alles werden? Für Amalric war die Ehe ein Sakrament. Für sie war es nur ein Bund unter Menschen, der zu nichts wurde vor dem Ruf der wahren Kirche. Und sie war ein Gefängnis, eine Mauer um ein enges Stück Land, und wenn es auch ein Garten war, dazu eine Gefahr, eine Bedrohung. Es war der Weg ins Grab, wie bei Auda. Nein, er ist nicht wie der Hirte, sagte sie sich hastig und bat Amalric insgeheim um Vergebung. Andererseits, wusste sie es gewiss? Da war etwas Dunkles um die Männer, etwas Bedrohliches, etwas, dem sie sich nicht zu nähern wagte. Das Dasein als Perfecta hingegen war eine offene Tür in eine helle, klare Welt. Navenias seufzte.

Ich müsste mit ihm sprechen, sagte Navenias sich. Ein andermal, wenn Amiel nicht dabei wäre, um alles in den Schmutz zu ziehen. Doch sie ahnte, dass dieses Gespräch das letzte sein könnte, das sie führen würden. Denn was anderes konnte sie ihm sagen, als dass sie ihr Leben ohne ihn leben wollte? Und wenn er dann ging? Wenn sie ihn niemals wiedersah? Unwillkürlich wurde sie unruhig. Hastig griff sie nach einem Hölzchen und warf es ins Feuer. Das könnte ich nicht ertragen, dachte Navenias, und sie wollte nicht wissen, warum.

»Wusstet ihr, dass demnächst auf Burg Foix ein großes Treffen stattfinden wird zwischen den Bischöfen der Katharer und den Botschaftern des Papstes?«, fragte sie unvermittelt. Sie warf Amiel einen raschen Seitenblick zu. Hatte er sie etwa durchschaut?

Amiel zog ein Lid herunter, zum Zeichen, dass er alles sah und alles wusste. Navenias zuckte zusammen. Dann aber sagte er zu ihrer Erleichterung. »Klar, der große Disput, das Gelehrtenturnier. Wissen wir.« Er zuckte mit den Schultern.

»Schon lange«, bestätigte auch Amalric. »Wir waren dabei, als ihm der Gedanke dazu kam.«

»Esclarmonde und Blanca werden ebenfalls teilnehmen«, fuhr Navenias fort, »mit einigen der Damen. Und ich …« Ihre Stimme zitterte in wachsender Aufregung. Sie holte tief Atem. »Also ich werde ebenfalls dabei sein. Unter den Disputanten.« Erwartungsvoll schaute sie von einem zum anderen. Beinahe hätte sie wie ein Kind vor Begeisterung in die Hände geklatscht.

Amiel gähnte, Amalric aber war munter geworden. »Nein«, rief er aus. »Du in der Nähe dieser Ungeheuer? Das erlaube ich nicht.«

»Du tust was?« Navenias blieb der Mund offen stehen.

»Du wirst dich von dort fernhalten.« Amalric war aufgebracht. »Was, wenn es dort zu Unruhen kommt? Es wäre unverantwortlich.«

»Amalric, das ist eine Disputation. Ein Austausch von Argumenten.« Navenias wurde zunehmend gereizt. »Dort wird es zu überhaupt nichts kommen ...«

Ein Kichern Amiels unterbrach sie. »Allerdings!«, murmelte er.

»... wird es zu keinerlei Unruhen kommen«, verbesserte sie sich, »wenn nicht irgendwelche Hitzköpfe wie du welche veranstalten.«

Amalric errötete. In der Tat hatte er sich schon des Öfteren mit einigen Freunden darüber unterhalten, wie genau das wäre. Wenn man Taten statt Worte sprechen ließe und diese Kuttenträger dahin jagte, wo sie herkamen. Sie waren schließlich Ritter und keine Debattenwächter, darin waren sie sich alle einig gewesen. Er sollte Navenias nichts davon erzählen. Aber seine Empörung konnte er nur schwer verbergen. »Das sind Menschen, die andere exkommunizieren, ins Gefängnis werfen, enteignen. Das ist nicht nur ein Spiel.«

»Das ist mir klar«, warf sie ein. »Und ich habe auch gar nicht vor, nur zu spielen. Im Gegenteil, ich will ...«

Aber er ließ sie nicht weitersprechen. »Streiten mit diesen Wortverdrehern, was für ein Gedanke. Ich werde doch nicht zusehen, wie sie dort einen Narren aus dir machen.«

Jetzt blieb Navenias die Luft weg. »Wie kommst du darauf«, fragte sie, als sie die Sprache wiedergefunden hatte, »dass ich einen Narren aus mir machen lasse?«

Verwundert schaute Amalric sie an. »Ich bitte dich«, sagte er.

»Und ich danke dir dafür.« Jetzt war ihre Stimme laut geworden. »Du hältst es offenbar für ausgemacht, dass ich nichts Wichtiges zu sagen habe. Dass ich mich auf jeden Fall bloßstellen werde.« Sie sprang auf und zeigte mit zitterndem Finger auf ihn. »Und überhaupt«, ereiferte sie sich weiter. »Wie kommst du dazu, dich hinzustellen und mir etwas verbieten zu wollen? Als hättest du irgendwie über mich zu bestimmen. Ich sage dir«, sie stieß ihn mit dem Zeigefinger vor die Brust, sodass er zurückwich. »Der einzige Mensch, der mir die Teilnahme untersagen könnte, wäre jemand wie Blanca de Laurac. Jemand von ihrer Weisheit, ihrer Größe, ihren Verdiensten. Was glaubst du eigentlich, wer du bist?«

»Heikle Frage«, murmelte Amiel und drehte das langsam garende Huhn über der Glut.

»Ich ...«, begann Amalric und verstummte.

»Ich bin dein künftiger Mann«, sagte er dann entschlossen. Das schrille Zirpen der Grillen erfüllte die Luft. »Das bin ich doch, oder, Navenias?«

Sie sank in sich zusammen. Ihr war, als füge sie ihm eine unglaubliche Grausamkeit zu, schlimmer, als zücke sie das Messer gegen ihn, schlimmer, als wenn sie ein Huhn schlachten würde. »Nein«, sagte sie dann. Und ihre Stimme war leise, aber klar. »Das bist du nicht.«

»Dann hätten wir das ja geklärt«, rief Amiel und klatschte in die Hände.

Amalric und Navenias starrten zu Boden. Amiel schaute von einem zum anderen und zuckte mit den Schultern.

»Und weil wir schon dabei sind, das Huhn scheint mir fertig. Wer möchte etwas?«

Amalric und Navenias sprangen gleichzeitig auf. Sie streckte die Hand nach ihm aus. Aber Amalric war schneller, schwang sich ohne Abschied auf sein Pferd und verschwand in raschem Trab zwischen den Bäumen.

Mit hängenden Armen stand Navenias da. »Ich ...«, sagte sie und verstummte.

Amiel seufzte. Er trat zu ihr und legte ihr die Hand auf die Schulter. »Nimm es nicht so schwer«, sagte er. »Amalric ist, wie er ist. Er hat eben einfach kein Verständnis für die geistigen Bedürfnisse einer Frau.«

Sie schaute ihn an, sah sein sardonisches Grinsen und bemerkte im selben Moment die sacht knetende Bewegung seiner Finger auf ihrem Fleisch. Röte schoss ihr ins Gesicht, wegen seiner Dreistigkeit, aber auch wegen des rieselnden Wohlbehagens, das sie durchströmt hatte. Und auch weil sie in seinen Augen las, dass er darum wusste. »Ach du«, schrie sie und stieß ihn so heftig von sich, dass er in die Feuerstelle stolperte und die Glut auseinanderstob.

»Siehst du«, rief er ihr nach und bog sich dabei vor Lachen, »wie zwischen uns die Funken sprühen? Du kannst das nicht leugnen, Navenias.«

Bratensaft tropfte zischend ins Feuer. Er wandte sich zu dem Vogel um und drehte prüfend den Spieß. »Jetzt«, stellte er fest, »ist er durch.«

9.

Die Burg Foix, im Jahr 1207

Ein leuchtend blauer Himmel lag über der Burg der Herren von Foix. Sie thronte auf ihrem Felsen, um den sich die grauen Häuser der Stadt drängten wie Schafe um ihren Hirten. Von ihrem Viereckturm wie auch vom runden Burgfried herab wehten die Fahnen, und die Tore standen weit offen. Im äußeren Hof ging es zu wie auf einem Markt. Viele Menschen drängten sich zwischen den Ställen und Ständen in der Hoffnung, einen Blick auf die Würdenträger zu erhaschen, die sich im inneren Hof versammeln würden. Dort waren bereits ein Podest und ein Kohlebecken vorbereitet.

Alle wussten, dass es heute um große Dinge ging. Auch die einfachen Leute, die weder lesen noch schreiben konnten. Alle redeten mit, und schon bevor die Disputation begonnen hatte, summte und brummte es in der ganzen Burg wie in einem Bienenstock. Es gab Stände mit Wein und Brot und fettiger Suppe. Die Schaulustigen kauten noch, als der erste Ruf erklang: »Sie kommen!«

Die beiden Legaten des Papstes, die der Einladung des Vizegrafen gefolgt waren, Pierre de Castelneau und Diego de Acebo, waren beides Männer im besten Alter, die auch in der Rüstung eine gute Figur gemacht hätten. Sie kamen mit bewaffneter Bedeckung und trugen auf den bestickten Decken ihrer Streitrösser ihr Adelswappen. Mit strengem Blick schauten sie auf die Menge hinab und segneten sie mit dem Kreuzzeichen.

Der lange Zug schüchterte die Menschen ein, an denen er

vorbeikam, und brachte das Geschwätz zum Verstummen. Obwohl die Legaten selber die einfache Tracht ihres Ordens trugen, waren sie umgeben vom Prunk ihrer Begleiter, die große Kragen, bestickte Wämse und geschmückte Harnische trugen, wallende Federn auf dem Haupt und edles Metall am Zaumzeug ihrer Tiere. Hier kamen keine demütig Betenden, sondern die Vertreter des Stuhles Petri, daran wurde kein Zweifel gelassen.

Die Katharer dagegen erschienen zu Fuß, selbst die Bischöfe und ihre Vertreter und Diakone sowie die Credentes, die Gläubigen. Nur die Ältesten ritten auf einem Maulesel, den ihre Anhänger behutsam für sie führten. Keiner von ihnen trug etwas anderes als selbstgewebtes dunkles Tuch und einen Strick als Gürtel.

Viele Frauen waren darunter, auch sie im schwarzen oder dunkelblauen Gewand der Katharer mit einer schlichten Schnur um die Taille. Einige waren Perfectae, wie Blanca de Laurac, Esclarmonde de Foix oder deren Schwägerin Philippa, die Häuser in verschiedenen Gemeinden leiteten. Sie waren gelehrt und predigterfahren und bereits herumgekommen in der Welt, auch in der großen Welt der Adelsburgen, aus der sie nicht selten selbst stammten. Dennoch war der einzige Schmuck, den sie zur Schau trugen, ihre stolze Haltung. Andere waren junge Mädchen, so wie Navenias, voller hehrer Ziele, voller Fragen und mit dem ungestümen Stolz derer, die frei zu denken wagten.

Jetzt wurde es wieder lauter im Vorhof. Man wies mit dem Finger auf die berühmtesten Katharer, zeigte sie seinen Freunden und rief laut ihre Namen. Heilsrufe stiegen auf, und mit einer großen Bewegung drängten die Menschen heran, um einen der Bischöfe zu berühren, und sei es auch nur ein Fetzen seines Gewandes. Die »älteren und jüngeren Söhne«, wie ihre Vertreter sich nannten, hatten alle Hände voll zu tun, sie unversehrt durch das Gedränge zu führen.

»Gott segne Euch«, riefen die Menschen begeistert. »Gott gebe uns allen Heil.«

Amalric hörte es mit Stolz. Obwohl er sich gleichmütig gab, erregte er sich nicht wenig über die in seinen Augen selbstgefällige Ruhe und den Stolz der Gäste, die gekommen waren, um mit seinem Herrn auf dessen Gebiet zu streiten. Oder, wie er es im Grunde sah: ihn in seinem eigenen Haus zu demütigen. Immer wieder machten er und einige seiner Freunde sich auf etwas aufmerksam, was ihren unterschwelligen Zorn neu zu entflammen imstande war. »Hast du gehört, was er zu seinem Begleiter gesagt hat?«, fragte er Bertran de Escas, einen Ritter, der mit ihm diente. »Hast du diese Kopfbewegung gesehen?«

Auch Arnold de Ventadour fiel in die Stichelei mit ein. Seine Mutter war Kastilierin und hatte ihm neben schwarzen Locken ein heißes Temperament vermacht, wie er immer behauptete. »Die Überheblichkeit, mit der er den Wein ablehnte!«, stellte er nun fest und spie aus. »Ist ihm wohl nicht gut genug, was hier wächst.«

»Wie er unsere Frauen ansieht. Ein Wort, und ich trete vor und ohrfeige ihn vor aller Augen!« Bertran, der Jüngste, dem der Bart noch nicht so recht wachsen wollte auf seinen schnell errötenden Wangen, wollte nicht zurückstehen. Er setzte sogar noch eins drauf: »Wenn er das noch einmal wagt, ziehe ich blank und töte ihn, bei meiner Seele«, stieß er hervor.

Sie waren unruhig wie eine Schar Jagdhunde vor der Hatz und empfindlicher als ein gereizter Bulle. Nur der strenge Blick ihres Herrn zähmte sie für den Augenblick. Amalric machte sich zudem Sorgen um Navenias. Wenn er nicht mit seinen Gefährten lästerte, hielt er nach ihr Ausschau und verfluchte die Vielzahl dunkel gewandeter Frauen. Ihm schien, er hätte sie auf den ersten Blick finden müssen.

Und endlich, da war sie auch. Zum ersten Mal hatte der Tag etwas Lichtes für ihn. Er wollte rufen, doch er sah, dass es aussichtslos war. Hoffnungsvoll winkte er ihr zu, bis sein alter Waffenmeister es ihm streng untersagte. »Bist du noch nicht erwachsen, Bursche?«, knurrte der Alte ihn an.

Amalric errötete. Aber sein ehemaliger Lehrer war ein Mann, von dem er es hinnahm. Unruhig trat er von nun an von einem Fuß auf den anderen. Besorgt beobachtete er, wie Navenias sich ihren Weg durch die Menge suchte, um sich dicht neben Blanca zu stellen. Die wiederum stand an der Seite des katharischen Bischofs von Toulouse, gleich in der zweiten Reihe der Gastgeber, denen der Vizegraf von Foix vorsaß sowie seine Gemahlin, seine Schwester und seine engsten Vertrauten. »Wenn das nur gutgeht«, flüsterte er Amiel zu. Von den einleitenden Worten seines Herrn bekam er wenig mit.

»Was soll schon schiefgehen?«, gab Amiel zurück. »Wenn du mich fragst, können die Päpstlichen einem leidtun.«

Amalric stieß ein kleines, aber nicht sehr hoffnungsvolles Lachen aus.

»Kein zu unterschätzender Mann, dieser Castelneau«, stellte Amiel nun fest. Er musterte den Gesandten, der vorgetreten war, um die erste Predigt zu halten. »Mit *den* Händen versteht er sicher auch ein Schwert zu halten.«

»Vor allem versteht er damit einen Geldbeutel zu öffnen«, gab Amalric leise zurück. »In Villiers hat er auf aufsehenerregende Weise einen Katharer bekehrt und ihn auf dem Markt öffentlich seine Sünden bekennen lassen. Der Mann hat Kübel von Schmutz über seine Mitbürger ausgeschüttet.« Amalric verzog den Mund.

»Stimmt«, fiel einer seiner Gefährten ein. »Ich habe es auch gehört. Als sie abgezogen waren und die guten Bürger von Villiers feststellten, dass die Familie des Bekehrten um eine Ziegenherde und zwei Pferde reicher war, verabreichten sie dem Schandmaul eine gehörige Tracht Prügel.«

Amiel schüttelte den Kopf. »Sie werden nichts erreichen. Nichts wird sich ändern«, stellte er fest.

»Ja«, bestätigte Amalric und gähnte. Der Süden würde immer der Süden bleiben. Und niemand hörte Castelneau zu, der eben donnernd die göttliche Schöpfung verteidigte. »Gott schuf die Welt in sieben Tagen. Und er sah, dass es gut war. Gut, und nicht des Teufels, wie spitzfindige Menschen hineinlesen wollen. Lasst euch von ihnen nicht zu Satansjüngern machen, da ihr Kinder des Herrn seid.«

Der katharische Bischof von Toulouse blieb ihm die Antwort nicht schuldig: »Der Gott des Alten Testamentes, der da spricht, ist nicht unser Gott. Er selbst ist bereits Satan, und was diesem gut erscheint, kann nur verderblich sein für Gott und seine Menschenkinder.«

Amalrics Gedanken schweiften ab zu dem Minnegerichtshof, der bald bei Gerauda de Laurac stattfinden würde. Sie selbst und einige der beleseneren Hofdamen würden das Gericht bilden, vor dem die Dichter ihre Thesen zur Liebe vorzutragen und zu verteidigen hatten gegen die Einwürfe von Männern wie von Frauen. Es war ein Wettstreit, der mit Versen aus Dichtungen und Liedern ausgetragen wurde und bei dem es auf Anmut und Schlagfertigkeit ankam. Ein guter Witz und ein mutiges Bonmot, ein anrührendes Bild oder ein bewegender Reim vermochten einen zum Gewinner zu machen. Dem Sieger wurde ein Olivenkranz verliehen.

Was für ein Unterschied zu dem trockenen Disput alter Männer um Fragen, die mit dem Leben nicht das Geringste zu tun hatten. Zumal es ihnen, nach Amalrics Ansicht, an Stil und an Humor fehlte. Amalric verstand einfach nicht, wie Navenias nun schon zwei Stunden dort stehen konnte, ohne zu wanken, ohne zu weichen, mit heißen Wangen und aufmerksamem Blick und mit Lippen, die unablässig Zustimmung, Widerspruch oder Entgegnungen vor sich hin zu murmeln schienen.

Ihr bedeutete jedes Wort etwas, das dort unten gesprochen wurde. Sie brannte für die Frage, ob Jesus nur eine geistige oder auch eine menschliche Seinsform besaß und welche Folgen das für die Geltung kirchlicher Sakramente hatte. Amalric begriff es nicht, und das stimmte ihn traurig.

»Es scheint ja gutzugehen«, flüsterte Amiel, als sich die Sonne ihrem höchsten Punkt näherte und die streitenden Parteien sichtlich müde wurden. Die Schärfe wich aus den Stimmen, sogar die Fahnen wehten stiller, alles lechzte nach einer Pause. Aus dem äußeren Hof drang Stimmengewirr und Geschirrklappern herüber und verriet ihnen, dass man sich dort bereits auf die Bewirtung der Gäste einstellte.

»Ja«, gab Amalric zurück, »sie werden sich dann wohl zu einer Pause ins Kloster von Saint Volusien zurückziehen, wo sie, glaube ich, untergekommen sind.« Er streckte sich, dass seine Gelenke knackten. Im selben Moment sah er es.

Navenias hatte schon eine ganze Weile den Kopf geschüttelt über irgendetwas, das Pierre de Castelneau gesagt hatte. Nun trat sie vor und öffnete den Mund.

Amalric hielt Amiel zurück, der schon aufbrechen wollte, und versuchte, ihre Worte zu verstehen, aber sie gingen in der allgemeinen Unruhe unter. »Wir müssen näher heran«, sagte er zu seinem Freund und drängte sich bereits durch die Menge der Zuhörer. Um sie herum kam Unruhe auf und zog ihre Kreise, so wie die Ringe sich ausbreiten, wenn man einen Stein ins Wasser wirft.

»Was ist da los?«, rief der alte Waffenmeister. Auch die Gäste wurden unruhig.

Pierre de Castelneau, so viel konnte Amalric erkennen, da der Mann hochgewachsen war, behielt vorerst die Ruhe. Mit einer Handbewegung hielt er seine Leute in Zaum. Er zog erstaunt eine Braue hoch, schaute aber über Navenias' Kopf hinweg und schien nicht bereit, ihren Einwurf zur Kenntnis zu nehmen.

»Sagt es mir, wenn ich unrecht habe«, hörte Amalric Navenias mit heller Stimme verkünden. Er biss sich auf die Lippen und schob einige Leute beiseite. Schon konnte er Blancas grau melierten Zopf erkennen.

Da trat an Castelneaus Seite ein Dominikanermönch hervor, der bislang geschwiegen und zu den Worten seines Herrn nur zustimmend genickt hatte. Er hob die Hand mit dem weiten Ärmel, als wollte er Navenias bannen, und rief verächtlich. »Geh an deinen Spinnrocken, Weib.« Beifallheischend schaute er sich um. Aus den eigenen Reihen stieg zustimmendes Gemurmel auf, die Katharer hingegen, die in der Mehrzahl waren, schwiegen entsetzt. Der Katharerbischof wandte sich kaum merklich zu Blanca de Laurac hin, doch Blanca winkte nur lächelnd ab.

Navenias hatte sich bereits wieder gefasst. »Spinnen kann ich, mein Herr«, sagte sie an Castelneau gewandt. »Aber wird deshalb ein Wort weniger wahr, das aus meinem Mund kommt? Es geht doch um unseren gemeinsamen Glauben.«

»Zum letzten Mal, du unverschämtes Weib«, begann der Dominikaner. Weiter kam er nicht, weil Amalric ihn am Kragen seiner Kutte gepackt hatte. »Beschimpf sie gefälligst nicht, nur weil du keine Antwort auf ihre Argumente hast«, schrie er.

Jetzt geriet die Gesellschaft in Aufregung.

»Lasst mich sofort los! Ihr Satan! Wie könnt Ihr es wagen?« Der Mönch wand sich unter Amalrics Griff und fluchte.

Castelneau zog die Kutte um sich. »Wachen, zu mir!«, rief er.

»Nicht«, schrie Blanca und hob die Hände.

Der Bischof trat zu ihr und packte Amalric. »Ein Missverständnis. Ein dummes Missverständnis!«

Die Katharer wollten zwischen die Streithähne gehen und

drängten nach vorn, was die Päpstlichen sichtlich in Panik versetzte. Sie zogen ihre Schwerter. Eine Frau schrie gellend auf.

»Navenias!«, brüllte Amalric. Er sah sie im Gewühl, wie sie versuchte, zu ihm zu gelangen. Sie wurde hin und her gestoßen. Amalric streckte verzweifelt die Arme nach ihr aus. Da traf ihn ein Stoß gegen die Schulter und schleuderte ihn gegen die Wand. Die Luft entwich seinem Brustkorb, und ihm wurde schwarz vor Augen.

Als er wieder zu sich kam, stand Navenias dicht vor ihm. »Du Narr«, zischte sie, »hast du denn noch immer nicht begriffen, worum es geht?« Ihr Gesicht war ganz blass, und ihre Pupillen waren so groß, dass ihre Augen aussahen wie schwarze Löcher. Noch nie hatte Amalric sie so gesehen.

»Worum es geht?«, blaffte er zurück, doch da packte jemand ihn fest am Arm und zog ihn um die Ecke hinter die Scheune. »Lass mich …«, zischte er scharf, in der Annahme, es sei Amiel. Doch es war der Vizegraf von Foix. Erschrocken brach Amalric ab und starrte ihn an.

»Was«, fragte sein Herr ihn zwischen zusammengebissenen Zähnen, »glaubst du, was du hier tust?«

In Amalric tobte noch immer die Aufregung, und sein Atem ging schnell. »Ich lasse nicht zu, dass dieser Hosenlose meine Frau beleidigt«, keuchte er. »Wie könnt Ihr, wie können wir zusehen, wie sie unsere Frauen offen beschimpfen? Dass sie sich uns gegenüber aufführen wie Herren, die ihre Leibeigenen kommandieren? Ihr sagtet selbst einmal, das wollt Ihr nicht zulassen. Und ich kann es auch nicht. Das ist schändlich!«

»Ich kann gut für mich selbst sorgen!«, warf Navenias ein, die hinzugetreten war.

Keiner beachtete sie.

Der Vizegraf hielt Amalric immer noch fest. »Dies hier ist ein Streit«, sagte er, langsam und jede Silbe betonend, »der mit Worten ausgefochten wird. Wir haben sie eingeladen, um ihnen zu zeigen, dass wir bereit sind, uns mit Argumenten auseinanderzusetzen. Mit Worten, Amalric, nicht mit dem Schwert.«

»Warum so vorsichtig? Müssen wir uns etwa vor denen fürchten?« Amalric warf den Kopf zurück.

Der Vizegraf antwortete nicht. Er schüttelte nur den Kopf und schaute seinen Ritter an.

Amalrics Atem wurde langsam ruhiger. »Müssen wir das?«, wiederholte er leiser und versuchte ein Lächeln. Als er immer noch keine Antwort bekam, fiel ein Schatten über sein Gesicht. Er schaute zur Seite. »Wegen einem Haufen Mönche«, sagte er. »Pah!«

»Sie sind nur die Vorboten«, erwiderte der Vizegraf. »Der Papst ruft zu einem Kreuzzug gegen uns auf, Amalric.«

»Das ist doch Unsinn«, warf der junge Ritter ein. Zum ersten Mal wurde er gewahr, dass auf der anderen Seite der Scheune noch immer Unruhe herrschte. Doch es beruhigte sich langsam. Über dem allgemeinen Gemurmel erklang die Stimme von Foix' Seneschall, und auch Castelneau ergriff das Wort. Offenbar redeten sie wieder miteinander.

»Nun«, bestätigte Foix. »Der König ist derzeit nicht bereit, ihn zu unterstützen, und ohne die Hilfe des Königs von Frankreich fehlen dem Papst die Truppen. Der König zögert aber nur, weil er die Hilfe des Grafen von Toulouse, des mächtigsten Adligen im Süden, gegen England braucht, mit dem er im Streit liegt. Wenn er aber den Streit einmal beilegt oder gewinnt ...« Foix zuckte mit den Schultern. »Der Exkommunikation des Grafen hat er schon zugestimmt. Das ist eine erste Warnung, dass Toulouse nicht unentbehrlich ist. Und sie wird nicht ohne Folgen bleiben, egal, was wir denken.« Er runzelte die Stirn.

Dann klopfte er Amalric auf die Schulter. »Nichts bleibt ewig, wie es ist«, sagte er in versöhnlichem Ton. »Aber eines ist gewiss: Wir werden nicht so dumm sein, ihnen auch noch den Vorwand dafür zu liefern, gegen uns zu den Waffen zu greifen und einen langen und blutigen Krieg zu beginnen.«

»Aber …«, versuchte Amalric einzuwenden.

»Wie war das?«, fragte Foix streng.

Amalric senkte den Kopf. »Gewiss«, murmelte er. Doch in dem Blick, den er seinem davonschreitenden Herrn nachwarf, glühte der Hass.

10.

Lavaur – St. Gilles, im Jahr 1208

»Stellt euch vor, sie predigen von St. Gilles bis St. Girons. Auch in Albi hat man welche gesehen. Und in Pamiers gab es vier Konvertiten, sagt man. *Vier!*« Ermengarde hielt sich die Seiten und rang nach Atem. Trotz ihres ehrwürdigen Alters war sie gerannt.

Blanca de Laurac schaute von ihrem Webrahmen auf in das gerötete Gesicht ihrer Mitbewohnerin, die mit diesen Neuigkeiten hereinstürmte.

»Dir auch einen guten Morgen, Ermengarde«, entgegnete sie. »Tritt ein und sei gesegnet.«

Die Zurechtgewiesene senkte den Kopf. »Segnet und erbarmet euch unser«, murmelte sie, wie es der Brauch war.

Blanca neigte den Kopf und erwiderte den Segensspruch freundlich. Als wäre nichts gewesen, arbeitete sie weiter.

Navenias dagegen sprang von ihrem Schemel auf. »War einer der Konvertiten ein Perfectus?«, fragte sie und beugte sich vor.

»Kind!« Ermengarde schüttelte entsetzt den Kopf. »Wo denkst du hin? Ein Perfectus!« Sie überlegte, dann zählte sie einige Namen auf, die ihr einfielen. »Also, einer war ein Bauer, dann ein Schneider, ein Krämer. Die Sacconi-Brüder, alle beide ...«

»Aber die Sacconis gehörten doch nie zu unseren Credentes.« Blancas Stimme war immer noch sanft. Ihre Finger bewegten das Weberschiffchen ohne Hast.

Navenias' Augen weiteten sich. »Stimmt, das ist wahr. Die Sacconis gehören nicht zu uns. Wie konnten sie dann konvertieren?«

Auch Ermengarde machte ein erstauntes Gesicht. Sie dachte über die eigene Botschaft nach, die sie so in Atem gehalten hatte. »Ihr habt recht«, gab sie zu. »Das ergibt keinen Sinn.« Sie lächelte mit einem Mal. Dann klatschte sie in die Hände. »Aber ich schätze, die Dominikaner wussten das auch nicht. Die waren froh, jemanden für ihr Schauspiel zu haben. Und die Sacconi haben wohl bereitwillig mitgemacht. Ach Gott, was bin ich erleichtert.«

»Nun, ich denke, die guten Leute von St. Gilles werden weidlich gelacht haben«, sagte Blanca. Sie schüttelte den Kopf. »Zwei doppelt Getaufte und doch kein Christ dabei.«

Auch Navenias war froh. Darum ging es den Menschen also, die so etwas taten: um ein wenig Aufmerksamkeit, um etwas Geld aus den päpstlichen Kassen, vielleicht auch um ein wenig Schabernack auf Kosten der ahnungslosen Mönche. »Dann ist es also nicht so schlimm«, stellte sie fest. »Und alle haben recht: Es wird nichts passieren.«

»Such mir mal einen grünen Faden heraus, Kind, meine Augen sind nicht mehr so gut.«

Navenias gehorchte Blancas Aufforderung und reichte ihr einen apfelgrünen Wollfaden.

Diese webte ihn in den aufwendigen Saum des Stoffes, an dem sie arbeitete. Unter ihren noch immer flinken Händen entstand ein Garten voller Früchte, in dem Wild und Vögel sich tummelten. »Wunderschön«, murmelte Navenias.

»Ein Auftrag meiner Schwester«, erklärte Blanca. »Sie wünscht sich einen Paradiesgarten.«

»Dabei hat sie doch einen vor dem Fenster«, rief Ermengarde aus. Die Augen der drei Frauen wanderten zu dem Blick über die Ausläufer des Arriège, ihrer geliebten Heimat. Dann lächelten sie einander an.

»Ich habe frisches Brot dabei«, rief Ermengarde eifrig.

Navenias sprang auf. »Ich hole Wasser und decke den Tisch.«

»Hol die anderen zusammen«, rief Blanca ihr nach. »Vergiss Philippa nicht. Sie ist hinten in der Scheune.«

Ermengarde holte aus ihrem Korb noch einen kleinen grauweißen Laib Käse und eine Tonschale mit grünen Oliven und stellte beides ebenfalls auf den Tisch. Die Kräuter, mit denen die Oliven eingelegt waren, begannen ihren Duft zu entfalten. »Hier«, sagte sie zu Navenias und reichte ihr eine Zitrone. »Für das Wasser. Übrigens habe ich vorhin Amalric gesehen. Er ist aus der Stadt geritten und schien es sehr eilig zu haben.«

»Ach«, sagte Navenias, »er hat es immer eilig in der letzten Zeit.«

»Täusche ich mich«, hakte Ermengarde nach, »oder sehen wir ihn in letzter Zeit nicht mehr so oft?«

Navenias mied den Blick der Älteren und fuhr fort, den Tisch zu decken. Ausgiebig roch sie an der Frucht, ehe sie sie aufschnitt. Schließlich sagte sie. »Ich denke, er wird wohl auf die Jagd gegangen sein.«

Amalric duckte sich tiefer in das Weißdorngebüsch. Neben ihm hockten seine Gefährten und hielten den Atem an. Irgendwo hinter sich wussten sie die Rhône, doch sie konnten sie weder sehen noch das Rauschen des Flusses hören. Dafür brauste das Blut in ihren Ohren. Ihr Herr glaubte sie auf der Jagd, dabei hatten sie weit Größeres vor. Es war ein kühner Plan, der sie hergeführt hatte.

Endlich hörten sie das Geräusch von Hufgetrappel. Amiel tauchte auf dem Weg auf und zügelte seinen Braunen. Leise rief er nach ihnen. Amalric gab den Seinen das erlösende Zeichen und kam aus dem Unterholz.

»Es ist alles so, wie wir angenommen haben«, sagte der Joglar. »Sie sind in dem Gasthaus am Westtor abgestiegen.«

Amalrics Gefährten ballten triumphierend die Faust. Arnold de Ventadour und Bertran de Escas waren zwei junge Ritter aus dem Gefolge des Vizegrafen, genau wie er selbst. Ihre Familien waren alt, aber ihr Ehrgeiz und ihr Zorn jung.

»Haben sie auch wieder fleißig gepredigt, ja?«, fragte Arnold abfällig und ließ seine Spanieraugen blitzen. »Haben sie die Ehre unserer Häuser wie üblich in den Schmutz gezogen? Infam!«

»Das muss ein Ende haben, bei meiner Seele.« Bertran zerrte ungeduldig an den Zügeln seines Pferdes, das er verborgen hinter einem Busch angebunden hatte. Der Knoten wollte sich unter seinen fahrigen Fingern nicht lösen, und er fluchte. »Ich fasse es noch immer nicht, dass der Graf es in seinen eigenen Mauern zugelassen hat, dass dieser Mensch seine Schwester beleidigt.« Bertran hatte selbst eine Schwester, und er liebte sie innig, auch wenn sie gemeinsam mit ihren Freundinnen über ihn zu kichern pflegte und ihn den Bartlosen nannte. »Das muss gerächt werden. Oder wir können nie wieder einem Ritter in die Augen schauen. Himmelherrgottverfluchter Scheißzügel!« Seine Stimme kiekste ein wenig vor Aufregung.

Amiel schaute Amalric mit leiser Sorge an. Bist du sicher?, schien seine Miene zu fragen.

Amalric schüttelte beruhigend den Kopf. »Wir werden in aller Ruhe vorgehen«, sagte er, »genauso, wie wir es abgesprochen haben. Nicht wahr?« Er klopfte seinen Gefährten auf die Schulter. Beide umarmten ihn fest.

Amiel beugte sich im Sattel vor. »Ich habe mit dem Torwächter gesprochen«, sagte er und machte die Geste des Geldzählens. »Er wird wegsehen, bevor er schließt. Und er wird den Riegel der Nebenpforte offen lassen.«

Arnold sah die anderen an. »Auf die Pferde«, befahl er. »Worauf warten wir?«

Sie zogen die dunklen, zerlumpten Mäntel über, die sie für ihr

Vorhaben bereitgehalten hatten. Zwar widerstrebte es ihnen, ihre Wappen zu verbergen. Doch das, was sie vorhatten, hatte nicht den Segen ihres Herrn. Und sie wollten nicht, dass die Tat auf ihn zurückfiel. Denen, die es anging, wollten sie ihre Namen nennen, wenn es so weit war.

Am Waldrand warteten sie, bis der letzte Bauernkarren zwischen den Torflügeln von St. Gilles verschwunden war. Über den Dächern der Stadt färbte der Himmel sich bereits abendlich türkis. Als erster Stern war die Venus aufgestiegen und blinkte über den Hügeln.

Sie gaben einander zum letzten Mal die Hand. »Jetzt«, sagte Arnold. Dann drückten sie ihren Pferden die Fersen in die Flanken.

Die Hufe klangen friedlich auf der Straße. Der Wächter beachtete sie nicht, also neigten sie den Kopf nur vor dem Torbalken und ritten unbehelligt in die Stadt. Die Gassen waren eng, die Pforten geschlossen. Auf dem ersten Platz, den sie erreichten, herrschte aber um den Brunnen herum noch reges Treiben. Nach der Hitze des Tages hatten sich dort die Menschen versammelt, um zu plaudern und Neuigkeiten auszutauschen. Ein Bursche zog an Amalrics Steigbügel. »Ich tränke Euer Pferd, Herr«, bot er an und streckte die Hand aus.

»Scher dich weg, Bursche.« Arnold drängte ihn weg und achtete nicht auf dessen Flüche.

»Dort, der Gasthof«, murmelte Amiel. Sie bogen in eine Nebengasse ein und banden die Pferde an einer verwaisten Tränke an.

»Es hat noch Gäste«, stellte Bertran fest. »Sollen wir ...«

»Nein«, entschied Amalric. »Wir bleiben hier.«

Sie zogen sich auf ein leer stehendes Grundstück zurück, wo auf den bröckelnden Grundmauern eines Hauses Oleander und wilde Olivenbäume wuchsen. Eine Katze duckte sich zwischen die Steine, als sie herankamen, um sich einen Platz zu suchen.

Amalric lockte sie mit einem abgebrochenen Zweig und ließ sie eine Weile damit herumtätzeln. Als er seinen Beutel öffnete, um den mitgebrachten Schinken mit ihr und den anderen zu teilen, sprang sie auf seinen Schoß und schnurrte. Nachdenklich streichelte er ihr staubiges, struppiges Fell. Sie war getigert und erinnerte ihn an eine andere Katze, an einen anderen Tag.

Er hörte noch immer Navenias, wie sie rief: »Wie kann man nur ein wehrloses Tier quälen?« Ihre Stimme war inzwischen ein wenig tiefer geworden, weicher, weiblicher. Aber noch immer lag dieselbe klare Entschlossenheit darin. Und dieselbe Sicherheit. Wie gern würde er ihr zuflüstern, eines Tages, dass er ihre verletzte Ehre gerächt habe. Aber er wusste: Sie würde das niemals billigen. Das, was er vorhatte, gehörte nicht zu ihrer Welt.

»Entschuldige«, flüsterte Amalric. Er drückte sein Gesicht in das Fell der Katze, um darin einen anderen Geruch wiederzufinden. »Aber ich kann nicht anders.«

Das Tier maunzte und schlug nach ihm. Schließlich ließ er es los und schaute zu, wie sein flüchtender Umriss schnell mit den wachsenden Schatten verschmolz. Einen Augenblick lang schien ihm das ein Omen zu sein. Der Tag ging in die Nacht über.

Endlich erloschen im Gasthof gegenüber die Lichter, die Schritte der letzten heimkehrenden Zecher verloren sich in den Gassen. Als auch der allerletzte flackernde Kerzenschein verschwunden war, standen die Ritter auf. Sie streiften ihre Lumpen ab und stopften sie in die Satteltaschen. Die Zeit des Versteckspielens war vorüber. Während sie auf das Haus zugingen, hielten sie ihre Schwertgehenke fest, damit sie beim Gehen nicht klirrten. Sie traten die Tür ein, und mit drei Schritten waren sie bei der Treppe. Amiel blieb hinter den anderen, das Schwert gezogen, falls die Wirtsleute sich ihnen in den Weg stellen sollten. Er sollte ihnen den Rücken freihalten.

Die drei anderen stürmten die Stufen hinauf.

Der Wächter schlief im Türrahmen, sodass sie wussten, welches das richtige Zimmer war. Ein rascher Stoß setzte seinem Schnarchen ein Ende. Auch diese Tür war schnell aufgebrochen. Auf Strohsäcken lagen einige Mönche in der Nähe des Feuers, Wachen hockten an einem Tisch, teils dösend, teils trinkend. Schwankend sprangen sie auf, als sie die Eindringlinge bemerkten. Mit einem Kampfschrei stürzte Amalric sich auf sie.

Pierre de Castelneau schaffte es noch, sich aufzurichten und nach dem Dolch zu greifen, der neben der Bibel auf seinem Nachttisch lag. Mit aller Kraft hielt er die Hände von Arnold fest, der sich auf ihn geworfen hatte. Die beiden rangen miteinander.

»Verflucht seist ...«, stieß der päpstliche Legat hervor. »Mord! Mord!« Er versuchte zu schreien.

Bertran kam seinem Freund Arnold zu Hilfe und durchbohrte Castelneau von hinten, so heftig, dass ein Blutschwall aus dem Mund des Legaten quoll und seine Schreie erstickte. »Fluch über *euch*, ihr Lästerer«, sagte Bertran und zog die Klinge wieder heraus. Castelneau fiel nach vorn, in Arnolds Arme.

Arnold zuckte zusammen. »Was?«, fragte er. Erschrocken starrte er an sich hinunter und stieß Castelneaus schweren Körper von sich fort. Der Legat sackte zusammen. Seine Hand glitt vom Griff des Dolches, den er Arnold mit letzter Kraft in die Seite gestoßen hatte. Sterbend sank er auf seine Kissen. Sein brechender Blick aber ließ Arnold nicht los.

»Ist er tot?«, rief Amalric ihm über die Schulter zu.

»Ja, ja«, erwiderte Arnold, noch immer wie gelähmt. Noch begriff er nichts. Noch fühlte er nichts. Er winkte ab, als er Bertrans erschrockenes Gesicht sah. »Nicht schlimm.« Er zog seinen Umhang über die verräterische Wunde.

Bertran nickte und fuhr herum, um Amalric gegen zwei verzweifelt fechtende Wächter zu verteidigen, die auch nach dem Tod ihres Herrn nicht aufgeben wollten.

Amiel tauchte in der Tür auf. »Wir müssen hier weg«, schrie er.

Mit vereinten Kräften gelang es den Rittern, ihre restlichen Gegner in eine Ecke des Zimmers zu drängen. Als der Fluchtweg frei war, stürzten sie hinaus. Amiel schlug die Tür hinter ihnen zu und schob mit dem Fuß den Dolch der toten Türwache als Keil darunter. So schnell sie konnten, rannten sie zur Treppe, polterten hinunter, wo Wirt und Knechte erschrocken vor ihnen zurückwichen, und gelangten auf die Gasse hinaus.

Einen Moment waren sie erstaunt über den Frieden, der sie hier draußen umgab. Es war so still, dass man den leisen Wind in den Bäumen auf dem Platz hören konnte. Er kühlte ihnen sanft die erhitzten Gesichter. Niemand war zu sehen. Der Nachthimmel stand voller Sterne.

»Mörder!« Die Fensterläden des Gasthauses klappten auf. »Haltet Sie!«

»Wir müssen weg hier«, rief Amalric aufgeschreckt.

So schnell sie konnten, trieben sie ihre Tiere durch die engen dunklen Gassen. Hin und wieder traf ein Huf einen Eimer, der scheppernd beiseiteflog, oder glitt auf einem Haufen Unrat aus. Beinahe wäre Amiel dabei aus dem Sattel geworfen worden. Amalric riss unbeabsichtigt eine Schnur Wäsche herab und wurde von dem unwürdig flatternden Banner verfolgt, bis er es wütend von sich schleuderte.

Als sie durch das Tor und in Sicherheit waren, galoppierten sie wie entfesselt los. All die Erregung, die Freude, der Triumph brachen mit einem Mal aus ihnen heraus. Sie trieben ihre Tiere an und schrien und lachten dabei wie von Sinnen. Endlich hielten sie wie auf Verabredung schwer atmend an. Sie schauten einander an, Begeisterung im Gesicht und unfähig, Worte zu finden.

Amalric ritt von einem zum anderen und fasste ihre Hände.

»Wir haben es geschafft«, stellte er fest. »Wir sind sie los. Der Spuk hat ein Ende. Der Süden hat sich behauptet.«

»Nun werden sie aufhören, uns bekehren zu wollen«, bestätigte Bertran und drückte seine Hand.

Auch Arnold erwiderte seine Geste voller Nachdruck. Da bemerkte Amalric den Dolch in dessen Seite. »Du bist verletzt«, rief er aus.

Bertran kam näher. »Das Ding steckt noch immer?«

»Wovon redet ihr?«, fragte Amiel.

»Es hat kaum wehgetan.« Arnold zog die Klinge heraus. »Seltsam«, sagte er, mehr zu sich selbst, während er das Loch in seiner Seite betrachtete. »Es hat überhaupt nicht geblutet.« Dann sank er zur Seite und rutschte ohne einen weiteren Laut vom Pferd.

Die Freunde sprangen ab und drängten sich um ihn, Bertran versuchte ihn hochzuheben, Amalric brachte seinen Wasserschlauch, Amiel riss Fetzen von einem der alten Mäntel. Es dauerte eine Weile in dem spärlichen Sternenlicht, bis sie begriffen, dass Arnold tot war. Erschrocken standen sie da, mit einem Mal erschöpft und stumm. Arnold in ihrer Mitte starrte mit offenen Augen in den Himmel.

Plötzlich erschien das Zirpen der Grillen ringsum ohrenbetäubend zu sein. Eine Eule rief, Nachtvögel gurrten. Fledermäuse schwirrten in weichem Flug über sie hinweg. Das alles erschien ihnen wie Hohn.

»Wir müssen ihn begraben«, sagte Amiel endlich.

»Er ist kein Gaukler, dass er am Wegrand verscharrt werden müsste«, fauchte Bertran.

Amalric legte ihm beruhigend die Hand auf die Schulter. »Der Vizegraf darf nichts erfahren«, sagte er mit belegter Stimme. »Nicht offiziell. Er soll nicht lügen müssen, wenn er nach der Tat gefragt wird.«

»Dann sollten wir …« Bertrans Stimme wurde brüchig. Auch

er wusste nicht wirklich, was sie tun sollten. »Wir bringen ihn zu seinen Eltern«, entschied er schließlich.

»Und du meinst, die werden den Mund halten?« Amiel erhielt keine Antwort auf seine Frage.

»Er hat das Kranken-Consolamentum nicht erhalten«, sagte Amalric nach einer Weile leise. »Glaubt ihr, er hat gebeichtet?«

»Hast *du?*«, kam die Gegenfrage. Und einen Moment lang war die Dunkelheit rings um sie erfüllt mit der Bosheit von Teufeln und Dämonen, wie es in ihrer Kindheit gewesen war. Ein Abgrund schien auf sie zu lauern beim nächsten Schritt, den sie taten.

Amiel war der Erste, der sich regte. »Wir sollten ihn auf sein Pferd legen«, schlug er vor.

»Wenn es hell wird, können wir in Montpellier sein. Er hat dort einen Onkel«, sagte Bertran.

Keiner hatte einen Einwand.

»Und dann?«, fragte der Kleine, die bartlosen Wangen blasser denn je.

Es war das erste Mal, dass einer von ihnen sich die Frage stellte. Unbestimmt hatten sie sich Applaus und lachende Gesichter vorgestellt, wehende Fahnen und Fanfaren und Denkmäler in ihrer Heimat für die Retter der Ehre des Südens. Jetzt aber schlichen sie davon wie Diebe in der Nacht und konnten ihrem Helden nicht einmal ein ordentliches Begräbnis versprechen. Sollten sie einen Fehler gemacht haben?

»Immerhin haben wir die Päpstlichen doch jetzt vertrieben? Oder, Amalric? Das haben wir doch?« Hoffnungsvoll schaute Bertran von einem zum anderen.

Amiel band sein Pferd los. »Ich wiederhole: Was machen wir jetzt?«

»Jetzt«, sagte Amalric, »besaufen wir uns.«

11.

Die Stadt Lyon, im Jahr 1209

Endlich hatte das Heer der Kreuzfahrer sich in Bewegung gesetzt. Langsam, wie ein träger Lindwurm, schob es sich über die letzte Brücke und ließ die Stadt hinter sich. Der Staub, den es auf der trockenen Landstraße aufwirbelte, blieb für Stunden in der Luft hängen, bevor er sich auf die Blätter der Bäume legte und die Wälder längs des Weges grau färbte. Je weiter sie von der Stadt weg waren, desto mehr lichtete sich das Gedränge der Zuschauer. Tausende hatten dem Abzug zusehen wollen und drängten sich, den Kreuzfahrern zuzujubeln. Die fliegenden Händler, die Huren und Wahrsager, die Getränkeverkäufer und Taschendiebe machten ihre Geschäfte. Abenteuerlustige Bauernjungen, die es im letzten Augenblick in die Fremde zog, liefen hinterher, um noch eine Anstellung als Pferdejunge zu ergattern. Dazu kamen die Glücksspieler und die ungebetenen Propheten, die Gottes Segen oder Gottes Fluch auf die Häupter der Kämpfer herabriefen und den Zuhörern schaurige Vorträge hielten. Nicht wenige dieser Menschen schlossen sich dem Ende des langen Zuges an, der bunter und bunter wurde, ein Strom, dessen Oberfläche von Treibgut bedeckt war.

Arnaud Amaury stieß mit seinem Gefolge erst jenseits der Mauern von Lyon dazu. Als erfahrener Kenner des Südens war er vom Papst dem Zug als geistlicher Führer zur Seite gestellt.

Simon de Montfort, der militärische Befehlshaber, schaute dem Mönch nicht ohne Vorbehalte entgegen. »Seid gegrüßt«, brummelte er. Der Kämpfer war ein vierschrötiger, rotgesichtiger Mann, nicht groß, mit kurzem Hals und breiter Brust. Seine kleinen Augen durchbohrten sein Gegenüber. Er sagte nicht viel, aber wenn, dann musste man auf der Hut sein. Von Mönchen hielt er wenig, selbst wenn sie einen Harnisch trugen wie Amaury und statt des Kreuzes das Schwert schwangen.

Simon de Montfort war ein Mann, so hatte Amaury gehört, der kämpfte wie ein Bär: ruhig, fast lethargisch auf den ersten Blick. Aber wenn er losbrach, dann gab es kein Halten mehr. Und er verlor sein Ziel niemals aus den Augen. »Euch ebenfalls Heil und den Segen des Heiligen Vaters, den ich die Ehre habe Euch zu überbringen.« Amaury neigte knapp den Kopf. »Ich habe gehört, der König hat Euch aufgefordert, Euch dort unten eine eigene Herrschaft zusammenzuerobern. Das wird dann wohl der Grafentitel von Toulouse sein. Nun denn: Seid gegrüßt, mein Graf.«

Auf Montforts Gesicht erschien die Andeutung eines Lächelns. Vielleicht, dachte Amaury mit leisem Schaudern, hatte er aber auch nur die Zähne gefletscht. Dann rief er sich zur Ordnung. Dieser Mann war eine Waffe, mehr nicht, das Schwert des Heiligen Stuhles. Dass es eine grobe Klinge war, diente der Sache sogar. Er würde Montfort zu führen wissen und gnadenlos mit ihm dreinschlagen. Das war sein Auftrag, und er hatte nicht vor, den Herrn der Christenheit zu enttäuschen.

»Dank für Euren Gruß, aber Ihr seid voreilig. Man hat gehört, dass der jetzige Graf es sich noch einmal überlegt hat«, sagte Montfort barsch. »Er hat sich auf unsere Seite geschlagen und wird zu uns stoßen. Damit ist Toulouse tabu. Unser erstes Ziel wird daher die Vizegrafschaft von Carcassonne sein.«

»Sie gehört der Familie der Trencavel. Hmm.« Amaury überlegte. »Ich kenne Raimond-Roger de Trencavel, den Vizegrafen von Carcassonne. Er ist ein besonnener Mann. Kein Freund des Blutvergießens.«

»Sein Pech«, stellte Montfort fest. Er gönnte Amaury einen zweiten Blick. »Und Ihr seid also zuständig für unser Seelenheil, ja? Dass wir Freund und Feind dort unten sauber scheiden?«

»Ich habe es schon gehört, einige Eurer Männer machen sich Sorgen.« Amaury blickte über die Reihen. »Dies ist der erste Kreuzzug in ein christliches Land.«

Kreuzzüge gingen in den Nahen Osten, so war man es gewohnt. Und Heiden, das waren Araber in fremdartiger Kleidung mit fremder Sprache und Sitte, andersartig auf den ersten Blick. Bei diesem Kreuzzug warteten keine fremdartigen Muselmanen, sondern Menschen, die sogar ihre Sprache beherrschten und von den Rechtgläubigen nicht zu unterscheiden waren.

»Sorgen?« Montfort schnaubte verächtlich. Er blickte über seine vorbeimarschierenden Truppen. In der Tat, seine Kommandanten hatten ihm berichtet, es bereite manchen der Männer Pein, dass der Zug in gleichsam christliches Gebiet gehe. »Meine deutschen und norditalienischen Söldner sind gleichmütig, das könnt ihr glauben, ebenso die erprobten Kreuzritter.«

Beide schauten unwillkürlich zu den Bannerträgern aus Palästina, die furchterregendsten Gestalten in ihrem Heer. Sie hatten schon so viele Jahre des Tötens hinter sich, dass sie nicht mehr fragten, wenn nur das Kreuz voranwehte. Mehr als einer von ihnen hatte schon Städte erobert und dabei das Blut von Juden, Christen, Moslems gleichermaßen vergossen, wenn es der Sache diente. Sie verstanden, dass Späne fielen, wo Gott den Hobel ansetzte. Sie ritten so gelassen durch die grünen Täler, als wäre es die Wüste, aus der sie kamen.

Ihnen folgte der Pöbel, Wegelagerer und entflohene Sträflinge, entflohene Leibeigene, Arme, die es zu Geld bringen wollten, egal, auf welche Weise. Das waren Männer, die sich weniger um den Ablass ihrer Sünden sorgten als um ein sicheres Versteck vor den weltlichen Gerichten. Sie bildeten große Teile des Fußvolkes, und sie würden, dachte Montfort mit einem Lächeln, für den passenden Sold ihre Mutter erschlagen.

»Ach«, sagte er, »es geht nur um wenige.« Vor allem die Truppen aus den nordfranzösischen Grafschaften hatten Vorbehalte. Zwischen den dortigen Adelsfamilien und denen des Südens gab es hie und da freundschaftliche oder gar verwandtschaftliche Beziehungen. Aber damit würde er fertig werden. »Nein, es ist eher ein technisches Problem.« Rein äußerlich waren die Rechtgläubigen von den gesuchten Ketzern in keiner Weise verschieden, und in jeder Festung, in jeder Stadt, die man belagern würde, lebten sie Seite an Seite. Wenn man jeden erst nach seiner Religion befragen musste, ehe man dreinschlug, wie sollte man da vorankommen?

Montfort hatte nicht vor, sich davon aufhalten zu lassen. Die Vizegrafschaft von Carcassonne wartete auf ihn. Und noch so mancher andere Titel, wenn er ihn für sich und seinen Erben erwerben konnte; vielleicht ein Reich, das größer war als alles, was man im Süden bislang gesehen hatte. Die Unterscheidung von Freund und Feind war dabei zweitrangig. Diesen Standpunkt hatte er seinen Truppen unter der Androhung von Züchtigung und der Aussicht auf eine Aufstockung der Weinration und auf Prämien erfolgreich vermittelt. Nur das Wort des Papstes könnte ihm da einen Strich durch die Rechnung machen.

»Oh«, sagte Amaury und lächelte verhalten. Montfort hatte kein Gesicht, in dem sich Gefühle lesen ließen. Aber es war ihm doch ziemlich klar, was den Kreuzritter umtrieb. »Ich würde sagen: Schlagt nur gut zu für den guten Zweck. Wer uns seine Tore nicht öffnet, der wird vernichtet. Wer das Schwert zieht, wird durch das Schwert umkommen.« Er nickte Montfort aufmunternd zu. »Und keine Angst. Der Herrgott wird die Seinen schon erkennen.«

Gott bekam reichlich Gelegenheit, die Seinen zu erkennen. Es galt zu sortieren unter den Tausenden Toten von Carcassonne, Béziers und Narbonne, von Minerve und Cabaret, wo die Gemeinden sich weigerten, die Katharer unter den Ihren auszuliefern, als die Heere der Kreuzfahrer vor ihren Toren auftauchten. Amaury pflegte die Forderung zu überbringen, damit Montfort die Legitimation erhielt, mit aller Macht anzugreifen, wenn sie verweigert wurde. Denn wer die Hand des Papstes ausschlug, der war mit gutem Grund ein Verlorener.

Die Kreuzfahrer plünderten und brandschatzten, Montfort sicherte sich Titel um Titel, Gebiet um Gebiet. Amaury wiederum segnete die Überreste, organisierte den Wideraufbau des Kirchenwesens und sorgte für den Neubau von Pfarreien und Kirchen. Die Arbeitsteilung zwischen göttlicher und weltlicher Macht lief prächtig.

In Castres brannte der erste Perfectus auf einem Scheiterhaufen. »Genau wie er es wollte«, stellte Amaury zufrieden fest und hielt eine Messe vor der versammelten Menge.

Montfort, dessen Soldaten das Holz dafür hacken mussten, nickte verstimmt und rief zum Aufbruch, kaum dass die Flammen verglommen waren. Sie ließen ein Häufchen heißer Knochen zurück.

In Minerve folgten achtzig weitere Perfecti. Nur diese achtzig, nachdem der Rest des Ortes sich von der Ketzerei losgesagt hatte. Der christliche Bürgermeister und seine ebenso christlichen Räte verbrachten eine lange Nacht in ihrer von Angstschweiß stickigen Amtsstube, bis sie den Mut zu ihrem Verrat aufbrachten. Die Unerbittlichkeit dessen, was vor ihnen stand, raubte ihnen den Atem.

»Aber wir können doch nicht …«, sagte einer und schaute mit feuchten Augen in die Runde. Keiner wagte es, den Blick zu erwidern. Der Erste, dann einer nach dem anderen schüttelten den Kopf. Ausliefern sollten sie sie, ihre Nachbarn, ihre Verwandten? Es war undenkbar.

»Wollt ihr sterben?«, fragte der Bürgermeister. »Ist es das, was ihr wollt? Möchtet ihr zusehen, wie sie *eure* Töchter schänden und die Köpfe *eurer* Kleinen an den Mauern zerschlagen? Soll hier alles in Flammen aufgehen?«

Und wieder schüttelten sie den Kopf und wandten den Blick voneinander ab. Nein, das konnten sie ebenso wenig, das war gewiss. Es war ein Zwiespalt. Ihre Hände wurden feucht und fuhren mechanisch über ihre Schenkel.

»Aber: sie ausliefern. Ihre Häuser bezeichnen. Mit dem Finger auf sie zeigen!« Der Sprecher reckte den Hals. »Denn darauf wird es doch hinauslaufen. Es ist ja nicht mit einem Federstrich getan!« Seine Stimme wurde schrill. »Und wenn sie sich wehren? Sollen wir sie etwa zwingen? Sollen wir ...« Unbehaglich rieb er sich die Arme. Seine Stimme senkte sich zu einem Flüstern. »Also ich könnte das nicht.«

Ein anderer widersprach: »Besser sie als wir. Bevor ich mein Kind hergeb, hol ich die ihren.« Entschieden schlug er sich auf das Knie. Sein Gesicht jedoch färbte sich rot.

Sein Nachbar stand erregt auf: »Wie kannst du nur so reden! Wenn deine Frau dich hören könnte! Deine eigene Schwägerin ist doch dabei!«

Eine junge Stimme aus den hinteren Reihen rief: »Überhaupt seid ihr alle Feiglinge. Wir müssen kämpfen.«

Auf diesen Vorschlag antwortete bitteres Gelächter. Der Sprecher betrachtete die Faust, die er eben noch geballt hatte wie etwas Fremdes, von dem er nicht mehr wusste, woher es kam, und steckte sie in die Tasche.

Dass sie keine Krieger waren, so viel wussten sie. »Wenn *deine* Frau das hören könnte«, witzelte einer. Dann wurde es still. Es stank in dem Zimmer. Nach Furcht und nach Verzweiflung.

Der Bürgermeister seufzte. »Ihr kennt sie. Sie werden keinen Ärger machen.« Er war müde, sie alle waren müde. »Können wir jetzt abstimmen?«

Ohne einen Blick gingen sie am anderen Morgen an denen vorbei, die sie in Kürze dem Tod überantworten würden. An ihrem Bäcker, dem Krämer und dessen Frau, am Schmied, von dem jedes Stück Werkzeug in ihren Schuppen stammte. Am größten Bauern, der vier Söhne hatte, alle beliebt und begehrte Hochzeiter – bisher. An der Witwe Gautier und ihren Enkeln. Wo die Tochter war, das wusste keiner, nun würden sie es nie mehr erfahren. Am Apotheker, an der alten Marie, die ins Haus kam, um bei der Wäsche zu helfen. Gestern erst hatte sie beim Bürgermeister gewaschen, das Rot ihrer Hände an diesem Morgen stammte vom Wringen seiner Laken. Er schuldete ihr noch das Geld.

»Nun kommt's nicht mehr drauf an«, murmelte er für sich im Vorbeigehen, mied ihren Blick und behielt die Börse in der Tasche. Keiner der Verurteilten sagte ein Wort, kein Stein flog, kein Fluch wurde ausgesprochen. Dem Bürgermeister wäre es fast lieber gewesen, sie hätten ihn beschimpft; es hätte die Scham, die er empfand, durch Wut gemildert. Er seufzte tief und hielt noch einmal inne. Dann ging er energischen Schrittes zum Stadttor. Was half es auch, man wollte leben. Er hatte fünf Kinder zu versorgen und einen vollen Kornspeicher, von dem er nicht wollte, dass er in Flammen aufging.

Am Tor hielt er eine letzte Ansprache. »Bleibt in den Häusern. Behaltet vor allem die Frauen drin. Versteckt das Vieh. Wenn einer anklopft, gebt wenig und sagt, ihr habt nicht mehr. Und ihr«, er hob die Stimme ein wenig und ließ den Blick in die Ferne schweifen. »Seid nicht starrsinnig, und konvertiert. Keiner von euch muss sterben.« Er zog die Hände aus den Taschen und erhob sie. »Wir sind nicht schuld an eurem Tod.«

Niemand antwortete. Irgendwie wünschte er, sie hätten es getan.

An anderen Orten starben Ketzer und Bürger gemeinsam durch den Spieß, durch die Armbrust oder durch das Schwert. In Cabaret hielten die Katharer sich an den Händen und sangen.

Montfort verzog angewidert das Gesicht. »Lass sie singen«, sagte er und winkte seiner Ordonnanz. »Die Lombarden sollen das erledigen.«

Noch immer wollte der Gesang nicht verstummen; es war ein beliebter Choral, ein Kirchenlied, das alle kannten. Jeder der Kreuzfahrer hätte mitsingen können. Der eine oder andere stimmte unwillkürlich ein, ehe ihm die Stimme erstarb und er sich unbehaglich umschaute, ob einer seiner Gefährten es bemerkt hätte. Andere bissen sich auf die Lippen und hoben die Spieße mit doppelter Wut.

Montfort, der auf der Mauer stand, wandte sich ab und betrachtete die Felder, die sich nahe der Stadtmauer erstreckten. Hinter ihm im Hof ertönte das Klirren der Waffen, die gezogen wurden. Das Singen wurde lauter. Er neigte sich zu Amaury und rief beinahe, um es zu übertönen: »Sie haben Blumen angepflanzt, seht nur.« Er wies auf lange Reihen von leuchtenden Blüten, die sich auf ihren Stängeln wiegten.

Amaury nickte. »Für die Höfe des Adels, vermute ich.«

Das Singen hinter ihnen war verstummt. Nur mehr Schreie waren zu hören, ein Jammern und Kreischen, das sich erst steigerte bis zum Wahnsinn und dann langsam erstarb.

Montfort betrachtete erbittert die Blüten. »Das passt zu ihnen«, murmelte er.

»Wie meintet Ihr?«, fragte Amaury.

»Ich sagte: Das ist noch nicht alles gewesen. Es werden noch genug in den Häusern hocken. In den Schränken versteckt, im Stall und unter den Betten. Mit den Fingern ins Holz gekrallt, unter dem Heu begraben, dass sie kaum atmen können, und darauf wartend, dass wir Haus für Haus durchkämmen und sie einzeln an den Haaren herausschleifen.« Er spie angewidert aus. »Aber ich schicke meine Männer da nicht durch.« Jäh drehte er sich wieder um und holte tief Atem. Der Anblick im Hof war selbst für erfahrene Krieger schwer zu ertragen. Er würde die Weinration verdoppeln müssen. Aber wenigstens hatte das Singen ein Ende. Laut rief er: »Zündet alles an!«

Amaury legte ihm eine Hand auf den Arm. »Aber die Vorräte?«, gab er zu bedenken. »Die Kornspeicher hier sind gut gefüllt. Und es gibt reichlich Vieh.«

Montfort schüttelte ihn ab. »Wir haben genug für zehn Tage. Danach bedienen wir uns in dem Kloster, das an unserem Weg lag. Einwände?« Lauernd schaute er den Mönch von der Seite an.

Amaury überlegte, dann schüttelte er den Kopf. So war der Krieg. Dafür nahm er sich vor, wenn die Grafschaft erst erobert wäre, Montfort das Geld für den Bau einer Kathedrale in Albi abzutrotzen. Prachtvoll sollte sie werden, mit vergoldeten Strebebögen und einer Darstellung Christus in Gloria, dazu die Geschichten der Bibel in vielen Bildern, um die Menschen zu belehren. Es würde überwältigend werden; er sah alles schon lebhaft vor sich. So wunderschön, dass ihm die Tränen in die Augen traten. Die ersten Flammen schlugen aus Dachstühlen, es roch nach Rauch und verbranntem Fleisch. Das Schreien, ferner nun, setzte wieder ein.

Einen neuen Lehrstuhl für Theologie an der Universität würde er ebenfalls fordern, nahm Amaury sich vor. Die Kirche würde blühen, wenn sie hier erst fertig wären. Und mit ihr die Landschaften und Gemeinden. Es war wie Ackern. Die Pflugschar schnitt nun einmal tief in die Erde. Sie merzten nur das Unkraut aus. »Einverstanden«, sagte er und raffte sein Gewand, um in den Hof hinunterzusteigen, wo alles still geworden war.

Er kam nur sieben Stufen weit, so hoch türmten sich die Leichen. Direkt vor ihm lag ein Kind auf der Seite, die Arme ausgestreckt, als wollte es hochgenommen werden.

Müde schloss er die Augen. Es war nicht immer leicht, ein Soldat Christi zu sein. *Zwei* Lehrstühle, beschloss Amaury, ich werde das Geld für zwei Lehrstühle fordern. Laut fragte er: »Und wie kommen wir jetzt hinüber?«

12.

Lavaur, im Jahr 1210

»Ich kann das nicht mehr. Ich kann nicht.« Navenias band sich die Schürze ab und rannte auf die Straße hinaus. Dort, in der Stille des Mittags, lehnte sie sich gegen eine Hausmauer. Hungrig nach Wärme, drängte sie sich an den Stein. Ihr Herz klopfte so heftig, dass es eine Weile dauerte, bis sie den Frieden um sich herum wahrnahm, den stillen Platz, den Baum im Sonnenlicht mit seiner flirrenden Blätterkrone, das ewige Spiel aus Licht und Schatten darunter.

Was war nur aus ihrer Heimat geworden? Navenias schlug ein paar Mal den Hinterkopf gegen die Mauer. Aber sie wurde die Bilder nicht los. So viele Dörfer brannten, an manchen Tagen brachte der Wind den Geruch von Rauch und von Blut mit sich. Wo die Feinde abzogen, blieben Berge von Leichen zurück. Sie wurden von Krähen gefleddert und vergifteten die Äcker. Hilflos standen die Überlebenden auf ihren Feldern, die von Pferdehufen zerwühlt und mit Blut gedüngt waren. Sie stanken so sehr, dass kein Bauer sie zu pflügen wagte. Manch einer gab auf und schnürte sein Bündel und ging auf Wanderschaft, einer ungewissen Zukunft entgegen. An allen Straßen sah man sie, Vagabunden, Entwurzelte, zerlumpte Gestalten, nur Haut und Knochen. Sie waren alle einst Bauern gewesen, Menschen wie ihre Nachbarn hier. Jetzt waren sie Treibgut, gefürchtet, geschmäht, verloren. Und Navenias ertrug deren Elend fast nicht mehr. Es lindern zu wollen, wie sie es im Haus der Katharerinnen versuchten, war, als schöpfe man einen Fluss mit den Händen aus. Wie konnte es so viel Leid auf einmal geben!

Vor zwei Tagen noch hatte sie einer Alten widersprochen, die blind auf ihrem Lager lag und zu verzweifeln drohte. Sie war zu Fuß hierhergeflüchtet, geführt von ihrem Sohn, der, seit sie angekommen waren, noch kein Wort gesprochen hatte, ein großer, schwerer Mann, der nun in einer Ecke hockte wie ein Kind und sich auf den Fersen vor und zurück wiegte. Navenias hatte ihn bisher weder dazu bringen können, etwas zu essen, noch, etwas zu trinken. »Es geht ihm gut«, hatte sie der Mutter trotzdem geantwortet, die sich an ihren Arm klammerte, sobald sie bei ihr saß, und die nach ihrem Kind fragte.

»Ach«, hatte die Alte gesagt und sich zurücksinken lassen. »Ich bin froh, dass ich das nicht mehr sehen muss. Es war zu viel. Zu viel. Zu viel für einen Menschen.«

Navenias hatte erst versucht, ihr das auszureden, sie sprach von Hoffnung und von Zuversicht. Aber die Alte hatte nur den Kopf geschüttelt, mit ihren blutunterlaufenen Augenhöhlen an die Decke gestarrt und das Essen ebenso verweigert wie ihr Sohn.

Damals brachte diese Selbstaufgabe Navenias noch in Wut. »Gott gab uns die Augen zum Sehen. Wie also kann seine Welt uns zu viel sein?«, hatte sie Blanca noch am Abend gefragt. »Man darf doch nicht verzagen.«

Heute jedoch war Pons gekommen. Pons war noch ein Kind. Er hatte um sich geschlagen und war kaum zu bändigen gewesen. Er hatte geschrien und war schließlich auf das Dach der Scheune geklettert. Seine Schwester, die ihn gebracht hatte, hatte sich das Essen, das man ihr gab, mit den Fingern in den Mund gestopft.

»Wir haben ihn in den Wald geschickt, Beeren suchen. Was sollten wir machen? Es gibt ja kaum noch was.« Sie schlang so gierig, dass sie kaum sprechen konnte. »Ich war auch da, wegen

Blättern für unsere Ziege; sie gibt kaum noch Milch. Blanche heißt sie. Ist noch was da?«

Navenias gab ihr noch etwas. »Wir meiden die Wiesen. Wenn man die abmäht, findet man bloß Knochen und Halbverwestes. Das Vieh, das dieses Heu frisst, wird wahnsinnig, ehrlich wahr!« Sie riss die Augen auf. »Die Euter schwellen den Tieren rot an, und sie sterben unter qualvollem Gebrüll. Bei der Barbe ist das passiert.« Sie schmatzte. »Die Grütze ist wirklich gut. Wer die Milch trinkt, dem geht es genauso, sagt man. Alles verflucht!«

Geduldig hatte Navenias ihr zugehört und Haferbrei in ihre Schüssel gefüllt. »Und dann?«, fragte sie schließlich.

»Ich bin also über den Bach und er linksrum, an der großen Eiche vorbei. Tja, und da muss er wohl was gesehen haben, was er besser nich hätte sehen sollen.«

»Was denn?«, fragte Navenias.

Das Mädchen zuckte mit den Schultern. »Ich bin nich hin. Aber es liegen ja auch Leichen im Wald. Meist riecht man sie schon und kann ihnen ausweichen. Aber Pons ist ja noch so klein. Er hat es vielleicht nicht gewusst.«

In diesem Augenblick kam von draußen ein vielstimmiger Schrei. Navenias rannte hinaus und prallte entsetzt zurück, als sie Pons' kleinen Körper auf den Steinen liegen sah.

Ermengarde kam ihr entgegen, die Tränen liefen ihr über das Gesicht. »Er ist einfach gesprungen«, sagte sie. »Gott im Himmel, so eine Todsünde.«

Pons' Schwester kam an die Tür. Sie hielt ihre Schüssel noch immer umklammert und stopfte den Brei mit der Hand in sich hinein.

»Wie alt war er?«, fragte Navenias tonlos.

Sie zuckte mit den Schultern. »Weiß nich genau. Vielleicht fünf?«

Die Gleichgültigkeit der Schwester war beinahe das Schlimmste für Navenias gewesen. Sie hatte sich umgedreht und war geflüchtet. Nun stand sie da, fröstelnd trotz der Wärme, und Tränen liefen ihr über die Wangen. »Ich kann das nicht.«

Als sie sah, dass die Alten auf ihrer Bank zu ihr herübersahen, wischte sie sich schamhaft über das Gesicht und schlug den Weg zu einem der Plätze ein, die sie als Kind aufgesucht hatte und zu denen sie noch lange jenseits der Kindheit mit Amalric gegangen war für ihre gemeinsamen Spaziergänge und Gespräche. Es war eine Stelle am Fluss, nicht weit von da, wo sie einst gemeinsam gegen Drachen kämpften. Auch heute führte er nur wenig Wasser, und wirres Treibholz säumte seinen Lauf unter ihr in der kleinen Schlucht. Navenias setzte sich unter eine Weide. Ein Holderbusch duftete herb zu ihr herüber, sie konnte die Bienen in den weißen Dolden summen hören. Aber der Ort wollte seinen alten Zauber heute nicht entfalten.

Navenias, erschöpft vom Weinen, starrte auf ihre Hände. Sie waren schmal, aber braun und kräftig. Unwillkürlich stiegen die Bilder wieder in ihr auf, vor denen sie hierhergeflüchtet war: die verstümmelten Gesichter der Männer und Frauen und selbst der Kinder, die aus Bram hierhergeflüchtet waren. Abgeschnittene Nasen und Oberlippen, geblendete Augen. Stümpfe an den Armen, wo die Hände gewesen waren. Navenias ballte ihre Finger zur Faust.

Mit Lumpen umwickelte, vor Maden wimmelnde, stinkende Wunden waren das, die ihnen klagend entgegengestreckt wurden. Dazu die Schreie: »Seht, was sie getan haben. Seht uns an!«

Nachdem sie es zuerst nur gehört hatte, in wohlformulierten Berichten von den durchreisenden Perfecti, in hastig geflüsterten Befürchtungen von ahnungsvollen Leuten, die mit ihrem Hab und Gut und mit der ganzen Verwandtschaft in Richtung Oberitalien flüchteten, in Gerüchten und Gerede und in dem angsterfüllten Gestammel der Ersten, die es erlebt hatten – nachdem sich das Grauen über Worte an sie herangeschlichen hatte, sah sie nun mit eigenen Augen, was der Krieg anrichtete.

Sie blinzelte, um die bedrückenden Bilder loszuwerden, und schaute sich um. Die Brombeeren reiften, und der Lavendel verströmte seinen betäubenden Duft. Aber ihr schien es immer noch, als rieche sie Eiter und Fäulnis. Sie pflückte einen der lilafarbenen Blütenstängel und zerrieb ihn zwischen ihren Fingern, um daran zu schnuppern. Am Ende tupfte sie sich das herbe Aroma hinter die Ohren, in der Hoffnung, den Geruch des Todes loszuwerden.

Dann stieg sie hinunter zu dem Wasserlauf. Gierig trank sie. Als sie sich wieder aufrichtete, entdeckte sie den Felsen, auf dem sie einst als zu rettende Jungfrau gesessen hatte. Sie schaute auf das von Wasser, Wind und Licht silbern gebleichte Holz, das am Ufer lag. Hatte einer der Stöcke einst Amalric als Schwert gedient? Ihre eigenen hochgemuten Worte kamen ihr wieder in den Sinn: Wenn das Untier käme, würde sie es mit dem Wort Gottes verscheuchen, hatte sie das nicht gesagt? Navenias blickte auf ihre Hände, die noch immer zitterten. Jetzt, wo es so weit war, gelang es ihr ja nicht einmal, mit Gebeten ihre Nerven im Zaum zu halten. Hinter ihr knackte ein Zweig, und sie zuckte zusammen.

»Navenias, bist du das?«

Diese Stimme! Navenias fuhr herum. »Amalric?« Sie konnte es kaum glauben. »Amalric! Du bist da!« Sie war so erleichtert, dass sie auf ihn zuflog und ihm um den Hals fiel.

»Amalric«, weinte sie wie ein kleines Kind an seiner Brust. Er war da, endlich war er da. Er war alles, was ihr gefehlt hatte, das wusste sie in dem Moment, als sie ihn berührte. Wieso hatte sie das vorher nicht gewusst? Sie war so froh, die Wärme seiner Hände auf ihrem Rücken zu spüren und die sanfte Geste, mit der er ihr übers Haar strich. Seinen Geruch einzuatmen, das

Heben und Senken seines Brustkorbs zu spüren, seinen Herzschlag, seine Kraft. Endlich, nach all den Tagen der Selbstbeherrschung, konnte sie sich gehen lassen und sie selbst sein.

Der junge Ritter umarmte sie ebenso heftig. Mit beiden Armen presste er sie an sich. Lange hielt er sie so. »Ich hatte gehofft, ich hatte so gehofft ...«, stammelte er. Er wollte es nicht aussprechen, nur ihren Anblick in sich aufnehmen, sie fühlen und hoffen, dass damit alles wieder gut wäre.

Als sie sich ein wenig beruhigt hatten, schob sie ihn von sich und schaute ihn an. Seine Wangen waren feucht. Er hatte geweint. Aber er war erwachsen geworden. In den Monaten, die sie ihn nicht gesehen hatte, war etwas mit seinem Gesicht geschehen. Das war nicht mehr der Junge, den sie gekannt hatte. Es war schmaler geworden, kantiger. Er hatte sich tagelang nicht mehr rasiert, und seine Haut war rau. Eine neue Schwermut lag in seinen Zügen, aber auch eine ungekannte Härte. Und sie ertappte sich dabei, dass es ihr gefiel. »Du bist hager geworden«, stellte sie besorgt fest. »Esst ihr nicht genug?«

Er lachte nur traurig, während er ihr über die schmalen Schultern strich.

»Was ist?«, fragte sie ihn.

Er schüttelte den Kopf. »Wir lassen Tote auf dem Schlachtfeld zurück, wenn wir gehen.« Mehr brachte er nicht heraus. Wieder presste er sie an sich.

Sie zeigte ihm ein kleines Lächeln. »Ich weiß. Wir nehmen die Überlebenden auf, wenn sie zu uns kommen.«

»Navenias«, setzte er an und brach wieder ab. Beschämt senkte er den Kopf. »Ich ...«

Sie legte ihm sanft den Finger auf die Lippen. Jedermann in der Vizegrafschaft hatte von der Ermordung Castelneaus gehört. Und wenn auch keiner die Namen der Mörder kannte, weil Foix einen öffentlichen Eid geschworen hatte, dass sie unter seinen Männern nicht zu finden seien, und damit jedes Gerede unterbunden hatte, so vermochte Navenias die Zeichen doch zu deuten. Sie wusste nicht, aber sie ahnte. Und sie wollte es dabei belassen. Es war schlimm genug, sich bei jedem Verwundeten, der ihnen gebracht wurde, denken zu müssen: Dies könnte Amalric geschehen, der dort draußen kämpft. Weil der nächste Gedanke, der sie überfiel, der war: Diese Wunden könnte Amalric geschlagen haben. Es zerriss sie manchmal schier.

»Aber ich ...«

»Was hier geschieht, ist nicht dein Werk, Amalric. Es ist größer. Der Teufel erschuf es, wie er alles um uns her erschuf.«

»Aber du selbst hast mich doch gemieden seither«, erwiderte er und fuhr ihr, wie um sich zu beweisen, dass sie jetzt wieder vor ihm stand und ihn nicht zurückwies, mit beiden Händen durch das Haar. Es floss durch seine Finger wie schwarzes Lethewasser. Er packte zu und bog ihren Kopf zurück, sodass sie ihn ansehen musste.

»Du hast eine Sünde begangen«, stellte sie klar. »Und ich werde sie niemals gutheißen können. Aber das hier ...« Sie zuckte mit den Schultern und dachte an das, was sie noch erfahren hatte. Es war ja alles noch viel schlimmer. Sie hatte noch mit niemandem darüber gesprochen. »Die Prediger sagen, in der Bretagne hat es eine Schlacht gegeben. Der französische König hat den König von England besiegt. Ich weiß nicht.«

Bretagne, das war nur ein Klang für sie, blaugrau und salzig, durchtränkt von einem kalten Meer. Sie war nie dort gewesen und würde das Land niemals sehen. Dennoch hatte sich dort entschieden, was mit ihrer Heimat geschehen würde. Denn nun hatte der König von Frankreich den Rücken frei und konnte sich mit aller Kraft auf sie werfen. Das war nicht die Schuld ihres Freundes. Es war das Werk desjenigen, der diese Welt geschaffen hatte. Und es erschien ihr klarer als je zuvor, dass das nicht

Gott sein konnte. »Es stand geschrieben, Amalric. Wir müssen es annehmen.«

»Zitterst du deshalb?«, fragte er.

»Ich, ich weiß nicht.« Sie warf sich wieder an seine Brust. Nach einer neuen Welle von Schluchzern bekannte sie: »Ich hatte nicht erwartet, dass meine Aufgabe mich einmal überfordern könnte. Ich habe mir immer nur vorgestellt, wie ich von Stadt zu Stadt reise, in den fremden Häusern das Brot breche und den Menschen von Gott erzähle. Aber jetzt spreche ich mit Menschen, die alles verloren haben, alles, Amalric.« Sie schaute ihn an. »Ihre Eltern, ihre Kinder, ihre Liebsten, all ihren Besitz, ihre ... ihre Hände, Amalric.« Sie hob die ihren. »Wie können Menschen einander so etwas antun? Und was soll ich ihnen sagen?«

»Ich weiß es nicht«, murmelte er. »Hast du schon gehört?«, fragte er dann unvermittelt. »Der Vizegraf von Carcassonne ist tot.«

»Tot?«, echote sie.

Er bekräftigte es mit zusammengebissenen Zähnen. Raimond-Roger de Trencavel, so erzählte er weiter, hatte sich nach der Belagerung seiner Feste Carcassonne als Geisel zur Verfügung gestellt, damit die Bewohner straffrei abziehen konnten. Das Schicksal von Béziers, wo selbst die gestorben waren, die sich in die Kirche geflüchtet hatten, sollte sich an seinen Untertanen nicht wiederholen. Montfort hatte das Angebot angenommen, den Grafen in den Kerker geworfen – allein das war schon ein empörender Vorgang; ein Hausarrest in den eigenen Gemächern wäre angemessener gewesen – und ihn bis auf Weiteres vergessen. Es gab so viele Burgen und so viele kleine Herren zu erobern.

»Nach ein paar Monaten hat jemand in der Zelle nachgesehen. Da war Raimond-Roger tot.«

»Wie entsetzlich.« Navenias schlug sich die Hand vor den Mund.

»Niemand weiß, ob er verhungert ist, zu Tode gefoltert oder hingerichtet wurde oder ob er von eigener Hand starb. Und niemand fragt danach. Er ist einfach nicht mehr da«, Amalric schnippte mit den Fingern. »Ein Umstand, den dieses Ungeheuer Montfort kaum betrauern dürfte. Er hat den Titel des Vizegrafen ohnehin schon zu dessen Lebzeiten geführt.« Amalric nickte bekräftigend. »Er hat ihn einfach verrecken lassen. Aber du bist erschöpft«, rief er, als er spürte, dass Navenias' Knie nachgaben. »Komm, ich suche uns einen Platz.« Amalric führte sie zu einem flachen Stein am Fuße der Mauer, hinter der Peires Hof lag. Noch einmal ereiferte er sich. »Es ist einfach nicht ritterlich!«

»Es ist nicht menschlich«, widersprach sie. Aneinandergelehnt hockten sie da und kauten auf einem Lavendelhalm. »Ich verstehe die Welt dort draußen nicht. Hier bei uns in Lavaur«, sagte sie mit Überzeugung, »wäre das nicht möglich. Hier würde niemand ausgeliefert, niemand vergessen. Wir würden füreinander einstehen.«

»So wie in Béziers?«, fragte Amalric zurück. »Sie sind alle dafür gestorben.«

»Zur Not wie in Béziers«, bestätigte sie, auch wenn ihr ein Schauer über den Rücken lief. Nein, im Grunde konnte sie sich wirklich nicht vorstellen, was das bedeutete: zu sterben. »Jedenfalls nicht wie in Minerve. Menschen auszuliefern, damit sie getötet werden, ist schändlich.«

»Nicht einfach getötet, schnell und gängig, sondern bei lebendigem Leibe verbrannt«, stellte Amalric klar. »Aber nun, die Leute wollten leben.«

»Hast du etwa Verständnis für sie?«

»Ich habe für niemanden Verständnis, der dich diesen Bestien überantworten würde.« Er schaute sie an voller Leidenschaft. Navenias musste schlucken. Dass er sie erwähnte, gab ihr ein körperliches Gefühl von Gefahr, das sie bislang noch nie verspürt hatte. Es waren die Wunden anderer, die sie verband, die Trauer anderer, die sie zu besänftigen versuchte. Dass sie selbst bedroht sein könnte, hatte sie bisher verdrängt. Eine Gänsehaut überlief sie.

Amalric sah es und fuhr mit dem Finger über ihren Arm. Ein anderer, wärmerer Schauer folgte. »Aber ich wusste nicht, dass du so sehr Partei für die Todessehnsüchtigen ergreifen würdest.«

»Ich würde niemals meinen Glauben oder den eines anderen verraten.«

»Navenias!« Er ergriff ihre Hände. »Ich bitte dich, lass mich dich retten. Lass mich dafür sorgen, dass du diesen Wahnsinn heil überstehst.«

»Mich retten?«, fragte sie, ein wenig ungläubig und halb belustigt über sein Pathos. »Übertreibst du nicht ein wenig?«

»Übertreiben die, die bei dir Hilfe suchen?«, gab er zurück.

Sie schwieg einen Moment. Einen Moment, in dem ihnen klar wurde, wie dicht sie beieinander saßen. Sie rückte ein wenig von ihm ab. Statt der beruhigenden Wärme seines Körpers fühlte sie einen kühlenden Luftzug. »Und wie soll diese Rettung aussehen, wenn ich fragen darf?«

Amalric holte tief Atem: »Lass mich dich zu meiner Frau machen«, sagte er.

Sie schüttelte heftig den Kopf. »Nicht schon wieder, Amalric.«

»Aber als meine Ehefrau wärst du sicher. Keiner würde glauben oder behaupten können ...«

Sie unterbrach ihn barsch: »Das ist doch Heuchelei. Mich heiraten, um mich zu retten, ganz selbstlos, zu meinem eigenen Besten ... Du!« Empört bohrte sie ihm den Zeigefinger in die Brust.

»Navenias, verspotte mich nicht.« Er schaute sie verlegen an. Dann fasste er Mut. »Ich würde mein Leben für dich geben«, sagte er aufgewühlt. »Und behaupte nicht, dass du das nicht weißt. Ich würde alles für dich tun, auf alles verzichten. Aber da ich dich retten kann durch etwas, das auch mein sehnlichster Wunsch wäre, warum sollte ich es nicht tun?« Er versuchte ein Lächeln. »Wird das Angebot schlechter dadurch, dass es aufrichtig ist? Ich liebe dich nun einmal, was soll ich tun?« Wieder schaute er sie an, als hoffte er, sie könnte alles in seinen Augen lesen, wofür er, der Dichter, in diesem Moment keine Worte fand.

Aus ihrem Gesicht verschwand langsam der Trotz. Es wurde weicher, und sie hob die Hand, um ihm über die Wange zu streichen. Mit einer heftigen Geste griff er danach und drückte seine Lippen in ihren Handteller.

Sie entzog ihm ihre Finger nicht. »Amalric«, sagte sie. »Ich habe mit der großen Fastenzeit begonnen.«

Es dauerte eine Weile, bis er begriff, was sie ihm damit sagen wollte. »Fastenzeit«, wiederholte er. »Die Fastenzeit? Die Vorbereitung auf das Consolamentum?« Er starrte sie an. »Du willst es wirklich tun?«

Sie nickte. »Ja, Amalric. Ich werde eine Perfecta.«

Amalric sprang auf. »Das bedeutet den Scheiterhaufen, Navenias.«

Sie wurde blass. Aber sie blieb fest. »Ich habe das immer gewollt. Ich würde niemals die Meinen verlassen, nur weil Gefahr droht. Und es ist nicht richtig von dir, mir Angst zu machen, um dein Ziel zu erreichen. Alle sagen, es wird in vierzig Tagen vorbei sein. Das wird es doch, oder? Auf dem Scheiterhaufen ende ich also noch lange nicht.«

»Aber du wirst dich dem Tode weihen.« Hilflos öffnete und schloss er die Fäuste.

Sie lächelte. »Wir alle sind dem Tode geweiht, Amalric.«

»Ja, aber du willst sterben, noch bevor du gelebt hast.« Amalric suchte nach den richtigen Worten für das, was er sagen wollte. Doch der geübte Troubadour, der Dichter von so vielen

Versen für Liebende, fand offenbar keine Worte für seine eigene Sehnsucht. Schließlich zog er sie einfach an sich und küsste sie.

Es war hastiger, heftiger, als er es sich all die Jahre erträumt hatte. Hart klickten ihre Zähne aufeinander. Ihre Lippen und auch ihr schmaler Körper leisteten ihm Widerstand. Aber er hielt sie fest, und mit der Zeit erlahmte ihr Widerstreben. Sie erschlaffte, ihr Mund öffnete sich und kam dem seinen entgegen. Vorsichtig, ungläubig, tastete er mit seiner Zunge nach der ihren, und überwältigt erlebte er, wie sie ihm entgegenkam und die Grenze zwischen ihnen verschwamm. Versunken in sie und in ihren Kuss, vergaß er die Welt um sich herum, alles drehte sich um sie beide, die schwindelnd in etwas schwebten, das warm war und süß und wunderbar.

Als sie sich voneinander lösten, um Atem zu schöpfen, befanden sie sich mit einem Mal wieder in einer fremd gewordenen Außenwelt. Hier war er, dort war sie, da war der Stein, der Fluss, der Himmel, wie zum ersten Mal. Was war geschehen? Wo waren sie gewesen? Schwer atmend starrten die beiden einander an und schwankten wie erschöpfte Kämpfer.

»Navenias«, brachte er schließlich hervor. So plötzlich war alles wahr geworden. Er streckte erneut die Arme nach ihr aus. Alles war wirklich. Alles war gut.

Sie wich zurück und schüttelte den Kopf, erst langsam, dann immer heftiger. »Das ist nicht … nein, nein, nein!« Wie aus einem Albtraum erwacht, starrte sie ihn an.

»Navenias!«

Als sie ihren Namen hörte, drehte sie sich auf dem Absatz um und rannte davon, so schnell sie konnte. Was sie nicht hinter sich lassen konnte, das war die Erinnerung an seine Berührung.

13.

Die Burg von Lavaur, am anderen Tag – vor der Feste Termes

Amiel folgte jeder von Amalrics Bewegungen, während der hin und her lief, um die Befehle seines Herrn auszuführen. Stumm beobachtete er, wie Amalric Klingen und Bolzen begutachtete und seine Anweisungen gab, diese zu schärfen und jene zu bündeln. Wie er die Liste der Pferde durchging und die Namen der Knechte.

»Der Stirnriemen hier ist gerissen. Wer ist für das Zaumzeug zuständig?« Seine Stimme hallte in der Zeugkammer wider.

Als er einen Augenblick innehielt, fragte Amiel mit verschränkten Armen: »Also dich hat der Vizegraf ausersehen, um der Festung Termes zu helfen. Ich höre, sie hätten kein Wasser mehr.«

»Mich und zehn Mann. Ja.«

»War das seine Idee?«

Jetzt wandte Amalric sich ihm zu. »Fändest du das so abwegig?«

Amiel hob die Hände. »Es interessiert mich nur.«

»Ich bin so gut wie jeder andere«, presste Amalric zwischen den Zähnen hervor.

»Du bist ein Troubadour«, sagte Amiel. »Du solltest singen.«

»Mir ist nicht danach. Verzeih«, fügte Amalric hinzu und schob Amiel beiseite, um an einen Lederharnisch zu gelangen, den er in den Händen drehte und wendete, bevor er ihn nach kritischem Beklopfen zu seinem Gepäck legte.

»Heute Abend ist ein Minnegericht. Die Dame Rosemonde

führt Klage gegen den Herrn Gaucelen de Vidal.« Amiel seufzte. »Und du wirst fehlen.«

»Oh, verzeih.« Amalric klang schneidend. »Entschuldige, wenn mir derzeit nicht danach ist, an einer albernen Zeremonie teilzunehmen, bei der über belanglose Regeln der Etikette gestritten wird, die dem ersten, inzwischen längst verwesten Troubadour einst angeblich von einem auf einer goldenen Eiche sitzenden Falken eingeflüstert wurden.«

»Ist ja schon gut.« Amiel verschränkte die Arme und verdrängte die kurz aufblitzende Erinnerung an Rogier, die bei Amalrics unbedachten Worten in ihm aufstieg. »Ist es wegen ihr?«, fragte er dann unvermittelt.

Amalric, der mit dem Rücken zu ihm gestanden hatte, bemüht, seine Wäsche in einen Packsattel zu stopfen, richtete sich auf. Als er sich umwandte, brach es aus ihm heraus: »Es geht um sie, um mich, um dich, um uns alle hier, Amiel. Falls du es noch nicht weißt: Eine Armee mordlüsterner Wahnsinniger ist über unsere Heimat hergefallen und macht sich daran, sie in einen Friedhof zu verwandeln. Sollten sie ihr Ziel erreichen, wird es keine Minnegerichtshöfe, keine provençalischen Lieder und keine literarischen Liebesfreuden, keine ›joi d'amour‹ mehr geben.«

Wieder hob Amiel die Hände. Aber er sagte nichts mehr.

Amalric, der Widerspruch erwartet hatte, gingen nun ebenfalls die Worte aus. Einen Moment lang schauten die Freunde einander an. Dann umarmten sie einander.

Amiel klopfte Amalric auf den Rücken. »Pass auf dich auf.« Seine sonst so volltönende Stimme klang gepresst.

Amalric lächelte. »Und du vertritt mich würdig diesen Abend. Damit noch etwas aus dir wird. Du weißt, was der große Arnold de Marveil gesagt hat?«

Amiel nickte. Gemessen zitierte er: »Wer arm ist, kann diesen Mangel durch höfische Redeweise und Frauendienst ersetzen.«

Er schickte ein Grinsen hinterher: »Und durch das rechte Maß an Frechheit.«

Amalric schlug ihm auf die Schulter. »Tu nichts, was ich nicht auch täte.«

Amiel schaute ihm nach. »Ja, du auch.« Aber er sagte es so leise, dass Amalric es sicher nicht mehr hörte.

Düster starrte Arnaud de Amaury auf den riesigen Mond, der sich langsam über den Horizont schob, obwohl im Westen der Himmel noch rot war. »Es wird Nacht, Herr, die Männer sehen bald den Boden unter den Füßen nicht mehr. Und dieses enge Tal ist schon bei Tage schwieriges Gelände.«

Simon de Montfort antwortete nicht. In seinen unförmigen Mantel gehüllt, hockte er auf seinem Pferd und starrte zu der Festung Termes. Er hatte schon gedacht, sie zum Aufgeben gezwungen zu haben, da hatte es noch einmal geregnet, und die Zisternen der Verteidiger hatten sich wieder gefüllt. In allen Schluchten ringsum rauschte es, und der Boden war zu Schlamm geworden, in dem seine Leute ausglitten. Die ersten seiner Kämpfer litten schon an der Ruhr. Und auch diese Nacht drohte es regnerisch zu werden. Immerhin, so hörte man, hatten auch die Verteidiger mit der Krankheit zu kämpfen. Vielleicht bestand Hoffnung, und ihre lange vernachlässigten Zisternen waren verschmutzt, dann könnte auch der Regen ihnen nicht mehr helfen. Sie würden an der Seuche krepieren wie die Fliegen.

»Diese katharischen Burgen klammern sich an ihre Felsen wie die Mädchen an ihre Jungfräulichkeit«, knurrte er. Als er Amaurys steife, ablehnende Haltung bemerkte, stieß er ein tiefes Lachen aus. »Nur keine Scheu. Es hat schon manchen Pfaffen gegeben, der auch Burgen erobert hat, Zisterzienser.«

Amaury antwortete nicht. Es würde nur eine Flut weiterer Anzüglichkeiten nach sich ziehen und ihm die Freude an diesem gottgewollten Feldzug trüben.

Montfort richtete sich im Sattel auf und rief einen Befehl. »Bogenschützen bereit!«

Der Ruf wurde weitergegeben, die Kommandanten brachten ihre Männer in Stellung. Augenblicke später flog ein flammender Schwarm von Pfeilen über den Himmel und beleuchtete die kämpfenden Reihen der Kreuzfahrer, die sich hinter ihren grob gehauenen hölzernen Schanzen drängten und auf das Kommando zum Stürmen warteten.

Sofort antworteten die Belagerten von den Zinnen mit einem Hagel von Geschossen, und aus den Reihen der wieder in Dunkelheit getauchten Männer erklangen schrille Schreie und Stöhnen. Das Tor der Burg aber brannte. Höher und höher züngelten die Flammen, fraßen sich in das dicke Holz und beleuchteten das Schlachtfeld.

Montfort lächelte zufrieden. »Das Petroleum lässt es brennen«, sagte er zu Amaury.

Der räusperte sich. »Ich bin mit dem Steinöl wohl vertraut«, sagte er steif. »Es kommt aus Palästina. Die Juden handeln damit, sagt man.«

Montfort verzog keine Miene. Regungslos sah er zu, wie das Burgtor in Flammen stand und allen Versuchen der Mannschaft widerstand, es zu löschen. Sie hörten die Rufe der Burgbesatzung, die verzweifelt die Pechbehälter zu leeren suchte, die sie sonst über die Köpfe der Anstürmenden ausgoss, um sie mit der nötigen Menge Löschwasser zu füllen; doch es misslang. Eimer um Eimer verzischte hilflos das Wasser in der Feuersbrunst. Immer wieder sirrten Wolken von Pfeilen über die Mauer, blind in die Dunkelheit geschossen.

Montfort gebot seinen Männern, in Deckung zu bleiben.

»Morgen«, verkündete er, »setzen wir den Widderkopf an. Bis dahin werden wir sie schmoren lassen.«

Amaury schaute zu dem fahrbaren Gestell hinüber, an dem der Rammbock mit den eisernen Widderhörnern aufgehängt war. Schon mehrere Male hatten sie versucht, ihn vor das Tor zu fahren, doch auf der äußerst steilen, mühseligen Strecke waren sie immer wieder zurückgeschlagen worden. Einmal hatten sie die gesamte Besatzung verloren und es nur knapp geschafft, das Gerät zurückzuziehen und es davor zu bewahren, selbst in Flammen aufzugehen. Montfort hatte schon recht, dachte er. Die Burgen hier waren Felsennester, an den Gipfel geklammert, hochmütig in ihrer Einsamkeit und Freiheit unter dem Himmel. Es war ein verdammt mühseliges Geschäft, sie zu erobern und ihnen den Schwur abzunehmen. Und kaum kehrte man ihnen den Rücken, fielen sie wieder von ihrem Treueeid ab. Der Adel verschanzte sich erneut, und die vermeintlich bekehrten Gläubigen kehrten zum Katharismus zurück.

Amaury hatte es erlebt. Es war, wie Wasser mit dem Sieb zu tragen. Verflucht sollten sie sein. Er hatte jedes Mitleid mit diesen Menschen verloren. Befriedigt hörte er das Wehklagen aus den Höfen der Burg aufsteigen. Die aus der Umgebung von Termes dorthin geflüchteten Bauern ahnten, was gerade geschehen war. Sie rochen den Rauch und spürten die Verzweiflung ihrer Verteidiger. Und sie wussten, was als Nächstes geschehen würde. Montfort hatte öffentlich angekündigt, künftig unbarmherzig durchzugreifen. Er wolle keine Überlebenden zurücklassen, die sich wieder gegen ihn erhoben, kaum dass er fort war. Béziers, ließ er überall verlauten, das sei erst der Anfang gewesen. Schweren Herzens teilte Amaury inzwischen diese Ansicht.

»Werden sie in ihrer Verzweiflung nicht versuchen, heute Nacht einen Ausfall zu machen?«, fragte Amaury. »Die Katharer fürchten die Dämonen der Dunkelheit nicht.« Er bekreuzigte sich und küsste das silberne Kreuz, das an einer langen Kette auf seine Brust hing. »Sie kennen die Angst des Christenmenschen vor dem Teufel nicht, weil er ihr Verbündeter ist.«

Montfort drehte den Kopf zu ihm um. »Und wenn er es wäre«, meinte er und spie gelassen aus, ehe er seinen Blick wieder auf die Burg richtete. »Sollen sie. Wir werden die Nacht über in Bereitschaft bleiben.«

»Aber«, wandte Amaury ein, und seine Stimme hob sich ein wenig. »Das ist bereits die fünfte Nacht, die wir nicht schlafen.«

»Es wird die letzte sein. Vorerst.«

14.

Die Burg von Lavaur bei Nacht

»Süßes Wesen, dich wollt ich küssen,
wollt meine Zeit mit dir versüßen,
wollt werfen mich zu deinen Füßen.
Nun muss ich all die Wünsche büßen.
Denn du bist hart
Und gar nicht zart
Ruht auf mir dein vorwurfsvoller Blick.
Kein Gefühl bewahrt
mir deine Art.
Nichts gibt die Hoffnung mir zurück.«

Amiel ließ den letzten Akkord leise ausklingen und wartete auf den Applaus. Er hatte ein Lied von Marveil gewählt, in Erinnerung an Amalrics letzte Worte. Nun ärgerte er sich selbst über den schwermütigen Ton, der sich dabei in seinen Vortrag geschlichen hatte. Rasch verneigte er sich und zog sich an seinen Platz zurück.

Gerauda de Laurac nickte ihm aufmunternd zu. Sie saß auf einem Sessel mit goldenen Armlehnen. Hinter ihr an der Wand hing das gewebte Bild eines Waldes voller Wild. Auf ihrem Arm hockte ein Falke, dessen mit Edelsteinen bestickte Haube im Licht der Kerzen funkelte. Wie eine Diana sah sie aus, eine Göttin der Jagd, und der Eindruck war nicht unbeabsichtigt. Hatte sie doch vor, bei diesem Minnegericht über die Ehre ihrer Damen zu wachen wie die jungfräuliche Jagdgöttin über die Keuschheit ihrer Nymphen. Der Ritter Gaucelen war es, gegen den sie Klage führen wollten, weil er seine »domnei«, den Minnedienst an seiner Dame, nicht in der richtigen Weise versehen hatte.

Nun, dachte Amiel verstimmt, der voraussah, dass es gelehrt zugehen werde an diesem Abend, sie würden Gaucelen wohl nicht in einen Hirsch verwandeln, wie Diana es einmal mit diesem Aktaon tat, von dem neulich Abend die Rede gewesen war. Aber die Gefahr war nicht gering, dass sie einen Narren aus ihm machten.

Die Dame Rosamonde trat vor und entrollte ein Pergament. Sie hatte ihre Anklage in Reimrede verfasst, eine Mode, die neuerdings aufgekommen war. In wohlgesetzten Worten warf sie ihrem Ritter vor, dass er, der doch ihr »domnejaire«, ihr Minnediener, hätte sein sollen, sie schroffer behandle als andere und ganz ohne Aufmerksamkeit. Und das, obwohl sie doch schön war und vornehm von Geburt, anmutig und auch treu in ihrer Liebe.

»Aber ach. Was hilft all meine Tugend mir!
Ein jeden Vorzug muss ich büßen.
Du willst nicht kosen, willst nicht küssen.
Gehst nur vorbei und siehst mich nicht.
Drum zieh ich heut dich vor Gericht!«

Sie machte eine dramatische Pause.

Amiel trommelte mit den Fingern einen Rhythmus auf seinen Schenkel und fragte sich, wann es wohl etwas zu essen gäbe.

Rosamonde fuhr fort, sie verzweifle noch, da das Vertrauen, dass sie in seine Liebe setzte, so enttäuscht worden sei. Endlos sei ihr Kummer nun.

»Und meine Augen, mit denen ich dich doch grüßte,
ein Sternenpaar war's einst, erloschen ist's und rot wie eine Wüste.«

Und so weiter, dachte Amiel, und so fort. Er gähnte. Es folgten Anspielungen auf verschmähte Geliebte aus der griechischen Antike und aus anderen Zeiten, von denen Amiel keine rechte Vorstellung hatte. Wenn von Hirten und Nymphen die Rede war, so sah er stets die Hüteburschen seines Heimatdorfes vor sich, den dicken Peire und Hinkebein, und die Nymphchen, das waren die Mägde, die eimerschwenkend vorbeikamen und mit ihren leuchtenden Schürzenfarben lockten, sich empört die zotigen Zurufe verbaten und sich am Ende doch in ein Gebüsch ziehen ließen. Schwäne, Goldregen und klagende Blumenpflückerinnen kamen in seinen Erinnerungen nicht vor.

In einem der schmalen Fenster sah Amiel unter dem steinernen Spitzbogen den Mond, voll und gelb und überreif. Er fragte sich, ob sein Licht wohl genügte, Amalric den Weg über die steinigen Bergpfade zu weisen. Oder ob er bereits Rast machte, unter einer Kiefer lagerte und trockene Zapfen ins Feuer warf. Deren harziger Duft wäre ihm jetzt lieber gewesen als das Rosenparfum Rosamondes.

Gerauda griff nach der Erwiderung des säumigen domnejaires ein und bestimmte, welche der einundreißig Regeln des Troubadour-Kodex hier anzuwenden war. Dann gemahnte sie beide an die erste Bestimmung, die die Liebe als einen Bund der Seelen und der Herzen bestimmte. »Liebe macht keusch«, befand sie unter allgemeinem Beifall.

Amiel schnaubte ungehört. Auf Amalric traf das sicher zu. Aber ob der damit so glücklich war? Er selbst hielt es lieber mit den genussvolleren Seiten der Liebe. Wo er auf Gegenliebe traf, da nahm er reichlich. Bislang hatte er wenig davon gehalten, in den Dienst einer Dame zu treten, die von ihm angebetet werden wollte ohne Gegenleistung, samt Kniefall und Eid. Und wenn das hundertmal ein Weg zu Ruhm und Geld und Rittertum war. Für Amalric mochte das anders gewesen sein. Der hatte sich dabei gewiss nichts gedacht, dem war es um seine Lieder gegangen. Für Amalric war es ein Spiel gewesen, dessen Regeln er in den Büchern fand, die er so sehr liebte und die er mit Feuereifer gelernt hatte, um sie wie ein Meister anzuwenden. Er genoss die Feinheiten eines Zitates, die Gelungenheit eines Bildes, den Witz einer Anspielung. Seine Verehrung für Gerauda war darüber hinaus zweifelsohne echt.

Aber Amiel machte sich nichts aus all dem Buchwissen. Er behielt im Gedächtnis, was Amalric ihm vorsang. Das gab er dann wieder. Er wollte nicht lesen lernen; lieber ritt er aus, jagte, übte sich im Ringen und spielte Ball. Er aß gern, trank gern, und wenn er sang, dann am liebsten aus vollem Hals. Wenn ihm ein Mädchen gefiel, dann wollte er mit ihm schlafen. Und wenn eine sich ins Heu ziehen ließ, dann gefiel sie ihm auch schon. Wozu es sich versagen? Mehr war nicht nötig, mehr wollte er nicht. Amiel mied den Minnedienst. Er wäre sich vorgekommen wie ein Narr.

»Amiel?« Gerauda hob ungehalten die Brauen.

»Herrin.« Er beeilte sich, sich zu verneigen.

Sie lächelte. »Wie es scheint, vermissen wir unseren guten Amalric heute Abend alle. Sing uns doch sein Lied von der Lerche, damit wir seiner in Frohmut gedenken.«

Amiel errötete und gehorchte.

»Lerche, wenn ich dich zur Sonne fliegen seh,
jeder Flügelschlag aus Freude am Sein,
und wenn du dann plötzlich zitternd stehst,
getroffen von der Süße des Seins.«

Ja, dachte Amiel, das war es, das und nichts sonst: das Leben.

Die Feier nahm ihren Lauf, man redete, lachte und sang noch bis weit in die Nacht hinein. Aber es war jenes Lerchenlied, das Amiel im Ohr blieb. Als er über den Vorhof der Burg ging, ein wenig taumelnd von dem Wein, den er genossen hatte, sang er es noch immer leise vor sich hin. »Sollte eigentlich Nachtigall heißen«, brummelte er mit Blick auf den dunklen Himmel. Der Mond war lange schon über den Horizont gewandert, aber die Sonne war noch nicht erschienen. »Es muss die Nachtigall sein und nicht die Lerche.«

Fröhlich summte er weiter, bis er schließlich schwankend an die Tür von seinem und Amalrics Quartier kam. »Die Süße des Seins«, wiederholte er ein letztes Mal und rülpste. Dann wollte er die Tür öffnen. Doch er fand sie angelehnt! Verwundert stutzte Amiel. Hatte er vergessen, den Riegel vorzuschieben? Oder hatte er ihn gerade schon beiseitegeschoben und war nur zu betrunken, um sich zu erinnern? Er betrachtete erst den Riegel, dann seine Hand, schüttelte den Kopf und wollte schon gegen das Holz drücken, als er drinnen ein Rascheln hörte.

Mäuse, dachte Amiel, nein, größer. Eichhörnchen. Nein. Jetzt wurde ein Stuhl gerückt. Jetzt wurde drin ein Licht angezündet. Amalric! Das konnte nur Amalric sein. Unwillkürlich leuchteten Amiels Augen auf. Der Weindunst verflog, mit einem Schlag war er wach. Sein Freund war zurück. Er hatte das selbstmörderische Unternehmen aufgegeben! Gott sei Dank! Amiel riss die Tür auf. »Du bist da!«, rief er und streckte die Arme aus.

Nach der Begegnung mit Amalric hatte Navenias sich in die Arbeit gestürzt. Sie wollte nicht länger an seinen Vorschlag denken, und noch viel weniger an seinen Kuss oder gar daran, dass sie ihn erwidert hatte. Ohne Rücksicht auf ihre angeschlagenen

Kräfte hatte sie sich der schlimmsten Wunden und der verwüstetsten Seelen angenommen. Sie erbot sich freiwillig, die eitrigen Binden zu waschen, deren Gestank fast niemand ertragen konnte, und schleppte die Eimer mit den Exkrementen der Bettlägrigen, bis das süße Gefühl, in Amalrics Armen zu liegen, aus ihrem Gedächtnis verschwunden war. Sie hatte gesündigt, aber sie würde es büßen.

Als Blanca sie heimschicken wollte, lehnte sie ab und begleitete sie stattdessen noch zu einem Kranken-Consolamentum, wo sie mit unbewegtem Gesicht an die Wand gelehnt dastand und dem haltlosen Schluchzen der Eltern lauschte, die Abschied von ihrer sechsjährigen Tochter nahmen, die sich im Fieber wand und nur aufhörte zu schreien, wenn sie sich übergeben musste oder wenn sie ohnmächtig wurde und mit aufgerissenen Augen auf das Entsetzliche starrte, das vor ihr lag und das sie nicht verstand.

Fühllos wie ein Stock ging sie an Blancas Seite nach Hause und hörte kaum etwas von dem, was diese über das vergiftete Wasser von den Leichenfeldern sagte. »Sicher«, antwortete sie abwesend, ohne zu wissen, worauf. Als sie nach dem Abendsegen allein auf ihrer Pritsche im Schlafsaal lag, hörte sie statt des ruhigen Gemurmels der Frauen in den Nachbarbetten, statt der Gebete, der Trostworte und der leisen Tränen, mit denen einige sich in den Schlaf weinten, nur Amalrics Stimme: ›Du wirst sterben‹, hallte es in ihrem Kopf. ›Du bist so gut wie tot.‹ Navenias stöhnte unwillkürlich auf und warf sich herum, hielt aber inne, als sie in das Gesicht der Frau auf der Pritsche neben ihr sah, die ihr zugewandt dalag. Nur ein schmales Tischchen mit der Waschschüssel, die sie sich teilten, trennte ihr karges Lager voneinander. Zwischen ihnen auf dem Boden lag ein Teppich, den sie selbst gewebt hatte, und über dem Bett an der Wand hing ein Bord mit ihren wenigen persönlichen Besitztümern.

Manchmal waren es Erinnerungen an ein früheres Leben, manchmal nur ein Kreuz und ein Becher für Wasser.

»Ist alles in Ordnung?«, fragte die Frau neben ihr. Ihre Stimme klang verwundert. Sie kam aus Nantes, ein Flüchtling aus dem dortigen Konvent. Eines der vielen neuen Gesichter. Navenias kannte sie nicht näher, obwohl sie seit Wochen Seite an Seite arbeiteten.

Navenias murmelte eine Entschuldigung, legte sich flach auf den Rücken und faltete die Hände, als würde sie Trost im Gebet suchen.

Sofort überfielen sie wieder die Fragen und Zweifel. War es das also? Würden sie alle so enden? Körper, die für sich allein auf einer schmalen Pritsche litten. In Einsamkeit, in Schmerz und Qualen und schließlich in unendlichem Leiden? Und bis dahin würden sie arbeiten und kämpfen und sich abmühen und fasten und verzichten. Und wofür? Wem hatte sie in den letzten Tagen auch nur den geringsten Trost gegeben, wem Hoffnung, wem ein besseres Sein?

Konnte das Himmelreich all dies auch nur ein wenig aufwiegen? War es für das kleine Mädchen, das sich heute seinem Ende entgegengequält hatte, auch nur die geringste Beruhigung, dass die Engel auf sie warteten? Und für die Eltern, die das mitansehen mussten, ohne helfen zu können? Konnten die Engel nicht jetzt schon helfen?

Unruhig warf sie sich hin und her. Sie wusste, dass ihre Gedanken falsch waren und verdorben, dass sie sich einer Verzweiflung hingab, die verderblich war für ihre Seele. Aber sie konnte nicht anders. Sie haderte mit ihrem Gott. Muss ich das tragen, Herr? Wo steht geschrieben, dass ich das alles aushalten muss?

Die Reisen, die Predigten, ihr kleiner Ruhm, die Freiheit, die sie sich erhofft hatte, all das würde es nicht geben. Und wenn sie sich auch klarmachte, dass sie selbstsüchtig war, dass ihr Glaubenseifer und ihre Ziele mehr mit ihren eigenen Wünschen zu tun hatten als mit den Wünschen Gottes; dass sie nach Genuss gestrebt hatte. So konnte sie doch nicht anders. War das denn alles so falsch? Ihre Hoffnungen? Ihre Wünsche? Die Freundschaft mit Amalric? Ja, und auch sein Kuss, dachte sie mit einem Mal rebellisch. Noch immer konnte sie seine Lippen auf den ihren spüren. Noch immer war in ihr dieses Gefühl, als habe man eine Stufe verfehlt und glaubte zu fallen, fiele aber doch nicht. Es war nur ein kurzes köstliches Zusammenzucken gewesen und dazu das Zittern und das Nachbeben in allen Gliedern.

Unwillkürlich spannte Navenias sich und warf sich herum. Sie ermahnte sich, stillzuliegen, aber es gelang ihr nicht. Immer wieder kam sie zu sich und bemerkte, dass ihr Körper sich wie unter unsichtbaren Qualen wand. Diese Qualen aber waren süß, so süß, dass sie es kaum ertragen konnte.

Navenias stöhnte laut und fuhr erschrocken hoch. Schuldbewusst schaute sie sich um. Von den anderen Betten drang zum Glück nur stilles Atmen zu ihr herüber und hie und da ein Schnarchen. In der Waschschüssel war noch ein Rest Wasser, aber Navenias wollte niemanden wecken. Es drängte sie nach draußen, nach Bewegung, nach Einsamkeit. Alles in ihr war aufgewühlt. Am liebsten wäre sie gerannt und hätte dabei aus vollem Halse geschrien.

Leise stand sie auf und ging hinaus in den Gang, öffnete die Haustür und trat mit nackten Füßen vorsichtig in das taunasse Gras. Ah, wie tat das gut. In tiefen Zügen atmete sie die Nachtluft ein. Keinen Augenblick länger hätte sie es mehr ausgehalten in dem stickigen Saal. Sie ging zum Brunnen. Um nur ja nicht bemerkt zu werden, bemühte sie sich, den Eimer lautlos hinunterzulassen, und bewegte die Kurbel mit äußerster Vorsicht. Endlich war der Eimer wieder da. Das Wasser darin war schwarz und spiegelte den Mond. Navenias griff mit beiden Händen hinein und zerbrach ihn in tausend tanzende Splitter.

Mit beiden Händen wusch sie sich den Schweiß von der Stirn. Dann, nach kurzem Überlegen, streifte sie die Ärmel des Nachthemdes ab und schob sich das dünne Leinen bis auf die Hüften hinunter. Mit einem Seufzer des Behagens kühlte sie sich den Hals und die Brüste. Das Wasser rann über ihre Haut und lief in Tropfen hinunter, die im Mondlicht glitzerten. Navenias betrachtete sich, ohne sich abzutrocknen, auch als ein Schauer ihre Haut körnig und ihre Brustwarzen fest werden ließ.

Ich bin schön, dachte sie. Sacht strich sie sich über die Brüste, wog sie in ihren Händen, ertastete die Konturen, die fest und weich zugleich waren. Ja, sie war schön. Sie hob die Arme und drehte sich leicht hin und her. Der warme Geruch ihres Körpers stieg aus den Falten des Nachthemdes auf. Es schien ihr, als röche sie köstlich. Sie hob den Stoff, der ihren Schoß bedeckt hatte, und presste ihn auf die Nase. Gierig sog sie ihr eigenes Aroma ein. Lange stand sie so da. Sie war schön, doch niemand würde es jemals sehen oder sie gar berühren.

Dann senkte sie den Kopf und ging zurück in ihr Bett.

Doch dort war es unerträglich heiß. Dutzende Male warf sie sich herum, deckte sich zu, deckte sich wieder ab, zog das Laken zwischen ihre Schenkel und schob es wieder weg. Sie ertrug es nicht. Sie fühlte sich wie ein gefangenes Tier. Mit beiden Füßen stieß sie die Decke von sich und sprang auf. Navenias war erleichtert, als sie sich endlich bewegen konnte. Sie lief erneut zur Tür. Zuerst ging sie noch einmal zum Brunnen. Aber das Wasser kühlte sie nicht mehr ab. Und der Mond, der sich im Eimer spiegelte, bedrückte und verfolgte sie. Er tanzte vor ihren Augen und lachte sie aus, sodass sie den Drang verspürte, davonzulaufen. Einfach nur ein kleiner Spaziergang, sagte sie sich. Etwas Bewegung nur, um zur Ruhe zu kommen.

Navenias dachte nicht darüber nach, wohin sie gehen wollte. Ihre Beine fanden den Weg von selbst. Außer Atem stand sie wenig später vor Amalrics Tür.

Es ist wie eine Kur, sagte sie sich, eine Kur gegen eine Krankheit, die mich quält. Ich tue nur das für mich, was ich auch für meine Patienten tue. Danach werde ich gesund sein und nicht zurückblicken. Danach werde ich gehorsam sein und ein für alle Mal genesen. Ich werde das Fasten neu aufnehmen. Ich werde mich weihen lassen. Keine Arbeit wird mir zu viel sein, und nichts soll meinen Glauben erschüttern. Alles wird seinen Gang gehen. Aber er stirbt vielleicht in diesem Krieg. Und ich sterbe vielleicht ebenfalls. Wir wären tot, noch ehe wir gelebt hätten. Und wäre das nicht am Ende die größere Sünde? Es nicht getan zu haben?

Sie hob die Hand und drückte gegen das Holz. Die Tür war nicht versperrt. Sie trat ein. Mit angehaltenem Atem lauschte sie, gierig, seinen Atem zu hören, das Geräusch, wenn er sich herumwälzte im Schlaf. Aber es war still. Sein Geruch hing im Raum, doch er war schwach und kalt. Ohne Licht machen zu müssen, wusste Navenias, dass die Kammer leer war. Leer und verlassen. So also, dachte sie schaudernd, fühlt eine Welt ohne Amalric sich an? Es fühlte sich an wie der Tod.

Plötzlich wurde ihr kalt. Sie tastete nach einer Kerze und entzündete sie mit zitternden Fingern. Wo war er? Warum spürte er nicht, dass sie da war, da und bereit, unaussprechliche Dinge zu tun? War ihr Sehnen nicht stark genug, ihn wie an Fäden herbeizuziehen? Ihre ganze Welt war erschüttert, alles in ihr bebte. Sollte er gar nichts davon bemerken? Sie sank auf einen Schemel und starrte auf den Holztisch und auf das leere Bett.

Da hörte sie sein Lied:

»Und wenn du dann plötzlich zitternd stehst
Getroffen von der Süße des Seins.
Wenn du dann fällst und dich vergisst
im Rausche des Lebens
dann schmilzt mein Herz, und mir ist,
als verginge auch ich in der Fülle des Lebens.«

Die Stimme klang unsicher und ein wenig betrunken, dumpf durch das Holz der Tür. Aber es war ganz eindeutig sein Gedicht, das er einst gemacht hatte für sie. Oh, er hatte es also gespürt.

»Amalric!«, wollte sie rufen, aber sie flüsterte es nur. Ohne nachzudenken, legte sie ihr Schultertuch ab und schlüpfte aus dem Nachthemd. Sie schloss die Augen, als der Stoff an ihrer Haut entlangglitt. Es war, als liebkosten sie bereits die Hände ihres Geliebten. Sie streckte die Arme aus. Ein Mal, dachte sie. Dieses eine Mal will ich ihn ganz lieben, als ein Geschenk für uns beide, als ein Trost. Es ist eine Gunst, die wir einander gewähren, wie der Wunsch einer guten Fee. Ein Zauber, der nicht ganz von dieser Welt ist, beinahe nicht einmal wahr.

Und dann gehe ich meinen Weg. Nur einmal, lieber Gott. Die Tür ging auf.

Navenias sah den Umriss des Mannes und schluckte. Ein kleiner Schauer lief mit der frischen Nachtluft über ihre nackte Haut. »Amalric?« Doch sie wusste bereits, er war es nicht.

Der Mond schien hell genug, dass sie Amiel erkannte. Als er ganz nah an sie herantrat, sah sie, dass seine Augen beinahe schwarz waren. Die Pupillen waren geweitet und riesig, wie schwarze Monde, und saugten sie förmlich ein. Schweiß glitzerte über seiner Lippe. Sein Haar war zerzaust wie bei einem Kind, und seine Wangen schienen beinahe durchscheinend von einer Röte, die von einem inneren Glühen herrührte.

Milch und Blut, dachte sie und hatte bereits die Hand gehoben, um ihm über das Gesicht zu streicheln. Er roch anders als Amalric, ein wenig nach Rauch, ein wenig nach Wein und ein wenig wie ein Tier. Eine Gänsehaut überzog ihre Arme. Sie wollte einen Schritt zurückmachen, aber ihr Fuß verfing sich im Saum ihres Nachtgewands, und sie stolperte.

Amiel fing sie auf. Seine Hände glühten auf ihrer Haut. Sie wollte etwas sagen, aber da waren seine Hände auf ihren Brüsten, die noch nie jemand berührt hatte, seine Hände auf ihren Lenden, und mit einem Mal, umstandslos und fordernd, hatten seine Finger von ihrem Schoß Besitz ergriffen.

Navenias schrie leise auf vor Schreck und vor Lust. Ihr war, als schmölzen ihre Beine dahin. Sie spürte sie nicht mehr. Wellen liefen von den Spitzen ihrer Finger und ihrer Zehen über all ihre Glieder bis in dieses eine Zentrum, von dem sie bislang nicht einmal gewusst hatte, dass es so etwas gab. Glühende Gier stieg in ihr auf. Einmal, echote es in ihr, nur ein einziges Mal.

Amiel zog sie an sich. Etwas regte sich in seinen Gedanken, eine Erinnerung, eine Mahnung. Er schob es beiseite und packte ihren Hintern. Sie leistete keinen Widerstand. Ihre Hüften drängten sich ihm entgegen. Er öffnete ihren Mund und drang heftig in sie ein.

15.

Lavaur und Foix, im Winter 1210/11

Ein zusammengewürfelter Haufen von jungen Männern stand im Hof der Burg Foix vor Amalric und gaffte ihn an. Der Vizegraf von Foix hatte einen Auftrag für ihn. Er sollte aus diesen unerfahrenen Burschen Kämpfer formen, eine kleine Armee, deren Aufgabe es wäre, die wenigen Ritter, die ihnen zur Verfügung standen, als Fußtruppen zu unterstützen.

Zweifelnd betrachtete Amalric die Leute, die da vor ihm standen. Sie sind entweder zu alt oder zu jung, dachte er. Und sie haben keine Ahnung, was ihnen bevorsteht. Sieh nur, was sie als Waffen mitgebracht haben!

Die einfachen Männer hatten das dabei, was bisher ihr Handwerkszeug gewesen war, Mistgabeln und Dreschflegel, Schmiedehämmer, Schaufeln und Schusterahlen. Die Waffenkammern derer von Foix waren so gut wie leer, sie würden nur wenig beisteuern können. Allenfalls noch die Spieße, die ihre Knechte gerade unter Amiels Anleitung herstellten.

Amalric warf einen Blick zu dem Freund hinüber, der selbst unter den Arbeitenden hockte, das Schnitzmesser in der Hand, die nackten Füße übereinandergeschlagen und offenbar gänzlich in sein Werk vertieft. Amalric pfiff leise, aber Amiel hatte ihn wohl nicht gehört, jedenfalls schaute er nicht auf. Mit einem Schulterzucken wandte Amalric sich wieder seinen Rekruten zu. Er räusperte sich.

»Ist es möglich«, fing er an, »barfuß und mit nichts als einem Holzspieß einen Ritter in vollem Harnisch zu besiegen?«

Er verschränkte die Hände und wartete ab, während die Neulinge einander unsicher anschauten. Der eine kratzte sich am Kopf, der andere bohrte in der Nase. »Das geht doch eh nicht«, hörte man hier und da jemanden murmeln.

»Das muss gehen!« Die helle Stimme, die das rief, gehörte zu einem rothaarigen Jungen mit trotzigem Gesicht, dessen Lumpen starrten vor Schmutz.

Amalric wies mit dem Finger auf ihn. Alle hielten den Atem an.

»Und es geht«, rief Amalric ebenso laut und lächelte. »Jawohl! Wie heißt du, mein Junge?«

»Marcabrus, Herr.«

Amalric nickte ihm zu. »Gut gemacht, Marcabrus.«

Die allgemeine Anspannung löste sich. Auf dem einen oder anderen Gesicht erschien ein zaghaftes Lächeln.

»Es geht, und wir werden es tun. Ihr werdet es tun. Ihr werdet sie von ihren Pferden holen. Wollt ihr das?«

Ein vielstimmiges »Ja!« scholl Amalric entgegen.

Er nickte erneut, energisch, zufrieden. Aus den Augenwinkeln sah er, dass nun auch Amiel den Kopf gehoben hatte. »Dann werdet ihr das bei mir lernen.« Er löste die Arme und begann, vor seiner Truppe auf und ab zu gehen, die ihn nicht aus den Augen ließ. »Es gibt genau drei Möglichkeiten, eine heranpreschende Einheit Gepanzerter aufzuhalten«, sagte er. »Die erste ist, sich ein günstiges Gebiet für die Begegnung auszusuchen, wo sie weder anreiten noch sich frei entfalten können, ein enges Tal, eine Schlucht, den Rand eines Sumpfes, einen Waldweg.«

Er schaute von einem zum anderen. »Ein solches Gebiet zu finden wird die Sache eures Kommandanten sein. Meine Sache. Die anderen beiden Möglichkeiten aber gehen euch an.« Er sah in die Gesichter seiner Zuhörer, junge und alte Gesichter, freundliche, schmutzige und friedliche, Gesichter von Knechten und Schusterbuben, von Bäckerlehrlingen und Herumtreibern, von Betteljungen und Schneidern. Blass und unsicher schauten sie ihn an, aber doch mit einer Glut in den Augen, die ihn hoffnungsvoll stimmte. Sie konnten es schaffen. Sie hatten die Leidenschaft für ihre Sache Es musste ihm nur gelingen, das Gefühl für die eigene Kraft in ihnen zu wecken und ihnen Zuversicht zu geben.

»Die eine von den beiden«, sagte er, »hat mit einem Spieß zu tun. Amiel«, rief er und hob die Stimme. Sein Freund gehorchte und warf ihm einen fertigen Fichtenspeer herüber. Geschickt fing Amalric ihn im Flug auf. Die Männer starrten ihn verwundert an.

Amalric achtete nicht auf ihre Verwunderung. »Ein Ritter«, erklärte er, »ist nur so lange gefährlich, wie er auf einem Pferd sitzt. Habt ihr ihn einmal zu Fall gebracht, ist er leichte Beute.« Bei diesen letzten Worten rammte er das Holz tief in die Erde, wo es zitternd stecken blieb. »Und um sie zu Fall zu bringen, braucht ihr nicht mehr als dies. Und etwas Mut.« Er zog den Spieß wieder heraus, wog ihn in der Hand und grinste. »Ihr könnt es schaffen. Und ihr werdet es schaffen.« Er reckte die Faust.

Die Burschen vor ihm hoben ihre Werkzeuge und johlten. Die nächsten Stunden waren mit harter körperlicher Arbeit ausgefüllt. Amalric teilte die Männer in Gruppen ein, die mit auswärts gestellten Spießen eine Art Igel bilden sollten. Sie übten das Halten, das In-die-Knie-Gehen und Im-Boden-Verankern des Schafts, das gleichzeitige Sich-Bewegen und Stellungwechseln. Am Ende waren alle schweißgebadet, einige hatten das Hemd ausgezogen und sich um den Kopf gewickelt.

Amalric war zufrieden. »Morgen«, rief er ihnen zu, »üben wir das Ganze mit herangaloppierenden Pferden. Dann werden wir sehen.« Er lachte. »Geht zum Vogt, er wird euch Grütze geben und Wasser. Morgen früh dann auf der Wiese vor dem Tor.«

Amiel trat an ihn heran, als er allein war. »Ich wusste gar nicht, dass du ein Volksredner bist«, sagte er und reichte dem Freund einen Lederschlauch mit Wasser.

»Wusste ich auch nicht«, gab Amalric knapp zurück. Er trank gierig, dann reichte er Amiel den Schlauch wieder. »Aber es geht gut voran. Ist da Wein drin?«

Amiel nickte. »Gegen den Ledergeschmack.« Er nahm selbst einen Schluck und wischte sich über den Mund. »Du weißt schon, dass du ihnen den Tod anpreist.«

Amalric zog die Brauen zusammen. »Wie meinst du das?«, fragte er. »Hältst du mich für einen Quacksalber vom Jahrmarkt, der sinnlose Wässerchen an Kranke verhökert? Was ich diesen Männern beibringe, kann ihnen das Leben retten.«

Amiel lächelte traurig. »Aber geplant ist es anders, nicht wahr? Sie werden sterben, während wir siegen.«

»Vielleicht.« Amalric fasste den Freund genauer ins Auge. Wie lange ging das nun schon so, dass Amiel lustlos war und schlecht gelaunt, dass er wortkarg geworden war und seinem Blick auswich? Rogiers Tod hatte er mit keinem Satz mehr erwähnt. Und das Abenteuer um Castelneau, das Amalric selbst so sehr bereute, hatte ebenfalls keine sichtbaren Spuren bei Amiel hinterlassen. Er hatte es eine Dummheit genannt und einen Grashalm ausgespuckt, das war alles gewesen. Über Bertran de Escas, der seit Arnolds Beisetzung völlig außer sich war und sich in jedes Gefecht stürzte, als suche er den Tod, hatte Amiel sich sogar mehr als einmal lustig gemacht. Was war also los mit seinem Joglar?

»Wir sterben alle früher oder später. Hast du nicht immer gesagt, das wäre ein Grund mehr zum Feiern?«, sagte Amalric lauernd.

»Stimmt«, bestätigte Amiel. Er grinste schwach. In seinen Händen drehte er einen noch unfertigen Spieß. »Und wir beide, du und ich ...«, fuhr er fort.

Amalric lachte. »Wir werden immer die Ersten sein, die den Becher heben. Klar.« Er klopfte seinem Freund auf die Schulter. »Unzertrennlich für immer.«

Amiels Lächeln wollte noch immer nicht so richtig erstrahlen. »Ich muss dir etwas sagen«, setzte er an. Im diesem Augenblick erklang Hufgetrappel auf der Zugbrücke. Einen Moment lang hallte es unter dem Tor, dann preschte der Reiter ins Sonnenlicht des Hofes.

Amalric erkannte Bertran und stürzte zu ihm. Der junge Ritter war bleich und konnte sich kaum im Sattel halten. »Amiel, den Wein, schnell«, rief Amalric über die Schulter, während er Bertran stützte und sacht aus dem Sattel zog. Er half ihm, sich auf den Boden zu setzen, und stützte ihn. »Was ist denn geschehen?«

Amiel reichte widerstrebend seinen Schlauch und knurrte etwas von der üblichen Panik, die Bertran zu verbreiten pflege.

Amalric stieß ihn mahnend mit dem Ellenbogen und hielt Bertran den Schlauch an die Lippen. »Trink, Bruder.«

Inzwischen war auch der Vizegraf aufmerksam geworden. Mit wehendem Umhang kam er über den Hof gelaufen. Als er Bertran sah, wurde auch er bleich. »Ist es so weit?«, fragte er.

Bertran, der allmählich wieder zu Atem kam, nickte. »Nicht weit von hier«, stieß er hervor. »Von Osten, wie wir dachten.«

Der Vizegraf presste die Lippen aufeinander. »Wie lange?«, verlangte er dann zu wissen.

Bertran neigte den Kopf. »Zwei Tage«, sagte er dann, »mit etwas Glück drei.« Dann sank er entkräftet in Amalrics Arme.

»Amiel«, rief der. Gemeinsam trugen sie den völlig erschöpften Reiter in den Schatten und legten ihn hin. Dann hockten sie um ihn herum und wagten nicht, einander anzusehen. »Drei Tage«, murmelte Amalric. »Dann sind sie hier. Wirklich hier.«

»Lavaur«, flüsterte Amiel.

Amalric nickte. Dann holte er tief Atem. »Was war das, was du mir sagen wolltest?«

Amiel winkte ab. »Nichts«, sagte er. »Nichts von Bedeutung.«

Lange reagierte niemand auf Amalrics Klopfen, sodass er Zeit hatte, den Kopf in den Nacken zu legen und die Wintersonne zu genießen, die immer wieder zwischen den schnell ziehenden Wolken aufblitzte. Der Wind war frisch und kühl, und ein wenig fühlte Amalric sich wie auf einem Schiff, das schnelle Fahrt aufnahm und mit dem er fortfuhr von allem, was er kannte, einem fernen, fernen Horizont entgegen. Als endlich die Tür in den Angeln quietschte, musste er sich einen Augenblick besinnen. Es war nicht Navenias, die ihm gegenüberstand. »Ihr seid noch da«, entfuhr es ihm.

Blanca de Laurac lächelte. »Ich werde immer da sein«, sagte sie. »Gott segne Euch, Amalric.«

Rasch neigte er den Kopf vor ihr und murmelte den traditionellen Segenswunsch, auf den sie bereits geantwortet hatte. »Entschuldigt, wenn ich ohne Anmeldung komme«, sagte er dann. »Der Vizegraf bat mich, nach Euch zu sehen und Euch seinen ausdrücklichen Wunsch zu übermitteln, dass Ihr Euch fertig machen möget. Eure Tochter wird Euch heute noch Pferde schicken.«

Sie legte den Kopf schräg und betrachtete ihn belustigt. »Und wozu sollte ich diese Pferde brauchen?«

»Wisst Ihr es noch nicht?« Seine Augen weiteten sich. »Das Kreuzfahrerheer ist im Anmarsch. Die Burg von Lavaur macht sich bereit für die Belagerung. Die Dörfer werden geräumt, soweit es möglich ist. Wer kann, der flüchtet. Wer bleibt, sucht sich ein Versteck und betet. Viel Volk hockt in den Kirchen.«

Blanca verzog den Mund. »Sie mögen beten für die Seelen von Béziers.« Als sie sein bedrücktes Gesicht sah, strich sie ihm über das Haar, als wäre er ein trotziger Junge. »Ich weiß, Amalric, verzeiht meine Bitterkeit. Aber was immer kommt, kommt. Meine Damen und ich, wir werden hierbleiben. Je näher der Krieg rückt, desto nötiger wird unser Beistand für die Menschen hier sein. Der Vizegraf weiß es, Amalric. Und meine Tochter weiß es auch.«

»Eben die Menschen, die Euch brauchen, versuchen doch, Euch zu retten. Gerade weil sie Euch brauchen. Auch der katharische Bischof von Toulouse wird von Freunden versteckt und beherbergt, so wie auch der von Albi und von Montpellier. Seid nicht stolzer, als die Bischöfe es sind. Lasst Euch von Euren Credentes helfen. Wir wollen Euch nicht verlieren.« Amalric sprach hastig und eindringlich.

»Wir?«, fragte Blanca de Laurac.

»Nun, ich, um die Wahrheit zu sagen, ich mache mir Sorgen um Navenias.« Da es nun einmal ausgesprochen war, fiel es ihm leichter, fortzufahren. »Es sind nun viele Wochen, dass ich sie nicht mehr gesehen habe, viel länger als sonst. Seit ich nach Termes aufgebrochen bin, um genau zu sein.« Ja, es war schon über sechs Monate her. »Wann immer ich anklopfe, bedeutet mir eine Eurer Damen, Navenias sei nicht da oder unabkömmlich oder unpässlich. Was ist mit ihr? Ist sie mir böse? So streng können die Regeln ihres Fastens doch nicht sein, dass sie sich auch die Worte vom Mund abspart, oder?« Er versuchte ein zuversichtliches Lächeln, aber es misslang ihm. »Gerade wenn sie mir böse sein sollte ...«, setzte er erneut an.

Blanca schaute ihn an. Einen Moment lang war sie versucht, ihm zu erzählen, was geschehen war. Es könnte helfen, das unselige Band zwischen ihm und Navenias zu durchtrennen, das ihnen beiden in der Vergangenheit nichts als Leid gebracht hatte und noch weiter bringen würde, wenn sie daran festhielten. Sie waren keine Kinder mehr. Sie hatten ihren Weg gewählt und würden einander nicht mehr begegnen. Es war an der Zeit, dass sie das erkannten.

Wenn sie daran zurückdachte, wie Navenias sich gequält hatte. Blanca seufzte innerlich. So hatte das Mädchen nicht mehr gelitten seit damals, als sie, Blanca, die verwahrloste Vierjährige vom Totenbett ihrer Mutter fortgezogen und mit sich genommen hatte. Damals war Navenias Nacht für Nacht schreiend aus dem Schlaf geschreckt. Manchmal hatten sie sie unter dem Bett versteckt gefunden und nur mit Mühe ihre verkrampften Finger lösen können, mit denen sie sich an den Bettpfosten klammerte.

In den letzten Monaten allerdings hatte sie stumm gelitten. Nacht für Nacht, wenn sie dachte, dass niemand es sah, war sie an den Brunnen gelaufen und hatte sich gewaschen wie von Sinnen. Blanca hatte nur wenige Male zusehen müssen, um zu begreifen, was geschehen war. Dann hatte der Brechreiz eingesetzt. Es hatte nicht viel gebraucht, um die arme gequälte Seele dazu zu bringen, zu beichten. Blanca hatte noch immer Navenias' Stimme im Ohr, wie sie weinte. Wie sie sich selbst anklagte.

»Auda hatte recht«, hatte sie gerufen. »Es juckte, und ich habe mich gekratzt. Oh, ich hasse mich. Warum muss es so sein? Warum ist all das so verachtenswert?« Der ganze Jammer ihrer Kindheit war wieder hochgekommen und hatte sich mit dem der Gegenwart vermengt. Navenias war schwanger, und dabei war sie doch selbst noch ein Kind.

Blanca de Laurac hatte sie in den Arm genommen und mit seltener Zärtlichkeit festgehalten. Sie hielt große Stücke auf Navenias, die trotz ihrer Herkunft klug war und rege, interessiert an allen philosophischen Fragen, die sie beschäftigen und erregen konnten, wie es selten bei einem Menschen der Fall war.

Sie sprach gut und sicher, hatte eine natürliche Autorität im Umgang mit anderen, Witz und Mut und schien ihr wie geschaffen dafür zu sein, Predigerin zu werden. Und war es nicht auch die Zukunft, die das Mädchen selbst sich wünschte, jetzt mehr denn je?

»Hast du denn geglaubt«, hatte sie gesagt, »die Versuchung sei eine Kleinigkeit? Warum sonst machen wohl alle so viel Aufhebens darum?« Sie hatte das Kinn des Mädchens gehoben und sie angelächelt. »Dachtest du, du wärest von Natur aus dagegen gefeit?«

Navenias hatte zurückgelächelt und war dann erneut in Tränen ausgebrochen. Lange war das so gegangen. Schließlich war sie, wie damals in ihrer ersten Nacht in Blancas Haus, in den Armen der Dame de Laurac eingeschlafen. Nun war sie bei Freunden in Albi, die sich um sie kümmern und das Kind aufziehen würden wie ihr eigenes.

Blanca betrachtete den unglücklichen Ritter. Amalric tat ihr leid. Auch er lag ihr am Herzen, und sie erinnerte sich noch gut an all die langen Nachmittage, da er an ihrem Tisch gesessen und seine ersten Wörter und Sätze buchstabiert hatte. Sein Eifer hatte sie gerührt, der Mut, mit dem er sich in die Aufgabe stürzte, und seine Freude. Auch er war ein Mensch mit einer Begabung, die ihre Verpflichtungen mit sich brachte. Zwar war die Dichtung nicht ihr Gebiet, aber Blanca de Laurac hatte große Hochachtung vor jeder Form von echter Berufung. Navenias hatte als Frau nicht schlecht gewählt, dachte sie, wenn sie den jungen Mann betrachtete. Er war etwas Besonderes, dieser Amalric, nicht einfach nur ein hübscher Bursche mit schwarzen Augen und bestimmt nicht irgendwer.

Es würde sie nur ein Wort kosten, ihn zu vernichten. Aber würde sie ihn auf lange Sicht nicht heilen? Blanca erwog es ernsthaft. Sie brauchte nur zu sagen: Amiel. Und wie ein Gift, das in der richtigen Dosierung heilsam sein kann, würde es seine Wirkung tun. Dennoch entschied sie sich anders. Es war nicht an ihr, Schicksal zu spielen.

»Navenias bereitet sich derzeit nicht auf ihre Weihe vor«, sagte sie deshalb nur. »Sie hat das Fasten schon vor vielen Monaten abgebrochen.«

»Was?«

»Sie ist krank geworden, Amalric, da schien es uns nicht ratsam, sie so zu belasten. Die Weihe ist verschoben. Bis es ihr wieder besser geht, habe ich sie zu entfernten Verwandten geschickt, die sich um sie kümmern.«

»Besser, als Ihr es hier könntet?«, fragte er erstaunt. »Wo könnte sie bessere Pflege erhalten als in Eurem Haus?«

»Die Luft dort wird ihr besser bekommen.« Blanca de Laurac verschränkte die Arme vor der Brust, um zu zeigen, dass sie nicht gewillt war, mehr zu sagen.

Amalric dachte nach. »Aber ist sie dort auch sicher?«, brach es dann aus ihm heraus.

Blanca hob die Hand. »Sicherer als hier, das kann ich Euch versprechen. Sie ist fernab von jeder Gefahr. Niemand würde dort eine Katharerin vermuten. In drei Monaten, wenn wir noch hier sind, wird sie zurückkommen und ihr Fasten wieder aufnehmen.«

»In drei Monaten? Nun, bis dahin ... vielleicht ist dann ...« Amalric fühlte sich ein wenig erleichtert, wenn er auch verwirrt war. Drei Monate waren keine lange Zeit. Immerhin bestand die Aussicht, sie wiederzusehen. Bei dem Gedanken wurde er froh und begann, sich diese Zukunft auszumalen und das Gespräch, das sie führen würden.

Blanca räusperte sich.

»Was meinen Auftrag betrifft«, fiel es ihm dann wieder ein. »Ich muss darauf bestehen, dass Ihr ...«

Blanca de Laurac lachte. »Besteht, Ritter, und dann geht Eurer Wege. Gott segne und geleite Euch auf allen Wegen und führe Euch zu einem guten Ende.« Sie packte ihn an der Schulter wie einen kleinen Jungen und schob ihn aus der Tür. »Hier gibt es nichts zu tun für Euch.«

Der Weg zur Burg war verstopft mit Menschen und mit Karren. Manche trugen Bündel auf dem Rücken, andere Federvieh oder Lämmer mit zusammengebundenen Füßen. Wieder andere schleppten ihre Alten und ihre Kinder. Jungen mit schmutzigen Füßen trieben ihre Ziegen zwischen alldem hindurch und stahlen mit schnellen Fingern hie und da etwas aus einem der Wagen mit Säcken und Kisten voller Mehl und Korn, voller Äpfel und Kohl, Karotten und Oliven. Aufgebrachte Ochsen muhten, warfen den Kopf zurück und schüttelten ihr Joch. Sie spürten die Angst und Erregung ringsumher. Die Bauern schimpften und knallten mit der Peitsche. Ihre Frauen saßen neben ihnen auf dem Bock, bekreuzigten sich und beteten. Obwohl vom Feind noch keine Spur zu sehen war und die Truppen Montforts nach allem, was die Späher berichteten, nicht vor dem Abend hier sein konnten, blickten sich doch alle immer wieder beunruhigt über die Schulter. Dann drängten sie mit neuer Hast voran, den schützenden Mauern der Burg entgegen.

Die Ketten der Zugbrücke klirrten, als die Dame de Laurac die Burg für die Flüchtlinge öffnete. Sie selbst wartete auf der Mauer. Amalric sah sie schon von Weitem, wie sie regungslos dastand, während der Wind an ihrem Schleier zerrte. Als er näher herangekommen war, zügelte er sein Pferd und winkte, damit sie ihn in dem Gewühl bemerkte. Sie besprach sich mit einem ihrer Befehlshaber, der ihre Anweisungen in die Höfe hinuntertrug. Dann begrüßte sie Amalric mit einem Neigen des Kopfes.

Amalric schüttelte den Kopf. Er glaubte zu sehen, wie ihre Züge sich verhärteten. Aber die Dame de Laurac antwortete ihrerseits mit einem Nicken. Schon wieder wurde ihr Name gerufen, und sie wandte sich ab, um mit den Hilfesuchenden zu sprechen. Sie wusste, wie ihre Mutter sich entscheiden würde, dachte Amalric. Sie hatte nicht wirklich mit einer Zustimmung gerechnet und ihren Abschied von der Mutter bereits genommen.

Er ritt zur Seite, um dem Strom von Flüchtlingen nicht im Wege zu sein. Er wusste, wie schwierig das Leben war, das vor ihnen lag. Bald schon würde das Heu knapp werden, dann das Mehl. Vielleicht auch das Wasser. Selbst wenn der Brunnen von Lavaur zu den besten gehörte. Die Exkremente von Mensch und Tier würden alles mit ihrem Gestank erfüllen. Bald würde man nicht mehr wissen, wohin man den Fuß noch setzen sollte.

Die Kinder würden zuerst krank werden, weil sie sich überall in dem Schmutz herumtrieben und spielten, selbst wenn der Krieg tobte. Dann die Alten, weil sie die Schwächsten waren. Man würde einander des Diebstahls bezichtigen und bei jeder Gelegenheit streiten. Nur wenn die Geschosse flogen, würden alle sich aneinanderdrücken und hoffen, dass die Vordächer ihnen Schutz gewährten. Wie oft hatte er das schon erlebt? Wie oft die Schreie der hilflos Zusammengepferchten hinter sich gehört? Die Körper der Sterbenden eingesammelt? Zuletzt war es Termes. Aber dies hier war Lavaur, seine Heimat. Er kannte jeden hier.

»Peire, sei gegrüßt.«

Der Jugendfreund erkannte ihn im ersten Moment nicht, so beschäftigt war er, einen hochbeladenen Handkarren hinter sich herzuziehen. Eine junge Frau lief hinterdrein und schob immer wieder die abrutschenden Säcke zurecht, während sie mit der freien Hand ein Kind an sich drückte. Ein weiterer Junge trottete hinter ihnen her. »Ach, Amalric.« Peire hielt kurz inne. Seine Frau schimpfte. Peire schaute den Freund verständnisheischend an.

Amalric zuckte mit den Schultern. Was gab es auch zu sagen.

Der Kleine greinte. »Was weint er jetzt wieder?«, fragte Peire gereizt und wandte sich um.

»Er will sein Kätzchen«, sagte die Frau und wiegte den Säugling, rot im Gesicht vor Angst und Anstrengung.

Peire schnaubte. »Ich hole es ihm, wenn ich wegen der Gänse noch mal zurückgehe.«

»Geh nur gleich«, sagte Amalric. »Ich helfe den Deinen hinein.«

Die Frau wurde noch röter. Ein Ritter, der ihren Handkarren zog. Sie sagte kein Wort und lief eilig hinter ihm her.

Amalric fand für ihren Karren einen guten Platz zwischen der Schmiede und dem Burgfried. »Bleibt hier, wenn die Beschießung beginnt«, sagte er. »Aber habt acht auf das Schmiedefeuer.«

Sie nickte stumm, mit großen Augen.

»Also dann ...« Er schob den noch immer weinenden Knaben zu ihr hin und verabschiedete sich. Beinahe stieß er mit einer Hochschwangeren zusammen.

»Philippa«, entfuhr es ihm, als er die Frau an deren Seite erkannte.

Die Katharerin lächelte.

»Was tut Ihr denn hier? Blanca hat mir gerade ...«

Philippa hielt zur Erklärung die Hand ihrer Begleiterin hoch, die selbst zu sehr mit ihren Schmerzen beschäftigt war, um Amalric wahrzunehmen. »Sie wird Beistand brauchen. Und viele der Menschen hier ebenfalls. Es sind viele Kinder dabei und alte Leute. Manche von ihnen werden sterben. Ich könnte den Gedanken nicht ertragen, dass sie ohne die Möglichkeit des Consolamentum gehen.«

Sie dankte Amalric mit einem Nicken, als er ihr half, die kreißende Frau in einen Verschlag des nunmehr fast leeren Pferdestalls zu schaffen, wo sie sie auf ein Bündel Stroh betteten. Andere Menschen trieben meckernde Ziegen und Schafe in die Verschläge daneben.

»Noch ist Heu und Stroh genug da«, sagte Amalric und brachte ihr ein frisches Bündel. Er verzichtete darauf hinzuzufügen, wie rasch sich das ändern würde.

Philippa strich der verschwitzten Frau die Haare aus der Stirn. »Wir werden schon zurechtkommen«, sagte sie. Ihr Gesicht war zart gerötet, als sie zu Amalric aufschaute, um sich zu verabschieden; es war vielleicht die erste Lüge ihres Lebens gewesen.

»Wir werden uns wiedersehen«, sagte Amalric und verwünschte die eigene Schwäche.

»Hier oder im Himmel, Amalric.« Philippa schlug das Kreuzzeichen über ihm.

16.

In einem Tal bei Lavaur, eine Woche später

Navenias blickte in das Gesicht des Mannes, der vor ihr stand und im Begriff war, ihren Leib, dieses sündige, beschmutzte Gefäß, in etwas Kostbares zu verwandeln. Sie strahlte, als der Bischof ihr den Schleier überwarf, der sie beschützte und der ihr Kraft gab. Endlich würde ihr neues, ihr eigentliches Leben beginnen.

Noch vor Kurzem hatte sie gefürchtet, sie hätte sich verloren, sie war sich vorgekommen wie ein Stück Treibgut am Strand. Aber ihre Brüder und Schwestern hatten sie mitgenommen und gepflegt, den heilen Kern in ihr entdeckt, ihr Mut gemacht und ihr die Seele wiedergeschenkt, die so verwirrt und verloren gewesen war. Der Teufel hatte sie versucht, jetzt aber war sie geläutert und bereit, den Engel in ihr zu befreien und ihm ihr Leben zu widmen. Sie war gesegnet, gerettet, und die Vergangenheit wurde ausgelöscht. Die Einzelheiten jener verhängnisvollen Nacht verblassten mehr und mehr. Erleichtert spürte Navenias, wie sie allmählich schwanden. Nie wieder wollte sie sich daran zurückerinnern.

Es war vorbei.

Wie lange hatte sie immer wieder Amiels Aroma nach Wein und nach Schweiß auf der Zunge geschmeckt, die Spuren seiner Berührung auf ihrer Haut gespürt? Gleichgültig, wie oft sie heimlich zum Brunnen gerannt war, um sich zu waschen und sich den Mund auszuspülen, gleichgültig, wie fest sie sich in ihre Decke gehüllt hatte, um alles auszuschwitzen und sich danach der Morgenkühle auszusetzen und zur Strafe zu frieren, nichts hatte ihr das Gefühl gegeben, dass sie sich wirklich reinigte. Nicht einmal der brennende Hunger des Fastenrituals, mit dem sie begonnen und von dessen Qualen sie sich Linderung erhofft hatte, hatte sie davon erlösen können. Nur ein Mal, hatte sie oft voller Bitterkeit gedacht. Hah! Wie hatte sie glauben konnen, dass das eine Mal nicht zählte? Ein Tropfen Blut verschmutzt den ganzen Brunnen! Doch das war vorbei.

Sie hatte gelernt zu warten, sie hatte gelernt, Schmerzen zu ertragen. Sie hatte ein Kind geboren und war beinahe daran gestorben. Sie hatte versucht, den Tod einzuladen, indem sie im Wochenbett die Nahrung verweigerte. Die Dame de Laurac selbst war nach Albi gekommen, trotz der harten Zeiten, um ihr zu erklären, dass die Durée, das Sich-dem-Tode-Entgegenhungern, nur dann keine Sünde war, wenn dieser Tod bereits auf der Schwelle stand. War das nicht so, dann war es Selbstmord und nicht erlaubt. Weinend, aber gehorsam hatte sie die ersten Löffel Suppe zu sich genommen, die Blanca ihr geduldig einflößte. So hatte sie nach dem Mut zum Sterben auch den Mut zum Leben aufgebracht.

Und nun stand sie hier, an diesem strahlenden Morgen, und alles würde gut werden. Sie war gerettet, und später, wenn sie ihr Kind zu sich holen würde, um es zu unterweisen, wäre auch ihr Kind von Sünden rein. Sie würde auf Blanca hören. Sie würde Gutes tun und Segen spenden an alle, die ihr begegneten. Sie würde das Richtige tun und ihren Beitrag dazu leisten, die wahre Ordnung der Welt herzustellen. Sie war kein Kind des Teufels. Sie war gut.

»Segnet und erbarmet euch meiner«, flüsterte sie, zum dritten Mal. Dann spürte sie das Gewicht der Bibel auf ihrem Scheitel und schloss die Augen vor Glück. Sie erahnte die leisen Berührungen an ihrem Ellenbogen, als die Gemeinde den Segen an sie weitergab, und fühlte sich emporgehoben, schwebend. Es war der glücklichste Augenblick in ihrem Leben. Dann hörte sie einen Schrei. Es war Amalric.

Navenias öffnete die Augen. Sie sah den Bischof, sein von den Entbehrungen der Flucht abgezehrtes, gütiges Gesicht, sie sah Ermengarde, deren Wangen sich röteten, und sie sah die ratlosen Blicke der Gemeinde. »Schwester?« Die Stimme des Bischofs klang fragend.

Navenias holte tief Atem. Dies war die erste Prüfung. Viele würden folgen. »Ich werde zu ihm gehen«, sagte sie.

Während sie sich ihren Weg zwischen den Steinen suchte, legte sie sich ihre Worte zurecht. Ich habe dich zwei Mal verraten, würde sie ihm sagen. Ein Mal mit Amiel und dann mit der heutigen Entscheidung. Das weiß ich, und es tut mir leid. Aber ein Mal verriet ich mich selbst. Und das war die größere Sünde. Vergib mir, und geh hin in Frieden. Du wirst deinen Weg finden wie ich den meinen. Als sie dann jedoch vor ihm stand, versagte ihr die Stimme.

So viel Wut lag in seinen Zügen, so viel Angst. Und so viel Liebe. Mit einem Mal schwindelte ihr, und alles, was sie vergessen geglaubt hatte, kehrte für einen Moment zurück. Es war ein Strudel von Bildern, sie beide als Kinder, die Katze im Olivenbaum, der rote Zweig der Drachenzunge, ihre Gesichter, über ein Buch geneigt, die Nachmittage im Gras, wenn zwischen ihnen nur ein Halmbreit Platz war und die Luft knisterte.

Noch einmal fragte Navenias sich, ob sie anders empfinden, ob sie sich anders entscheiden würde, wenn es Amalrics Kind wäre. Sie hatte den Kleinen nie sehen wollen.

»Wie sollen wir ihn taufen?«, hatte die freundliche Frau gefragt, die seine Mutter sein würde.

Navenias hatte den Kopf abgewandt, um das Bündel in ihren Armen nicht ansehen zu müssen. »Paris«, hatte sie gesagt. Dann war sie gegangen. Hätte etwas in ihr nach ihm verlangt, wenn er Amalrics geliebte Züge trüge?

Wäre alles anders gekommen, wenn Amalric sie geküsst hätte, wenn er sie berührt, sie liebkost hätte? Oder hätte sie dasselbe empfunden wie jetzt? Sie schaute ihn an, doch sie fand keine Antwort. Dann roch sie den Rauch. Verwirrt starrte sie ihn an. Eine böse Ahnung kroch in ihr hoch.

»Amalric...«, sagte sie.

Da legte er den Finger an die Lippen. »Wir haben beide gewählt.« Amalric drehte sich um und ging davon.

17.

Die Burg von Lavaur, 1211

Amalric hetzte sein Pferd, bis diesem der Schaum in Flocken vor dem Maul stand. Als er endlich bei der Burg ankam, brannte es im Inneren bereits. Aus den Fenstern des Turmes drang dicker schwarzer Qualm, und auf den Zinnen ragte das Banner des Feindes auf. Eine Gruppe Fußsoldaten hockte nahe beim Eingang in einem Kreis auf dem Boden, umgeben von einem dichten Kreis von Bewachern, die hier und da mit der Lanze nach ihnen stießen. Ihre Gesichter waren blutverschmiert, ihre Kleider hingen in Fetzen. Viele von ihnen waren verwundet. Sie hatten den Kopf gesenkt und wagten keinen Blick.

Amalric stieg ab und band sein Pferd an eine Korkeiche an. Dann duckte er sich hinter ein Ginstergestrüpp, während er sich hastig des verräterischen Umhangs, seines kostbar beschlagenen Gürtels und des Wamses entledigte, das sein Wappen trug. Ein Stück weit entfernt lag ein Mann, offenbar erschlagen, ein einfacher Bauer, wie es schien. Amalric kroch hinüber, bekreuzigte sich kurz, dann zog er ihm mit einer raschen Bewegung die Lederkappe vom Kopf und setzte sie sich selbst auf. Mit der anderen Hand griff er in den Staub und rieb sich damit Gesicht und Kleider ein. Er atmete tief durch. Sein Herz schlug wie eine Trommel in seiner Brust.

Dann richtete er sich auf und ging auf das Burgtor zu, das verkohlt in den Angeln hing. Im Geiste zählte er seine Schritte, um ruhig zu bleiben. Nicht zu schnell, ermahnte er sich, nicht zu langsam. Geh gerade so wie einer, der hierher gehört. Vierundzwanzig, fünfundzwanzig. Noch hatte ihn keiner aufgehalten. Sechsundzwanzig. Jetzt mussten die Wachen ihn sehen. Er spürte ihren Blick auf sich, doch er blieb ruhig. Siebenundzwanzig. Niemand sprach ihn an.

Auch die Besiegten schauten nicht zu ihm auf. Amalric sah aus den Augenwinkeln Marcabrus' roten Haarschopf und war erleichtert. Er mochte diesen Jungen aus Béziers, der noch am Vortag so tapfer neben ihm gekämpft hatte. Hoffentlich fand niemand seine schrecklichen Trophäen, die abgeschnittenen Ohren der Kreuzritter, und ließ ihn dafür büßen. Als hätte er seine Gedanken gespürt, regte Marcabrus sich mit einem Mal.

Hastig wandte Amalric das Gesicht ab und zog die Kappe tiefer. Achtundzwanzig. Er konzentrierte sich wieder auf das Zählen und starrte auf das Burgtor, als wäre es das Maul eines Ungeheuers. Was ihn dahinter wohl erwartete? Sein Herz schlug wieder schneller. Neunundzwanzig, dreißig, einunddreißig. Vorsichtig, mahnte er sich, ganz langsam, ohne jede Hast. Dann verschlug es ihm den Atem, und er erstarrte.

Im Burghof lagen die Toten so dicht an dicht, dass man über die Körper steigen musste. Die Mannschaften der Kreuzritter hatten bereits damit begonnen, die obersten Leichen wegzuschaffen. Sie zogen die Körper an den Füßen beiseite und warfen sie in eine Scheune. Niemand beachtete ihn.

Amalric wandte den Blick ab. Jeden Einzelnen, der hier lag, mit eingeschlagenem Schädel, blutüberströmt, mit hervorquellenden Eingeweiden, durchbohrt von Pfeilen, die Gesichter entstellt, die Gliedmaßen abgehauen – jeden Einzelnen kannte er. Jeder hatte einen Namen und weckte eine Erinnerung in ihm. Vorbei, vorbei, hallte es in seinem Inneren wider. Peire, dachte er im selben Moment und zuckte zusammen. Er blickte hinüber zur Schmiede. Das Gebäude war bis auf die Grundmauern niedergebrannt. Er konnte leblose Körper dort liegen sehen. Aber ob sein Jugendfreund und dessen Familie dabei waren, konnte er nicht erkennen. Noch einmal sah er die großen Augen des Säuglings vor sich, den schüchternen Blick der Frau. Wo war der kleine Junge mit dem Kätzchen?

»Ach, mein Gott«, murmelte er erstickt und biss sich in die geballte Faust, um nicht laut zu schreien. Dann hieb er sie gegen das Mauerwerk. Sie blutete, aber den größeren Schmerz verdrängte er damit nicht. Alle, dachte er, alle, alle, alle.

Auch Philippa? Mein Gott, Navenias' Glaubensgefährtin! Ob das Kind noch zur Welt gekommen war? Und ob sie ihr Ziel erreicht hatte, die Sterbenden hier mit ihrem Segen ins Paradies zu führen? Das Dach des Stalles war eingestürzt. Es ließ sich nicht mehr sagen, ob unter den Trümmern noch jemand lebte. Vermutlich war es egal, dachte Amalric. In ihm tobte es. So wie alles egal geworden war. Scheiß auf den Himmel! Der Hof sah nicht aus wie die Pforte in ein glückliches Jenseits, eher wie das Tor zur Hölle.

Da hörte er ein Kreischen. Zuerst dachte er, es wären die Mägde, denen die Sieger nachstellten, dann sah er Gerauda, die sich heftig gegen mehrere Kreuzritter zur Wehr setzte. Ihre langen braunen Haare hatten sich gelöst und hingen ihr zerzaust um den Kopf, ihr rotes Kleid war an den Ärmeln zerrissen. Sie stemmte die Füße in den Boden, schlug um sich, biss und trat wie eine wilde Stute und versuchte, sich aus dem Griff der Männer loszureißen. Sie schrie gellend und stieß Verwünschungen aus. Die Vorsitzende der Minnegerichte, die edelste und gelassenste der Damen, hatte sich in eine Furie verwandelt. Mit aller Kraft kämpfte sie um ihr Leben.

»Nein«, wollte er ausrufen. Er griff nach dem Dolch an seinem Gürtel und wollte dazwischengehen. Da legte sich von hinten eine Hand auf seinen Mund. Jemand packte ihn und zog ihn in den Schatten der Mauer.

»Bist du von Sinnen?«, flüsterte es an seinem Ohr. Und er erkannte Amiels Stimme. »Du bist allein, Mann. Du wirst mit Pfeilen gespickt sein, ehe du nur drei Schritte gemacht hast.« Amiel bog Amalrics Kopf zurück und zwang ihn, zu den Mauern hochzusehen, wo die Bogenschützen der Kreuzfahrer Aufstellung genommen hatten und die Höfe im Auge behielten. Amalric nickte, zum Zeichen, dass er verstanden hatte. Amiels Griff löste sich, und Amalric wandte sich um. »Amiel«, flüsterte er. »Du lebst!«

»Ihr Bastarde, ihr verdammten Hunde, verflucht sollt ihr sein!« Gerauda schrie noch immer. Sie hatte sich fallen lassen, und ihre Bewacher schleiften sie über den Boden, während ihre Finger sich in den Staub zu krallen versuchten und sie mit den Füßen um sich trat. Sie wand sich wie ein gefangenes Tier, doch sie schleiften sie weiter zum Brunnen.

»Das dürfen sie nicht«, flüsterte Amalric fassungslos. »Sie ist eine Dame, sie ist von Adel. Das ist gegen jede Sitte und gegen jedes Gesetz. Sie versündigen sich.«

Amiel schwieg und wies in eine Ecke des Hofes.

Amalric schaute in die Richtung. Im Torbalken des Schlachthauses hingen drei Körper an ledernen Stricken. Die Leichen drehten sich sacht im Zug der heißen Luft, die die fauchenden Feuer im Inneren des Gebäudes atmeten. »Sind das …?«, fragte Amalric ungläubig. Aber die Toten trugen Harnisch und Rüstung, Wappenwams und Mantel, darauf gestickt die Farben derer von Laurac.

Amiel spie aus. »Die jungen Herren, ja, Geraudas Brüder. Auch Aymeric von Montréal ist dabei, der Burgherr.«

»Ritter! Gehängt wie Verbrecher!« Amalric schlug die Hände vors Gesicht. »Sie versündigen sich«, stieß er wieder fassungslos hervor.

»Rache für Minerve«, sagte Amiel nur.

Die Männer hatten Gerauda inzwischen zum Brunnen geschleift. »Nein!«, schrie sie. »Nein! Nein! Nein!« Dann wurde sie gepackt, hochgehoben und über den Brunnenrand gestoßen. Im letzten Augenblick gelang es ihr, sich am Rand festzuhalten, und sie versuchte mit letzter Kraft, sich wieder hinaufzuziehen. Amalric erhaschte einen Blick auf ihr angstverzerrtes Gesicht. Blut lief aus einer Wunde auf ihrem Scheitel.

»Ich kann das nicht mitansehen!« Amalric wollte ihr zu Hilfe eilen. Doch Amiel hielt ihn fest. »Schau nicht hin«, murmelte er und wandte den Kopf ab.

Geraudas Finger glitten langsam ab. »Helft mir«, klang es dumpf aus dem Brunneninneren, wie aus dem Jenseits. »Hilfe!«

Einer der Kreuzritter hob einen Stein auf und wog ihn prüfend in der Hand. Dann ließ er den Stein auf Geraudas Finger niedersausen. Es erklang ein dumpfer Laut, dann ein erstickter Schrei. Aber sie hielt sich immer noch fest.

»Nein!«, schluchzte Amalric. Amiel hielt ihm den Mund zu.

Mit geschlossenen Augen hörten sie, wie der Stein mit einem dumpfen Geräusch niederfuhr, wieder und wieder. Und sie sahen das Bild vor sich, wie Geraudas Finger zu einer blutigen Masse zerquetscht wurden. Dann hörten sie ein dumpfes Platschen. »Das werden sie büßen«, flüsterte Amalric dem Freund zu, der ihn gegen die Mauer drängte, damit er nicht einschritt.

Als sie die Augen öffneten, sahen sie, wie die Kreuzritter zurücktraten. Aus der Tiefe des Brunnens drang ein Wimmern herauf, dumpf und unwirklich, verzerrt durch ein hohles Echo.

Amiel kam als Erster wieder zu sich. Er nahm Amalrics Hand und drückte sie. »Wir müssen hier weg«, raunte er. »Wir können sowieso nichts tun.«

»Ich kann nicht.« Amalric stöhnte.

Das Wimmern aus dem Brunnen wurde schwächer und verstummte schließlich ganz.

»Dann denk an Navenias.« Amiels Griff wurde fester. »Sie wird dich brauchen.«

18.

Muret, 1213

In den nächsten Monaten waren Amalric und sein Gefährte, waren alle, die auf der Seite Okzitaniens kämpften, Flüchtlinge und Gejagte. Sie hielten sich auf kleinen Burgen versteckt, tauchten unter, wenn diese sich ergaben, und kehrten zurück, wenn die Angreifer wieder abgezogen waren und die vermeintlich bekehrten Besitzer sie wieder aufnahmen. Auf diese Weise narrten sie die Kreuzritter, allen voran Montfort, der nun immer grausamer zu Werke ging. Aber sie selbst traten auf der Stelle.

Toulouse war der Erste, der einsah, dass sie Verbündete brauchten gegen die vereinigte Macht Frankreichs und des Vatikans. England zeigte sich freundlich, war aber nicht gewillt, Truppen zu stellen. Ein offenes Ohr dagegen fanden sie im Königreich Aragonien.

Hatten sie vor Jahren König Pedro von Aragón den Lehnseid noch verweigert, da er verlangt hatte, jederzeit jede einzelne ihrer Burgen unter seinen Befehl nehmen zu dürfen, wenn die Lage im Krieg es erforderte, so waren sie jetzt verzweifelt genug, diese Bedingung anzunehmen.

»Wir müssen mit Aragonien übereinkommen, koste es, was es wolle«, verkündeten die ältlichen Konsuln der Stadt Toulouse und griffen unwillkürlich nach ihrem Geldbeutel.

Die Burgbesitzer schauten sie verächtlich an. »Ihr müsst den Preis ja nicht bezahlen«, knurrte einer. »Wir sind es, die auf unsere Paratge verzichten sollen, unser angestammtes Recht!«

Paratge, so nannte sich die Hoheit über ihre Burgen, die von keinem Grund- und Lehnsherrn infrage gestellt werden durfte. Jeder Adlige, ob ein Graf wie der von Toulouse oder so gering, dass sein ummauertes Stückchen Wohnhaus keinen Namen besaß, war der alleinige Herr und Kommandant in seiner Burg und gab diesen Rechtstitel an niemand anderen ab. Wurde er belagert, führte er allein das Kommando. Daran änderte sich auch nichts, wenn gräfliche Truppen ihm beistanden, nicht einmal dann, wenn der Graf selbst anwesend war und in das Geschehen eingriff.

Paratge, das war ihre ererbte, gottgegebene Lebensweise. Was sie dem König von Frankreich verweigert hatten, da es eigentlich ihrem Verständnis von Selbstbestimmung widersprach, der gleichsam heiligen Grundlage ihres Daseins, ohne die sie sich ein Leben nicht in Würde vorstellen konnten, das sollten sie nun dem Aragonesen schenken? In aller Augen stand dieselbe Frage.

Die Konsuln lächelten säuerlich. »Stolz«, sagte einer, »ist keine Währung. Am Ende wird immer in barer Münze gezahlt.« Er nickte seinen Kampfgefährten zu. Sie alle wussten, wer diese Kosten, wie stets, am Ende tragen würde.

»Und doch habt Ihr die Exkommunikation riskiert, um Eure Konsularsrechte durchzusetzen.«

»Dafür hatten wir gute Gründe.« Der Konsul wandte sich steif an den Sprecher.

»Die Frage ist doch: Wolltet Ihr Peire Maurands Seelenheil beschützen, oder wolltet Ihr einen guten Schnitt machen?« Der Ritter spie aus. »Da weiß man bei Euch nie, woran man ist.«

»Ach ja?« In den ältlichen Konsul, der in Pantoffeln und im Pelzmantel erschienen war, kam Leben. Er pickte mit seinem gichtigen Zeigefinger auf den Tisch. »Die Stadt Toulouse jedenfalls hat noch niemanden auf den Scheiterhaufen geschickt. Keinen einzigen ihrer Bürger.« Energisch unterstrich er jede Silbe mit einem Fingertippen. »Könnt Ihr von Eurem Hühnerhof dasselbe sagen?«

»Dafür habe ich nicht geblutet«, schnaubte der Ritter aufgebracht und griff nach seinem Schwert.

Toulouse unterbrach die Debatte. »Wir kämpfen alle für dasselbe«, stellte er klar. »Jeder auf seine Weise. Nun also.« Er ließ seinen Blick in der Runde wandern. »Wollen wir den Teufel mit dem Beelzebub austreiben oder nicht?«

Pedro von Aragón ging auf das Hilfeersuchen ein, das die Herren Okzitaniens förmlich an ihn richteten. Wie ein wahrhafter König stand er da, als sie den Lehnseid ablegten.

Es war ein großer Schritt für sie, sich von Frankreich abzuwenden, und es gab jetzt kein Zurück mehr. Mehr als einer von ihnen atmete mit beengter Brust.

Amalric stand während der Zeremonie dicht bei seinem Herrn, dem Vizegrafen von Foix, und er sah die Schweißtropfen auf dessen Stirn. Einen Moment lang schauten sie einander an. Dann lächelte Foix und nickte, kaum wahrnehmbar. Amalric hatte den Eindruck, als forme Foix mit den Lippen lautlos den Namen ›Lavaur‹, und er antwortete mit einem Neigen des Kopfes. Sie hatten dasselbe gedacht. Sie waren es Gerauda schuldig, sie zu rächen und das zu beschützen, wofür sie so tapfer gekämpft hatte. Alles war gut, solange es ihnen half, die Todesschreie der Herrin von Lavaur zu übertönen.

Und es sah so aus, als hätten sie die richtige Entscheidung getroffen. Denn die Umgebung von Pedro atmete Kraft, atmete Zuversicht, sie versprach den Sieg. Es war nicht die geringste der Tugenden dieses Königs, dass er zu begeistern vermochte.

Ihm eilte ein Ruf voraus. Er sei ein wahrer Herr und Krieger, hieß es, und ein Dichter dazu, dessen Minneverse berühmt waren.

Schön wie ein junger Mars sei er, so sang man an den Höfen ganz Europas über ihn. Amalric betrachtete ihn und musste gestehen, dass man nicht übertrieben hatte. Die schwarzen Locken fielen Pedro wild und doch anmutig in die Stirn. Er hatte das Profil eines Römers und große schwarze Augen, die leidenschaftlich glühen konnten. Er war lebhaft, voller Lebenslust und von einem wilden, aufbrausenden Stolz, den die von Krieg und Niederlagen zermürbten Ritter Okzitaniens zu lange schmerzlich vermisst hatten.

Vor allem aber war hier einer, der ihre Lebensart verstand. Sein Hofstaat war jung, prächtig und von hochgemuter Lebensfreude. Man feierte und sang die großen Verse der Troubadours. Man trank und umwarb die Damen, pries die Schönheit und tanzte bis in die Morgenstunden.

Wie lange hatte Okzitanien solche Feste nicht mehr gesehen? Das war doch etwas anderes als die von Hungersnöten gebeutelten eigenen Stadtherren, als die geflüchteten Grundherren, die landlosen Ritter, etwas anderes auch als die ältlichen, besorgten Konsuln von Toulouse in ihren Pantoffeln. Die Pracht Pedros schien nicht nach Geld zu fragen. Sie speiste sich aus seinem Ruhm und ließ keinen an Steuergelder denken. Sie ließ den leidgeprüften Adel Okzitaniens solche Kleinigkeiten vergessen, vergessen auch die von Sorge und Verlust hart und hager gewordenen Gesichter daheim. Das hier war das herrliche Antlitz des Krieges, wie es einem Ritter das Herz höher schlagen ließ.

»Wollt ihr es wirklich versuchen mit diesem Pfau?«, fragte Amiel am Lagerfeuer, am Vorabend der Schlacht. Aus den Zelten der Aragonesen klang noch die Musik herüber, und Amalric, die Hände hinter dem Kopf verschränkt, fühlte noch den Wein in seinem Kopf und die Freude darüber, sich mit einem anderen

Troubadour mit der Quinterne gemessen zu haben. Ein neuer Einfall hatte in seinem Kopf Gestalt angenommen, der Anfang eines Liedes; ein paar immer wiederkehrende Töne, die zu einer Melodie geformt werden wollten, verdrängten alle anderen Gedanken. Worte, wie er sie lange nicht mehr gedacht hatte, stiegen in ihm auf, Verse von Trunkenheit und Kerzenschein und von der Macht der Sterne. »Was hast du gesagt?«, fragte er zerstreut.

»Ich sagte: Fallt ihr wirklich alle auf den herein?«

»Hereinfallen?« Amalric rollte sich auf die Seite und schaute Amiel, der mit überkreuzten Beinen dasaß, erstaunt an. »Er ist ein König. Und das ist er ganz und gar, würde ich sagen.«

Amiel wischte sich über die Nase. »Ich bin ein Gaukler, glaubst du, ich weiß nicht, was ein Kostüm ausmacht und ein blendendes Lächeln?«

Amalric fuhr auf. »Was weißt du schon von Größe? Was weißt du schon vom Kämpfen?« Er wies in die Nacht, zu den Lichtern, die von den seidenen Zelten Aragóns herüberblinkten. »Das dort ist einer, der zu kämpfen versteht, das sage ich dir. Ein wahrhafter Ritter, wenn es jemals einen gegeben hat.«

Amiel grinste freudlos. »Was ich vom Kämpfen verstehe? Immerhin halte ich jetzt schon einige Jahre den Kopf hin für euren Krieg.« Er griff zu seinem Lederschlauch und goss sich noch etwas von dem sauren Wein in einen Becher. Amiel trank viel, seit Lavaur. »Die verkohlten Leichen vor Lavaur, das ist Krieg. Der dort ist ein Popanz.«

»Ach, halt's Maul!« Amalric versuchte, ihm den Schlauch wegzunehmen. Er wollte nichts hören von Lavaur. Er wollte endlich wieder an den Sieg glauben dürfen.

»Lass mich«, fauchte Amiel. Er drückte den Becher an seine Brust und rülpste. »Wenn ich dir nicht gut genug bin für deine glorreiche Gemeinschaft, dann kannssu ...« Er brach ab. »Aber ich sachsss dir ...« Sein Kopf wackelte.

Amalrics Stimme wurde hart. »Allmählich habe ich genug von dir, hörst du? Warum kannst du nicht einmal etwas gelten lassen?« Er hob einen Zweig auf, drehte ihn in den Fingern und warf ihn wütend ins Feuer. »Ich frage mich manchmal, wofür du eigentlich lebst.«

»Das frag ich mich auch«, knurrte Amiel. Er betrachtete seine Hände. Die gemordet hatten. Die Navenias angefasst hatten. Es gab eine Menge Dinge, von denen er wünschte, er hätte sie nie getan. Hätte stattdessen an einem Fluss gesessen und Forellen gefischt, wie das sein ursprünglicher Lebensplan gewesen war. Mürrisch ließ er die Hände wieder sinken und starrte auf den Boden. »Ich wünschte …«

»*Ich* jedenfalls wünschte, dass du endlich einmal dein Schandmaul hieltest.« Amalric betrachtete die zusammengesunkene Gestalt seines Freundes mit wachsender Abneigung.

»Kannst du haben, ich sage nichts mehr. Aber ich sag dir eins«, strafte Amiel sich umgehend Lügen. Mit trüben, blutunterlaufenen Augen starrte er den Freund an. »Von Königen und von Weibern hassu nich die geringste Ahnung.«

Der Morgen der Schlacht zog mit großen Wolkenbannern herauf, die dicht an dicht über der Ebene von Muret standen. Amalric hatte nicht geschlafen, aber jetzt, da es galt, war die Müdigkeit vergessen. Bebend vor Anspannung saß er auf seinem Pferd und knetete die Zügel in seinen Händen. Amiel neben sich bedachte er mit einem flüchtigen Lächeln, ohne Groll, aber auch ohne Wohlwollen.

Sein Blick ruhte auf der Gestalt Pedros von Aragón. Der junge König hatte sein Pferd auf einen Hügel gelenkt, damit die versammelten Heere ihn gut sehen konnten. Die Reiter und Fußtruppen standen in dem weiten Tal bereit; ihre Banner wogten, und aller Augen waren auf ihn gerichtet, alle Ritter schauten zu ihm empor, während sie ihren Schlachtruf ausstießen.

Amalric hörte es, und er wurde emporgetragen. Er hob das Schwert und stimmte in den Ruf mit ein. Sie alle waren Gläubige an diesem Morgen. Sie alle waren eine Gemeinschaft, eine geballte Kraft. Auch er glaubte wieder an die Zukunft und an diesen Mann an seiner Seite, der sie ihnen neu zu schenken versprach in der bevorstehenden Schlacht.

Pedro war wahrhaftig so, wie die Minnesänger ihn beschrieben hatten. Seine Augen unter der Visierklappe strahlten, und das Feuer trog nicht, denn sein Wesen war ebenso. Er war einer, der lachend das Schwert zog und in die Schlacht ritt wie zum Tanz, mit derselben Anmut, mit großer Unbekümmertheit und doch mit einer Unerbittlichkeit und mit einem Kampfgeist, der seinesgleichen suchte.

Wie er es versprochen hatte, war Pedro von Aragón gekommen mit seinem ganzen Heer, einem bunten, wogenden Meer aus Fahnen und Spießen, mit prächtigen Pferden. Mit einem Heer, fast dreimal so groß wie das der französischen Kreuzfahrer. Zum ersten Mal in diesem Krieg waren sie in der Überzahl! Ein Sieg war möglich. Und Pedro war das lachende Gesicht dieses Sieges.

Er hatte bei Muret seine Zelte aufgeschlagen und die Kreuzfahrer zum Kampf gefordert. Jetzt war es so weit. Er selbst ritt seinen Truppen voran. Die Sonne brachte seinen Harnisch zum Leuchten, sein Helmbusch wippte energisch, und er schien überall zugleich zu sein. Sein Beispiel befeuerte alle, riss alle mit. Auch Amalric, dem Beispiel des Königs folgend, preschte los wie von der Sehne geschnellt.

»Komm, Amiel!«, rief er über die Schulter. Dann achtete er nicht mehr auf den Freund. »Für den Süden«, brüllte er. Er kämpfte wie ein Berserker. Wann immer er Pedros Banner irgendwo sah, preschte er dorthin. Er achtete nicht darauf, wo er war und gegen wen es ging, ob Hilfe da war oder ob er abgeschnitten zu werden drohte. Dreinschlagen, töten! Amalric schrie. Seine Klinge fuhr hinab, immer wieder. Er spürte seinen Arm nicht mehr. Er spürte die Angst nicht mehr. Ihm war, als könne er fliegen.

Und dann, mit einem Mal, war der König tot.

Einer der vielen Pfeile, die umherschwirrten, bohrte sich in seinen Hals, und mit erhobenem Schwert, das Lachen noch im Gesicht, den Mund zu einem Ruf geöffnet, glitt er vom Pferd und stürzte zu Boden. Ohne auch nur die Zeit zu begreifen, dass es ihn nicht mehr geben würde.

Wie eine Woge ging es durch das ganze Heer, als der Ruf sich fortpflanzte: »Pedro ist tot! El rey es muerto!«

Es war, als wäre der Himmel plötzlich dunkler geworden. Schon ließen die Ersten die Waffen fallen und rannten davon. Der Mut floss aus den Kämpfern wie das Blut aus einer Wunde, er versickerte, ließ sie zitternd und zagend zurück. Amalric hatte schon oft gesehen, wie ein anspornendes Beispiel, ein anfeuernder Ruf die letzten Kräfte in seinen Männern weckte, wie sie über sich hinauswuchsen. Nun geschah dasselbe Wunder, aber mit umgekehrtem Vorzeichen. Banner um Banner sank, weil die Träger es in Panik von sich warfen. Überall sah man Grüppchen von Reitern, die sich aus der Masse der ineinander verkeilten Heere lösten und flüchtend zwischen den Hügeln davonpreschten. Soldaten, die eben noch wie die Berserker unter ihren Gegnern gewütet hatten, sahen sich schreckensstarr nach einer Deckung um.

Amalric spürte, wie eine Welle von Furcht durch seine Glieder lief.

Jetzt rächte sich Pedros tollkühnes Vorgehen, das auf eine Schlachtordnung, auf Taktik und Stellung keinen Wert gelegt hatte. Auf seine Kraft und die Größe des Heeres vertrauend, hatte er sich einfach auf den Feind gestürzt wie ein Löwe auf das Wild. Die Kämpfer des Spaniers und der Okzitanier waren über das ganze Schlachtfeld verstreut, ohne Verbindung zueinander, ohne eine einheitliche Kampflinie, so sehr die Kommandeure sich auch um Ordnung mühten. Die Reiterei war eingekeilt, das Fußvolk ohne Deckung. Die Übermacht des Südens zerfiel. Und die es sahen, verloren jeden Glauben und flohen. Die Sonne dieses hoffnungsvollen Tages sank. Jemand schrie gellend.

Dann warf ein Schlag Amalric aus dem Sattel, und alles um ihn herum versank in Dunkelheit.

19.

Muret, nach der Schlacht

Amiel schnappte nach Luft wie ein Ertrinkender. Aus einer tiefen Ohnmacht kehrte er zurück an die Oberfläche des Bewusstseins, öffnete den Mund und wollte herausschreien, dass er noch lebte. Doch zustande kam nur ein leises Wimmern. O mein Gott, durchfuhr es ihn, diese Schmerzen. Die Schmerzen waren überall, in seinem Hals, in seinem Kopf, in seinem Leib; sein ganzer Körper bestand aus nichts anderem als aus Schmerzen. Sein *ganzer* Körper? Angstvoll horchte Amiel in sich hinein. Furcht erfasste ihn, eine wachsende Panik, die ihn beinahe um den Verstand brachte. Hatte er noch seine Arme, seine Beine? Gehorchten ihm die Hände? Konnte er den Kopf drehen? Warum gelang es ihm nicht, sich zu bewegen? Warum drückte eine unendliche Last ihn zu Boden? Es dauerte eine Weile, bis Amiel wieder spürte, wo sein eigener Körper endete und wo die Welt um ihn herum anfing. Entsetzt stellte er dann fest, dass er unter Leichen begraben war, einer Last kalten Fleisches, die ihn fast erstickte und die jeden Atemzug zur Qual machte. Es stank bestialisch nach verwesendem Fleisch, nach Blut und Exkrementen.

Kriechend, um sich schlagend, wie ein Tier, das sich aus einem Erdloch windet, wie ein Küken, das sich aus dem Ei befreit, so kam Amiel schließlich heraus aus der dichten Decke toter Leiber, die ihn gefangen gehalten hatte, hilflos, verschmiert mit Blut und Schleim und am Ende seiner Kräfte. Schließlich stand er auf allen vieren, zitternd vor Schwäche, völlig außer Atem. Um ihn herrschte Dunkelheit. Und er fror.

Das macht nichts, sagte er sich und sog gierig die frische Luft ein, ist schon gut, das ist kein Wunder, es ist sicher die nächtliche Kühle, doch wer friert, der lebt. Dann schüttelte er den Kopf, wischte sich über das Gesicht. Er blinzelte, um seine verklebten Lider zu öffnen. Grelles Sonnenlicht stach ihm in die Augen, und er schrie wie ein Tier, als er bemerkte, dass er auf einem Auge nicht mehr sehen konnte. Er schloss die Augen wieder und sank zurück in seine Nacht, zurück auf die Toten. Keuchend blieb er dort liegen und hob nur zögernd eine Hand, um sein Gesicht zu betasten. Mit Entsetzen spürte er, dass seine rechte Gesichtshälfte völlig zerstört war. Der Schmerz der Berührung war so heftig, als würde sein Antlitz in Flammen stehen.

Amalric!, durchfuhr es ihn. Er hielt die Augen geschlossen und suchte in seiner Erinnerung, aber vergebens. Sie waren getrennt worden, das wusste er noch. Amiel hatte sich bemüht, Amalric zu folgen, der durch die Reihen gepflügt war wie ein Berserker. Er hatte ihm den Rücken freigehalten, so lange er konnte, dann war er in einen Zweikampf verwickelt worden und hatte mit einem baumlangen Franzosen, dem der Bart unter dem Helm hervorquoll, um sein Leben gerungen. Amiel hob noch einmal die Hand. Er berührte die Wunde, diesmal mit mehr Entschlossenheit, und verlor erneut die Besinnung.

Als er wieder erwachte, hörte er Stimmen. Plünderer, sagte er sich. Der Schreck ließ ihn ganz zu sich kommen. Wenn sie ihn fanden, würden sie ihm mit einem Stock oder mit einem Messer den Garaus machen. Vorsichtig hob er den Kopf und versuchte, etwas zu erkennen. Schemenhaft sah er Gestalten in kurzen Kapuzenmänteln, die über die Toten hinwegstiegen. Und der stete Klang in seinen Ohren war nicht das Rauschen seines eigenen Blutes oder das Nachdröhnen des Kriegsgeschreis, wie das manchmal nach einem Kampf der Fall war, es war das Summen von riesigen Mückenschwärmen.

Panik stieg in Amiel auf, als er sah, wie auch ihn ein dichter, lebendiger Pelz bedeckte und sich an seinem Blut gütlich tat. Er wollte nach ihnen schlagen, fürchtete aber, sich damit zu verraten. Er musste sich totstellen, bis die Nacht hereinbrach.

Amiel harrte aus, die Augen geschlossen, gepeinigt von Mücken, Ameisen und Fliegen. Von Zeit zu Zeit bewegte er die Finger oder einen Fuß, um sich ein wenig Erleichterung zu verschaffen. Manchmal stieg die Angst in ihm hoch, dass er bei lebendigem Leib gefressen werden könnte. Dann konnte er nicht anders und wischte die wimmelnden Insekten hastig weg. Er sah, dass sie Eier in seine Wunden legten. Der Ekel machte ihn würgen, doch in diesem Moment hörte er Stimmen, die näher zu kommen schienen, und er fiel zurück in seine Starre. Ich spiele mit dem Tod, dachte er und verzog mit geschlossenen Augen den Mund zu einem Grinsen. Da ließ eine Berührung ihn erschauern.

Als er sein heiles Auge öffnete, sah er den Kopf eines Fuchses vor sich, der ihn aufmerksam musterte. Eine Weile schauten die beiden einander an. Dann beruhigte der Fuchs sich und riss mit seinen spitzen Zähnen an der aufgerissenen Bauchdecke eines toten Mannes. Gutes Tier, lobte Amiel ihn lautlos, braves Tier, zeigst allen, dass hier niemand mehr lebt.

Er wusste, der Fuchs würde ihm nichts tun. Das Tier spürte, dass Amiel noch lebte, dass er keine Beute war. Amiel sah, wie der Fuchs knurrend mit den sich langziehenden Gedärmen des Toten kämpfte, und die friedliche Nachbarschaft des Tieres erschien ihm beinahe wie ein Versprechen. Tränen traten ihm in die Augen. Unwillkürlich hob Amiel die Hand, um sie fortzuwischen. Er stöhnte auf, als er sich über das tote Auge fuhr. Der Fuchs bellte und floh. Amiel verlor abermals die Besinnung.

Als er wieder zu sich kam, war alles schwarz um ihn herum. Er war blind! Die Brust wurde ihm eng, und sein Atem ging flacher.

Dann bemerkte er die Sterne und beruhigte sich ein wenig. Es war Nacht. Er war nicht vollständig erblindet. Amiel vergewisserte sich, dass die Plünderer nicht im Fackelschein weitermachten, dann versuchte er, sich aufzurichten. Er kam auf alle viere und kroch mühsam über die toten Leiber hinweg. Er atmete auf, als er endlich kühlen Waldboden und Gras unter sich spürte, nicht kaltes, totes, glitschig werdendes Fleisch. Der Boden duftete und gab federnd nach unter seinem Gewicht. Weiter und weiter kroch er.

Immer wieder verlor er die Besinnung, doch wenn er wieder zu sich kam, kroch er voran. Wenn es einen Gott gibt, dachte er, dann lacht er jetzt über mich.

Als er das nächste Mal zu sich kam, war es hell geworden. Amiel hörte Wasser plätschern. Er lag dicht bei einem Bachlauf, und erst jetzt bemerkte er, wie durstig er war. Auf dem Bauch schob er sich vorwärts, bis sein Kopf ins Wasser hing, und soff wie ein Pferd. Als er sich besser fühlte, nahm er seine ganze Kraft zusammen und ließ sich in das seichte Wasser fallen. Er lächelte in den Himmel hinauf, als er fühlte, wie es ihn umspülte, ihn ein wenig trug und langsam den Schmutz und das Blut mit sich nahm und seine vielen Wunden kühlte. Er fühlte sich geborgen und schwerelos. Doch dann begann er zu frieren. Er zog sich heraus und suchte sich am Ufer ein trockenes Fleckchen. Er schaffte es sogar, seine zerfetzten Kleider abzustreifen, und legte sie zum Trocknen auf ein paar Steine.

Als er eine Weile dagesessen, die Wärme gespürt und auf ein paar Blättern und Beeren, die um ihn herum wuchsen, herumgekaut hatte, nahm er seinen Mut zusammen und kroch zurück zum Wasser und neigte sich darüber. Was die Oberfläche ihm spiegelte, ließ ihn so laut aufschreien, dass die Vögel flügelklatschend aus den Wipfeln aufflogen. »Nein«, brüllte Amiel, »nein, nein, nein!« Er hieb mit den Fäusten in das Wasser, dass es spritzte, warf sich auf die Erde wie ein Kind und krallte die Finger in den Boden. »Nein!«

Eine Weile lag er dann da, auf dem Bauch, die Augen geschlossen, das gleichmütige und doch fast höhnische Plätschern des Bachlaufs in den Ohren. Irgendwo klopfte ein Specht, eine Amsel rief. Alles war so friedlich. Nur er selbst war ein Monstrum geworden. Amiel biss die Zähne zusammen. Lange lag er so da. Dann richtete er sich auf und kroch wieder zurück zu der Stelle, wo er zuvor gesessen hatte. Er musste diesen Krater aus zerrissenem Fleisch und Eiter, der sein halbes Gesicht entstellte, auskratzen. Oder er würde am Wundbrand sterben.

Amiel richtete sich auf. Er fand einen keilförmig zulaufenden Stein und ein paar Blätter, von denen er wusste, dass die katharischen Heilerinnen sie auf offene Wunden legten. Damit umwickelte er den Stein. Dann legte er sich auf den Rücken und hob die Hand mit dem Stein. Er zögerte. Er würde ein Krüppel sein, er würde entstellt sein. Zum Teufel, wahrscheinlich krepierte er sowieso. Er hätte gern etwas Wein gehabt, viel Wein sogar. Er hätte gern gebetet. Oder noch lieber Amalric neben sich gewusst, der ihm die Hand hielt und ihm zugrinste und einen dummen Witz riss.

Dann setzte er die Spitze des Steines an, und mit einem grässlichen Fluch schabte er seine zerstörte Augenhöhle aus. Im nächsten Moment fiel seine Hand herab, der Kopf kippte zur Seite, und Amiel sank in eine tiefe Ohnmacht.

20.

An der Küste der Bretagne, wenige Wochen nach Muret

»Amalric?«

Schweißgebadet richtete er sich auf, als er seinen Namen hörte. Muret?, war sein erster Gedanke. Pedro! Der Vizegraf hatte nach ihm gerufen! Er musste wieder in den Sattel. Warum trug er keine Rüstung? »Amiel«, rief er ächzend. »Hilf mir!« Aber jemand drückte ihn auf sein Lager zurück, wo er erneut die Besinnung verlor.

Als der Schmerz langsam abebbte und ihn als Treibholz auf ungewissem Strand zurückließ, lag Amalric regungslos da und blickte in den Himmel. Blau hatte der sich noch über das Schlachtfeld gespannt bei Muret. Doch jetzt war er grau und schwer von Wolken. Die Luft roch seltsam, nach Fisch und nach Tang. Der kräuterschwere Duft der Provence war verschwunden. Amalric fühlte, dass er gewiegt wurde. Ich reite, dachte er. Wir reiten, wir sind auf dem Weg. Wir wollten an die Küste. Richtig, wir sind auf der Flucht. Das muss das Meer sein.

Er streckte die Hände aus und ertastete Holz. Langsam begriff er, dass er auf Schiffsplanken lag. Der Schrei, der ihn geweckt hatte, ertönte erneut. »Gerauda?«, rief Amalric und setzte sich auf. Mit wirrem Blick starrte er auf das Deck, auf die Masten mit den Segeln und auf die Zelte, vor denen einige Männer hockten. Über ihm schwebte eine Möwe, ließ sich im Wind treiben, hob sich dann plötzlich und stieg der verschleierten Sonne entgegen. Heiser schrie sie erneut.

Seufzend ließ Amalric sich zurücksinken. Er hatte geträumt.

Es war ein Traum gewesen. Nur ein Traum. Und doch kein Traum, denn Gerauda war wirklich tot. Sie hatten die Schlacht verloren, ihr Land und ihr altes Leben. Sie waren Vertriebene.

»Geht es wieder?« Es war der Vizegraf selbst, der sich neben Amalric kniete und ihm die Hand auf die Schulter legte. Der bemühte sich, aufzustehen, um sich zu verneigen, doch ihm wurde schwarz vor Augen.

»Lass gut sein!« Der Vizegraf wehrte ab. Als Amalric darauf bestand, half er ihm auf und führte ihn vorsichtig an die Reling.

Amalric hatte Schmerzen in der linken Seite. Er bemerkte, dass er hinkte. Um sein linkes Bein war ein schmutziger, behelfsmäßiger Verband gewickelt. Er konnte sich nicht erinnern, wann oder von wem der angelegt worden war. Navenias, schoss es ihm durch den Kopf, wäre sorgsamer gewesen.

»Ich ...« Er hustete, sein Mund war trocken. Foix winkte und ließ ihm einen Wasserschlauch geben. Gierig trank Amalric. Wie lange war er wohl besinnungslos gewesen, wenn sie bereits auf hoher See waren? So angestrengt er auch in den Dunst starrte, nirgendwo konnte er eine Küste ausmachen.

Foix nickte, als hätte er die Frage erraten. »Wir fahren nach England«, sagte er und zeigte in den Nebel, der vor ihnen lag. Amalric kniff die Augen zusammen. Doch er konnte kein Land erkennen.

»Toulouse?«, fragte Amalric.

Der Vizegraf nickte. »Er ist in Sicherheit«, sagte er und wies mit dem Kinn zu dem Zelt unter dem Hauptmast. »Und fünf seiner Ritter.«

»Fünf«, wiederholte Amalric nur. Dann fiel es ihm ein. »Und Amiel?«, fragte er.

Foix schüttelte den Kopf. »Ich weiß es nicht.«

»Bernard? Gaucelen? Guillelm?« Einen nach dem anderen nannte er die Namen seiner Gefährten.

»Ich weiß es nicht«, sagte Foix jedes Mal. Seine Hände umklammerten die Reling fester. Nach kurzem Schweigen sagte er: »Die Belissensöhne gibt es nicht mehr. Das ist das Ende unserer Zeit.«

Das Reich der Mondgöttin war untergegangen! Geralda war nicht mehr, dachte Amalric. Aber er wagte den Namen nicht auszusprechen. Navenias, fügte er im Geiste hinzu. Blanca von Laurac. Wie oft hatte er sich in den letzten Wochen gefragt und die Frage dann doch nicht gestellt: Was war nach der Eroberung in Lavaur geschehen? Hatte es Plünderungen gegeben? Hatte es Verfolgungen gegeben? Wieder und wieder hatte er Amiel, der ihn weggeschleppt hatte, mit derselben Frage bedrängt: Hatten sie in der Burg einen Scheiterhaufen errichtet? »Du musst doch etwas gesehen haben.«

»Herrgott, sie waren doch eben erst angekommen«, hatte Amiel abgewehrt. »Die Kämpfe waren ja kaum vorbei.«

»Sie haben sich noch nie viel Zeit gelassen«, hatte Amalric beharrt. »Haben sie dort irgendwo Holz zusammengetragen?«

»Ich erinnere mich nicht.« Amiel war unbeirrt geblieben.

»Aber draußen, neben dem Tor. Du warst doch wach. Was hast du gesehen?« Er hatte den Freund bei den Schultern gepackt.

Einen Moment lang hatte Amiel ins Leere gestarrt, so als sähe er etwas in seiner Erinnerung. Dann mit einem Mal hatte er Amalric so heftig weggestoßen, dass dieser stolperte. »Ich kann mich nicht erinnern.« Wutentbrannt war er davongestapft.

»Es wird weitergehen.«

Die Bemerkung seines Herrn riss Amalric aus seinen bösen Gedanken. Er bemerkte, dass er fror. Um ihn herum saßen Krieger mit hängenden Köpfen. »Ja«, sagte er halbherzig. Doch er glaubte nicht daran.

»England!«, ertönte es da vom Bug. In die Männer an Deck kam zum ersten Mal Leben. Sie hoben die Köpfe, einige standen auf. Hoffnung malte sich auf den Gesichtern. Ob er wollte oder nicht, Amalric spürte auch sein Herz mit einem Mal heftiger schlagen. »Ja«, wiederholte er, nun ein wenig erwartungsvoller.

Die Stimme vom Bug überschlug sich fast, als sie verkündete: »Ja, da ist sie! Die Küste! Ich kann die weißen Felsen sehen!«

Dritter Teil

Der Herbst des Krieges

I.

Rom, im Jahr 1215

Ein klarer Dezemberhimmel spannte sich über den Vatikan, und Amalric warf einen sehnsüchtigen Blick hinauf. Sie waren mit großen Hoffnungen angereist, um zu erleben, wie der Graf von Toulouse und der Vizegraf von Foix auf dem Konzil ihre Sache vor dem Papst verteidigten. Es ging um zu viel bei diesem Verfahren: um ihre Titel, ihr Erbe, ihr Land. Sie konnten als Herren oder als Heimatlose von hier abreisen, als Wappenträger oder als Vogelfreie; völlig verarmt oder im Glanz ihrer Häuser. Doch die Zeichen standen schlecht. Denn ihr Richter war der Papst, und der Papst war nicht unparteiisch in ihrem Streit.

Offiziell waren sie Gäste des Vatikans und als verhandlungsführende Partei unantastbar. Die Herren des Vatikans bewegten sich wie die Adligen, die sie waren, mit großer Sicherheit und Selbstverständlichkeit. Falls sie Furcht hatten, dass der Kerker auf sie warten könnte, wie einst auf den Vizegrafen von Carcassonne, so zeigten sie es nicht. Sie schritten über den Boden, als gäbe es keine Falltüren. Das gehörte zu dem Spiel dazu, das hier gespielt wurde und in dem der, der Angst zeigte, schon verloren hatte.

Amalric allerdings konnte nicht die Zuversicht oder die Gelassenheit zur Schau tragen. Er wusste, dass unter diesen Marmorfluren Kerker lagen. Die Fallstricke, denen sie jeden Tag aufs Neue durch geschicktes Taktieren auswichen, waren in seinen Augen Würgeseile, die ihnen am Ende zum Verhängnis werden konnten. Er hatte Gerauda und ihre Brüder sterben sehen. An gute Sitten, an Gastrecht und an Zusagen glaubte er nicht mehr.

Dies war Rom, die Höhle des Löwen. Und wenn man ihn fragte, wie der Teufel aussah, dann fielen ihm als Erstes all die Kardinäle ein mit ihren wächsernen Gesichtern und den violetten Kappen, aus denen Hörner hervorzuwachsen schienen. Das waren keine Männer in Amalrics Augen, Tropfsteine waren es, wie man sie zuweilen in den Höhlen des Sabarthès fand, versteinert über Jahrhunderte durch eine unbewegliche Lehre, erstarrt zwischen den Fallstricken all der Intrigen, aus denen hier am Sitz des Papstes die Luft selbst gewebt schien. Um das zu erhalten, worum es bei dem Amt ging: die Macht.

Wenn unter der prachtvollen Oberfläche aus Roben und Zeremonien irgendwo Empfindungen lauerten, wie Hass, Neid, Misstrauen, dann waren sie gut verborgen.

Wäre Amiel da gewesen, Amalric hätte mit ihm gemeinsam vielleicht Mutmaßungen darüber angestellt, ob die Waden der einzelnen Würdenträger stramm oder dürr waren, behaart oder unbehaart und wie die weitere Ausstattung beschaffen war. Und abends in ihrer Kammer hätten sie sich gemeinsam mit einem deftigen Lied Luft gemacht. So aber war es ein schales Vergnügen und half nicht gegen das Unbehagen, das ihn jeden Tag befiel, wenn er seine Herren zu den Sitzungen mit den Beauftragten des Papstes begleitete. Es schnürte ihm die Luft ab, in diesen Räumen zu stehen, irgendwo in der zweiten Reihe, und den monotonen Stimmen zu lauschen, wie sie Paragraphen aufzählten und die Kirchenväter zitierten. Und das lag nicht nur am Weihrauch. Überhaupt, dieser Geruch. Dieses allgegenwärtige Aroma von Räucherwerk, Staub und feuchtem Stein war ihm zutiefst zuwider.

Amalric verstand mit einem Mal, warum es Navenias und ihre Glaubensbrüder immer in die Natur gezogen hatte. Noch einen weiteren Tag in Rom, dachte er, und er würde niemals wieder eine Kirche betreten können.

Für einen Krieger gab es hier nichts zu tun. Dies war ein Krieg alter Männer mit Worten. Für einen Krieger war es eine Qual. Und eine Folter für sein Ehrgefühl.

Wenn er nur daran dachte, wie gestern der Vizegraf von Foix vorgetreten war, um laut zu verkünden, dass für die katharischen Umtriebe in seinem Land – er hatte tatsächlich »Umtriebe« gesagt – allein seine fehlgeleitete Schwester Esclarmonde verantwortlich sei und dass sie all dies ohne sein Wissen, ohne sein Zutun und ohne sein Wollen angezettelt hätte. »Ich bitte um Hilfe gegen ihren Einfluss«, hatte der Vizegraf gesagt. Amalric war von Übelkeit erfasst worden, als er das hörte. Esclarmonde sollte eine Intrigantin sein, vor der er sich fürchtete? Sie, die von allen, auch von ihrem Bruder, verehrt wurde wie eine Heilige, deren Wort so viel galt wie das eines jeden Mannes am Hofe? Die ihren Bruder nie anders begrüßte als mit einer Umarmung und mit einem Kuss auf beide Wangen, was Foix herzlich zu erwidern pflegte? Und Amalric hatte das zärtliche, stolze Leuchten in seinen Augen dabei sehr wohl gesehen.

Hernach im Quartier hatte Foix ihm einen Blick zugeworfen und war herübergekommen, um ihm die Hand auf die Schulter zu legen. »Es geht um alles, Amalric«, hatte er gesagt. »Wenn die Länder nicht unser bleiben, wird nichts mehr jemals wieder so sein, wie es einmal war.«

Amalric wusste, was er meinte. Es waren Lügen für einen guten Zweck. Aber es waren Lügen; und Lügen, das hatte er von Blanca gelernt, zerfraßen einem die Seele. Und ihm zerrissen sie das Herz.

Wann immer Amalric konnte, verließ er die Engelsburg und ging in die Stadt hinunter. Hier war es lebendig, voller echter Menschen. Gerne schlenderte er zum Kolosseum, in dessen verfallenden Rundbögen sich Friseure und Kohlenhändler, Obstverkäufer und Schuster, Wurstgriller und Spengler niedergelassen hatten. Hier roch es nach Schweiß und Früchten und Seife und Blumen und Leben. Hier schien die Sonne an guten Tagen auf die alten Steine, die er aus dem Süden so gut kannte. Und in den Lichtflecken rekelten sich streunende Katzen.

Amalric hatte sich angewöhnt, sich hier eine fette Wurst zu kaufen, sie auf einem Säulenstumpf sitzend zu verzehren und die Haut mit einer kleinen getigerten Katze zu teilen, die der ähnelte, die Navenias einst gerettet hatte. Ihm schien dies das Sinnvollste, was er mit seinem Sold und mit seiner Zeit anstellen konnte. Drinnen in den Gemächern der Macht gab es für ihn nichts zu tun.

Eines Tages hatte er seine Quinterne dabei, er wusste selbst nicht, warum. Er hatte sie an einem bunten Band über den Rücken gehängt. Kaum hatte Amalric sich niedergelassen und zu essen begonnen, spürte er eine Berührung. Ein Straßenjunge grinste ihn an, als er sich umwandte. Amalric spannte sich, er befürchtete, der Junge würde ihm die Börse stehlen wollen. Aber dessen vor Schmutz fast schwarze Finger strichen über den lackierten Körper des Instruments.

Eine Weile schaute Amalric das Kind nachdenklich an, dann legte er sein Essen beiseite und nahm die Quinterne zur Hand. Es war kühl an jenem Dezembertag, nicht zu vergleichen zwar mit der ewigen nassen Kälte Englands, dem Schlamm und dem Nebel im Winter dort, aber der Wind wehte frisch, und seine Finger waren etwas steif. Die ersten Töne kamen zögernd. Herrgott, wie lange war es her, dass er einfach so zu seinem Vergnügen gespielt hatte?

»Beim Weißdornbusch, da ward ich dein.«

Es war ein schlichtes ländliches Liedchen, das ihm als Erstes in den Sinn kam; es erzählte von den Landschaften seiner Heimat, von den grauen Steinmauern und den Hügeln voller Burgen, dem Duft der Blumen im Sommer, den Ziegenherden und dem silbernen Laub der Oliven. Amalric erinnerte sich, während er sang. Sein Gesicht wurde weich, und er zupfte die Saiten mit mehr Gefühl. Auch sein Atem ging ruhiger nun, etwas in ihm regte sich und begann zu fließen.

»Ein schöner Tag, ein guter Wein,
ein altes Lied, mein Freund, stimm ein.«

Es kam ihm vor, als hätte er die Bedeutung der einfachen Worte bis heute nicht begriffen. Mit einem Mal jedoch gingen sie ihm zu Herzen. Aber warum Trübsal blasen? Er griff einen fröhlicheren Akkord.

Amalric spielte, und es dauerte nicht lange, da hatten sich die ersten Zuhörer um ihn geschart. Der Friseur aus dem Torbogen nebenan kam herüber, wischte das Rasiermesser an seiner Schürze ab und steckte es weg, um fingerschnippend in Amalrics Lied einzustimmen. Lächelnd nickte er ihm zu. Die Obstfrau vom Stand gegenüber kam näher und wiegte sich dabei lustvoll in den ausladenden Hüften. Ihre Kunden klatschten und lachten, und sie hob die Hände, senkte die Lider und drehte sich mit der Sicherheit einer Frau, die wusste, dass sie einmal schön gewesen war.

Als Amalric geendet hatte, setzte der Friseur sich umständlich neben ihn hin, räusperte sich, spuckte aus und begann, mit dünner alter Männerstimme, aber voller Leidenschaft ein Lied zu singen. Amalric verstand kein Wort, den Umstehenden schien es allerdings wohlvertraut. Sie wurden ganz still, auch der Straßenjunge setzte sich hin und umschlang die Beine mit beiden Armen. »Amore«, verstand Amalric, und »perduta«. Das hieß verloren, niemand brauchte ihm das zu übersetzen. Mehr war nicht nötig, damit er begriff, in welcher Tonart das Lied gespielt werden musste. Es war der vertraute Ton seines Herzens.

Eine Weile lauschte der Troubadour noch, dann griff er vorsichtig die ersten Akkorde dazu. Beim zweiten Refrain griff er voll in die Saiten. Das Lied war lang, und von Strophe zu Strophe harmonierten sie besser miteinander. Am Schluss beendeten sie ihre gemeinsame Darbietung voller Schwung und ernteten den wohlverdienten Applaus. Der Friseur lachte keckernd und klopfte ihm auf die Schulter. »Maestro, eh, maestro«, krächzte er, stemmte sich hoch und ging in seinen Laden zurück. Die Obstfrau schenkte Amalric einen Apfel, ein paar Leute schüttelten ihm die Hand. Nach und nach verliefen die Zuhörer sich.

»Herr, Herr Amalric!« Durch die träge Menge drängte sich ein aufgeregter junger Mann, in dem Amalric Durant erkannte, einen Knappen aus dem Hause Foix.

Angespannt richtete Amalric sich auf und winkte. Dies war Rom, erinnerte er sich, die Höhle des Löwen.

Der Junge hatte rote Wangen vor Aufregung, als er endlich vor Amalric stand. »Ihr solltet kommen, es ist so weit«, stieß er hervor. »Sie verkünden das Urteil.«

2.

Die Engelsburg, am 14. Februar 1215

»Wir halten Raymond, Graf von Toulouse, für schuldig in den zwei Anklagepunkten der Begünstigung von Häretikern und der Verpflichtung von Söldnern. Außerdem beweisen viele Tatsachen seit langer Zeit, dass er unfähig ist, seine Länder im rechten Glauben zu regieren. Er sei für immer in diesen Ländern von aller Herrschaftsgewalt ausgeschlossen. Er wird verpflichtet, sich außerhalb dieser Länder an einem Ort seiner Wahl aufzuhalten und dort gerechte Buße zu tun.«

Papst Innozenz der Dritte ließ das Pergament sinken, von dem er das Verdikt abgelesen hatte, und übergab es einem Geistlichen, damit es in die Archive des Vatikans aufgenommen würde. Er hüstelte vornehm.

Amalric starrte ihn an, diesen Mann um die fünfzig, mit rötlichen Haaren, einem Doppelkinn und den von schweren Lidern halb verschleierten Augen, die den Eindruck erweckten, als nähme er kaum Anteil an dem, was er da mit ruhiger Stimme verkündete. Die Ohren mit dem fleischigen Rand standen unter der Tiara ab und verliehen dem Papst ein bäuerisches, wollüstiges Aussehen. Doch dieser Eindruck täuschte. Amalric hatte sich auf Geheiß seines Herrn die Mühe gemacht, in den Schriften des Papstes zu lesen, und wusste, dass dieser ein Verächter alles Fleischlichen war. Innozenz, der einmal Lotario geheißen hatte, nannte den Menschen in seinen Büchern: »aus Erde geformt, in Schuld empfangen und geboren zur Pein«. Der Mensch war für ihn ein Wesen, »aus dem nur Schleim kam, Urin und Kot« und der zum Bösen neigte wider besseres Wissen, hoffnungslos verdorben. Er würde, so war es nachzulesen, als Raub der Flammen enden, als Fressen für die Würmer, oder er würde vermodern.

»Für Schleimbeutel wie uns sieht er wohl hauptsächlich die Flammen vor«, hatte Amalric angemerkt und sich auffällig den Bauch gekratzt, aber Foix hatte bloß mit den Schultern gezuckt.

Und der Papst sprach vom Vorrang des Klerus vor den Laien. Dass er die Laienpredigt verboten und das Lesen der Bibel außerhalb der Gottesdienste untersagt hatte, war gegen die Katharer gerichtet.

Außerdem betonte er den Vorrang seiner eigenen Person vor allen Menschen. Er sei nicht einfach nur der Stellvertreter Petri, sagte Innozenz von sich, sondern, wenn auch geringer als Gott, so doch »größer als der Mensch«. Nachdem er die Schriften gelesen hatte, war Amalric sich darüber klar gewesen, dass der Papst ein Mensch war, dem Machtfragen über alles gingen. Der Papst würde sich nicht in theologische Fragen verrennen, er würde aufs Ganze gehen und jeden Vorteil nutzen.

»Jedenfalls ist er einen Fuß kleiner als ich, wenn er das Ding abnimmt«, murmelte Amalric bitter. Er schwieg, als er den erstaunten Blick seines Nachbarn Durant auf sich ruhen spürte. In seinem Inneren brodelte es. Wie konnte dieser Mensch es wagen, seine Herren – denn auf Foix wartete derselbe Spruch – derart zu maßregeln? Wer war er, sie unfähig zu nennen? Mit welchem Recht forderte er Buße von einem, der nichts anderes tat, als seine Untertanen vor Krieg und Verfolgung zu schützen? Amalric öffnete den Mund, um etwas zu sagen, doch er wurde mit eisernem Griff zurückgehalten.

»Nicht jetzt, nicht hier«, zischte Foix ihm ins Ohr.

»Aber …«

»Wir haben uns dem Urteil zu unterwerfen.« Foix warf ihm einen warnenden Blick zu. »Vorerst.«

»Und was tun wir so lange?«, gab Amalric zurück. »Gehen wir wieder nach England und beobachten von dort aus die verräterischen Umtriebe Eurer Schwester?«

Foix' Gesichtsausdruck verriet ihm, dass er zu weit gegangen war. Aber er kam nicht dazu, sich zu entschuldigen. Der Papst hatte wieder Platz genommen, und man verkündete das Auftreten eines »Zeugen«, wie es hieß, für die Lage in Okzitanien. »Eines Zeugen, der hoffen lässt, dass sich dort bald alles zum Guten wenden wird.«

Innozenz neigte wohlwollend das Haupt.

Herein kam ein Mann, der gebeugt ging vor Ehrfurcht und der seinen Hut mit dem abgeschabten Pelzbesatz in der Hand hielt. Amalric vermutete in ihm einen kleineren Kaufmann, vielleicht aus Toulouse oder aus Montpellier. Der Mann konnte sich gar nicht genug tun mit Verbeugungen und schaute unruhig von einem der hohen Herren zum anderen wie in Erwartung eines Zeichens, was er zu tun habe.

Der Kardinal, der heute die Aufgabe des Zeremonienmeisters erfüllte, trat vor und befragte ihn: »Ihr seid Pons Audan, ein Händler aus Beaucaire«, stellte er fest im Ton einer Frage.

Der Angesprochene nickte. »Ja, und ich bin bekehrt zum einzig wahren Glauben, Gott sei Lob und Dank.«

»Das wäre meine nächste Frage gewesen.«

Pons aus Beaucaire senkte erschrocken den Kopf.

»Wer hat Euch auf den rechten Weg zurückgeführt?«

»Die vielgeliebten Dominikaner, die in Toulouse jetzt ein neues Ordenshaus gegründet haben und von dort hinausziehen, um unsere sündigen Seelen zu retten, Herr.«

»Gut auswendig gelernt«, flüsterte Amalric vor sich hin.

Foix zischte ihn an, damit er schweige.

»Und Ihr wart ein Ketzer, Pons?« Die Stimme des Kardinals hob sich drohend.

Pons drehte seine Mütze schneller. »Ja, Herr«, bestätigte er. »Wie es schlimmer nicht sein konnte.« Er riss die Augen auf. »Stellt Euch vor, sie haben mich gelehrt, dass Christus gar nicht wirklich gekreuzigt wurde und dass man deshalb alle Kreuze zerschlagen soll, so wie ein Mann den Galgen umhauen soll, an dem sein Vater gehenkt wurde. Aber jetzt bin ich gerettet dank ...«

»Und was hast du als Ketzer getan?«, unterbrach ihn der Kardinal. »Was hast du unter den Ketzern erlebt? Treiben sie es wirklich so schlimm, wie man hört?«

»Aber ja, Herr«, beeilte Pons sich zu erwidern. »Sie sind arge Sünder vor dem Herrn, arge Sünder. Sie, sie ... sie lesen die Bibel ohne den Beistand des Pfarrers und verdrehen den Sinn. Sie behaupten, Gott säße in den Bäumen und Sträuchern ebensogut wie in der Kirche, Herr.«

»Und beten sie auch Götzen an?«

»Götzen?« Einen Augenblick lang wirkte Pons ratlos, als wäre das Wort ihm nicht vertraut.

Ein Priester trat zu ihm hin und flüsterte ihm etwas ins Ohr.

Über Pons' Gesicht ging ein erleichtertes Lächeln. »Ach ja, die Perfecti«, sprudelte er hervor. »Sie beten sie an und verehren sie, Herr. Als wären es Heilige, ganz genau so. Als wären sie Gott selber.«

Empörtes Geraune stieg aus den Reihen der Geistlichen auf, die gekommen waren, um dem Prozess beizuwohnen.

»Und sie brechen das Brot unter Flüchen und verehren den Teufel, Herr. Sie sagen, er hätte die Welt erschaffen und wäre deshalb größer als Gott. In seinem Namen brechen sie jeden Abend das Brot.«

Das Gemurmel aus den Reihen der Zuhörer wurde aufgeregter und lauter.

»Lüge!«, rief Amalric, der nicht mehr an sich halten konnte. Seine helle Stimme war nicht zu überhören in dem Gewölbe.

Und schon reckten sich die ersten Hälse. »Ketzer!«, rief jemand. »Versündigt euch nicht.«

Foix hob die Hand und drückte Amalrics Kopf energisch nach unten, damit er nicht zu sehen wäre. Überrascht ging Amalric in die Knie. »Zum letzten Mal«, flüsterte Foix. Dann nickte er Durant, seinem Knappen, zu. »Bring ihn hinaus.«

Widerstrebend ging Amalric mit. Kaum war er auf dem Gang, machte er sich aus dem Griff des Knappen los und trat gegen die Wand. »Wetten«, rief er, »drinnen erzählt der gute Pons ihnen jetzt etwas darüber, dass wir alle Katzenhintern küssen?«

Durant, ein junger Mann mit schwermütigen Augen, blieb ganz ruhig. »So erzählt man es sich.«

Amalric lachte ratlos. Sie gingen weiter. Doch dann blieb Amalric wie erstarrt stehen. Sie waren an eine Stelle gekommen, von der zwei Gänge abzweigten. Aus dem linken Gang näherten sich die energischen, gleichmäßigen Schritte einer größeren Gruppe von Menschen. Unwillkürlich reckte er den Hals, um zu sehen, wer das war.

Ein narbengesichtiger Ritter in voller Rüstung, dessen Wappen Amalric in dem Gedränge seiner Männer nicht erkennen konnte, sprach mit lauter Stimme, die durch die hohen Gänge hallte. »Zweiundsechzig befestigte Plätze habe ich erobert, und das Blut floss in Strömen. Und weitere dreiundsechzig habe ich vor mir, mindestens. Die Zahl der Felsnester, in die diese Ketzer sich flüchten, ist unendlich.« Er schnaubte und riss die Hände hoch. »Reißt die bittere Wurzel aus, sagt Ihr. Das sagt sich so leicht. Hunderte Würzelchen sind es, und jeden Tag wachsen neue.«

»Es wäre vielleicht hilfreich, wenn Ihr Euer Augenmerk auf die Orte richten würdet, wo wirklich Ketzer hausen«, sagte der Abt an seiner Seite mit einem maliziösen Lächeln.

Der Ritter runzelte die Brauen. »Was werft Ihr mir vor? Dass ich zu überleben suche? Dass ich ein Herrschaftsgebiet aufbaue, von dem aus man operieren kann?« Er lachte. »Ich mache die Drecksarbeit, und Euer Beitrag besteht in mehr Geld für einen theologischen Lehrstuhl in Toulouse. Wollt Ihr die Häretiker noch immer weg*predigen?* Nur zu! Und jetzt fallt Ihr mir auch noch in den Rücken und überlegt, ob der Sohn von Raimund nicht seines Vaters Erbe Toulouse erhalten soll. Wie soll ich dem Drachen das Haupt abschlagen, wenn Ihr die kleinen Drachen füttert?« Die Männer waren stehen geblieben, und er ging erregt auf und ab.

»Montfort«, stieß Amalric hervor. Er war dem Anführer der Kreuzfahrer niemals von Angesicht zu Angesicht begegnet. Doch es konnte niemand anderes sein. Er fuhr zu Durant herum. »Das ist Montfort, der Schlächter. Geraudas Mörder.« Seine Hand fuhr zum Schwert.

Durant packte ihn und stieß ihn so heftig gegen die Wand, dass Amalric für einen Moment nicht mehr atmen konnte.

»Was hast du vor?«, zischte Durant ihm zwischen zusammengebissenen Zähnen zu und zog ihn in eine Nische. »Willst du sterben? Sie sind mindestens zu zehnt.«

In der Gruppe um Montfort hatte man sie nicht bemerkt. Der Kreuzfahrer sprach weiter über die Folgen, die es haben würde, wenn der junge Toulouse sein Erbe beanspruchen und so eine neue Front im Westen bilden würde. »So viele Jahre nichts als Kampf und Krieg, und nun Verrat. Ein Grab wäre mir lieber, als das in dieser Art weiterzubetreiben.« Montfort klang bitter.

Amalric wand sich in dem harten Griff, den er dem Jüngeren gar nicht zugetraut hätte. »Ich lasse ihn bluten für alles, was er uns angetan hat.«

»Und dann?«, fragte Durant, packte ihn am Kragen und stieß ihn noch einmal gegen die Wand. Der Zug Montforts bog in einen anderen Gang ein, die Schritte entfernten sich. »Wollt Ihr, dass die Herren dafür bezahlen müssen? Wir haben den Verhandlungen zugestimmt und ihren Regeln. Ich werde nicht zulassen, dass wir wegen Euch als wortbrüchige Schurken dastehen.« Endlich ließ er Amalric los.

Dieser hatte sich ein wenig beruhigt. Aber sein Atem ging immer noch schnell. »Was haben wir noch zu verlieren?«

Durant schaute ihn gelassen an. »Der Kampf wird auf verschiedenen Ebenen geführt«, sagte er. »Noch ist nichts vorbei.«

»Das scheint mir aber schon so. Oder ist der da«, er wies mit dem Kinn in die Richtung, in der Montfort verschwunden war, »etwa nicht hier, um sich mit dem Grafentitel von Toulouse belehnen zu lassen?«

»Und mit dem von Foix«, bestätigte Durant. »Und noch mit einigen anderen, wenn es ihm gelingt.« Er zuckte mit den Schultern. Dann lächelte er müde. »Was wir brauchen, ist Geduld.«

»Du magst es ja geduldig ertragen, dass man dich beraubt und beschimpfen lässt durch so einen, so einen Galgenvogel.« Amalric trat wieder gegen die Wand. »Was geschieht hier?«

Durant lehnte sich an einen Fensterrahmen und begann, mit einem Messer seine Nägel zu säubern. »Er nennt Namen«, sagte er.

»Wie?« Amalric fuhr herum.

Durant schaute nicht auf. »Er nennt Namen. Von Ketzern. Das ist seine eigentliche Aufgabe. Deshalb ist er hier. Sie fertigen Listen an.«

»Listen?«, echote Amalric verständnislos.

Durant ging nicht darauf ein. »Wir haben ihn bezahlt.« Er steckte sein Messer weg und trat zu Amalric. »Wir sind in Verbindung mit ihm getreten und haben ihm Geld gegeben, damit er Namen nennt, die niemandem schaden: die von Toten, Fortgezogenen, Verschollenen. So wenige wie möglich. Die Herren sind dabeigeblieben, um sich zu überzeugen, dass er sich an die Abmachung hält.« Er schaute von seinen Nägeln auf. »Natürlich gibt es mehr Verräter wie ihn. Wir können nicht alle kaufen. Aber wir tun, was wir können. Dieser Krieg wird auf vielen verschiedenen Ebenen geführt, Herr Ritter.«

Amalric nickte langsam. »Gut«, sagte er.

»Dann hört auf, gegen Türen zu treten. Was wir jetzt brauchen, ist Geduld.«

3.

Im Vatikan, in der Nacht des 16. Dezember 1215

Ungeduldig stand Amalric auf den Stufen und schaute dem Mönch, der ihn hierhergeführt hatte, dabei zu, wie er unbeholfen mit dem Schlüssel im Schloss der kleinen Pforte herumstocherte. Den Mantel vor das Gesicht gezogen, schaute er die Straße hinauf und hinab. Aber es war still ringsum, und durch die geschlossenen Flügel der Fensterläden drang zu dieser späten Stunde nirgendwo mehr Licht. Es sah ganz so aus, als blieben sie unbemerkt.

Amalric hatte es seinen Herren gleichgetan und nach jemandem Ausschau gehalten, der sich bezahlen ließ. Ohne seinen Gefährten zu sagen, wozu, hatte er Ringe, Schnallen und Silber von ihnen eingesammelt, für einen guten Zweck. Dann hatte er die Wertsachen zu einem Juden gebracht, der sein Geschäft am Fuß des Quirinals hatte. Mit dem eingetauschten Geld konnte er sich bei den Huren Auskunft erkaufen, welche Bordelle der Klerus aufsuchte. Der Mönch, den er dort auftat, war dankbar für Wein und Zuwendungen, und er war stolz gewesen, seine wichtige Aufgabe in den Päpstlichen Skriptorien vor einem willigen Zuhörer ins rechte Licht zu rücken.

»Bist du sicher, dass es hier wirklich zu den Schreibstuben des Vatikans geht?«, fragte dieser dennoch zweifelnd, als die Tür endlich aufschwang und in den Flur eines ganz normalen Mietshauses führte, den die Fackeln, die sie bei sich hatten, mit flackernden Lichtflecken erfüllte.

Der Mönch lächelte. »Geduld, Geduld«, lispelte er.

Amalric verdrehte die Augen. Hatte er das nicht schon oft genug gehört?

Daraufhin führte der Mönch ihn in den Keller des Hauses. Es roch feucht, nach eingelagerten Rüben, nach Erde und nach Katzenurin. Sie folgten einem engen dunklen Flur, von dem versperrte Abteile abgingen. Am Ende des Ganges führten Stufen in einen weiteren Keller hinunter und von dort in den nächsten. Manchmal traten sie durch eine Tür, manchmal durch einen Mauerdurchbruch, der offenbar nachträglich geschlagen worden war. Manchmal ging es Stufen hinunter, manchmal über eine Leiter durch ein Loch in der Decke wieder hinauf.

Sie betraten Gewölbe, in denen Wein lagerte, und solche mit Kohlen. Einige waren voller alter Möbel, in manchen lag Schutt, und wieder andere waren leer, und die Luft darin war so schwer, dass Amalric sich fragte, ob sie seit Jahren oder seit Jahrtausenden nicht mehr geatmet worden war. Einmal hob er seine Fackel, um mehr sehen zu können, und schrak zurück. Aus Wandnischen auf beiden Seiten grinsten ihn bleiche Totenschädel mit schwarzen Augenhöhlen an. Knochen, von Spinnweben und Staub zusammengehalten, lagen wie in Nestern beisammen. Unter manchen Nischen waren Buchstaben im Stein zu erkennen. Amalric wischte den Schmutz fort. Es war Lateinisch.

»Kommt weiter«, trieb der Mönch ihn an und bekreuzigte sich. »Die Toten lässt man besser in Frieden.«

Irgendwann kamen sie wieder in lebensvollere Bereiche; die Wände wurden glatter und waren geweißt, es tauchten wieder Fässer auf und Säcke und Krüge, Regale und Wandhalter für Kienspäne. Endlich stiegen sie eine enge Wendeltreppe hinauf und standen erneut vor einer Tür. Amalric wusste nicht mehr, ob sie sich noch unter der Erde befanden oder wieder darüber. Aber als die Tür sich öffnete, schlug ihm der würzige Geruch von in Wein gelöster Tinte entgegen, von Pergament und frischen Farben.

»Das päpstliche Skriptorium.« Der Mönch war sichtlich stolz auf sich und führte Amalric herum wie ein Hausherr seinen Gast. Der Raum war ringsum von Regalen gesäumt; selbst zwischen den hohen Fenstern, in deren trüben Scheiben sich das Mondlicht vielfach brach, waren schmale Bücherschränke aufgestellt. Mehrere Reihen mit Stehpulten dienten den Mönchen als Arbeitsplätze. Auf jedem Pult gab es eine Lampe, eine Schreibfeder, einen Tintenbehälter und einen Stapel von Papieren, die der weiteren Bearbeitung harrten.

»Wo ist es?«, fragte Amalric und blickte sich um.

Es wäre aussichtslos gewesen, zu versuchen, in die Archive des Vatikans zu gelangen, wo die Ketzerlisten aufbewahrt wurden. Aber viele der Listen wurden soeben erst erstellt. Entweder waren sie noch nicht fertig, oder es wurden Abschriften angefertigt, die an die verschiedenen kirchlichen Behörden in Okzitanien geschickt werden sollten. Und in dieser Zeit befanden sich die Schriften im Skriptorium, das weit weniger scharf bewacht wurde als die Archive. Vor dem Eingang standen zwar Tag und Nacht Wachen, daher galt es, leise zu sein. Aber mit etwas Glück würden die nicht bemerken, dass überhaupt jemand hier gewesen war.

Der Mönch legte den Finger an die Lippen. »Wir schlagen nach, was Ihr wissen wollt, und dann verschwinden wir wieder.« Er blickte sich kurz um und trat dann an eines der Regale. »Regulus macht die Abschriften«, überlegte er laut. »Er hat das dritte Pult von links, in der zweiten Reihe, dort drüben.« Er wies darauf. Derweil griff er selbst in ein Regal und zog ein Konvolut hervor. »Ah, und hier ist das Original, das ich gestern angefertigt habe. Magdalena, Maria, Nanetta.« Murmelnd fuhr er mit dem Finger über die Kolonnen. »Wie lautete noch der Name, nach dem Ihr sucht?«

Amalric antwortete nicht. Er war an das genannte Stehpult

getreten und hatte mit einem Kienspan die kleine Öllampe entzündet, die dort stand. In dem matten Licht strich er über die Pergamente, auf denen eine lange Reihe Namen aufgeführt war, in einer Schrift, so gestochen und gerade, als wäre alles in Stein gemeißelt worden, Namen, wie sie ihm geläufig waren: Mabelia, Serena, Guillelma, Estevena, Alazais, Fay, Emblard, Pons, Peire, Amiel, Arnaud und Marcabrus.

Dabei standen die Namen der Städte, die das Reich seiner Kindheit umfassten, die Weiler, Flecken und Dörfer, die Märkte und Hügel. Es war, als stiege der Duft und das Licht Okzitaniens aus dem Pergament auf. Amalric fand den Namen Esclarmonde de Foix und atmete tief durch.

Doch das war zu erwarten gewesen, beruhigte er sich. Ein jeder kannte sie, und dass sie hier aufgeführt war, bewies nur, dass sie lebte. Um ihren Namen aufzulisten, benötigte man keinen Denunzianten. Er entdeckte auch Rixen di Sorèze, Anda de Faujeaux und Blanca de Lauracs Tochter Navarra.

Amalric hob den Kopf. Er erinnerte sich. Navarra war dabei gewesen bei seinen ersten Unterrichtsstunden. Sie war sechs gewesen, hatte manchmal den Finger in den Mund gesteckt und manchmal über ihn und seine ungelenken Versuche gelacht. Bis er sich eines Tages, um sich zu rächen, rüde über ihr Lispeln lustig gemacht hatte. Da hatte sie den Daumen aus dem Mund genommen und laut geweint. Und er hatte sich so geschämt, dass er ihr am nächsten Tag ein Körbchen Himbeeren gepflückt hatte. Navarra war nicht nachtragend gewesen. Wo sie jetzt wohl gerade war?

»Wie lautete gleich der Name?«, wiederholte der Mönch seine Frage und trat an Amalric heran. »Ja, es sind eine Menge«, sagte er, als er sah, wie dessen Finger über die langen Reihen fuhr. »Aber wir werden sie alle aufspüren.«

»Zweifellos«, murmelte Amalric. Es lag wohl etwas in seinem

Tonfall, dass den Mönch plötzlich misstrauisch werden ließ. »Warum, sagtet Ihr, sucht Ihr nach der Person?«

»Sie heißt Navenias«, sagte Amalric nur.

»Navenias, Navenias.« Der Mönch murmelte vor sich hin und fuhr mit dem Finger über die Reihen. »Eine Person von Stand?« Er schüttelte den Kopf und las weiter, lautlos die Lippen bewegend. »Nicht in Albi, nicht in Montpellier, nicht in Beaucaire«, verkündete er leiernd. »Hm, hm, hm.«

Amalric ließ den Blick schweifen. »Und Ihr sagt, die Originale sind derzeit alle hier?«, fragte er.

Ruckartig hob der Mönch den Kopf. »Wozu fragt Ihr nach den Originalen?«

Amalric antwortete nicht, und der Mönch schaute ihn argwöhnisch an. Unvermittelt klappte er das Buch in seiner Hand zu, und der dumpfe Laut durchbrach das bedrohlicher werdende Schweigen zwischen ihnen. »Ich denke, es ist besser, wir gehen jetzt«, sagte er barsch.

Amalric holte aus und streckte ihn mit einem Faustschlag nieder, noch ehe der Mönch um Hilfe schreien konnte. Dann zog er den bewusstlosen Körper durch den Raum und band ihn an einem der Regale fest.

Zitternd ging er zurück zu der Liste. Noch einmal strich er über das Pergament, als wollte er die Namen liebkosen. Dann besann er sich auf seinen ursprünglichen Plan. Er würde alles vernichten. So war es sicherer.

Zuerst verbarrikadierte er die große Eingangstür von innen, damit die hereinstürmenden Wachen ihn nicht im letzten Augenblick hinderten, indem er ein Schreibpult davorschob. Dann goss er das Öl der Lampe über die Papiere und über die Tischplatte und hielt die Flamme seiner Fackel daran. Ebenso verfuhr er bei den anderen Pulten. Das Feuer leckte über das Holz und fraß sich durch das Pergament. Rasch fütterte Amalric die Flammen mit den Büchern, die er aus den unteren Regalbrettern zog. Das Feuer würde auf die Möbel und auf das Holz des Fußbodens übergreifen, und bald würde alles lichterloh brennen.

In dem Raum war es heiß geworden, und das Licht der Flammen, das durch die Fenster nach draußen fiel, würde bald Aufmerksamkeit erregen. Die Wächter würden hereindrängen und an der inneren Pforte rütteln, und die Barrikade würde sie nur für kurze Zeit aufhalten. Doch sie würden zu spät kommen. Amalric nickte zufrieden. Es war Zeit, sich zurückzuziehen. Noch einmal schaute er sich um. In langen Zungen leckten die Flammen an den Regalen hinauf und ließen die Manuskripte hell aufflammen, ehe sie zusammenschnurrten und zu schwarzer Asche zerfielen. Die Luft im Zimmer flimmerte vor Hitze und ließ alle Umrisse zittern und zerschmelzen.

Ungerührt stieg Amalric über die ausgestreckten Beine des gefesselten Mönches, um zur Kellertür zu gelangen. »Jedem sein eigener Scheiterhaufen«, murmelte er. Da fiel sein Blick auf einen Haufen Pergament, der sich in der Hitze kräuselte und bog, sich schließlich zusammenzog und den Blick auf das darunterliegende Dokument freigab. Amalric sah eine Liste. Und kurz bevor die Flammen sich von unten hindurchfraßen und alles auflösten in einem Ring aus Glut, sah er die Buchstaben ihres Namens: Navenias.

4.

Montségur, im Jahr 1217

Navenias stand am Fuß des Berges, der trotz seiner Steilheit von ferne so sanft gerundet aussah wie der Kopf eines Riesen und dessen Kalksteinfelsen so schrundig waren, dass sie ihr in die Füße schnitten bei ihren vielen Gängen hinauf oder hinab.

Sie war nun Ende zwanzig und so schlank, dass sie fast hager wirkte. Ihre Schultern, die Hände und Fesseln waren beinahe überschmal. Die schweren schwarzen Haare hatte sie zu einem dicken Zopf geflochten, der ihr bis auf die Hüften fiel und hin und her schlug wie ein Pendel, wenn sie in ihrem energischen Gang unterwegs war. Sie hatte die Figur eines Mädchens und das Gesicht einer Frau, mit schwarzen Augen, die vieles gesehen hatten und denen man alles anvertrauen zu können glaubte. Wie einst Blanca umgab auch sie eine Aura von Sicherheit und Strenge. Dazu kam bei Navenias aber noch etwas anderes, etwas Mädchenhaftes, Jungfräuliches, so als könnte sie sich im nächsten Augenblick verwandeln und davonspringen, tanzen oder laut lachen. Dabei lachte sie selten.

Navenias' Leben war angefüllt mit Arbeit. Sie hatte alle Hände voll zu tun mit den vielen Menschen, um die sie sich kümmern musste. Jeden Tag trafen Flüchtlinge am Fuß des Montségur ein. Was einst eine kleine Burg mit einer Besatzung von höchstens dreihundert Mann gewesen war, die hier mit ihren Familien und ihren Bediensteten lebten, war nun zu einer Siedlung angewachsen. Mehr als zweihundert Perfecti hielten sich hier ständig auf, dazu flüchtige Kleinadlige, die der Krieg um ihre eigene Burg gebracht hatte, und viele andere Vertriebene. Mit jedem Tag, den der Krieg weiterging, wurden es mehr.

Navenias seufzte. Manchmal erinnerte sie sich noch daran, wie ihr der Paradiesgarten, den Amalric ihr einst versprochen hatte, zu klein erschienen war und dass sie sich vor seinen Mauern gefürchtet hatte. Jetzt war ihre Welt noch kleiner und enger geworden. Sie war umgeben von hohen Mauern, dass sie außer dem Himmel nicht viel sehen konnte, wenn sie auf der zerwühlten Erde des Innenhofs stand. Eine Welt, die dem Himmel bereits näher schien als der Erde, über der sie so hoch thronte, dass jeder Gang hinab der Mühsal eines Lebensweges glich.

Navenias nahm ihn trotzdem auf sich, so oft sie konnte, und ging durch das Nordtor zum Dorf hinab, um den Menschen unten in den behelfsmäßigen Lagern beizustehen, jenen, die nicht wussten, wo sie bleiben sollten, und die sich deshalb instinktiv an dem Ort zusammenfanden, der das Herz ihrer Kirche hütete. Sie war der Ansicht, dass es eines lebendigen Menschen bedurfte, der für diese Gläubigen die Kirche verkörperte, nicht ein über allem aufragender, unerreichbarer Turm aus Stein.

Inzwischen war sie in dem Lager angekommen und bahnte sich einen Weg durch die wimmelnden Menschen.

»Toulouse! Toulouse! Toulouse erobert Toulouse!« Navenias hob den Kopf, als sie die Rufe hörte, die das Gewirr der Stimmen übertönten, und legte die Hand über die Augen, um den Boten besser zu erkennen.

»Ach, Pons, du bist das«, seufzte sie, als sie den Jungen erkannt hatte, der auf seinem Pferd heranpreschte, und wandte sich wieder ihrer Arbeit zu. Sie strich dem Mädchen, das vor ihr stand und einen Säugling auf dem Arm hatte, über den Kopf. Die Kleine war vielleicht zehn, und ihre drei Brüder, die einander an den Händen hielten und dicht bei ihr standen, mochten sechs, fünf und vier sein. »Ihr geht hinauf in die Burg, durch den ersten Hof und zu den neu gebauten Hütten«, sagte sie. »In dem rosafarbenen Haus an der Westmauer bekommt ihr etwas zu essen und ein Lager. Nun lauft.«

»Meine Schwester auch?«, fragte die Kleine. Sie hielt den Säugling fest an sich gedrückt. Das Kleine wirkte teilnahmslos und hatte vom Fieber gerötete Wangen in einem für einen Säugling viel zu schmalen Gesicht.

Navenias beugte sich hinunter und schaute dem Mädchen in die Augen. »Deine Schwester auch. Die Frau, die dort lebt, hat selbst ein Neugeborenes und wird sich um sie kümmern. Sag ihr, dass Navenias euch schickt.«

Hoffnungsvoll schaute das Mädchen erst Navenias an, dann sein Geschwisterchen. Da verdüsterte sich sein Gesicht wieder. »Wir hatten uns so lange im Wald versteckt, und da gab es nichts, was ich ihr ...«

Navenias unterbrach sie. »Du hast alles richtig gemacht. Du und deine Brüder. Ihr habt es bis hierhergeschafft. Und ihr seid am Leben.«

»Wir haben ihr Wasser eingeflößt, aber ich wusste nicht ...«

»Fay«, sagte Navenias mit Nachdruck, ging in die Knie und nahm die Hände des Mädchens. »Du hast getan, was du konntest. Mehr kann niemand auf der ganzen Welt von dir verlangen. Deine Eltern wären stolz auf dich.«

»Glaubst du, dass Mama wiederkommt?«, fragte Fay. Zum ersten Mal, seit Navenias sie kannte, klang ihre Stimme wie die eines Kindes.

Navenias lächelte, doch sie blieb die Antwort schuldig. Um Worte verlegen, strich sie Fay erneut übers Haar. »Eines Tages seht ihr euch wieder, dort, wo wir uns alle wiedersehen.«

Fay schien darüber nachzudenken, dann klang sie wieder völlig erwachsen. »Meine Schwester wohl nicht. Sie ist zu klein für ein

Kranken-Consolamentum. Sie kann noch nicht um den Segen bitten.«

Die Ruhe, mit der sie das sagte, traf Navenias mehr als ihre Verzweiflung. Nur mit Mühe konnte sie es sich versagen, das Mädchen an sich zu ziehen und fest zu umarmen. »Weißt du was?«, sagte sie schließlich. »Wir vereinbaren einen Convenenza für sie. Das ist eine im Voraus getroffene Verabredung über ein Kranken-Consolamentum. So etwas wie ein Versprechen. Das machen wir oft für unsere Kämpfer, weil die ja oft besinnungslos sind, wenn sie zu uns gebracht werden. Die können auch nicht mehr sprechen. Aber wir wissen, was sie wollen, und das tun wir für sie. Und für deine Schwester werde ich das auch tun. Sie wird nicht verloren sein.«

Fay nickte, eher nachdenklich als getröstet. Dann machte sie sich mit ihren Brüdern auf den Weg.

Navenias schaute ihr lange nach. Was würde aus dem Mädchen werden, fragte sie sich. Aus dem Mädchen und aus den Tausenden, denen es genauso erging wie ihm.

Noch einmal erklang der Ruf: »Toulouse besiegt Toulouse!«

Navenias verschränkte die Arme vor der Brust und lächelte dem Boten spöttisch entgegen, der so um ihre Aufmerksamkeit buhlte. »Du solltest dich mal hören, Pons. Was ist das für ein Unsinn!«

Der Junge glitt mit glühendem Gesicht vom Pferd. »Der Graf«, rief er keuchend. »Der Graf von Toulouse.«

Im selben Moment stieg eine Ahnung in Navenias auf. Der Graf? Sie nahm den Krug, aus dem sie eben den Kindern Kräutertee eingeschenkt hatte, und drückte ihn an die Brust, während ihr Herz wild und hoffnungsvoll zu schlagen begann. »Ja?«, brachte sie heraus.

Pons strahlte. »Er ist gelandet, mit Truppen. Und mit seinem Sohn. Der belagert bereits Beaucaire. Sie sollen schon viele Orte eingenommen haben. Und jetzt auch Toulouse. Sie haben Toulouse zurückerobert. Es heißt, er sei schon dabei, die Mauern zu erneuern.«

»Gott sei Lob und Dank«, stieß Navenias hervor. Noch konnte sie es kaum glauben. Aber da hörte sie den Jubel aus dem Dorf aufsteigen. Es klang, als hätte eine Menschenmenge sich auf dem Marktplatz versammelt. »Es ist tatsächlich wahr«, murmelte sie. »Er ist zurück.«

»Der Graf ist ein wahrer Held.« Pons schrie vor Begeisterung. »Er wird uns alle retten. Er wird Montfort vernichten. Er wird ...« Seine Stimme überschlug sich. Er sprang wieder in den Sattel und sprengte wieder los.

»Habt Ihr es gehört?« Blanca de Laurac trat zu Navenias und legte ihr den Arm um die Schulter. Navenias brachte nur ein Nicken zustande.

»Ich wusste«, fuhr die Ältere fort, »dass dies alles nicht ewig dauern würde. Bald wird der Spuk vorbei sein und der Süden wiederauferstehen.«

»Meint Ihr?«, fragte Navenias.

»Unser Leben wird wieder sein, wie es immer gewesen ist. Gott ist groß.« Blanca strahlte sie an. »Er vergisst die Seinen nicht, mein Kind.« Sie blickte über die abgeernteten Felder, als zeichne sich über den Stoppeln bereits der Umriss einer neuen Zukunft ab. »Er ist wahrhaftig groß. Und bald wird es einen weiteren Bischof geben, in Razès. Es ist eben beschlossen worden.«

»Oh Blanca, wirklich? Ich freue mich.« Navenias drückte ihrer Ziehmutter die Hand.

Die nickte. »Das wahre Christentum wird zwar verfolgt. Aber es breitet sich aus und wächst, wie die Wahrheit es immer tun wird.«

»Und Montségur?«, fragte Navenias. »Sollen wir die Bauarbeiten trotzdem fortsetzen? Wir brauchen den neuen Südwall doch jetzt nicht mehr? Da fällt mir ein, ich habe mit den Steinbruchbetreibern gesprochen. Sie sagen, es liegt an den Fuhrleuten, dass die Steine nicht rechtzeitig eintreffen. Während der Erntezeit waren zu viele unzuverlässig, weil sie die Karren auf den eigenen Feldern eingesetzt haben.«

Blanca nickte. »Ich werde es an Esclarmonde weitergeben. Und: Nein, wir werden an Montségur festhalten. Es soll der Sitz unserer Kirche werden.«

»Eine Weile dachte ich, es würde unser Masada werden«, murmelte Navenias und dachte an jene Feste, in der die letzten judäischen Verteidiger gegen die Römer einst sich und ihren Familien den Tod gaben.

»Mut«, sagte Blanca und drückte sie an sich. »Die Unseren kehren heim. Nun wird alles gut.«

»Ja«, erwiderte Navenias. »Sie kehren heim.«

5.

Toulouse, im Jahr 1218

Amalric riss sich den Helm vom Kopf und schüttete sich etwas Wasser aus dem Holzeimer darüber, den sein Knappe ihm reichte. Dann trank er. »Aaah«, seufzte er und lehnte sich mit dem Rücken an einen Balken, um sich einen Moment auszuruhen. Im nächsten Augenblick flog ein Felsbrocken so dicht über seinen Kopf hinweg, dass er sich gerade noch ducken konnte, und krachte in die Ziegelmauer des großen Speicherhauses hinter ihm. Eine Wolke aus rotem Staub stieg auf, und er musste husten. Sein Hals war mit einem Schlag so trocken wie zuvor.

»Die geben nicht auf«, sagte er.

Der Sturm der Truppen von Montfort gegen die Mauern von Toulouse wollte nicht nachlassen. Seit dem Tag, da der Graf seine Hauptstadt zurückerobert hatte, lag er dort unter Beschuss. Auf den Feldern vor den Toren lagerten Montforts Truppen schon so lange, dass alles Grün sich unter den Hufen der Pferde und unter den Füßen der Männer in Morast verwandelt hatte. Es roch nach Exkrementen und nach Blut. Aber das mochte auch an den Ziegenkadavern liegen, die von Zeit zu Zeit statt der Geschosse über die Mauern kamen. Sie sollten Krankheiten bringen und die Zisternen vergiften.

In ihrer Not drängten die Menschen sich im inneren Stadtkern zusammen, der mehr einem Flüchtlingslager glich als dem Zentrum einer Stadt. Der äußere Ring nahe der Mauer lag unter ständigem Beschuss. Abends gingen sie zwischen Trümmern und schwelenden Balken herum, um die Toten einzusammeln, verfolgt von Plünderern, darunter viele Waisenkinder, die sich zwischen den Leichen ihren Lebensunterhalt zusammenstahlen. Anfangs hatten sie die Toten beerdigt, nun wussten sie kaum noch, wo sie sie hinbringen sollten; der Platz um die Kirchen war überfüllt und von Ratten verseucht; die Cholera wütete, und so war es das Einfachste, sie auf die Katapulte zu legen und sie hinauszuschießen.

Es gab keine Katzen und keine Hunde mehr in der Stadt, und die Gerüchte, dass auch das eine oder andere Kind verschwunden sei, wollten nicht verstummen.

Wenn Amalric eines dieser verdreckten, hohläugigen Wesen sah, hielt er ihm ein Stück von dem weißen Brot hin, das es für die Männer des Grafen immer noch gab. Sie nahmen es mit ihren kleinen Fingern, schnell wie scheue Tiere, schauten ihn an und verschwanden wieder. Es stand nicht gut um Toulouse.

»Ich …«, sagte Amalric und duckte sich erneut. Diesmal traf es den Turm, aber ein Schlag blieb aus. Stattdessen zerplatzten die Eingeweide eines halb verfaulten Schweins und regneten auf die Mauerwächter nieder, die sich schimpfend und fluchend gegenseitig abklopften. »Ich muss zurück auf meinen Platz«, stellte Amalric fest. Er hatte einen Rest Wasser im Eimer zurückgelassen und gab es dem Jungen. Er sah nicht gut aus, er konnte die Zusatzration brauchen. Der Knappe nickte. Amalric klopfte ihm auf die Schulter und machte sich mit vor Erschöpfung leicht taumelndem Gang auf den Weg zurück auf die Mauer.

Ein halbes Jahr nun schon band Montfort sie hier. Immerhin konnte er in dieser Zeit dem Sohn des Grafen und dessen Leuten nicht in den Rücken fallen, die derweil frei durch ihre Erblande ritten und Burg um Burg zurückzuerobern suchten.

»Wir haben Montfort da, wo wir ihn sehen können«, betonte Raimond von Toulouse immer wieder bei den Lagebesprechungen. »Und da soll er bleiben. Wir müssen den Unsrigen den Rücken freihalten.«

Aber langsam wurde Amalric der Aussicht überdrüssig. Lieber wäre er auf sein Pferd gestiegen, über Montforts Aufmarsch hinweggeritten und hinaus in die geliebte Landschaft Okzitaniens, die noch immer darauf wartete, wieder ihnen zu gehören.

»Was ist da hinten los?«, fragte er, als er plötzlich eine laute, energische Frauenstimme hörte, die jemandem Befehle zurief.

Sein Knappe lief los und kam mit einem verächtlichen Grinsen im Gesicht zurück. »Die Mannschaft der Schleuder da drüben ist gefallen. Weiber haben sie übernommen und versuchen, sie weiterzubetreiben.«

»Was?«, fragte Amalric und ging selbst nachsehen. Doch sein Knappe hatte die Wahrheit gesagt. Er sah, wie drei Frauen, die langen Röcke hochgebunden, die Hauben an Bändern im Nacken baumelnd, sich mühten, einen neuen Steinbrocken in die Schleuder einzulegen, während ihre Gefährtinnen an der Kurbel darauf warteten, das Gerät erneut zu spannen. Die Anstrengung stand ihnen ins Gesicht geschrieben. Ihre Gesichter waren sonnenverbrannt und glänzten vor Schweiß. Es schien, als müssten sie zusammenbrechen unter der Last.

»Was soll das?«, rief Amalric. »Wisst ihr denn überhaupt, was ihr da tut?« Verblüfft starrte er die Frauen an, die sich so sehr von den Katharerinnen unterschieden, die er kannte, von den Frauen, die beteten, Kranke pflegten und nicht einmal in der Küche Hand an ein Tier legten.

Eine von ihnen, eine ältere Frau, der die stumpfgrauen Strähnen auf der Stirn klebten, wischte sich mit dem Ärmel über das Gesicht und trat vor ihn hin. Sie stemmte die Hände in die Hüften. Ihr Atem ging schwer, aber sie wirkte entschlossen. »Mein Mann hat diese Dinger gebaut«, sagte sie. »Ich habe ihm mein halbes Leben lang dabei zugehört, wie er darüber nachgedacht hat, sie zu verbessern. Da werde ich sie wohl bedienen können.«

»Wo ist Euer Mann?«

»Da, wo er nicht mehr helfen kann.«

Amalric schaute den anderen ins Gesicht, die trotzig dastanden, und nickte. »Ihr wisst, dass das hier gefährlich ist?«

Eine andere, eine Magd mit großen Brüsten und breiten Hüften, lachte ihm höhnisch ins Gesicht. »Ob ich erschossen werde, wenn ich Euch das Trinkwasser auf die Wälle schleppe, und mich dabei noch anfassen lassen muss oder hier – was macht das schon? Abgesehen davon, dass ich hier selbst so richtig hinlange.«

Das Gelächter der Frauen schlug ihnen entgegen. Dann aber kam ein Hagel von Geschossen über die Mauer, und sie gingen alle in Deckung.

»Hundekadaver«, schrie eine.

»Sie haben es auf die Brunnen abgesehen. Wollen, dass wir alle verrecken.«

»Und eins«, brüllte die Anführerin. Noch während die Körper um sie herum mit Wucht aufschlugen, machten sie ihr Geschoss klar. Von der Mauer her drang ein Schrei: »Mehr links!«

Amalric legte die Hand über die Augen und entdeckte ein junges Mädchen, das dort zwischen den Zinnen und den aufgeregt hin und her laufenden Bogenschützen kauerte und nun heftig mit den Armen wedelte. Ungläubig schüttelte er den Kopf.

»Herr?«, fragte sein Knappe. »Sollten wir das nicht melden, Herr?«

Amiel, dachte Amalric, hätte das nicht gefragt. Aber Amiel war Vergangenheit, wie so vieles. Er überlegte nur einen Augenblick. Dann warf er seinen Helm zur Seite, spuckte in die Hände und stemmte sich gegen das rechte Vorderrad des hölzernen Ungetüms. »Ihr habt es gehört, mehr links«, rief er.

Nach einem Moment des Zögerns stemmten sich alle Frauen gegen die Räder der Schleuder. Sie war schwer zu bewegen auf dem steinigen Boden, in den zahllose Geschosse große Krater geschlagen hatten. Einmal verklemmte sich ein Hundekadaver unter der Schleuder, und Amalric sah, wie er quälend langsam zermalmt und wie die Eingeweide aus ihm gequetscht wurden, bis endlich das Rad über ihn hinweggeholpert war.

Die Frau neben ihm würdigte das Schauspiel keines Blickes. Als sie bei dem Kadaver angekommen war, setzte sie ihren Fuß in dem gestickten Pantoffel einfach darüber.

Einen Augenblick lang betrachtete Amalric sie, das schwarze Haar unter dem teuren Stirnband, das Brokatkleid, die weiße Haut, die dort, wo Schmutz, Schweiß und Sonnenglut sie noch nicht verdorben hatten, noch immer zart und gepflegt war, und fragte sich, welch reichen Mannes Weib sie wohl gewesen sein mochte und was sie sonst zu tun pflegte, wenn sie nicht beschäftigt war, den Tod zu bringen. Er sah sie im Geiste Laute spielen und sticken oder mit dem Schlüsselbund durchs Haus gehen, um das Leinen und das Korn in den Truhen zu prüfen. Noch immer war er im Herzen ein Troubadour.

Da zwinkerte sie ihm zu. Ertappt schaute er zur Seite.

»Zieht an!«, schrie sie dann mit der rauen Stimme eines Seemanns. Und schickte dem Geschoss, als es losflog, eine Verwünschung hinterher, die Amalric erröten ließ.

Er hielt inne, um zu Atem zu kommen.

Die Frau neben ihm legte die Hände wie einen Trichter vor den Mund. »Getroffen?«, rief sie.

Aller Blicke wanderten erwartungsvoll zur Mauer. Sie erwarteten neue Anweisungen ihrer jungen Richtmeisterin. Die war jedoch nicht zu entdecken. Das Gewimmel der Männer auf der Mauer war zu dicht. Einen Moment lang befürchtete Amalric, sie könnte getroffen worden sein, dann aber sah er sie inmitten der aufgeregten Menge. Die Männer schienen sich förmlich auf sie zu stürzen; sie wurde hin und her gezogen, umarmt und auf Schultern gehoben.

»Was zum Teufel ist da los?«, rief Amalric und machte sich schon bereit, loszurennen, um die Kleine zu retten, der bei all der Zudringlichkeit angst und bange zu werden schien. »Heh, lasst das Mädchen in Ruhe. Sie steht unter meinem Schutz!«

»Montfort! Montfort!«, tönte es da von der ganzen Länge des Wehrgangs. Die Stimmen vereinten sich zu einem Chor, so rhythmisch, als schlüge man eine Trommel dazu. Dann stieg Johlen auf, lautes Rufen und Lachen. »Montfort! Montfort! Montfort!«

Die Frauen um Amalric, die bereits dabei waren, ihre Schleuder erneut schussbereit zu machen, hielten inne.

»Was ist los?«, rief die Frau des Erbauers. Auf der Mauer verließen immer mehr Männer ihre Deckung. Winkend und rufend liefen sie hin und her. »Was ist denn passiert?«

Einer der Kämpfer neigte sich so weit über die Brüstung, dass er fast herunterfiel. So laut er konnte, rief er: »Montfort ist tot; er ist getroffen. Er ist tot.«

Um sie herum wurde der Ruf aufgenommen, er lief weiter die Mauer entlang, in die Straßen hinein, über die Plätze und hallte bald in der ganzen Stadt wider. »Tot. Montfort! Tot! Tot! Tot!«

Das bunte Trüppchen um die Schleuder stand da wie betäubt. Nur langsam wurde ihnen klar, was ihnen gerade gelungen war. Möglicherweise war von ihrer Schleuder der Stein abgeflogen, der alles entschied.

»Montfort?«, fragte die Alte. »Das Ungeheuer selbst?«

Der Magd entfuhr ein hysterisches Kichern. Schnell schlug sie sich die Hand vor den Mund.

Ungläubig schauten sie einander an. Dann mit einem Mal brachen sie in unbändigen Jubel aus und fielen einander in die

Arme. »Ich glaub es nicht! Ich glaube es einfach nicht. Montfort!« – »Es ist vorbei. Wir haben es wirklich geschafft.« Sie weinten, sie lachten. Für einen Augenblick waren sie außer sich.

Verlegen stand Amalric daneben. Beinahe fürchtete er sich vor den ekstatischen, glühenden, von Gefühlen aufgewühlten Gesichtern. So hatte er Frauen noch niemals gesehen.

Sein Knappe schüttelte den Kopf. »Der Heerführer des Königs, erlegt von einer Horde durchgedrehter Weiber.«

Amalric knuffte ihn. »Du wirst schon sehen, was Frauen noch alles können«, sagte er. Auch in ihm stieg die Freude auf. »Sie sind nämlich in Wahrheit zu fast allem fähig.«

»Ihr müsst es wissen, Minnesänger, der Ihr seid«, gab der Knappe zurück und grinste. Manchmal erinnerte er Amalric doch ein wenig an Amiel. Der Ritter zauste seinem Knappen das Haar und lachte, lachte wie seit Langem nicht mehr.

Da kam wie ein böser Schwarm Hornissen sirrend die nächste Wolke von Pfeilen über die Befestigung geflogen.

»In Deckung, sie haben sich von dem Schreck erholt«, schrie Amalric und duckte sich hinter das große hölzerne Rad der Schleuder. Instinktiv hob er seinen Schild. Hilflos sah er mit an, wie die Männer auf der Mauer, die eben noch so ausgelassen gejubelt hatten, umgemäht wurden wie Gras. In dichten Reihen fielen sie hinab in den Hof. Mit dumpfem »Tock« schlugen die Pfeile ein, in Holz, in Erde, in totes Fleisch und in lebendes. Es dauerte so lange, dass er die Augen schloss und betete.

Als Amalric den Kopf wieder hob, war er umgeben mit von Schaftfedern gespickten Leichen. Die Frau des Baumeisters hielt mit beiden Händen den Pfeil umklammert, der in ihrem Bauch stak. Zwei Gefährtinnen führten sie in den Schatten der Mauer, wo sie sie sanft absetzten, nur um umgehend zurückzukehren.

Von oben herab fiel, wie ein Herbstapfel, die kleine Richtmeisterin. Ihr buntes Gewand flatterte, und der Staub wolkte auf, als sie aufschlug.

Die Schöne im Brokat neben Amalric wischte sich die Hände an ihrem Kleidersaum ab und richtete sich auf. »Ich gehe«, verkündete sie und war schon auf dem Weg zur Mauer, ehe Amalric etwas sagen konnte.

»Also dann.« Die Magd trat an die Stelle der Baumeisterswitwe. »Weiter geht's, meine Lieben. Schiiiebt an!«

6.

Montségur, im Jahr 1219

Die Lage in diesem Krieg war verfahren. Nominell trat Simon de Montfort die Nachfolge seines gefallenen Vaters an. Er hielt auch die Titel des Grafen von Toulouse und alle Herrschaftsgebiete, die sein Vater sich in den Jahren des Krieges angeeignet hatte. In Wirklichkeit allerdings waren das einzelne Städte und Dörfer, die nicht dauerhaft beherrscht, sondern nur von Zeit zu Zeit erobert und geplündert wurden – im Moment von ihm und dem vorigen Grafen abwechselnd, ohne dass es einen Sieger gab. Die vielen kleineren Landesherren hockten unbesiegt auf ihren Burgen und warteten den Gang der Dinge ab.

Der französische König wurde alt, der Papst wurde alt, die Ritter, die den Anfang dieses Krieges erlebt hatten, wurden es ebenfalls. Die Zahl der Kinder nahm zu, die nichts anderes kannten als diesen Konflikt und die nicht wussten, wie es war, auf dem Feld zu arbeiten, ohne stets mit einem Auge den Horizont abzusuchen nach den Anzeichen eines anrückenden Heeres. Menschen, die niemanden verloren hatten in diesem Krieg, gab es nicht mehr.

Jahr um Jahr fiel die Ernte des Todes reicher aus, die der Bauern dagegen magerer, und es wurde schwieriger, die Heere zu versorgen und auszurüsten. Der junge Montfort schrieb an seinen König und drohte, die Rechte an seinem Erbe zum Verkauf anzubieten, woraufhin Philipp II. Truppen zu seiner Unterstützung schickte. Dennoch gelang kein entscheidender Sieg. Nur das Töten griff weiter um sich.

Amalric wurde des Lebens müde. Zwar wäre er niemals auf den Gedanken gekommen, seinen Herrn im Stich zu lassen. Aber sein Körper war inzwischen von Wunden übersät, und seine Finger hatten fast vergessen, wie man die Saiten einer Quinterne griff. Immer wieder bekam er neue Burschen zugewiesen, um sie in der Kunst zu unterrichten, barfuß und ohne Rüstung einen Ritter zu töten. Immer noch trat er mit großer Autorität vor sie hin, wenn er nun auch ein wenig hinkte, und begann seinen Vortrag wie stets mit den Worten: »Es gibt drei Methoden, einen Gepanzerten zu besiegen.«

Aber er konnte sich die Namen zu den Gesichtern nicht mehr merken, die so rasch wechselten und die doch immer dieselben zu sein schienen. Zu schnell fielen sie und wurden durch neue ersetzt, zu jung, zu alt und bald zu früh verstorben.

Die Zahl der Erlebnisse, an die Amalric sich niemals im Leben wieder erinnern wollte, wurde allmählich so groß, dass er tatsächlich begann, einige davon zu vergessen. Das war das Gute daran.

Nur Navenias, die nur mehr ein Schemen war, das blasse Bild eines längst vergangenen Sommertages, vergaß er nie.

Eines Tages, vor einem Stadttor in einem Tal – er hatte längst vergessen, welches es diesmal war –, ritt er zum Grafen, um ihm Meldung zu machen, wie seine Truppen sich hielten. Er wunderte sich, dass der Graf ihn so unverwandt anstarrte, bis er dem Blick folgte und den Pfeil bemerkte, der in seiner eigenen Schulter steckte. Er hatte ihn gar nicht bemerkt. Amalric hielt mitten im Satz inne, und sein Herr griff nach vorn und zog das Geschoss heraus.

»Er ist nicht durchgegangen, glaube ich«, sagte Amalric und wollte mit dem Bericht fortfahren. Aber Toulouse wischte ihm über den Arm und zeigte ihm das frischrote Blut auf seiner Hand. Amalric verstummte. Aber noch immer fühlte er keinen Schmerz.

»Wisst Ihr«, sagte der Graf, den Blick von ihm fort auf die Stadt gerichtet, die es heute zu erobern galt. »Mir geht es ähnlich, irgendwie.« Versonnen starrte er vor sich hin. »Früher kannte ich jeden Mann unter meinem Befehl. Und heute, wenn ich wieder einen neuen Knappen brauche, weil der alte gefallen ist, dann sage ich: ›Gebt mir einen, der Durant heißt, damit ich mir keinen neuen Namen merken muss.‹« Er wandte sich zu Amalric. »Wissen wir noch, für wen wir das tun?«

»Wir tun es«, sagte Amalric.

»Hm«, sagte Tolouse. »Ich habe einen Brief zu überbringen«, fuhr er langsam fort. »An Esclarmonde de Foix. Sie soll sich in Montségur aufhalten.« Er lächelte gedankenverloren. Nach einer Weile straffte er sich. »Ich brauche einen Boten, der mir auch das übermittelt, was sie nicht hinschreiben wird. Und was sie nicht laut sagen wird, sondern nur mit den Augen.«

»Die Dame Esclarmonde wäre nie zu feige, etwas laut zu sagen.«

Der Graf lächelte noch immer, trauriger jetzt. »Aber vielleicht ist sie zu gnädig, Amalric?« Er wandte sich ab und betrachtete den Kampfplatz. Als er fortfuhr, sprach er leise, mehr zu sich selbst. »Gnade allerdings habe ich vielleicht nicht mehr verdient.«

»Was ist denn passiert, um Himmels willen?« Angsterfüllt lief Navenias den Weg zum Fuß des Festungsberges hinab, als sie das Schreien hörte. Schon von Weitem erkannte sie, dass Blanca und Ermengarde gestützt werden mussten. Als sie näher kam, sah sie das Blut auf Ermengardes Gesicht. Aufgewühlte Katharerinnen in ihren dunklen Kutten schwirrten um sie herum wie ein Schwarm aufgescheuchter Krähen und redeten alle durcheinander.

Verlegen standen hinter ihnen eine Schar Knechte, außer Atem, die Stöcke noch in den Händen, mit denen sie ihre Herrinnen verteidigt hatten. Angst stand in die bleichen Gesichter geschrieben.

»Was ist geschehen?«, fragte Navenias wieder, als sie endlich heran war, und hatte bereits ein Tuch hervorgeholt, um Ermengarde das Blut aus den Augen zu tupfen.

Blanca war die Erste, die sich fasste. Mit gewohnter Ruhe richtete sie sich auf. »Nichts, nichts, keine Sorge, das waren nur ein paar Dorfbewohner.«

Die Knechte waren weniger gleichmütig. »Angegriffen haben sie uns«, rief einer.

»Dutzende«, fügte ein anderer hinzu. »Sogar mit Steinen haben sie geworfen.« – »Wenn ich dem einen nicht den Schädel eingeschlagen hätte...« Dabei zitterten ihnen noch immer die Hände, und in ihren aufgerissenen Augen stand die Panik.

»Dorfbewohner?« Navenias konnte es nicht glauben. »Es waren Leute von hier, die euch angegriffen haben? Seid Ihr sicher? Waren es keine Plünderer, Vagabunden, eine Vorhut vielleicht gar? Sind Truppen im Anmarsch?« Ihre Stimme wurde immer schriller, während sie sah, wie Blancas Gesicht sich bleich und bleicher färbte.

An ihrer Stelle antwortete Ermengarde. »Mach dich nicht lächerlich, Navenias. Natürlich waren sie von hier.« Aufgebracht machte sie sich von ihren Helfern los. »Glaubst du, dass alle uns lieben? Nach all dem Frondienst, den sie geleistet haben für den Festungsbau? Und nachdem sie ihr Korn abgeben mussten?« Ermengarde lachte bitter. »Sie sind wütend, weil wir die Truppen Montforts auf sie ziehen. Sie halten uns für Unglücksboten. Hast du noch nicht gehört, dass sie uns ›Krähen‹ nennen? Wo lebst du eigentlich, du ewige Samariterin? Die Kinder rufen es doch über die Straßen!«

Navenias schüttelte den Kopf. Nein, das konnte sie, das wollte sie nicht glauben. So konnten die Menschen doch nicht sein. So sehr konnte die Welt sich doch nicht verändert haben!

Blanca ergriff wieder das Wort. Mit ruhigerer Stimme erklärte sie. »Diese irregeleiteten Seelen glauben, wir hätten Schätze versteckt, irgendwo dort hinten in den Höhlen. Und die wollen sie haben.« Sie lachte bitter. »Als sie gesehen haben, dass wir uns in die Büsche schlugen, dachten sie, wir würden sie zu dem sagenhaften Goldversteck führen, das sie sich vorstellen.« Dabei hielt sie die Brombeerkörbe hoch, in denen nach dem unerwarteten Angriff nur noch ein paar der gesammelten Früchte waren.

»Schätze?«, echote Navenias und starrte fassungslos auf die zerschundenen Gesichter und zerrissenen Kleider dieser Frauen, die in ihrem Leben nie jemandem etwas zuleide getan hatten und die keinerlei Vermögen besaßen oder je angestrebt hatten. Die immer nur an andere dachten, sodass sie von der Sorge und Mühe ausgezehrt und vor der Zeit gealtert waren. So wie auch ich, dachte Navenias und erschrak. »Unsere eigenen Leute?«, fragte sie stattdessen.

»Ich bitte dich.« Ermengardes Stimme war so gallig, dass Blanca ihr einen mahnenden Blick zuwarf. »Hast du noch nie von den sagenhaften Reichtümern der Katharer gehört? Alle Schätze des Orients sollen unser sein. Sogar den Gral sollen wir besitzen.«

»Wenn das wahr wäre«, murmelte Navenias, der die Menschen jeden Tag unter den Händen wegstarben, denen mit ein wenig mehr frischem Essen und mit Medizin hätte geholfen werden können. Aber alles war knapp in diesen Zeiten.

»Versündigt euch nicht, alle beide!« Blanca de Laurac hatte sich wieder gefasst. Sie nahm Navenias' Arm. Milde erklärte sie ihr: »Sie sehen uns alle Tage mit der Bettelschale in die Häuser ihrer Honoratioren gehen. Da schließen sie eben von sich auf andere und denken, wir horten das Geld, das wir erhalten. Sie wissen es nicht besser.«

Doch Navenias' Empörung ließ sich so leicht nicht besänftigen. »Was denken sie denn, woher die Suppe kommt, die wir an die Flüchtlinge verteilen, woher die Nahrung für die Armen, die Medizin, die Verbände? Mit welchem Geld wir an Montségur arbeiten? In was für einer Welt leben wir denn?«

Blanca unterbrach sie. »Aber haben wir denn nicht tatsächlich einen Schatz?«, fragte sie.

Navenias verstummte. Mit offenem Mund starrte sie ihre Meisterin an.

Blanca legte ihr sacht die Hand auf das Herz. »Einen einzigartigen Schatz? Den größten Schatz auf der Welt?« Sie lächelte. »Im Übrigen«, fuhr sie leichthin fort, »ist eben eine größere Spende des Grafen von Toulouse eingetroffen. Sein Bote ist oben bei Esclarmonde. Aber er wird zweifellos bald auch zu uns kommen.«

»Wieso sollte er das tun?«, fragte Navenias. Aber ihre Stimme war leise und tonlos. Schon bei der Erwähnung des Namens Toulouse war es ihr eng um die Brust geworden. Sie hatte das beklemmende Gefühl, keine Luft mehr zu bekommen, obwohl ihr Herz mit aller Macht gegen die Rippen schlug, wie um sich zu befreien. Alles um sie herum begann schwarz zu flirren.

»Er wird kommen«, erwiderte Blanca nur. Sie wusste, dass sie Amalrics Namen nicht zu nennen brauchte. Behutsam trat sie heran und legte Navenias die Hand auf die Wange. »Du solltest ihn empfangen. Es hat keinen Zweck, davonzulaufen.«

Woher weiß sie, dass es in mir zuckt, dachte Navenias, dass ich weglaufen würde, wenn ich noch könnte mit diesen Knien, die so weich sind, mit diesen Beinen, durch die von den Füßen herauf Wellen der Schwäche laufen, die alles aufzulösen drohen?

»Und es gibt auch keinen Grund«, fügte Blanca hinzu. »Wenn du glaubst, er sollte von deinem Sohn erfahren, so hast du meine Erlaubnis. Mach reinen Tisch mit der Vergangenheit, mein Kind. Du hast die Kraft dazu.« Sie drückte Navenias einen Kuss auf die Stirn. »Ich bin so stolz auf dich.«

Navenias brachte keine Antwort heraus. Da war es wieder, das eine Geheimnis, das sie behalten hatte. Niemand in ihrer Gemeinschaft außer Blanca wusste etwas davon. Nur Philippa hatte sie sich anvertraut, aber Philippa war in Lavaur gestorben und mit ihr ein großer Teil jener Vergangenheit.

Ich habe ein Kind! Navenias lauschte den Worten nach. Wie lange hatte sie diesen Satz nicht mehr gedacht. Und sie fügte mit selbstquälerischer Lust hinzu: Ich habe einst gesündigt. Ja, das tat ich. Und ich habe geliebt. Unwillkürlich zuckte sie zusammen. Geliebt! Wie lange ist meine Seele ruhig gewesen wie ein unberührter Teich. Und jetzt mit einem Mal klopft mir das Herz.

Flieh!, rief eine innere Stimme. Es wäre das einzig Vernünftige, wenn sie bedachte, wie ihre Gedanken sich überschlugen, nur weil sie ihn wiedersehen sollte. War sie so wenig gefestigt? Ihr war, als drehte sich alles im Kreis. Was würde er sagen, dachte sie, wenn er die silbernen Haare an ihren Schläfen sah. Noch keine dreißig und schon grau! Aber das war völlig bedeutungslos, sagte sie sich. Wie kam sie nur darauf, so etwas als Erstes zu bedenken! War sie nach allem, was sie erlebt hatte, noch immer so frivol, einem Mann gefallen zu wollen?

»Ich danke Euch für das Vertrauen«, sagte sie leise.

»Ich habe gesehen, wie du lebst, Navenias«, erwiderte Blanca. »Und auch wenn du es vielleicht selbst nicht weißt, ich weiß es. Am Ende bist du die Stärkste von uns allen.« Sie ging und verabschiedete sich mit einem Lächeln, für das Navenias in diesem Augenblick unendlich dankbar war. Dennoch stieg ein Geräusch in ihrer Kehle hoch, von dem sie selbst nicht wusste, ob es ein Lachen war oder ein Schluchzen.

Erschrocken schlug sie die Hand vor den Mund. Eine Weile stand sie so da, allein zwischen den Zikaden, die im Chor die Zeit zersägten. Da hörte sie seine Stimme, leise, fragend: »Navenias?« Sie fühlte eine Berührung an der Schulter.

Erschrocken fuhr sie herum.

»Amalric«, sagte sie. Schon der Anblick seiner Hand auf ihrer Schulter trieb ihr die Tränen in die Augen. Sie war so hager und braun und vertraut. Sie hatte so oft die ihre gehalten. »Amalric!«

Ehe Navenias wusste, was sie tat, fiel sie ihm um den Hals und schluchzte laut, die Arme fest um ihn geschlungen. Wie gut, wie tröstlich war es, dass er sie ebenso fest hielt. Sie schloss die Augen und wünschte sich nur, dass es ewig so bliebe, dass er sie auf die Arme nähme wie ein krankes Kind und von hier forttrüge, irgendwohin, wo es keinen Schmerz und kein Leid und keinen Krieg mehr gab.

Amalric spürte, wie sie erbebte, und presste sie an sich. Wieder und wieder murmelte er mit heißem Atem ihren Namen in ihr Haar. Unwillkürlich wanderten seine Hände über ihren Rücken, ihre Taille. Als sie sich losmachte, errötete er heftig. Verlegen setzte er zu einer Entschuldigung an, aber sie schaute ihm nur kurz und forschend in die Augen und küsste ihn dann mit Heftigkeit auf den Mund. Amalric war so verblüfft, dass er einen Augenblick brauchte, ehe er etwas tun konnte. Dann aber erwiderte er den Kuss mit derselben Heftigkeit und Gier. Langsam schmolz die Unsicherheit der beiden dahin, und was sie taten, wurde werbender, zärtlicher, inniger. Es war ein langes, atemloses Zwiegespräch, das sie führten. Als sie sich voneinander lösten, wussten sie zunächst nicht, was sie sagen sollten.

»Nimm mich mit«, bat sie schließlich.

»Ja«, sagte er atemlos, und wiederholte es: »Ja.« Und noch einmal, lauter, mit überbordender Freude: »Ja!« Wieder zog er sie an sich.

Sie schmiegte sich an ihn. Wie sie in seine Arme passte. Es fühlte sich an, als wären sie beide genau dafür geschaffen. Er würde sie mitnehmen. Er würde ihr ihren Garten bauen. Sie würde jeden Morgen neben ihm erwachen. Seite an Seite mit ihm arbeiten. Er würde seine Lieder für sie singen. Er würde da sein.

»Ja«, bekräftigte er noch einmal.

»Irgendwohin, wo wir allein sind.«

»Ja, Navenias.« Er strich ihr die wirren Haare aus dem Gesicht.

»Wo niemand ist, den wir kennen.«

»Ja, Geliebte.«

»Wo nicht gemordet wird.«

Er presste sie an sich. »Wir könnten über die Pyrenäen gehen«, schlug er vor. »Oder nach England; dort habe ich Freunde. Oder nach Marseille«, fügte er hinzu, als er ihr Gesicht sah.

All diese Namen wirklicher Orte, sie klangen grob in Navenias' Ohren, enthielten die raue Drohung, dass ihr Vorhaben unmöglich war. Aber sie wollte, sie wollte es so sehr. Rasch vergrub sie ihr Gesicht an seiner Brust, auch wenn Angst und Scham sich in ihre Eingeweide krallten. Sie hielt Amalric nur umso fester. »Ich liebe dich«, murmelte sie. »Ich liebe dich so sehr. Und es tut mir alles so leid.«

Er legte ihr die Hand unter das Kinn und hob ihr Gesicht, um sie ansehen zu können. »Es gibt nichts, was dir leidtun müsste«, sagte er sanft und gab ihr noch einen Kuss, in den salzig ihre Tränen flossen. »Ich liebe dich schon mein Leben lang.«

Sie schluchzte so heftig, dass es sie schüttelte. »Und ich war immer so, so abweisend zu dir. Dabei habe ich … dabei wollte ich … « Der Rest des Satzes ging in Weinen unter und in seiner heftigen Umarmung.

»Du hast getan, was du tun musstest«, raunte er. Flüchtig schoss es ihm durch den Kopf, dass er dasselbe auch zu Toulouse gesagt hatte. Und er musste lächeln. »Du musst dir keine Sorgen mehr machen«, fuhr er fort. »Ich rede mit Blanca, und dann … «

»O Gott«, rief sie. Sie spürte, dass sie sich übergeben musste. Der Schweiß brach ihr aus. »O mein Gott … «

»Pst, pst«, beruhigte er sie. »Sie wird es verstehen, glaub mir. Alles wird gut werden.«

»Ich, ich … « Navenias war nicht in der Lage, auszudrücken, welch widerstreitende Gefühle in ihr tobten, Angst und Freude und Hoffnung und Selbsthass. Und Scham, das vor allem, Scham. Jemand wie sie konnte nirgendwo mehr hin. »Ich, ich, ich war nicht gut zu dir«, stieß sie hervor und krallte sich Halt suchend an seinem Wams fest.

»Das ist Unsinn, Liebste«, sagte er und mühte sich, ihre verkrampften, bebenden Hände zu lösen, um sie in den seinen zu bergen.

»Doch, und ich will, dass du mir verzeihst«, stieß sie hervor, kaum wissend, was sie da sagte. »Du musst mir vergeben, hörst du?«

»Aber wieso vergeben?«, lachte er. Wieder versuchte er ihr in die Augen zu sehen. »Da ist nichts zu vergeben, mein Herz.« Er liebkoste mit seinen Lippen sanft die Lider ihrer geschlossenen Augen.

»Doch«, widersprach sie tonlos. »Doch, doch. Ich habe dieses Leben hier mit einer Lüge gelebt, mir und allen anderen gegenüber. Immer habe ich verborgen, was ich tief in mir fühlte. Ich will dir gegenüber nicht auch unaufrichtig sein. Aber du musst mir verzeihen, bitte!« Sie schrie nun beinahe. Rotz und Tränen liefen ihr über das verzweifelte Gesicht.

Amalric war ratlos. »Schau«, sagte er dann, in dem Versuch, ruhig zu klingen. »Wir lieben einander. Wir werden hier weggehen und zusammen leben. Was kann denn noch geschehen? Ich rede zuerst mit Blanca, dann reite ich nach Marmande, wo Toulouse die Belagerer der Stadt bedrängt, und dann ...«

»Marmande?«, echote Navenias.

»Ja«, bestätigte er, ein wenig erstaunt. »Warum?«

Navenias sank in sich zusammen. Wenn sie für Augenblicke geglaubt hatte, sie könnte einfach schweigen, die Vergangenheit vergessen und weitergehen, dann fegte die Erwähnung dieses Namens all ihre Hoffnungen hinweg. »Weil«, sagte sie tonlos, »in Marmande Paris lebt, mein Sohn lebt.«

»Dein Sohn.« Jetzt war es an Amalric, dumpf zu wiederholen, was sie sagte. Es schien eine Weile zu dauern, bis er begriff, was ihre Worte bedeuteten, eine ganze lange Weile, während der er nur dastand und es nicht einmal fertigbrachte, sie anzusehen. »Die heilige Navenias«, sagte er dann langsam.

Sie krümmte sich, als wäre sie geschlagen worden. »Bitte, Amalric«, begann sie, »lass mich erklären.«

»Was sollte es da zu erklären geben?«, fragte er zurück und hob abwehrend die Hände, als sie weitersprechen wollte.

Sie senkte den Kopf und schwieg.

»Wer ist der Vater?«

»Bitte, Amalric.« Sie klang gequält. »Du musst mir vergeben. Bitte.«

Er schüttelte den Kopf. Schritt für Schritt entfernte er sich von ihr. »Wer?«, rief er.

»Amalric!«

»Nun, habt ihr euch ausgesprochen?«

Amalric fuhr herum. »Dame de Laurac«, stotterte er und brachte mit Mühe eine Verneigung zustande. »Segnet und erbarmet Euch meiner, Herrin.«

»Gott segne und geleite Euch, mein Herr. Hier habe ich den Brief der Dame de Foix für den Grafen von Toulouse.« Sie übergab ihm das versiegelte Schreiben. »Ich muss Euch bitten, Euch zu beeilen.«

Amalric starrte noch einen Moment Navenias an, dann verneigte er sich knapp.

»Ach, und noch eine persönliche Bitte.« Sie lächelte ihn an, seine Anspannung übergehend. »Bringt uns den Knaben, Paris. Es wird Zeit, dass wir mit seiner Erziehung beginnen.«

»Blanca!«, rief Navenias entsetzt und schlug sich die Hand vor den Mund.

Amalric erwiderte kein Wort. Blass wie der Tod wandte er sich ab und ging.

7.

Die Stadt Marmande, zwei Wochen später

Amalric starrte auf die Flammen, die von Marmande aufstiegen. Es war ein Anblick, den er schon allzu oft gesehen hatte. Seit zwei Wochen ging ihm dieser Name durch den Kopf, der in sein Leben eingedrungen war wie ein Dorn in die Haut. Paris. Irgendwo dort unten lebte er.

»Sie plündern«, stellte der Mann neben ihm fest. »Dabei ist die Stadt gar nicht katharisch.«

»Er muss seine Truppen bei Laune halten.« Der Graf von Toulouse bemühte sich, seine Stimme ruhig klingen zu lassen. »Nun, das ist die Gelegenheit für uns. Marmande ist nicht zu retten. Der Tross von Montfort aber lagert nur leicht bewacht vor der Stadt.« Er sammelte seine Männer, die darauf brannten, wenigstens dies noch zu tun.

Amalric aber war nicht mit dem Herzen bei der Sache. Er wusste, seine Gefährten würden sich rächen wollen für das, was im selben Augenblick in Marmande selbst geschah, sie würden ein Blutbad anrichten und keinen am Leben lassen, sie würden rauben, brandschatzen, schänden und morden. Er selbst aber war mit einem Mal so stumpf. Es war, als hätte all seine Wut auf den Feind sich verbraucht. Und dann wieder war ihm, als hasse er Navenias, glühender, als er je die Kreuzfahrer gehasst hatte.

Amalric wischte sich über die Stirn. Er war müde, so müde. Drei Nächte lang hatte er nicht geschlafen, oder waren es vier? Zuerst war er geritten, dann hatte er wach gelegen und in den Himmel gestarrt, der immer noch voller Sterne war, auch wenn die Welt der Menschen verbrannte. Wozu?, hatte er gedacht. Wozu noch dieser Zauber? Er hatte sein Schwert gezogen und ins Gras gehauen, damit die Zikaden schwiegen. Er hatte die Blüten des Ginster als Kränkung empfunden. Wie konnte die Welt es wagen, noch schön zu sein? Dort vorn, Marmande, das unterging, ja, das entsprach seiner Stimmung.

Einer, der dort vermutlich gerade schreiend und unter Qualen starb, war er, ihr Sohn, dieser Knabe: Paris. Wie war sie nur darauf gekommen: ein trojanisches Prinzchen, das nichts als Unglück über die Seinen gebracht hatte. Hatte sie wohl geschrien, als sie ihn empfing, vor Lust? Hatte sie sich gewunden in den Armen jenes anderen Mannes und gekeucht? Wer war wohl der Vater? Ein Mönchlein? Oder ein katharischer Heiliger, einer ihrer edlen Brüder? War man sich beim Gebet nähergekommen? Oder war es ein Soldat gewesen? Hatte – ein plötzlicher Hoffnungsschimmer – ein Söldner sie vergewaltigt? So viele Frauen hatten das in den letzten Jahren erdulden müssen. Warum sollte sie verschont geblieben sein? Der Gedanke ließ Amalric auffahren. Sein Herz schlug schneller. War es das? War er ein Narr gewesen?

»Amalric, was ist Euch?«

»Nichts, Herr.« Er suchte sich zu entspannen und seine Gedanken zu sammeln, die sich schneller und schneller drehten. Mit rasender Geschwindigkeit wuchs die Hoffnung in ihm. Und im selben Maße sein Entschluss. »Ich habe einen Auftrag der Dame de Laurac«, stieß er hervor. »In der Stadt lebt ein Junge aus ihrer Verwandtschaft, den sie in ihrem Konvent erziehen will. Ich soll ihn hinbringen.«

Der Vizegraf schüttelte verständnislos den Kopf. »Dort wird jetzt gestorben, Amalric.«

»Ich weiß.«

»Die Dame de Laurac mag ja eine Heilige sein ...«

»Ich weiß.«

Der Vizegraf stieß ein hilfloses Lachen aus.

Amalric hob den Kopf. »Heißt das: ja?«

Wenig später stand Amalric in einem Inferno. Das lag nicht nur an den Rauchwolken, die fett und zäh in den Gassen hingen und Amalric dazu zwangen, sich sein Halstuch auf Nase und Mund zu pressen. Auch der Gestank, der aus der Gosse und aus den Häusern drang, war unerträglich. Die Wochen der Belagerung und des Mangels hatten Marmande ihren Stempel aufgedrückt. Die Wege waren übersät mit Unrat. An nicht wenigen Türen war ein weißes Kreuz aufgemalt, das vor der Seuche warnen sollte, und die toten Körper von Mensch und Tier, die madenwimmelnd vor den Schwellen lagen, weil niemand mehr die Kraft gehabt hatte, sie abzuholen, stanken geradezu bestialisch. Und überall waren Ratten. Sie liefen nicht einmal mehr vor ihm davon.

Hustend und mit tränenden Augen kämpfte Amalric sich vorwärts. Immer wieder tauchten Gesichter aus dem Rauch auf, mit aufgerissenen Augen, verzerrtem Mund, Blut, das grell über die Haut lief. Manche waren in Panik flüchtende Einwohner, andere waren feindliche Soldaten. Amalric hielt sein Schwert in der Rechten, stets bereit zum Zuschlagen,

Auf den Straßen lagen Hausrat, zerschmetterte Möbel, Scherben, Stoffbündel, und noch immer flog vieles aus den Fenstern, sodass er sich geduckt an den Hausmauern entlangbewegte. Je tiefer er in die Stadt eindrang, desto weniger Leichen lagen herum. Aber überall hing es in der Luft: dieses Geschrei, die verzweifelten Stimmen von Frauen. Amalric wusste, was es bedeutete, und verschloss seinen Geist dagegen. Er stieß mit dem Schwertknauf zu, drängte auf ihn zutaumelnde Gestalten zur

Seite, hieb mit der flachen Klinge auf alles, was sich ihm in den Weg stellte. Ihm blieb nicht viel Zeit.

Die Gasse, die Blanca ihm bezeichnet hatte, lag hinter der Kirche. Seit den Ereignissen von Béziers hatten die Menschen es aufgegeben, dort Asyl zu suchen. Auch Marmande war nicht katharisch, auch hier wussten die Einwohner nicht, wie ihnen geschah, verstanden nicht, dass sie in eine Auseinandersetzung der Mächtigen geraten waren, die nicht mehr fragte nach ihrem Glauben, der es genügte, dass sie sich widersetzt hatten, um mit aller Härte zuzuschlagen.

In die Kirche waren offenbar nur wenige Alte geflüchtet. Amalric sah ihre Leichen im Mittelschiff liegen, dazu die Soldaten, die dabei waren, goldene Leuchter und kostbare Stoffe an sich zu raffen, so viel sie tragen konnten, und die über die Beute in Streit miteinander gerieten. Er schlich sich vorbei, ohne Aufmerksamkeit zu erregen.

Auf den Stufen lag ein Mann, den er für tot gehalten hatte, doch dann hob der den Kopf und streckte die Hand nach ihm aus. Aus dem aufgerissenen Mund kam ein Schwall von Blut. Mit Grauen sah Amalric das nackte Hirn beben in dem gespaltenen Schädel, den kaum noch etwas zusammenhielt. Dass dieser Mensch noch lebte, schien kaum möglich. Dennoch wollte die Hand nicht zu Boden sinken.

Amalric stand einen Augenblick lang da wie erstarrt. Der Mann dort war verreckt, und er wusste es noch nicht. Unwillkürlich tastete er nach den eigenen Gliedmaßen. »Ich wünsche dir einen guten Tod«, murmelte er schließlich und drückte sich vorbei.

Wenig später war er in den Schatten einer Gasse eingetaucht, in der ein seltsamer Frieden herrschte. Kein Mensch war zu sehen, die Straße war verlassen, bis auf die Ratten, die friedlich herumschnupperten, jedoch wenig mehr fanden als trockenes

Laub und Apfelschalen. An einer Mauer standen zwei geflochtene Hocker, so als hätten die, denen sie gehörten, sie eben erst verlassen, um sich zu ihrem Abendschwatz einen Becher Wein zu holen. Aus den geschlossenen, noch unversehrten Türen drang kein Laut. Er suchte nach dem ihm bezeichneten Haus und klopfte energisch mit dem Schwertgriff an die Pforte.

Hysterisches Kreischen antwortete ihm, das rasch, wie von unsichtbarer Hand, beschwichtigt wurde, dann das leise Trappeln von Füßen. Offenbar flüchteten die Bewohner ins obere Stockwerk. Ohne viel Hoffnung klopfte Amalric ein zweites Mal. Mit dem Blick maß er schon die Fassade, ob er einen Weg fände, nach oben zu klettern. »Ich komme im Auftrag der Dame de Laurac«, rief er.

Drinnen herrschte inzwischen eine so tiefe Stille, dass er es schon aufgegeben und die Zweige eines kräftigen alten Weinstocks ergriffen hatte, der sich an der Hauswand festklammerte, um so in das zweite Stockwerk zu gelangen, wo noch nicht alle Fensterläden fest geschlossen und vernagelt waren. Da endlich öffnete sich mit einem zaghaften Quietschen die Tür. Ein dicklicher Mann musterte ihn, einen Knüppel über den Kopf erhoben, der in seiner Hand zitterte vor Furcht.

»Endlich«, seufzte Amalric und ließ die Weinranken los. »Ich komme, um den Knaben zu holen und nach Montségur …« Weiter kam er nicht, weil ein kupferner Nachttopf aus dem Fenster über ihm herunterfiel und ihn schmerzhaft am Kopf traf.

»Au, verflucht«, schrie Amalric wütend.

Im Fenster erschien das Gesicht einer Frau. »Ich habe dir gesagt, dass wir in die Kirche gehen sollen, du alter Narr«, schimpfte sie zu dem Mann nach unten. »Schnell, gib ihm den Rest.«

»Macht keinen Fehler«, prustete Amalric, der sich angeekelt

die stinkende Flüssigkeit aus den Augen zu wischen suchte. »Ich will Navenias' Sohn retten.«

Der dicke Mann kam vorsichtig von der Seite näher, angetrieben von den schrillen Rufen seiner Frau, die inzwischen dazu übergegangen war, mit allem zu werfen, was ihr unter die Finger kam, einem Krug, einem Kissen, einem hölzernen Wandkruzifix, einem Schemel. Sogar ein Schuh kam geflogen. »Hör auf, Weib«, rief der Dicke, ohne den Knüttel sinken zu lassen.

Amalric, der wieder sehen konnte, lächelte ihn bitter an. »Was ist nun, übergebt Ihr mir Paris? Oder ermordet Ihr mich mit Eurer Bettstatt?« Wie als Antwort darauf war von oben das Schaben von Holz auf Holz zu hören.

Der Mann packte Amalric am Arm und zog ihn in den dunklen Flur. »Ich bin Bernard«, sagte er und fügte hinzu, als draußen in einer Wolke von Splittern sein Bett zerbarst: »Sie würde ihr Leben für den Jungen geben, wisst Ihr.«

»Wenn sie will, dass er lebt, übergibt sie ihn mir«, erwiderte Amalric. »In Montségur wird er in Sicherheit sein.« Etwas weniger unwirsch nun schaute er Bernard an. »Wollt Ihr auch mit mir kommen?«

Der schüttelte den Kopf. »Wir sind keine Credentes«, sagte er. »Keine Gläubigen.«

Amalric verzog den Mund zu einem Lächeln. »Ich auch nicht«, gestand er. »Aber sie können einen beeindrucken, nicht wahr?«

»Als ich den Jungen zum ersten Mal im Arm hielt ...« Ein lautes Krachen unterbrach Bernard. Sie steckten den Kopf aus der Tür und sahen, wie die bunten Fenster der Kirche zersplitterten und die Scherben auf der steinernen Gasse tanzten wie Blutflecken. Bald darauf wurde das Hurrageschrei der Söldner lauter.

»Ihr solltet es Euch überlegen«, wiederholte Amalric.

Aber Bernard hatte sich zu seiner Frau umgewandt, die weiter oben auf der Treppe stand. »Er wird Paris retten«, sagte er.

Hastig schlug sie das Kreuzzeichen. Dann griff sie hinter sich und zog ein widerstrebendes Kind hervor, das sich bisher hinter ihren fülligen Hüften verborgen gehalten hatte. Es war ein Junge von vielleicht zehn Jahren, dünn wie ein Grashüpfer, mit großen dunklen, vor Schreck geweiteten Augen. Als seine Pflegemutter ihn mit einem Schubs dazu anhielt, die restlichen Stufen zu dem fremden Ritter hinunterzusteigen, schaute er sich zögernd zu ihr um. Auf der Gasse war das Klirren von Metall zu hören und die Rufe von Männern.

Sie erstickte ein Schluchzen mit ihrem Taschentuch. Über den Stoff hinweg versuchte sie ein Lächeln. Sie nickte tonlos. »Geh nur«, brachte sie dann heraus.

»Ihr könnt durch die Hintertür hinaus«, sagte Bernard leise. »Quer über den Hof und durch die grüne Tür, dann kommt ihr auf die Gasse der Gerber. Paris, du zeigst dem Mann, wie man durch Guillelms Werkstatt bis zur Stadtmauer kommt.«

In die Augen des Jungen kam ein wenig Leben. »Darf ich wirklich zwischen den Becken durch?«, fragte er hoffnungsvoll. Seine Vorfreude, bislang verbotenes Terrain zu betreten, war so offensichtlich, dass seine Ziehmutter ihn gerührt an sich drückte.

»Wir müssen uns beeilen«, mahnte Amalric, der durch die offene Tür spähte und sein Schwert bereithielt. Der Mann und die Frau zogen Paris ein letztes Mal an sich und küssten ihn. Sie schauten Amalric an. »Gott behüte Euch auf all Euren Wegen.«

Der nickte ungeduldig. »Verschanzt euch oben«, riet er ihnen, während er den Jungen schon an der Schulter packte und zur Hoftür schob. »Und malt das weiße Kreuz an eure Tür. Vielleicht schreckt es sie ab.«

Wie ein gehetztes Wild rannte Amalric dann los, den Jungen dicht hinter sich. Er musste ihm nun nicht mehr zurufen, sich zu beeilen; der Kleine schien es für ein Spiel zu halten und bewegte sich überaus schnell und geschickt. Er entriegelte die bezeichnete Pforte und zog Amalric am Ärmel zu der Werkstatt, von der Bernard gesprochen hatte.

Die Gerber übten ihr übel riechendes Gewerbe am Rande der Stadt aus, nahe der Mauer, umgeben von einer Brache, über die sie nun hetzten, immer auf die Mauer zu, in deren Schatten sie kurz verharrten. Amalric schaute sich um. Er überlegte, welches Tor ihnen am nächsten lag. Es würde gefährlich sein, es dort zu versuchen. Aber es war der einzige Weg hinaus.

Da entdeckte er einen kleinen, schmutzigen Wasserlauf, der die Becken der Gerber speiste und wieder abfloss, um in einer kleinen Maueröffnung zu verschwinden. Neugierig bückte er sich. Das Gitter, das die Öffnung verschloss, sah massiv aus. Als er jedoch dagegenschlug, stellte er fest, dass das Metall angefressen war und beinahe zerbröselte. Er holte erneut aus. »Der Krach wird uns verraten«, meinte der Junge.

Amalric antwortete nicht. Ein weiterer Schlag, dann war der Weg frei. Die Öffnung war klein, beinahe zu klein. Er richtete sich auf. »Kannst du tauchen?«, fragte er.

Der Junge schaute ihn an. Und zum ersten Mal sah Amalric in Muße dessen Gesicht: die blonden, von der Sonne ausgebleichten Haare, die zerzaust um seinen Kopf standen, das runde Gesicht mit der vorwitzig aufwärtsgebogenen Nase, vor allem aber die nun, im Freien, gar nicht mehr dunkel wirkenden, sondern eher honigbraunen Augen, die in ganz eigener Weise das Licht auffingen. Und er taumelte zurück gegen die Wand. Ein Surren war zu hören, dann schlug ein Pfeil neben ihm in das Holz des Mauerfachwerks ein. Die Augen des Jungen weiteten sich.

Wie oft hatte Amalric diesen Blick schon gesehen? Bei dem Jungen, mit dem gemeinsam er vom höchsten Ast der Weide in den Fluss gesprungen war. Bei dem Mann, mit dem er Seite an

Seite einer anstürmenden Reiterreihe entgegengeblickt hatte. Ihm war zumute, als presse ihm jemand das Herz zusammen. Der nächste Pfeil schlug ein, in die Augen des Kindes traten Tränen. Amalric rührte sich nicht. Er war gestorben vor langer Zeit schon; er hatte es nur nicht gewusst. Ein dritter Pfeil.

Paris geriet in Panik. Er packte die Hand des Ritters und zog daran. Er wimmerte.

Amalric kam es vor, als geschähe alles in einem Traum. »Ihr habt's versprochen. Versprochen!«, hörte er die in Panik brechende Stimme.

Leise sagte er: »Amiel?«

8.

Paris, im Jahr 1229

Es war ein kühler Tag, und der Himmel hing drückend und grau über Paris. Raymond de Toulouse erschauerte. Er war der Sohn des verstorbenen Grafen von Toulouse. Wie schon sein Vater war er erst exkommuniziert und dann verbannt worden. Und wie dieser hatte er den größten Teil seines Lebens um sein Land einen langen und grausamen Krieg geführt, den er nicht gewollt hatte. Doch das war nun vorbei. Raymond stand barfuß vor der Kathedrale von Notre Dame. Ihn fröstelte, nicht nur wegen seiner bloßen Füße, sondern auch des dünnen Büßerhemdes wegen, das er als einziges Kleidungsstück trug. Um seinen Hals lag ein Strick, dick und rau, zum Zeichen seiner moralischen Verurteilung.

Er war noch jung, und obwohl er begriffen hatte, dass er diesen Krieg nicht gewinnen konnte, und die Verhandlung gesucht hatte, knirschte er mit den Zähnen ob der Demütigung, der sich zu unterwerfen man ihn nun per Vertrag zwang.

Raymond wusste, dass die Blicke des gesamten französischen Adels bei diesem Bußgang auf ihm ruhten. Der Prunk der Pairs, denen er doch von Geburt und Rang gleichgestellt war, ihre Edelsteine, Goldstickereien, die Pelzbesätze, Schleppen und wippenden Hutfedern, die juwelenbesetzten Waffen, das alles schien ihn zu verhöhnen.

Als ob es nicht genügte, dass er zwar seinen Titel zurückgewann, doch seine politische Unabhängigkeit gänzlich verlor. Immerhin, suchte er sich zu sagen, wird die Schlinge nicht zugezogen werden. Seine Erniedrigung war eine Formalität. Nachher würde er wieder in seine vorigen Kleider schlüpfen und in seine Residenz zurückkehren. Wie ein geprügelter Hund, dachte er bitter.

Er bemerkte, dass die dunklen Augen einer schönen Frau in gelber Seide und in Zobel auf ihm ruhten, die ihn über ihren Fächer hinweg so verächtlich betrachtete, als wäre er ohne Robe gar kein Mensch mehr. An einem anderen Tag hätte er ihr den Hof gemacht und ihr etwas in ihr brillantengeschmücktes Ohr geflüstert. Heute hob er nur spöttisch eine Braue. Sie schnappte nach Luft und wandte sich brüsk ab.

Sträub die Federn nicht zu sehr, schönes Kind, dachte Raymond, in wenigen Tagen werde ich mit dem französischen Königshaus verwandt sein. Nicht dass ich etwas davon hätte. Es ist nur ein weiterer Scherz Fortunas. Ein Windstoß kam, und erneut erschauerte er in dem dünnen Stoff seines Hemdes. Heute jedenfalls beliebte die Göttin über ihn zu lachen. Am liebsten hätte Raymond den Strick abgenommen und ihn zu Boden geschleudert und wäre gegangen. Der Blick der Schönen brannte mehr, als er zugeben wollte. Aber er musste diesen Auftritt hinter sich bringen.

Er tat dies nicht nur für sich, er tat es für sein zermürbtes Land. Und für seine Familie, die ihre ererbten Rechte zu verlieren drohte. Für seinen Sohn, der heimatlos wäre ohne ihn.

Aber ihm war, als bekäme er keine Luft mehr, ganz so, als schnitte das Hanfseil wirklich in seinen Hals, und er biss die Kiefer fest aufeinander.

Ludwig VIII. von Frankreich sah dem Schauspiel gelassen zu. Auch er war erst jüngst auf seinen Vater gefolgt, und genau wie Raymond hatte er diesen Konflikt geerbt. Aber er wusste, dass er ihn diesmal gewinnen würde. Deshalb sah er heute, im Glanz seines Hofstaates, viel zufriedener drein als der gedemütigte

Tolosaner. In Hermelin gehüllt saß er in seiner Loge und drehte an seinem Siegelring. Ein neues Kreuzzugsheer war auf dem Weg nach Süden, um die französische Übermacht endgültig zu festigen. Neben dem König stand dessen Bruder, Alfred von Poitiers, der die Tochter des Rebellen heiraten würde, der an ihnen vorbeischritt, auf dass Raymond von Toulouse sie niemand anderem geben konnte, um damit Bündnisse gegen Frankreich zu schließen.

Das meiste allerdings war nun getan: Der Graf von Toulouse würde die Markgrafschaft Provence abtreten; auch seine Besitzungen im Languedoc gingen zum großen Teil an den König. Und die Kirche hatte die Grundlagen für eine völlig neue Behörde geschaffen, die das Rückgrat des Katharismus endgültig brechen würde: die Inquisition. Nachher in der Sitzung würde man den Tolosaner damit bekannt machen, wenn es darum ging, die einzelnen Paragraphen des Friedensvertrages von Meaux miteinander durchzugehen und endlich zu unterschreiben. Er fragte sich, was Raymond wohl dazu sagen würde. Ludwig lächelte. Mit schräg geneigtem Kopf betrachtete er Raymond, der nun dicht an seinem Platz vorbeikam. Sieh mich an, dachte er, sieh mir in die Augen, und erkenne deine Zukunft.

In diesem Moment hob Raymond den Kopf, und ihre Blicke trafen sich.

»In diesem Vertrag, den wir den Vertrag von Meaux nennen werden, wird der Frieden zwischen der Grafschaft Toulouse und dem Königshaus von Frankreich festgeschrieben, welches es begrüßt, dass sein Kronlehen in den Schoß des Reiches zurückgekehrt ist.« Ludwig sah sich triumphierend um. Flankiert von der Riege seiner Berater und der hohen Geistlichkeit, stand er am einen Ende der langen Tafel. Am anderen Ende lehnte der

Graf von Toulouse, unterstützt von zwei Adligen, die nickten, wenn er es tat, wie gerade jetzt, und die ansonsten keine Miene verzogen. Oh, wie sie ihn hassten, Ludwig konnte es spüren. Aber es gab nichts, was sie gegen ihn hätten unternehmen können.

Hinter Toulouse stand verschleiert seine Tochter, die er nach der Unterzeichnung dem Königshaus zu übergeben hatte. Sie stand mit gesenktem Kopf da und schwieg. Ludwig beschloss, da sie sich so trotzig gab, den Tag ihrer Hochzeit mit Alfred möglichst lange hinauszuschieben. Zumindest so lange, bis ihr Ruf vollkommen ruiniert war.

Toulouse selber zeigte Haltung. Er trug wieder den bestickten Rock und einen Mantel mit Pelzbesatz. Doch er war so blass, als wäre er krank.

Ludwig hob die Stimme ein wenig und fuhr fort. »Nun ist es zwar so, dass der Krieg erfolgreich war, die Städte und Gemeinden sind wieder gehorsam. Aber die ärgerliche, gotteslästerliche Ketzerei des Katharismus ist dennoch nicht ausgerottet.« Er hieb in wohlberechnetem Zorn auf den Tisch. »Erst vor Kurzem haben sie einen neuen Bischofssitz in Castres eingerichtet, und Montségur ist zu einer Festung ausgebaut worden, die ihr neuer Kirchensitz werden wird. Zwar sind die festen Häuser weitgehend zerstört, in dem ihre unzüchtigen Weiber hausten.« Er schaute sich drohend in der Runde um.

Ein Bischof beugte sich seinem Nachbarn zu und flüsterte diesem ins Ohr: »Stellt Euch vor, sie sollen dort die Blutschande unterstützt und gefördert haben. Jawohl.« Er nickte alttestamentarisch.

Einer aus dem Gefolge Raymonds konnte sich nicht beherrschen und rief: »Den Katharern ist alle Sexualität unrein. Die zwischen Blutsverwandten ist so schändlich wie jede, aber nicht schändlicher.«

Der Bischof streckte seinen hageren Finger aus. »Da hört ihr es. Da habt ihr's.«

»Schweigt!«, donnerte Ludwig. Der König warf allen einen strafenden Blick zu. Dann fuhr er fort. »Es sind also Erfolge da. Aber die Männer, die reisenden Prediger, sind fast unmöglich zu ergreifen. Und noch immer unterstützt die Bevölkerung sie in schamloser Weise.«

Raymond hörte der folgenden Predigt nicht zu. Er würde eine eilige Nachricht nach Hause senden müssen. Die weiblichen Perfecti der Familie sollten sofort konvertieren. Andernfalls müsse man sie dazu zwingen. »Verheiratet sie. Oder bringt sie dazu, öffentlich einen Eid zu schwören. Es hat Eile«, würde er schreiben. »Schon im November wird eine Synode in Toulouse zusammentreten und die Bedingungen der Ketzersuche verkünden. Sie nennt sich Inquisition.« Frankreichs König hatte ihm mit viel Freude erklärt, was es damit auf sich hatte. Eine flächendeckende, mit allem bürokratischen Aufwand betriebene Verfolgung, der niemand, ob hoch oder niedrig, entgehen würde.

Hinter dem König flüsterte es noch immer: »Die Laien dürfen predigen, die Prediger ernähren sich von ihrer Hände Arbeit wie irgendein Bürger. Sie treten die gottgewollte Trennung von Klerus und Bürgern in den Staub.«

»Sie erlauben das Zinsnehmen«, bestätigte ein anderer, »wie die Juden.«

»Sie glauben an eine Wanderung der Seele, wonach der Mensch als ein anderer wiedergeboren werden kann, Adliger als Knecht, hoch als niedrig. Sie stellen die Ordnung der Welt auf den Kopf.«

»Ruhe«, ermahnte Ludwigs Bruder Alfred die Kleriker, »hört den König.«

Ludwig VIII. nickte ernst. »Wir unterstützen die Arbeit des Päpstlichen Legaten, der in Kürze in Toulouse die örtlichen

Bischöfe anweisen wird. Geplant ist, dass in allen, ich wiederhole, in allen Pfarreien Untersuchungskommissionen eingerichtet werden. Mir ist klar, dass es schwierig werden kann, dafür die geeigneten Männer zu finden, sprich: solche, die den Katharern nicht persönlich verbunden sind. Aber diese Schwierigkeiten werden gelöst werden. Es werden allgemeine Verhöre stattfinden. Dazu aufgefordert werden alle Männer ab vierzehn Jahren und alle Weibsbilder ab zwölf. Man wird sie schwören lassen ...«

Allgemeines Gemurmel erhob sich. »Katharer schwören nicht.« – »Das ist geschickt.« – »So wird man sie sofort erkennen.«

Raymond senkte den Kopf. Ludwig blickte ihn triumphierend an, ohne in seiner Rede innezuhalten.

»... schwören lassen also, dem wahren Glauben anzugehören und die Inquisition in vollem Umfang zu unterstützen. Wir beabsichtigen außerdem, ein umfassendes Netz von örtlichen Zeugen einzurichten, die uns unentdeckte Katharer melden sollen.«

»Denunzianten«, konnte Raymond sich nicht beherrschen zu murmeln. »Denen man ein Drittel des Vermögens der Beschuldigten verspricht.«

»So ist es.« Ludwig nickte nachdrücklich, mit der in seinen Augen äußerst praktischen Regelung hochzufrieden. »Den Rest teilen sich die gräflichen oder örtlichen Behörden und der Bischof, der das Verfahren leitet. Ebenso wird im Übrigen mit dem Vermögen von Freunden und Förderern von Ketzern verfahren, diese werden ein Viertel ihres Geldes verlieren, sofern sie uns keine Informationen über ihre Verbindungen geben.« Er warf einen Blick in die Runde.

Zustimmend nickten die Bischöfe und die Adligen einander zu.

Ludwig fuhr fort: »Im Falle einer Bekehrung werden die Schuldigen umgesiedelt, um sie aus ihrer verderblichen Umgebung herauszureißen und sie in die Nachbarschaft guter Christen zu bringen. Auf ihrer Kleidung soll ein gelbes Kreuz angebracht werden. Auch sollen sie lebenslang keine öffentlichen Ämter mehr bekleiden dürfen. Sollten wir allerdings feststellen, dass die Bekehrung vorgetäuscht wurde und nur aus Angst vor Bestrafung erfolgte, so wird lebenslange Kerkerhaft verhängt.«

Raymond schnappte nach Luft. »Das ist doch widersinnig!«, entfuhr es ihm. »Wie soll man so etwas feststellen? Wie sich gegen einen solchen Vorwurf verteidigen, wenn er erhoben wird?« Raymond versuchte, noch etwas zu sagen, aber Ludwig fuhr fort:

»Beim Verdacht der Ketzerei wird derjenige zunächst exkommuniziert. Es ist an ihm, den Vorwurf zu widerlegen. Wird der Verdacht bestätigt, wird er aller bürgerlichen Ehren und Rechte beraubt. Er darf keine Ämter mehr bekleiden, an keinen Prozessen teilnehmen, ist nicht mehr eidberechtigt. Sein Vermögen wird eingezogen. Außerdem«, Ludwig hob die Stimme ein wenig, »wird sein Haus zerstört bis auf die Grundmauern.«

»Was?«, schrie Raymond und neigte sich weit über die Tafel, die ihn von den Franzosen trennte.

Ludwig überging seinen Ausbruch. »Das gilt auch für den Fall, dass ein schon verstorbener Vorfahr der Ketzerei überführt wird.«

»Ein verstorbener Vorfahr!« Raymond fehlten die Worte. Er ließ sich auf einen Stuhl sinken. Das hier war schlimmer als ein Feldzug, es war die Vernichtung. Sie würden die Häuser zerstören und die Friedhöfe umpflügen. Das Leid würde endlos sein. Mit einem Mal fühlte er sich sehr müde und um viele Jahre älter, als er war. Immer war er stolz darauf gewesen, Okzitanier zu sein. Nun wünschte er, er wäre der Graf eines anderen Reiches oder besser noch: ein einfacher Ritter, ein Junker in einer Burg mit einem Falken auf der Hand und einem Hund und keiner anderen Sorge als ein paar widerspenstigen Bauern. Aber hatte er eine Wahl? Hatte er jemals eine gehabt?

Ludwig räusperte sich. »Wir schreiten nun zur Vertragsunterzeichnung. Den Interessierten werden wir später gerne die Einzelheiten der inquisitorischen Technik erläutern. Gott mit uns. Herr Graf?«

Er hielt Toulouse die Feder hin.

9.

Toulouse, im Jahr 1230

Die Gäste im Wirtshaus am Marktplatz von Toulouse wandten die Köpfe nach dem Tumult, der draußen herrschte. »Was ist los?«, fragte jemand.

»Ach«, erhielt er zur Antwort. »Das sind bestimmt nur die Gaukler, die Pierre Maurand engagiert hat. Sie treten alle Mittage der Woche auf dem Hauptmarkt auf.«

»Man hört gar keine Musik«, warf ein Gast ein, ein dicker Bauer, der breitbeinig vor seinem Wein hockte. »Sonst machen sie doch immer Musik.«

Seine Gattin pflichtete ihm bei. »Sie haben einen, der ist hässlich wie die Nacht und hat nur ein Auge, aber er singt schöner als eine Lerche.«

Der reiche Kaufmann Bertran d'Alamnon wandte sich wieder den beiden Damen zu, mit denen er gekommen war. Sie saßen etwas abseits, an einem gesonderten Tisch, der auf sein Geheiß mit Linnen gedeckt worden war. Und der Wein in ihren Bechern war nicht der übliche. Im Kamin über dem offenen Feuer drehte sich ein Spanferkel, das er für den Tag bestellt hatte. Aus den Augenwinkeln überwachte er, ob der Bursche es auch regelmäßig mit Honigwein übergoß. Seine Hauptsorge aber galt Adelaide, seiner ältesten Tochter, einer blassen jungen Frau von kränklichem Aussehen und mit dünnem, in der Mitte gescheiteltem Haar.

»Du isst das jetzt, sofort.« Bertran d'Alamnon wies mit energischem Finger auf den gefüllten Teller seiner Tochter.

Seine Frau lehnte sich an ihn und blickte sich scheu in dem Lokal um. Ihr Schmuck klirrte leise. »Ich bitte dich«, flüsterte sie, »die Leute schauen schon.«

»Genau das sollen sie auch.« Ihr Gatte, ein angesehener Bankier, ließ sich nicht beirren. »Alle sollen es sehen. Deswegen sitzen wir schließlich hier, in aller Öffentlichkeit. Und nicht damit sie Gauklern hinterhergaffen.« Er nahm das Messer, das neben dem Holzbrett vor seiner Tochter lag, spießte damit ein schönes Stück des Spanferkelbratens auf, den er bestellt hatte, und hielt es ihr vor das Gesicht. Adelaide wurde bleich.

»Bitte, Vater«, presste sie hervor. »Wir essen nichts, was aus einem Zeugungsakt hervorging. Das weißt du doch.«

»Ab heute wirst du es essen, je mehr, desto besser. Fleisch, Eier, Milch. Die Zeiten haben sich geändert.«

»Bitte!« Flehentlich starrte sie abwechselnd ihn an und dann auf den braunen Faserberg, der so abstoßend vor ihr lag. »Die Stadtkonsuln haben schließlich jeden mit der Todesstrafe bedroht, der vor einem Inquisitionsgericht aussagt. Per Edikt.« Sie versuchte ein zuversichtliches Lächeln. »Uns wird nichts geschehen. Mir wird nichts geschehen. Wer sollte mich schon anzeigen?«

»Und du glaubst, dieses lächerliche Edikt hielte irgendjemanden ab?« Ihr Vater schnaubte. »Es geht hier um Geld, meine Liebe, bei Geld traue ich keinem.« Er trommelte mit den Fingern auf den Tisch und schüttelte die Hand seiner Frau ab, als die ihn beruhigen wollte. »Meine Geschäftspartner werden die Ersten sein, die uns hinhängen, das sag ich dir!« Er hob den Finger und schaute die beiden Frauen an, als erwartete er Widerspruch, doch der blieb aus. »Da sind die ganz schnell bei der Hand! Schon um ihre Einlagen in meinen Unternehmungen nicht zu einem Viertel zu verlieren, falls ich verurteilt werde.«

»Aber Bertran.«

Er schüttelte den Kopf. »Ich könnte es ihnen nicht einmal übelnehmen. Ich würde es nicht anders halten.«

»Vater!« Mit weit aufgerissenen Augen starrte seine Tochter ihn an. »Du versündigst dich.«

»Glaubst du, mein Kind? Du wirst dich umschauen, die Welt ist voller Sünder. Nein, beim Geld hört die Freundschaft auf. Auch bei den Konsuln, das prophezeihe ich dir. Im Übrigen hat der Papst sie dafür exkommuniziert. Was glaubst du, wie das ausgeht?«

»Es wird gut ausgehen«, warf seine Frau ein. »Schau, die verfluchten Dominikaner sind von der Menge in ihr Ordenshaus zurückgedrängt worden. Weder Wasser noch Nahrung wird ihnen geliefert; sie haben nur zu essen, was ihre Anhänger ihnen über die Mauer werfen. Und wenn der Bischof aufmuckt, lassen die Konsuln ihn aus der Stadt werfen. Was wollen sie uns schon tun?«

Sie faltete die Hände und blickte ihre Tochter voller Stolz an, nun, da sie eine Perfecta war. Als junges Ding hatte sie wenig hergemacht, mit dem allzu feinen Haar und den farblosen Lippen, und trotz der beachtlichen Mitgift war sie das Sorgenkind der Familie gewesen. Sie hatte eben nicht die Schönheit ihrer Mutter geerbt, das arme Kind, und war darum weidlich bedauert worden. Nun aber ruhten all die geheimen Hoffnungen der Mutter darauf, dass die Tochter ihr bei ihrem Tode das Consolamentum spendete und dass sie somit gleich in das ewige Paradies aufgenommen werden würde. Leise murmelte sie einen Segensspruch.

Bertran d'Alamnon schnaubte. Durch seine Geschäftspartner hatte er Verbindungen nach Genua und nach Bordeaux. In diesen Häfen kamen nicht nur Waren aus dem ganzen Mittelmeerraum, sondern auch die neuesten Nachrichten aus Rom und Paris an und wurden zusammen mit Safran, Weizen und Gold weitergehandelt. Die Warenpreise stiegen. Die Nachrichten allerdings versprachen nichts Gutes. Rom rüstete sich, und Frankreich spielte die Rolle des Geldgebers. Gemeinsam würden sie den Katharismus zum Ladenhüter machen. Den Markt für Religionen, dachte Bertran, würden hier bald andere übernehmen.

Der Graf von Toulouse ermutigte die Konsuln der Stadt zwar zur Opposition, um sich vom König freizuschwimmen. Aber nur, weil dem Grafen selbst das Wasser bis zum Hals stand. Er hoffte, dass der Widerstand anderer seine eigene Position verbessern könnte; helfen, wenn es ernst wurde, würde er weder können noch wollen. Letztlich musste er die Inquisition unterstützen, sonst verlor er auch noch den Rest seines Landes und seines Vermögens. Als Bankier wusste Bertran, wie dieser Machtkampf ausgehen würde.

»Das«, beharrte er und wies auf den Braten, »oder du wirst heiraten, hörst du? Ich vermähle dich mit dem Sohn von Arnaud Daniel.«

Seine Tochter stieß einen leisen Schrei aus. Er nutzte die Gelegenheit, ein Stück Fleisch auf ihr Messer zu spießen und es ihr in den Mund zu stopfen. Sie würgte und spuckte. Als sie sich mit ihrem Taschentuch abtupfte, war Blut darin.

»Du hast sie verletzt!« Mit einem Schrei sprang die Mutter auf.

Bertran betrachtete die Spitze des Messers. Vielleicht wäre es besser? Oder sie hätte einen Unfall. Ach, warum bekam sie nicht die Schwindsucht. Sie wird uns alle umbringen. Laut sagte er: »Sie wird uns ruinieren, hörst du? Sie werden uns alles wegnehmen, das Haus, die Warenlager, die Fuhrwerke, die Schuldverschreibungen, auch die kleine Mühle und die Pachteinkünfte aus den Gärten. Wir landen in der Gosse. Im Straßengraben wirst du schlafen, begreifst du das endlich?« Er packte seine Frau an dem mit goldenen Armreifen geschmückten Handgelenk.

»Wie der letzte schwärenbedeckte Bettler. Aber vorher wirst du sie brennen sehen. Willst du das?«

Seine Frau schaute ihn an, als sähe sie ihn zum ersten Mal. Sie schien mit einem Mal zu begreifen, dass es ihm ernst war. Bettler! Davon war Toulouse voll in diesen Tagen. Überall saßen sie herum, schmutzig, krank und unglücklich, beleidigten Augen und Nase, einfach ekelhaft. Bertrans Gattin schüttelte sich, um die bedrückenden Bilder zu verdrängen. Vor ihrer glücklichen Ehe war sie das zwölfte Kind eines Kleinbauern gewesen; sie wusste, wie Hunger sich anfühlte.

Bertran spürte, dass er zu ihr durchdrang. »Nur *eine* Lüge«, flüsterte er. »Nur eine kleine Lüge.«

Sie nickte. Die Augen ihrer Tochter weiteten sich, als sie das Gesicht der Mutter sah, die sich ihr nun zuwandte. »Iss«, verlangte die Frau und griff mit ihrer Hand, die speckgepolstert war wie die eines Kindes, parfümiert und mit Armbändern geschmückt, nach dem nächsten Stück Fleisch und hielt es vor die vom Blut geröteten Lippen der Tochter. »Iss, Kind, um unseretwillen, oder bei Gott, du wirst es bereuen.« Es lag offenbar etwas Neues in ihrer Stimme, dass das Mädchen frösteln ließ. Widerstandslos öffnete es den Mund und ließ sich füttern wie ein Vögelchen. Langsam kaute sie. Dabei liefen ihr die Tränen über die Wangen.

Wenig später beugte sie sich zur Seite und übergab sich über die Bank. Die anderen Gäste des Lokals achteten nicht darauf, als sie das Essen in die Sägespäne würgte. Mit Tränen in den Augen stand Adelaide auf und rannte, noch bevor ihre Eltern sie daran hindern konnten, hinaus auf den Markt.

Dort blieb sie stehen. Sie wusste nicht, wohin sie sich wenden sollte, und ließ sich von dem Gedränge treiben, das heute herrschte. Schließlich kam der Schandpfahl in Sicht. Das also war es gewesen, dachte sie, was all die Leute auf die Gasse getrieben hatte. Keine Gauklerdarbietung, sondern eine Bestrafung. Mitleid erfasste sie mit dem Mann, der dort zusammengekauert in seinen Ketten kniete. Es kam ihr vor, als hätten sie etwas gemeinsam, da doch auch sie selbst eben dort drinnen an den Pranger gestellt und vor aller Augen gedemütigt worden war. Mitleid mischte sich mit Selbstmitleid und Trotz, und ehe Adelaide nachgedacht hatte, trat sie vor, in den freien Kreis, der sich um den Mann herum gebildet hatte. Wenn ihre Eltern sie öffentlich demütigten, dann konnte sie ihnen das heimzahlen. Und Gott war es wohlgefällig. Denn war Gott nicht Liebe und Vergebung?

Hie und da flog faules Gemüse, das meiste allerdings traf sie nicht. Adelaide betrachtete den Mann und wurde kurz in ihrem Vorsatz wankend. Er hatte schmutziges Haar, und ein Auge fehlte ihm. Darüber hinaus war sein Gesicht von Schlägen verschwollen, und an seinem Hals lief frisches Blut hinunter, dort, wo der Henker ihm das Ohr abgetrennt hatte.

Adelaide starrte auf die entstellte Kopfseite. Der Mann war abstoßend, und sie konnte nicht anders, als sich zu ekeln. Hierfür reichte ihr Trotz nicht aus. Sie hörte das Raunen der Menschen ringsum, und die spitzen Schreie, die ihre Mutter ausstieß, um sich durch die Menge zu drängen. Da hob der Mann den Kopf und schaute sie an. Er war wahrhaftig hässlich, kaum mehr menschlich, aber er versuchte ein Lächeln, als er sie sah, und sein gesundes Auge leuchtete wie Honig in der Sonne. »Na, Mädchen«, brachte er mühsam heraus, »willst mal einen Dieb aus der Nähe sehen?«

Er hatte Blut auf den Lippen, wie sie selbst. Adelaide holte ihr Taschentuch hervor und wischte es ab. Ihr Trotz war verflogen wie ihre Abscheu. Da war nur noch ein Mensch, der ihre Hilfe brauchte und ihre Anteilnahme. Sie schaute sich um, ging dann zum nahen Brunnen, um von dort etwas Wasser für ihn zu holen. Schweigen legte sich über die Menge, die bisher in freudiger Erregung gesummt hatte. Adelaide hörte nichts als das Quietschen des Brunnenschwengels und das Knirschen ihrer eigenen Schritte.

»Hier«, sagte sie, als sie ihm etwas ungeschickt den Eimer hinhielt.

Er trank ein paar Schlucke und nickte dankbar. »Mehr.«

Sie hob den Eimer noch einmal hoch und setzte ihn an seine Lippen. Danach wischte sie ihm das Gesicht ab. Einen Augenblick lang schauten sie einander an. Adelaide begriff, dass in diesem Moment erst etwas geworden war, was sie mit ihren Fasten- und Bußübungen, ihren Gebeten und dem braven Gehorsam nur angestrebt, aber nicht erreicht hatte. Erst hier und heute war sie ein gottgefälliger Mensch geworden. Und sie begriff, dass sie sterben würde. Sie erkannte es an dem Mitgefühl, das sie, die reiche Kaufmannstochter, in den Augen eines gefolterten Gauklers las. Dort stand, dass sie Staub war. Da beugte Adelaide sich vor und gab dem fremden Mann einen Kuss. Jetzt brach das Geschrei und Geraune wieder los.

Bertran und seine Frau, die sich durch die Menge gekämpft hatten, schauten einander an. »Sie wird heiraten«, sagten sie beinahe gleichzeitig.

»Und das ist wirklich wahr?«, fragte Ermengarde.

Ihre Mitschwester Rixen nickte. »Ich habe es selbst gesehen. Das arme Mädchen hat ihn geküsst. Danach ließ sie sich wegführen und weinte sich die Seele aus dem Leib.«

»Sie hätte weniger weinen und lieber den Mund halten sollen.« Blanca klang hart und schaute nicht einmal von ihrer Webarbeit auf. Energisch stach ihr Weberschiffchen zwischen die Fäden. »Sie wird ihre Seele an die Hölle verlieren und alle, die sie je gesegnet hat, mit sich reißen.«

Alle saßen einen Moment lang starr da. Aber Blanca blieb ungerührt. »Ihr Vater hat ihre Zunge mit einem Messer aufgeschlitzt, ja? Aber was glaubt ihr, werden die Inquisitoren mit uns tun? Wir werden Wasserproben ablegen müssen und über glühende Pflugscharen laufen. Wir werden brennen. Wenn wir eine kleine Wunde nicht aushalten, ohne uns zu verlieren und unseren Glauben, wie sollen wir das ertragen?«

Die Jüngeren unter ihnen, die sich bislang der Vorstellung hingegeben hatten, dass es so ernst nicht werden würde, und die entsetzt darüber waren, mit welcher Selbstverständlichkeit Blanca von Schmerzen und vom Sterben sprach, schwiegen wie betäubt.

»Es war wohl eher die Hartherzigkeit ihrer Eltern, die sie zu diesem wahnwitzigen Kuss getrieben hat«, wandte Ermengarde ein.

Doch Blanca schüttelte den Kopf. »Gott liebt uns. Und darauf allein kommt es an. Was zählt weltliche Bindung, was zählen selbst die Eltern dagegen? Was zählt Familie, der Körper, das Leben überhaupt? Was zählen die Verachtung und der Spott der anderen? Überlegt euch, ihr alle«, fuhr sie lauter fort und wandte sich an ihre übrigen Zuhörerinnen, »was euch wichtig ist.«

Navenias senkte den Kopf. »Hast du sonst noch etwas gesehen?«, fragte sie Rixen.

Die nickte. »Die Bischöfe hatten zu einer großen Veranstaltung vor der Kathedrale aufgerufen. Dort wurde das Edikt über die Inquisition verkündet, und es wurde auch noch einmal die Exkommunikation der Konsuln bestätigt.«

Einige sogen hörbar die Luft ein. Nur Blanca zuckte mit den Schultern. »Weltliche Machtspiele. Wir wussten, dass es so kommen würde.«

»Und dann«, fuhr Rixen langsam fort, »haben sie uns ein Schauspiel geboten. Sie ließen ein großes Feuer entzünden. Da hinein, auf einen Rost, der bereits zu glühen begann, legten sie eine in Leder gebundene Bibel und eine katharische Schrift, wie sie sagten.«

»Ja?« Die Zuhörerinnen hielten den Atem an. »Und?« »Was ist geschehen?«

»So eine Sünde.« Eine der älteren Frauen bekreuzigte sich und murmelte ein Gebet.

Rixen senkte den Kopf und warf einen Seitenblick auf Blanca. »Unsere Schrift brannte«, sagte sie leise. Man hörte ihrer Stimme an, wie sehr das Schauspiel sie ergriffen hatte. »Die Bibel hingegen blieb unversehrt.«

Erstauntes Raunen antwortete ihr. Rixen fuhr fort zu schildern, welchen Eindruck die Vorführung auf das Volk von Toulouse gemacht hatte. Nicht wenige waren gleich dort auf dem Platz auf die Knie gefallen und hatten sich vom Bischof segnen lassen. Manch einer hatte seinem Nachbarn, von dem er wusste, dass er Katharer war, einen Blick zugeworfen, als sähe er auch ihn schon ebenso zu Asche zerfallen wie das Buch auf dem Rost.

»Sie haben es mit Wasser behandelt, ehe sie es den Flammen übergaben.« Blancas Stimme war spröde vor Verachtung, und sie hob den Blick nicht von ihrer Webarbeit. »Feuchtes Leder hält den Flammen lange stand. Was ist?«, fragte sie und schaute nun erstmals auf. »Ihr habt doch wohl nicht zum ersten Mal von einer solchen List gehört, oder? Wollt ihr euch von Gauklertricks und Wundertaten beeindrucken lassen? Oder von der Größe Gottes, die ihr in euch selbst spürt?«

Beschämt senkten die Frauen den Kopf.

»Wir werden beten«, schloss Blanca.

Und alle fielen dankbar auf die Knie. Ein Gebet, ein Gespräch mit Gott unter Blancas Führung, würde ihnen über alles hinweghelfen. »Gegrüßet seist du, oh Herr.« Ihre murmelnden Stimmen hallten von den Mauern Montségurs wider.

Bis ein Klopfen sie unterbrach.

Navenias stand als Erste auf. »Ich werde gehen«, sagte sie. Ihre Stimme war spröde, und ihre Bewegungen waren schwer vor Müdigkeit.

Navenias griff nach ihrem Schultertuch und ging zur Tür. Dort hielt sie kurz inne. »Auf dem Rückweg werde ich noch in der Bäckerei vorbeischauen. Wartet nicht auf mich.« Erleichtert, der bedrückten Atmosphäre im Zimmer entkommen zu sein, zog sie die Tür hinter sich zu.

Draußen wartete eine Magd und bat sie, zu ihrer kranken Herrschaft zu kommen. Navenias ließ sich den Weg erklären und schickte das Mädchen voraus. Wieder allein, lehnte sie sich an die Mauer, legte den Kopf in den Nacken und atmete tief durch. Die Nacht war kühl, aber sie machte den Kopf klar. Endlich ging es ihr besser. Navenias rieb sich energisch die Arme, stampfte ein wenig mit den Füßen, bis wieder ein Gefühl in ihnen war, und machte sich dann auf den bezeichneten Weg, mit weiten, ausholenden Schritten, als wollte sie ihrer Müdigkeit und allem, was sie in der Hütte zurückließ, davonlaufen.

Opfer, Folter, Tod, gab es denn gar nichts anderes mehr? Sie fühlte sich innerlich wie zu Asche verbrannt, seit Amalric sie mit seinem Hohn überschüttet hatte und ohne Abschied gegangen war. Der Opfertod hatte nichts Schreckliches mehr für sie, manchmal sehnte sie ihn sogar herbei, dann hätte all dies hier ein Ende. Gab es denn gar nichts anderes mehr im Leben?

Navenias verlangsamte ihren Schritt und warf einen Blick in den klaren dunkelblauen Winterhimmel, an dem keine Vögel zu sehen waren, noch nicht einmal eine Nachtigall. Die Lerchen schliefen alle auf den Feldern. Es war nicht die Zeit, zu singen.

Wenn sie zurückkehrte, würde die Dämmerung aufsteigen. Navenias dachte an die Tage, an denen sie Lerchengesang gehört hatte. Dann schritt sie wieder aus.

Sie sehnte sich nach Freiheit und nach frischer Luft. Sie sehnte sich nach Bewegung, nach einer Aufgabe. Arbeit, das war die Bewegung der Eingesperrten, wie sie eine war. Harte Arbeit, bis sie die Müdigkeit im ganzen Körper spürte, war das beste Heilmittel gegen innere Unruhe. Nur wenn sie völlig erschöpft war, vermochte sie ein wenig Schlaf zu finden.

Wenn sie wach war, betete sie. Es half ihr, nicht an Amalric zu denken, der nie zurückgekehrt war. Und nicht an ihren Sohn. Wenn es doch geschah und sie in Erinnerungen zu versinken drohte, pflegte sie für die Seelen der beiden zu beten, von denen sie sich vorzustellen versuchte, sie wären irgendwo beisammen und brächten friedlich ihre Tage hin. Dieser Gedanke, so abwegig er auch sein mochte, half ihr über die dunkelsten Momente hinweg.

Weder Paris' Zieheltern noch irgendwelche Nachbarn hatten das Gemetzel überlebt und ihr, Navenias, Nachricht geben können. Nicht einmal ein Schreiben an den Grafen, in dem Blanca nach dem Verbleib des Troubadours fragte, war beantwortet worden. Niemand von den Flüchtlingen, die täglich kamen, kannte sie, keiner der Reisenden hatte von ihnen gehört. Es gab kein einziges Lebenszeichen. Da war kein Raum für Hoffnung, sagte Navenias sich und arbeitete weiter, Tag um Tag.

Vierter Teil

Der Winter der Brände

I.

Carcassonne, im Jahr 1240

»Hast du jemals einen Ketzer getroffen? Wenn ja, berichte genau, wann und wo und in welcher Begleitung.«

Paris schüttelte den Kopf. »Nein, Herr«, antwortete er und blies sich eine blonde Strähne aus der Stirn. Seine Mütze hatte er abgenommen und drehte sie in der Hand.

Amalric, der in der Menge der Zuhörer stand, die die öffentlichen Ketzerverhöre verfolgten, betrachtete ihn nicht ohne Stolz. Der Bursche war bald zwanzig Jahre alt, braun gebrannt von der Sonne und kräftig von der Arbeit in ihren Weinbergen. Er trug sein Haar lang und band es bisweilen im Nacken zusammen, wo es leuchtete wie reifer Weizen. Er bewegte sich frei, kraftvoll und unbekümmert. Es grenzte an ein Wunder, dass er noch kein Mädchen mitgebracht hatte, damit es ihr einsames Leben auf dem Hof draußen in dem kleinen Weiler vor Carcassonne mit ihnen teilte. Amalric hatte die bewundernden Blicke der Frauen im Ort und auch hier auf den Straßen wohl bemerkt. Doch wenn er etwas sagte, neckte Paris ihn einfach nur und meinte, die Frauen hielten nach ihm, Amalric, Ausschau.

Und in der Tat war Amalric noch immer ein Mann, den man nicht leicht übersah. Nicht nur, weil er schlank und sehnig war, weil sein Haar noch schwarz war und weil in seinem von der Sonne dunkel gebrannten Gesicht diese verschlossenen und ein wenig traurigen Augen brannten. Sondern des natürlichen Stolzes wegen, der in seiner Haltung lag. Wer ihn sah, der ahnte, dass er in ihm keinen Bauern vor sich hatte. Auch wenn er zurückgezogen auf seinem kleinen Gehöft lebte und sich nichts anderem zu widmen schien als seinem Weinberg, dem Getreide und dem allerdings bemerkenswerten Garten, der sein Haus umgab.

Paradiesgarten hatten die Bewohner des nahen Dorfes ihn genannt, weil dort zwischen Obstbäumen die Blumen wild wuchsen, und der Name war an dem Anwesen hängen geblieben. Wer nach ihnen fragte, hörte als Antwort: »Ach, die vom Paradiesgarten«, und bekam nicht ohne Neid den Weg gewiesen. Doch es fragte selten einer. Wie sie selbst auch selten ins Dorf hinunterkamen. Und die Blicke der Dorfmädchen mussten sich darauf beschränken, sehnsuchtsvoll über die Hecken zu wandern.

Der Inquisitor räusperte sich und sah auf sein Manuskript. »Hast du jemals der Predigt oder der Rede eines Ketzers beigewohnt, Bursche?« Seine Stimme hob sich drohend gegen Ende des Satzes.

Paris blieb vollkommen gelassen. »Nein«, sagte er schlicht.

Amalric atmete erleichtert aus. Dort, wo sie lebten, gab es wenig Katharer, und er hatte Sorge getragen, dass sie nicht in Berührung kamen mit ihnen. Dennoch war er froh, dass der Junge die Wahrheit so überzeugend vorbrachte.

»Hast du einem von ihnen Wohnung gewährt oder zu essen gegeben, ihn von Ort zu Ort geführt oder ihm anderweitig Beistand geleistet?«

»Wir haben nicht viel Besuch bei uns draußen.« Paris' Antwort klang so unschuldig-ehrlich, dass unter den Zuhörern jemand lachte. Der Junge errötete, und der Inquisitor runzelte streng die Brauen.

»Beantworte die Frage.«

»Nein«, sagte Paris leiser.

»Hast du jemals etwas von einem Ketzer angenommen oder ihm etwas geschickt oder etwas zur Aufbewahrung erhalten?«

»Nein«, antwortete Paris erstaunt. »Was sollte das sein?«

»*Ich* stelle hier die Fragen, mein Junge.« Der Inquisitor richtete sich auf, sodass seine Robe raschelte. »Hast du jemals von einem von ihnen den Frieden gespendet bekommen, indem du das Buch mit Mund, Schulter oder Ellenbogen berührt hast?«

»Nein.«

»Hast du je vor einem von ihnen das Knie gebeugt und gesagt: ›Segne mich‹?«

»Nein!« In Paris' Ton lag verständnisloses Erstaunen.

»Warst du jemals bei einer solchen Handlung gegenüber einem Katharer anwesend oder bei ihren Taufen oder bei der Beichte?«

Paris schüttelte nur den Kopf.

Der Inquisitor hob ein letztes Mal die Stimme. Amalric seufzte erleichtert. Gleich würde es vorüber sein. Er selbst hatte die Prozedur schon überstanden, so wie einige Dutzend andere. Aber es warteten ihrer noch genug; der Saal war angefüllt mit Männern aller Altersgruppen, vom Greis, der gestützt werden musste, bis zum vierzehnjährigen Burschen, dessen Großspurigkeit in dem mit dunklem Holz getäfelten Saal voller Geistlicher langsam schwand. Im Laufe des Tages war es immer heißer geworden, und die Luft war zum Schneiden. Einer hatte sich im Kreuzverhör in Widersprüche verwickelt, die Exkommunikation war ausgesprochen und der Mann in ein Seitengelass geschoben worden, wo man ihm nun nahelegte, Namen zu nennen, um sein eigenes Schicksal zu erleichtern. Immer wieder wandten sich die Anwesenden zu der verschlossenen Tür um, die nichts von dem preisgab, was dahinter vorging. Nicht einmal wenn Schreie hindurchgedrungen wären, hätte es bedrohlicher sein können. Alle fragten sich, was dort geschah und wessen Schicksal wohl gerade auf Messers Schneide stand. Was machten sie mit dem Mann? Wen würde er nennen?

Amalric bemerkte sehr wohl, wie die Blicke sich kreuzten und wie die Arme sich fester um die Kinder legten. Aber er tat, als sähe er nichts, und blickte unverwandt geradeaus. Seine Aufgabe war Paris. Seinen Jungen musste er beschützen, niemanden sonst.

»Kennst du also irgendeine Frau oder einen Mann, die in der oben beschriebenen Weise mit einem Ketzer Umgang pflegen?«

Und wieder schüttelte Paris seinen schönen Kopf. »Nein«, sagte er. Er klang erleichtert, so als hätte er eine Prüfung überstanden, die er für gelungen hielt.

Der Inquisitor hielt inne. Bedeutungsvoll blätterte er in seinen Akten.

Amalric hielt den Atem an. Was, wenn die richtigen Namen in seinen Listen standen? Was, wenn er die Verbindung aufgedeckt hatte? Amalric hatte viel Geld bezahlt, um Paris in den hiesigen Registern als seinen Sohn eintragen zu lassen. So viele Archive waren bei Belagerungen verbrannt, so viele Menschen ohne Nachweis ihrer Existenz, da fiel das nicht allzu sehr aus dem Rahmen. Aber wenn der vor so vielen Jahren bestochene Beamte doch noch redete? Wenn er selbst ins Visier der Verfolger geriet und sich durch die Nennung von Geheimnissen freikaufen wollte? Oder schlimmer noch: Was, wenn sie von Marmande wussten?

»Du kannst gehen.« Die Aufforderung des Inquisitors war trocken und knapp. Die anderen Mitglieder des Tribunals nickten.

Paris nickte ihnen zu, setzte sich die Mütze wieder auf, die er die ganze Zeit in den Händen gedreht hatte wie ein echter Bauernjunge, und verließ das hölzerne Podium. Amalric drängte sich zu ihm durch, klopfte ihm auf die Schulter und schob ihn so rasch er konnte zum Ausgang. Hier drinnen roch es zu sehr nach Angst.

»Pierre Bonnet«, rief der Inquisitor und begann, seinen Spruch herunterzuleiern. »Tretet vor und schwört …«

»Ich schwöre nicht!«, antwortete Bonnets Stimme sehr laut und klar. Der Rest ging in dem aufbrandenden Tumult unter. Neugierig reckte Paris den Kopf.

Amalric zerrte ihn mit sich. »Da ist einer ganz wild darauf, als Spanferkel zu enden. Weg hier.«

Er zog Paris nach draußen, wo er mit einem erleichterten Aufatmen die frische Luft einsog. Die Sonne wärmte die engen Gassen der Stadt, die sich wie ein Labyrinth zwischen den Mauern drängten. Amalric liebte Carcassonne; es erinnerte ihn stets ein wenig an ein versteinertes Schneckenhaus, wenn er durch diese glatten, stillen Straßen lief, schützend umgeben von dem Stein, der Boden und Wände bildete und so viel älter war als all seine Bewohner. Hier zu lustwandeln gab ihm dasselbe heitere, friedliche Gefühl, wie wenn er sich eine Meeresmuschel ans Ohr hielt und lauschte. Man hörte ein Wispern, das einen glücklich machte, auch wenn man nicht wusste, was es bedeutete. Amalric legte den Kopf in den Nacken.

»Hab ich es gut gemacht, Vater?«, fragte Paris neben ihm.

Amalric nickte, die Augen geschlossen, um die Wärme auf seinem Gesicht zu genießen. »Mmmh«, erwiderte er. »Sehr gut. Man hat gehört, dass du aufrichtig warst.«

»Im Gegensatz zu dir.«

Die Antwort riss Amalric aus seinem Frieden.

Paris lachte, als er die aufgerissenen Augen seines Vaters sah. »Ich kenne dich so gut, mon père, ich weiß genau, wann du lügst und wann nicht.«

»Was hältst du davon, wenn wir ein Wirtshaus aufsuchen, um uns zu stärken?«, schlug Amalric betont fröhlich vor.

»Ich versuche manchmal, mich an jene Stadt zu erinnern, aus der du mich geholt hast.«

»Stadt? Welche Stadt? Du hast nie woanders gelebt als hier.«

Paris wandte sich Amalric zu. »Du weißt, dass das nicht stimmt, Vater. Und ich weiß es auch; jeder draußen im Weiler kann mir erzählen, dass wir hierhergezogen sind, als ich zehn war. So alt sind auch die Rebstöcke im oberen Garten.«

Amalric brummte etwas Unverständliches.

»Und ich habe mich gefragt, was geschehen ist, weil wir so gar keine Verwandten haben und niemanden kennen.«

Amalric schaute sich um und beschleunigte unwillkürlich seinen Schritt. »Vielleicht gehen wir doch besser gleich nach Hause.«

»Vater?« Paris hielt ihn am Arm fest und zwang ihn, sich umzudrehen. »Warst du ein Katharer?«

Gegen seinen Willen musste Amalric lachen. Es war ein böses, hartes Lachen, das in einem Schnauben ausklang. »Ich hatte nie den Ehrgeiz, wie ein hosenloser Mönch zu leben, glaub mir.«

»Aber jetzt lebst du wie einer«, sagte Paris.

Amalric machte sich los und ging weiter.

Paris schloss zu ihm auf. »Du hast mir nie etwas über die Vergangenheit erzählt.«

»Da gibt es nichts zu erzählen.«

»Noch nicht einmal eine Lüge?« Paris tänzelte an seiner Seite dahin.

Amalric winkte ab. »Wieso sollte ich lügen? Frechdachs.«

»Oh, dafür gibt's viele gute Gründe, wenn man kein Katharer ist. Vielleicht willst du ja jemanden beschützen? Deshalb habe ich zum Beispiel eben gelogen.«

»Du hast gelogen?« Amalric blieb stehen und blickte Paris entsetzt an.

Der lachte: »Gib zu, dass du nicht weißt, welches genau die Lüge war!« Er schien sich bestens zu amüsieren.

»Bist du verrückt, das hier über den Platz zu brüllen«, zischte

Amalric, packte ihn am Hemd und zog ihn hastig weiter. Paris machte sich los, folgte ihm aber gehorsam.

Schon drang der Verwesungsgeruch zu ihnen, der dieser Tage über der Stadt hing. Von den Stadttoren hingen die Leichen der glücklosen Angreifer, die unter Raymond-Bernard, dem letzten des Hauses der Trencavel, versucht hatten, ihre angestammte Stadt zurückzuerobern. Sie waren gescheitert, und der König von Frankreich hatte Befehl gegeben, sie zu hängen und den Krähen zum Fraß zu überlassen. Die Kinder der Stadt machten sich nach der Schule einen Spaß daraus, mit Steinen nach den Vögeln zu werfen, sodass diese in kreischenden schwarzen Wolken aufstoben.

Amalric und Paris waren froh, als sie durch das Tor hindurchgegangen waren und wieder frische Luft atmeten. Carcassonne hatte etwas Bedrückendes bekommen. Paris war lieber draußen, auf ihrem Land und in den Hügeln um den kleinen Weiler, in dem sie lebten. Die Leute dort kannte er schon sein ganzes Leben lang. Und mehr brauchte er nicht. »Claire und Raymond«, verkündete er beim Anblick der Wiesen, zwischen denen sich der Weg nach Hause entlangschlängelte. »Unsere beiden Nachbarn sind Katharer, da bin ich ganz sicher. Und was ist schon dabei? Es sind nette Leute.«

Amalric packte ihn erneut.

Entrüstet machte Paris sich los. »Das weiß doch das ganze Dorf; ich bin sicher, du hast es auch gewusst.« Mit einem vorwurfsvollen Seitenblick rieb er sich den Arm.

Amalric, der sich durch einen verstohlenen Blick versicherte, dass am nahen Tor niemand etwas von ihrem Disput mitbekommen hatte, antwortete nicht. Zwei Krämer zogen vorbei, die Kiepen auf dem Rücken, und betrachteten sie neugierig. Amalric neigte den Kopf zum Gegengruß und schaute ihnen nach, bis sie hinter einer Wegbiegung verschwanden.

»Nette Leute«, herrschte er seinen Sohn an. Im Geiste sah er den Schmied Raymond und dessen Frau Claire vor sich, wie sie über den Dorfplatz gingen, er mit seiner Lederschürze, sie den Korb auf der Hüfte, wie sie freundlich grüßten, auch ihn, der sich auf der anderen Straßenseite hielt, und ihm manchmal einen langen Blick zuwarfen, so als dächten sie über ihn nach.

»Paris!« Amalric klang angespannt. Er packte seinen Sohn fest und drehte ihn zu sich um, damit er ihm in die Augen sah. »Du hast doch nicht etwa irgendeine Dummheit gemacht, oder? Brot gebrochen, Gebete gesprochen oder an irgendeinem Disput teilgenommen?«

Lachend schüttelte Paris den Kopf. »Willst du mich jetzt auch befragen, wie jene dort drinnen?« Er wurde ernst. »Das interessiert mich alles nicht«, fuhr er dann fort. »Was ich sage, ist nur, dass es nette Leute sind und dass ich nicht begreife, warum ...«

»Was gibt es da nicht zu begreifen?«, herrschte Amalric ihn an. »Claire und Raymond sind dem Tod geweiht. Und sie werden alle mit sich reißen, die zu ihnen gehören, die mit ihnen in Kontakt standen oder sie auch nur« – er spie das Wort aus – »*nett* fanden.«

»Ich hab doch nur ein paar Mal mit ihnen geredet.«

Amalric zog seinen Sohn am Arm mit sich. »Wir müssen weiter.«

Paris suchte sich aus dem Griff seines Vaters zu befreien, doch Amalric war zu stark. Obwohl er der Ältere war, war er nicht zu besiegen. Er hatte die stählernen Muskeln eines Kriegers. »Ja, ich habe mit ihnen geredet.« Wütend setzte er hinzu. »Und ich wüsste nicht, wieso ich es nicht wieder tun sollte.«

Amalric stürmte stumm voran.

»Erzählst du mir heute Abend etwas über unsere Vergangenheit?«

2.

Carcassonne, am selben Tag

Amalric blieb einen Moment unentschlossen stehen und ließ sich von dem Gedränge in Carcassonnes engen Straßen umspülen. Die Böttchergasse bog gleich hier links ab. Doch er hatte keine Lust auf eine geschäftliche Unterredung mit dem Böttcher, wie er Paris gesagt hatte, als er am späten Nachmittag erneut aufbrach. Er brauchte einen Schluck Wein, denn der Gedanke an die abendliche Unterredung mit Paris, die ihm bevorstand, versetzte ihn in Aufruhr. All die Jahre hatte er dem Jungen kein Wort gesagt. Wo sollte er da jetzt anfangen? Da gab es so viele Fragen, auf die er nicht einmal selbst eine Antwort wusste. Amalric hätte viel gegeben, wenn dieser Kelch an ihm vorübergegangen wäre. Noch bevor er genau wusste, was er tat, ging er zurück zum Markt und stand kurz darauf vor dem großen Wirtshaus.

Er kam nicht oft hierher, meist genoss er seinen eigenen Wein in seinem eigenen Garten, die beide, wie er Paris gerne sagte, von nichts übertroffen wurden. Er wollte dem Jungen kein schlechtes Beispiel geben. Normalerweise wollte er nicht gesehen werden oder vielleicht auf Reisende treffen, die ihn von früher kannten und unangenehme Fragen stellen könnten. Und er mochte die schlechten Nachrichten nicht hören, über die man allerorten sprach. Jetzt aber verlangte es ihn nach einem Schluck, ohne Paris und dessen Fragen.

Also ging er hinüber zu dem Haus mit der gemalten Traube über der Tür. Er kannte den Wirt, dem er manchmal Wein lieferte, ganz gut, nickte ihm zu und suchte sich einen Tisch in der

Ecke. Die Wirtstochter stellte ihm mit einem wortlosen Nicken Käse, Nüsse und Rosinen zu seinem Krug Wein.

Amalric nahm eine Rosine und drehte sie unentschlossen in den Fingern, während er sich umsah. Dort hockten sie, die ehrbaren Bürger, meist dicke, laute Männer in seinem Alter, hoben ihre Krüge und redeten und lachten. Amalric fragte sich, ob sie in einer anderen Welt lebten als er selbst, da sie so viel zu lachen fanden. Manche hatten die Köpfe zusammengesteckt und flüsterten miteinander und schauten sich um. Amalric nahm einen Schluck und genoss die würzige Bitterkeit auf der Zunge.

»Na, auch hier, um die Gaukler zu sehen?«, fragte die Wirtstocher ihn im Vorbeigehen, während sie seinen leeren Krug gegen einen vollen austauschte.

Amalric drohte ihr im Spaß. »Lass die Inquisitoren nicht hören, wie du über sie redest.«

Sie bekreuzigte sich erschrocken. »Mon Dieu, ich mein doch die richtig echten Gaukler, oben auf dem Kornmarkt. Einer ist über ein Seil gegangen, von der Mauer bis zum Söller des Zunfthauses.« Sie schilderte das Meisterstück in allen Einzelheiten.

Amalric hörte nicht besonders aufmerksam zu. Die einen verbrannten, die anderen balancierten, solcher Art war die Welt. Er nahm einen weiteren Schluck und hing seinen Gedanken nach. In Augenblicken wie diesen vermisste er es ein wenig, dass er nicht seine Quinterne herausholen und spielen konnte. Es fehlte ihm, sich von Ton zu Ton zu hangeln und dabei den für die eigene Stimmung passenden Ausdruck zu finden. Ohne, dass man gleich alles in Worte fassen musste.

Er hatte das Instrument damals, als er Toulouse und seine Männer über Nacht und ohne Abschied verließ, den Jungen auf seinen Armen, weggepackt wie den Rest seines Lebens und es nie mehr hervorgeholt. Manchmal sangen Paris und er am Abend, dann schlugen sie den Rhythmus auf die Tischplatte, oder der Junge schnitzte sich eine einfache Flöte. Sie blieben bei den alten Liedern, die jedermann kannte. Manch eines dieser vermeintlichen Volkslieder war sogar von ihm, eine Melodie, die ihren Weg von den Adelshöfen hinab in die Dörfer und in die Überlieferung des Volkes gefunden hatte. Es gab keine größere Ehre für einen Troubadour, nicht einmal das Lächeln einer Dame. Denn dies hier war die wahre Form der Unsterblichkeit. Wenn so eine Melodie erklang, hielt Amalric einen Augenblick inne, und Paris musste ihm auf die Schulter klopfen, damit er wieder zu sich kam.

Dass er ein Troubadour gewesen war, darüber hatte Amalric mit dem Jungen niemals gesprochen. Darüber nicht und auch nicht über all die anderen Dinge. Und er hatte auch nie vorgehabt, daran etwas zu ändern. Amalric tauchte aus seinen Erinnerungen auf, um einen weiteren Schluck Wein zu trinken. Die Wirtstochter war weitergegangen.

Amalric traf eine Entscheidung. Er musste sich eine glaubhafte Geschichte ausdenken, darüber, wer sie waren und woher sie kamen. Etwas, das Paris gefallen würde, mit ein wenig Romantik und Abenteuer, vielleicht mit unerfüllter Liebe, wie in jedem guten Ritterepos. Amalric lachte bitter und nahm einen großen Schluck.

Er hatte gar nicht bemerkt, wie er unter der Wirkung des Weins angefangen hatte zu summen. Von irgendwoher drang die zweite Stimme der Melodie zu ihm, die er kannte wie keine sonst. Als er dessen gewahr wurde, durchfuhr es ihn wie ein Schlag. Ertappt blickte er sich um. Woher kam dieses Lied, so dicht an seinem Ohr gesungen, als flüstere jemand es ihm ein:

»Lerche, wenn ich dich zur Sonne fliegen seh
jeder Flügelschlag aus Freude am Sein.
Und wenn du dann plötzlich zitternd stehst
Getroffen von der Süße des Seins.«

Amalric erstarrte, als er den Sänger entdeckte. Der Mann saß am Nebentisch. Seine Kleider hatten keine Farbe mehr vor lauter Schmutz. Der schüttere Rest seines Haares war verfilzt und hing um das Gesicht, das von Alkohol und einem harten Leben verwüstet worden war wie eine geschmolzene Wachsmaske. Amalric sah es nur im Profil, die entstellte, von violetten Adern durchzogene Nase, die vernarbte Wange, die großporig und schwammig auf das Doppelkinn herabhing. Das rechte Ohr war nicht mehr da, vielleicht abgeschnitten als Strafe für ein kleines Vergehen. Dort war nur noch ein vernarbter Knorpel. Er hielt einen Becher, genau wie Amiel, aber seine Hand zitterte, und eine Stimme, rauchig und geborsten, sang:

»Wenn du dann fällst und dich vergisst
im Rausche des Lebens
dann schmilzt mein Herz und mir ist
als verginge auch ich in der Fülle des Lebens.«

Es rührte Amalric, dass dieser Verlorene sein Lied sang, jenes Lied, das von den Freuden eines Daseins handelte, das jenen so stiefmütterlich behandelt hatte. Er winkte der Bedienung und wies sie an, dem Mann einen Teller mit Essen aufzutragen.

»Da ist ja der Seiltänzer«, sagte sie und stellte ihm Brot, Käse und Rosinen hin.

Der Gaukler starrte das Essen an wie einen unversehens aufgetauchten Schatz. Als die Wirtstocher ihn auf den Spender aufmerksam machte, hob Amalric abwehrend die Hände. Der andere blickte ihn aus trüben Augen an und nickte ihm dankbar zu.

Schon gut, wollte Amalric sagen. Da erstarrte er. Die linke Augenhöhle des Mannes bestand nur aus einer dicken, wulstigen Narbe, die auch seine Stirn entstellte. Aber dennoch kannte er dieses Gesicht: Amiel. Das war Amiel! Amalric, der auf dem Schlachtfeld so viele Verwundungen gesehen hatte, der glaubte, nichts könnte ihn mehr berühren, erschrak zutiefst.

Das sollte Amiel sein, sein schöner, strahlender, stets so lebendiger Freund? So matt und aufgeschwemmt und niedergedrückt von der Last eines schon viel zu langen Lebens? Das war doch nicht möglich. Er war kein Jahr älter als er selbst! Nur mit Mühe konnte er dem ersten Drang widerstehen, dem Freund die Hand zu reichen.

Im nächsten Moment allerdings dachte Amalric: Das geschieht ihm recht. Dem Verräter, dem Verführer. Sollte er doch beide Augen verlieren. Diese Augen, mit denen er Navenias nackt gesehen hatte. Allein der Gedanke daran ließ Amalric kochen, als wäre es gestern geschehen. Navenias und Amiel, ineinander verschlungen, stöhnend, besinnungslos vor Lust – wie viele Nächte hatte das Bild ihn schon gefoltert! Sein Mitgefühl verflog. Warum war Amiel hier? Wollte er ihm den Sohn wegnehmen, alles, was ihm noch geblieben war?

Amalric ballte die Fäuste. Widerstreitende Gefühle überwältigten ihn. Mitleid, Hass, Wehmut, Angst und ein schlechtes Gewissen ohne jeden Grund. Doch war das wirklich Amiel? War er es nicht? Wie betäubt wandte Amalric Amiel das Gesicht zu und wartete auf die Reaktion.

»Is' irgendwas?«, blaffte der Betrunkene ihn an, besann sich dann aber, da die Wirtstochter ihn mit dem Ellenbogen stieß, dass er es mit seinem Wohltäter zu tun hatte, und verzog den

Mund zu einem heuchlerischen Lächeln. »Lieber Herr«, säuselte er, »feiner Herr. Ich dank Euch sehr, Ihr Großzügigster von allen. Lasst mich Euch ...« Er versuchte sich hochzustemmen, schwankte aber, als er endlich stand, so heftig, dass er schließlich schwer auf die Bank zurückfiel. Er rülpste. »'tschuldigung. Hab schon ein bisschen geladen.«

Amalric starrte ihn mit offenem Mund an. Amiel, wollte er rufen. Alter Freund. Alter Feind, verbesserte er sich. Freund so viele Jahre, ihre ganze Kindheit hindurch. Niemand konnte diese Erinnerungen auslöschen in ihm. Feind geworden in einem einzigen Augenblick. Das also war er, der Mann, den Navenias ihm vorgezogen hatte. Es schmerzte, Amiel so zu sehen. Gleichzeitig wünschte er sich glühend, dass sie ihn jetzt sehen könnte, damit sie begriff, was sie getan hatte, und damit sie sich vor sich selber ekelte! Das würde ihr recht geschehen! Das war die gerechte Strafe für den Verrat. Doch er fand keine Befriedigung in dem Gedanken, nur eine Mischung aus Ekel und Mitleid.

»Ich seh nicht mehr so gut«, verkündete der Gaukler mit vollem Mund. »Das linke ist hinüber und das rechte ... Was soll's. Manchmal schwanken die Dinge so seltsam. Ein Schwerthieb war's, ein Augenblick, zack, und die Welt war verschwunden. So geht's. Ist vor Muret passiert. Habt Ihr davon gehört? Eine glorreiche Schlacht, und ich, jawohl, ich war dabei.«

»Fast blind? Das erstaunt mich, bei deiner Profession.« Amalric wollte nicht an Muret erinnert werden.

»Oh, das Seil kann ich sehen, es ist nah, versteht Ihr? Es steht mir am nächsten auf dieser Welt.« Amiel nahm einen Schluck. »Dieser schmale Grat zwischen dem Leben und dem Tod. Man muss im Gleichgewicht sein, versteht Ihr? Das Leben nicht zu sehr begehren und den Tod auch nicht. Dann kann man sich halten.«

»Und wenn du doch aus dem Gleichgewicht gerätst?«

»Nun, wenn ich abstürze, weil ich mich zu sehr dem Tod zuneige, was soll's?«

»Und wenn es das Leben wäre, nach dem du dich zu sehr sehnst?«

Der Joglar lachte bitter und rülpste. »Dann wäre ich wohl eine traurige Figur. Aber keine Sorge, das Leben macht es einem nicht allzu schwer, es mit Vorsicht zu genießen.«

Ja, dachte Amalric und biss sich auf die Lippen. Das Leben war so eine Sache. Sollte er diesem Abschaum vor Augen führen, was er getan hatte? Sollte er sich zu erkennen geben? Lange sah er den Mann an, der einst sein bester Freund und dann der meistgehasste Mensch auf dieser Erde gewesen war. Beinahe hätte er ihn berührt. Aber er widerstand dem Drang und brachte nach einer ganzen Weile nur den vorsichtigen Satz hervor: »Ein schönes Lied, das du eben gesungen hast.«

»Is' 'n Scheißlied«, lallte der andere. »Teuflisches Lied, bringt nix als Ärger.« Amiel versuchte, sich auf der Tischplatte abzustützen, um nicht mit der Stirn auf das Holz zu schlagen. »Macht aus dem besten Mann ein Monster, sag ich euch. Scheißlied.«

Amiel schien noch etwas sagen zu wollen, stattdessen beugte er sich zur Seite und erbrach sich in die Sägespäne. Als er sich wieder aufrichtete, war sein Mund verschmiert mit Erbrochenem. Eine Maus lief herbei und schnupperte an dem feuchten, bröckeligen Brei.

»Nicht schon wieder!«, rief die Wirtstocher und lief mit einer Schaufel herbei.

»Bist du von hier?«, fragte Amalric.

Amiel schüttelte den Kopf. »Bin von nirgendwo, bin von der Straße. Werd auf der Straße krepieren.«

»Warum? Was hast du getan?« Amalric hielt den Atem an.

»Getan?« Amiel hob die Stimme, doch sie klang brüchig. »Nichts hab ich getan. Alles hab ich getan. Seid Ihr ein verdammter Pfaffe, dass Ihr glaubt, man muss irgendwas getan haben, um zu verrecken wie ein Hund?«

Die ersten Köpfe wandten sich ihnen zu.

Amalric rutschte auf dem Stuhl hin und her und blickte sich beunruhigt um. Das Letzte, was er wollte, war, die Aufmerksamkeit auf sich zu ziehen.

Aber Amiel schien nach seinem Ausbruch bereits wieder alle Kraft verloren zu haben und war still in sich zusammengesunken. »Bin ein Aas«, murmelte er in seinen Wein, trank erneut und ließ den Kopf sinken. »Ein verdammtes Rabenaas.« Er vergaß alles um sich herum und begann wieder vor sich hin zu summen.

Amalric starrte ihn noch immer an. Als er schon glaubte, Amiel wäre eingenickt, hob dieser noch einmal den Kopf und erwiderte seinen Blick. Alles in Amalric zog sich zusammen. Er hat nur gespielt, dachte er, er hat mich längst durchschaut. Sie schauten einander in die Augen. In Amalric rangen die Wut, der Ekel und eine Weichheit, die ihn selbst überraschte.

Amiel öffnete den Mund. Zögernd leckte er sich über die Lippen. Es war, als suche er nach Worten. Er räusperte sich.

»Ja?« Amalric beugte sich vor.

Er zuckte zusammen, als der Atem des früheren Freundes ihn traf, heiß und stinkend. »Ihr habt nicht zufällig ein paar Münzen für einen wie mich?«

Steif setzte Amalric sich auf. Er suchte in Amiels Zügen nach einem Zeichen, einem Zwinkern, einem Erkennen, etwas, das ihm sagte, dass dies hier ein Scherz war oder ein Spiel. Aber Amiel blinzelte nur kurzsichtig. Sein blödes Lächeln enthüllte, dass er kaum mehr einen Zahn im Mund hatte.

Amalric stieß angeekelt den Atem aus.

Der Gaukler schien diese Reaktion schon zu kennen. Ergeben ließ er sich zurücksinken; das unterwürfige Grinsen verschwand aus seinem Gesicht. »Dann eben nicht«, sagte er leise.

Amalric zog seine Börse, zählte das Geld für den Wein hin und stand auf. Im Gehen legte er ein paar Münzen auf den Nachbartisch und hörte noch an der Tür die überschwänglichen Dankesbezeugungen des Seiltänzers, der einst Amiel gewesen war.

Als er auf den Platz hinaustrat, sah er, dass ein Scheiterhaufen errichtet wurde. Pierre Bonnet, schloss er.

Die Verhöre waren derweil weitergegangen. Willkommen in der Gegenwart, sagte er zu sich selber und schritt aus, um der Stadt endlich zu entkommen. Er sehnte sich nach seinem Garten und danach, die Vergangenheit hinter sich zu lassen. Amiel würde ihn vermutlich schon wieder vergessen haben. Und er wollte es ebenso halten. Niemals würde er Paris erzählen, wer sein Vater war.

Amalric bemerkte den Mann nicht, der ihm folgte, den ganzen Weg entlang von Carcassonne, einen Mann, der sorgsam darauf achtete, in seinem toten Winkel zu bleiben, und der den Dorfbewohnern aus dem Weg ging. Der nun den Hund zu sich lockte, damit er nicht bellte, und ihn mit geschicktem Kraulen für sich gewann, während er mit dem Rücken an der äußeren Gartenmauer lehnte und auf jeden Ton lauschte, der von drinnen herausdrang. Als er Amalric pfeifen hörte, lehnte er den Kopf an die Mauer und atmete tief ein.

Er war ein hässlicher Mann, abgerissen und armselig. Sogar ein wenig gefährlich sah er aus, und die Dorfleute hätten sicher einen Bogen um ihn gemacht, wenn sie ihn bemerkt hätten. Wären sie allerdings näher gekommen, hätten sie sehen können, dass er in diesem Moment weinte. Vielleicht war es ja aber nur der Alkohol, nach dem er stank, der sein heiles Auge feucht werden ließ. Oder der Wind.

3.

Avignonet, im Jahr 1242

Navenias wunderte sich über den Menschenauflauf auf dem Marktplatz von Avignonet. Die ganze Stadt schien auf den Beinen zu sein. Nach der langen Zeit in der abgeschiedenen Festung Montségur war sie solche Menschenmengen nicht mehr gewohnt, alles erschien ihr so laut und so wirr, und Navenias dröhnte der Kopf. Es dauerte eine ganze Weile, bis sie sich so weit hindurchgedrängt hatte, dass sie einen Blick auf das Podium erhaschen konnte. »Fay«, wandte sie sich an das Mädchen, das sie auf dieser Reise begleitete, da sie aus Gründen der Sicherheit immer nur zu zweit unterwegs waren. »Kannst du Mabelia irgendwo sehen? Sie müsste doch hier ihren Verkaufsstand haben?«

»Es scheint heute gar kein Markt zu sein«, sagte Fay. »Vorsicht.« Sie zog Navenias am Arm beiseite, als ein Karren sich seinen Weg durch die Masse pflügte. »Es sieht eher nach einer Ankündigung aus. Um was es wohl geht?«

Navenias presste die Lippen zu einem dünnen Strich zusammen, als sie die Roben der Männer sah, die nun von dem Bürgermeister und seinen Schöffen unter lautem Rufen und zahlreichen Verneigungen der Bürger zum Podest geleitet wurden. Ein Bischof war darunter und einige Mönche. »Dominikaner«, murmelte sie, als sie die Kutten sah. »Inquisitoren.«

Fay ergriff wieder Navenias' Arm.

Der Bischof hob die Arme, um das Gemurmel der Menge zum Verstummen zu bringen. »Ich verkündige«, rief er salbungsvoll, »die Zeit der Gnade.«

Ein Raunen ging durch die Menge.

»Navenias!«

Erschrocken zuckte die Angesprochene zusammen, doch es war nur Mabelia, die sie in der vordersten Reihe entdeckt hatte und die sich nun beeilte, sie von dort fortzuziehen. »Es tut mir leid, sie sind gestern hier eingetroffen«, erklärte sie, während sie mit schnellem Schritt in die Gasse hinter dem Rathaus strebten. »Ein Tribunal von zwölf und dazu ein ganzer Stab von Schreibern und Wachen. Pah! Im Haus des Pfarrers haben sie sich eingenistet und benehmen sich, als gehöre alles ihnen.«

»Du brauchst dich nicht zu entschuldigen, Schwester.« Navenias lächelte, erleichtert, dem Gedränge entkommen zu sein. Sie beugte sich vor und drückte nun, da sie allein waren, Mabelia den rituellen Begrüßungskuss auf die Wange.

»Segne mich«, murmelte diese mit niedergeschlagenen Augen.

Navenias antwortete: »Sei gesegnet.« Den Kniefall erließ sie Mabelia. Stattdessen neigten sie spontan die Köpfc zueinander und verharrten eine Weile so, Stirn an Stirn.

»Wie war die Reise?«, erkundigte Mabelia sich. »Es wird ja immer schwieriger für Frauen allein. Überall ist man von Spitzeln umgeben, die sofort ›Katharer‹ schreien.«

Navenias tauschte einen Blick mit Fay. »Wir hatten keine Schwierigkeiten«, sagte sie. »Fays Bruder hat uns begleitet. Er blieb im letzten Wirtshaus vor der Stadt und hält sich bereit, falls wir schnell fortmüssen.« Sie verschwieg, dass es ihm auch oblag, Botschaften zurück nach Montségur zu bringen, falls es ihnen selbst nicht mehr gelänge, die Stadt zu verlassen.

»Die Zeiten sind danach, sich wie Verschwörer zu verhalten.« Mabelia seufzte. Dann wandte sie sich mit einem freundlichen Lächeln an Fay. »Ich wusste gar nicht, dass du einen Bruder hast.«

Fay lächelte schwach zurück.

Navenias legte ihr den Arm um die Schulter. »Sie hat ihn mit in den Konvent gebracht.« Aufmunternd lächelte sie Fay zu. »Wir sind sehr froh, die beiden bei uns zu haben.« Navenias erinnerte sich noch gut daran, wie Fay als Waisenkind zu ihr gekommen war. Sie hatte noch zwei Brüder gehabt und eine kleine Schwester. Aber von diesen hatte keiner die Flucht vor den Kreuzfahrern überlebt; sie waren noch in Montségur an den Folgen von Hunger, Kälte und Erschöpfung gestorben. Sie wusste, Fay fühlte sich bis heute verantwortlich für deren Tod, weil sie die Älteste gewesen war.

»Was ist eine Zeit der Gnade?«, fragte Fay schnell, als wäre ihr die Aufmerksamkeit unangenehm.

Mabelia strich ihr übers Haar. »Oh, selig die Abgeschiedenheit von Montségur«, murmelte sie. Ihr Gesicht verdüsterte sich. »So nennen sie eine Frist von dreißig Tagen, die sie einhalten, egal, wohin sie kommen. In dieser Zeit finden noch keine Prozesse statt; sie sammeln nur Informationen.«

»Und das soll eine Gnade sein?«

»Die angebliche Gnade, mein Kind, besteht darin, dass du in dieser Zeit zu ihnen kommen darfst, um zu bekennen, dass du Katharer bist, ohne bestraft zu werden. Vorausgesetzt du schwörst ab. Und vorausgesetzt, du nennst Namen.«

»Das wird niemand tun.« Navenias sprach mit Überzeugung.

Mabelia pochte derweil an die Tür eines düsteren Hauses. Als eine kleine Klappe sich öffnete, flüsterte sie ihren Namen. Die Klappe schloss sich wieder. Mabelia schaute sich um, aber die Gasse lag verlassen da. »Die Leute haben dreißig Tage Zeit«, sagte sie, wieder an Navenias gewandt. »Dreißig höllische Tage, in denen sie ihre Familie betrachten und überlegen, was das Beste für sie wäre: warten, bis jemand sie denunziert, oder es selbst zuerst tun und den Vorteil davon haben. Ich habe das in Peyrepertuse erlebt. Es war furchtbar; kaum einer ging mehr auf die Straße, und wenn, dann grüßte er nicht mehr. Alle belauerten sich, und man sah, was sie sich heimlich fragten.«

»Das ist infam.« In Fays Augen stand Empörung.

»Das ist es«, bestätigte Mabelia. »Die Menschen haben Angst. Sie wissen, dass jeder alles vom anderen weiß. In diesen kleinen Gemeinden genügt einer, ein Einziger, um eine Kettenreaktion auszulösen. Und einen«, sie seufzte, »einen gibt es immer.«

»Seid nicht so kleinmütig«, tadelte Navenias sie.

Mabelia senkte den Blick. »Willkommen in Avignonet«, sagte sie, als die abweisende Tür sich endlich für sie öffnete und eine verhüllte Frau sie stumm willkommen hieß. »Wir freuen uns, heute Abend das Brot mit euch zu teilen.«

Sie setzten sich zum Mahl. Nach den Gebeten und nachdem Navenias das Brot gebrochen, gesegnet und an alle Anwesenden verteilt hatte, aßen sie schweigend. Auch durch die offenen Fenster drang kaum ein Laut herein.

»Es ist so still«, wunderte Navenias sich. »Nicht einmal den Nachtwächter hört man die Stunden ausrufen.«

»Der versieht sein Amt nicht während der Gnadenzeit.« Mabelia griff nach einem Glas Wasser und so sorgsam, wie sie ihre Worte wog. Dann aber siegte die Bitterkeit in ihr. »Er könnte ja sehen, wie jemand sich zum Pfarrhaus schleicht.«

»Mabelia!«, rief Navenias sie zur Ordnung.

Fay, die praktischer veranlagt war, fragte: »Und wenn es brennt?«

»Das wird es ohnehin bald. Scheiterhaufen um Scheiterhaufen.«

»Mabelia!« Navenias hatte ihre Hand ergriffen. »Wir dürfen nicht verzweifeln.« Sie streichelte die Finger der alten Perfecta und drückte sie. »Wie sollten wir sonst ein Trost sein können für die anderen?«

Mabelia schaute sie an. »Und wenn es keinen Trost mehr gibt?«

»Das gilt nur für unser irdisches Leben«, sagte Navenias, »von dem wir nichts verlangen, denn der Teufel hat es geschaffen. Unsere Hoffnung ist auf etwas anderes gerichtet.«

Mabelia lächelte unter Tränen. Einen Moment lang war es, als könne sie die Seligkeit des Himmels wirklich sehen. »Ich möchte eine Convenenza abschließen«, sagte sie dann. »Für den Fall, dass ich im Kerker ohne Beistand bin und niemand mir das Consolamentum spenden kann, bevor ... bevor ...«

Navenias nickte. »Ich verspreche es dir.«

Die ältere Frau sah erleichtert aus. »Nun zu dem, weswegen ihr hier seid. Der Diakon ...«, sie wischte sich die letzten Tränen fort. »Er ist in einer kleinen Kammer bei einem Schusterehepaar. Die beiden sind erst vor Kurzem zu uns gestoßen, zu einer Zeit, als wir schon vorsichtiger waren. Ich glaube nicht, dass jemand sie verdächtigt.«

»Also ist er in Sicherheit.« Navenias nickte erleichtert. »Und hat er die Messbücher bei sich?«

»Die Messbücher und die Schriften. Und eine Menge Geld für seinen Bischof. Es sind überwiegend Juwelen, Gaben der reichen Damen von Toulouse. Das Überbringen sollte also nicht schwierig sein. Aber ihr werdet unterwegs nicht nur auf Denunzianten achten müssen, sondern auch auf Räuber.«

Navenias lächelte Fay zu. »Uns wird niemand verdächtigen. Fay, ihr Bruder, der Bischof und ich werden als die Familie eines Kleinkrämers reisen. Wir haben sogar Farben dabei, um unterwegs damit zu handeln, falls es nötig sein sollte.« Sie schob ihren Stuhl zurück. »Kann ich ihn jetzt sprechen?«

Mabelia schüttelte den Kopf. »Nicht heute. Es wäre nicht klug, im Dunkeln auf die Straße zu gehen.«

»Die Zeit der Gnade«, murmelte Fay und sprach damit laut aus, was alle dachten. »Gott steh uns bei.«

4.

Avignonet, den anderen Tag

Als Navenias und ihre Gefährtinnen am anderen Tag zur Schusterfamilie wollten, wurden sie auf dem Marktplatz von einem Kordon Bewaffneter aufgehalten. Nicht einmal die Behauptung, sie müssten zu einem Kranken eilen, half ihnen; sie wurden nicht durchgelassen.

»Alle haben sich anzuhören, was der Inquisitor zu sagen hat«, sagte ein Wächter und trieb sie mit ihrem Spieß zurück in die Menge.

Einer der Dominikaner hatte bereits zu sprechen begonnen, doch er war kaum zu verstehen. Sie hörten nur Fetzen von Gebetsformeln, Drohungen und schließlich das, was sie am meisten gefürchtet hatten: eine Reihe von Namen.

»Seht ihr«, murmelte Fay. »Einen gibt es immer. Wir sollten sofort aufbrechen. Noch heute.«

Navenias gab ihr mit einem energischen Nicken recht und schaute sich nach einem Fluchtweg um. Aber im Augenblick saßen sie fest. »Was redet er da?«, fragte sie unwillig.

Mabelia flüsterte ihr zu: »Es sieht so aus, als habe ein Kleinbauer sich selbst angezeigt. Ich kenne den Mann, seine Frau ist schwanger, endlich, nach vielen Jahren. Sie ist nicht mehr jung. Ich nehme an, er versucht, sie und das Kind zu schützen.«

Navenias schüttelte den Kopf. »Gott sei seiner Seele gnädig. Und wen hat er dafür preisgegeben?«

Mabelia lauschte weiter. »Peire Renard«, sagte sie dann. »Das ist sein Nachbar, aber, aber …«

»Was aber?«, fragte Fay.

Mabelia schaute sie verwundert an. »Peire Renard ist vor fünf Jahren gestorben.«

»Eine List«, sagte Navenias abfällig.

Mabelia runzelte die Stirn. »Er wollte doch nur keinen Schaden anrichten. Renard hat nicht einmal Nachkommen hinterlassen, sodass niemand durch die Anklage geschädigt wird. Er ist als Letzter seines Hauses in ein einsames Grab gesenkt worden.«

»Und der Schaden, den er durch sein Beispiel anrichtet, zählt der nicht? Außerdem ist es eine Lüge. Daraus kann nichts Gutes erwachsen«, entgegnete Navenias streng.

»Nun«, wandte Mabelia ein, »es ist ja nur eine Notlüge. Und der gute Christ darf in Zeiten der …«

Navenias ließ sie nicht zu Ende sprechen. »Das ist nicht dein Ernst, Mabelia, Lüge bleibt Lüge.«

»Wem schadet er denn? Allenfalls dem Ansehen der Dominikaner, die er lächerlich macht.«

»Du hast ja keine Ahnung, was es auslösen kann, wenn einer dem Druck nachgibt und das Schweigen bricht. Dem ersten Denunzianten wird bald ein zweiter folgen. Und der beschränkt sich vielleicht nicht mehr darauf, nur Verstorbene zu nennen. Außerdem, wie heißt es über die Toten? *Nil nisi bene*, Mabelia!«

Fay unterbrach den Disput der beiden. »Wenn der Mann tatsächlich tot ist«, fragte sie, »warum spricht der Mönch da vorn dann das Urteil über ihn?«

Die beiden Älteren wurden aufmerksam. Entsetzt verfolgten sie, wie in aller Form Urteil und Schuldspruch ausgesprochen und vom Tribunal beglaubigt wurden, während im Hintergrund zwei der Wachen ihre Waffen ablegten, um einigen Knechten beim Zusammentragen von Reisigbündeln zu helfen. »Sie machen den Scheiterhaufen bereit«, sagte Mabelia tonlos. »Aber, aber …«

Im selben Augenblick öffneten die Bewaffneten die Absperrung an der Westseite des Platzes, um dem Tribunal einen Durchgang zu schaffen. Feierlich zogen die Mönche unter der Führung des Bischofs ab, gefolgt von den Einwohnern Avignonets, die voller Angst waren, die sich das Geschehen aber dennoch nicht entgehen lassen wollten. Die drei Frauen wurden in dem Gedränge mitgerissen. Durch die enge Gasse hin zur Kirche schob und drückte der Mob sie, bis sie schließlich vor dem Tor des Kirchhofes standen. Mit einem lauten Quietschen öffnete es sich.

»O mein Gott.« Navenias blickte fassungslos auf die Menge.

»Was tun sie?«, fragte Fay.

»Ist das nicht offensichtlich?« Mabelia presste die Lippen zusammen.

Der Friedhof war überfüllt mit Neugierigen, nur rund um die Geistlichen war noch ein wenig Platz. Wer es wagte, kletterte auf die Friedhofsmauer und sah von da aus zu. Die Fenster der umliegenden Häuser wurden geöffnet, und die Bewohner blickten heraus. Sogar auf dem Turm der kleinen Kirche, die über ihnen aufragte, drängten sich Neugierige.

Sie alle verfolgten mit angehaltenem Atem, wie der Dominikaner auf eine Grabplatte wies, die daraufhin von den Soldaten hochgewuchtet werden sollte. Es war nicht einfach, sie fluchten, ein Schaufelstiel brach, doch dann war es geschafft. Als die nackte Erde offen dalag, begannen sie zu graben, hastig, und hoben das Erdreich aus.

Als sie auf Holz stießen, löste der dumpfe Ton ein allgemeines Stöhnen aus. Der Dominikaner gab einen weiteren Befehl. Einer stieg in die Grube und machte sich mit seinem Schwert wie mit einem Stemmeisen zu schaffen. Er pfiff durch die Zähne, als der Sargdeckel aufsprang. Die Mönche bekreuzigten sich. Navenias sah, wie einer beiseitetrat, um sich hinter einem

Grabstein zu übergeben. Die anderen wankten nicht. Nur der Bischof hielt sich ein weißes Tuch vor die Nase.

»Riecht ihr etwas?«, fragte Mabelia schnuppernd.

»Nein«, erwiderte Navenias verbissen.

Die Soldaten hatten einen Haken geholt, wie ihn die Fischer benutzten, und damit den Leichnam aus seiner Ruhestätte gezogen. Ein ungläubiges Raunen ging durch die Menge. Für einen, der seit fünf Jahren unter der Erde lag, wirkte Peire Renard erstaunlich heil. Nackt gähnte sein Totenschädel die Menschen an, mit gebleckten Zähnen und leeren Augenhöhlen, aber den Kiefer hielten noch einige Bänder, und sein weißes Haar stand ab wie bei einem Greis, der morgens zerzaust aus dem Bett stieg. Seine halb zerfallenen Kleider umhüllten ein Skelett, das von der eingeschrumpelten Haut, trocken wie Pergament, zusammengehalten wurde, bis auf einige Stellen, wo das Weiß der Knochen durch die dunkelbraune Hülle stach.

»Bereit für die Ewigkeit«, murmelte jemand neben ihnen ehrfürchtig. »Die Auferstehung im Fleische.«

»Dafür ist es aber verdammt wenig Fleisch«, meinte ein anderer trocken. »Zu Lebzeiten war er ein richtiger Dickwanst.«

»Glaubt ihr, er ist nicht verwest, weil er ein Ketzer war?«, wollte ein Dritter wissen.

Die meisten standen nur fassungslos da und bekreuzigten sich, während die Soldaten ihren Befehlen folgten und den Leichnam an seinem Haken zum Tor und weiter durch die Straßen schleiften, an den nunmehr schweigenden Bewohnern von Avignonet vorbei. Weißliche Schmiere floss aus dem Stoff- und Knochenbündel heraus und hinterließ eine stinkende Spur auf dem Pflaster. Fliegen stürzten sich darauf, und niemand von denen, die Peire Renards letztem Weg folgten, wagte es, mit dem Fuß daraufzutreten.

Navenias schaute in das grinsende Totenschädelgesicht, als es an ihr vorbeigezogen wurde. Sie bemerkte die Maden, die aufgeschreckt vom Tageslicht aus den Körperöffnungen quollen. Sie verliehen mit ihren Bewegungen dem Leichnam ein gespenstisches Leben, als winde er sich aus eigener Kraft durch die Gassen. Vorwitzige Jungen liefen nebenher und bewiesen einander ihren Mut, indem sie auf die weißlichen Maden traten, die unter ihren nackten Füßen knackten.

Vom Scheiterhaufen stieg bereits Qualm auf. Fässer mit duftendem Weihrauch wurden geschwenkt, damit die Miasmen der Leiche nicht die Atmosphäre vergifteten und Krankheiten auslösten.

»Hier entlang«, rief Mabelia und packte ihre beiden Gäste am Arm und zog sie fort von dem Schauspiel, das sie wie erstarrt verfolgt hatten. »Der Schuster lebt hier.«

Als sie in dem dunklen Hausflur standen, war einen Moment lang nichts zu hören als ihr Atmen und dann das erste Schluchzen. Alle drei brachen in Tränen aus, als die Anspannung sich endlich löste. Da trat der Schuster zu ihnen und hinter ihm der Diakon. Er war ein kleiner, dünner Mann mit wenig Haaren, doch es ging eine ganz besondere Ausstrahlung von ihm aus. Lag es an seiner Ruhe oder an der Wärme seiner runden braunen, beinah ein wenig kindlich dreinblickenden Augen? Sie strahlten in einer entwaffnenden Unschuld. Man fühlte sich besser, wenn man ihn sah, so, als müsste in der Gegenwart dieses Menschen alles gut werden.

Als Navenias die Männer bemerkte, wischte sie sich mit dem Ärmel über das Gesicht. »Es ist gut«, sagte sie. »Dieser war tot und spürt die Flammen nicht mehr. Morgen werden die Lebenden brennen. Und wenn wir nicht auf der Hut sind, dann werden wir die Nächsten sein.« Sie kniete vor dem Diakon nieder und reichte ihm das kleine Neue Testament, das sie stets bei sich trug.

Er nahm es und küsste es und gab es ihr schweigend zurück. Auch sie drückte ihre Lippen darauf und gab es weiter, bis alle auf diese Weise des Segens teilhaftig geworden waren. Dann stand sie auf. »Der Bischof hat verfügt, dass wir als Mann und Frau reisen. Daher ist es Euch erlaubt, meinen Arm zu berühren. Und wir werden in den Gasthäusern das Lager teilen.«

»Habt Ihr alles dabei für das Überbringen des Geldes?«, fragte er.

Sie nickte und strich die Falten ihres Gewandes glatt, das der Tarnung halber nicht schwarz war, sondern hellbraun. In ihrem Gesicht war keine Gefühlsregung mehr zu lesen. »Wir werden am Tor erwartet, Bruder. Lasst uns aufbrechen, ehe die Zeit der Gnade uns erreicht.«

Es klopfte heftig an der Tür. Alle erstarrten, dann hörten sie eine Stimme, die draußen rief. »Herr, Herr, sie stirbt. Sie stirbt mir unter den Händen.«

Mabelia riss die Tür auf und zog den Rufer in den Flur.

Navenias kannte den Mann nicht, der verwirrt dastand und die dunklen Gestalten anstarrte, die ihn umringten. Er trug ein einfaches Wams und hatte eine Lederkappe in den Händen, die er verlegen knetete.

»Was fällt dir ein, auf der Straße herumzuschreien, Pons«, herrschte Mabelia den Mann an. »Willst du uns alle umbringen?«

»Aber sie stirbt, Herrin.« Tränen liefen ihm über die ledrigen Wangen. »Die ganze Nacht schon hat sie Blut gespuckt, und jetzt geht es zu Ende. Bitte, Herr.« Er wandte sich an den Diakon und sank auf die Knie.

Der zog ihn wieder hoch, warf sich den Mantel um und wandte sich an Navenias. »Nehmt die Bücher und das Geld, und geht.«

Sie schüttelte den Kopf. »Wir warten«, sagte sie.

»Dies kann dauern.« Er schaute sie lange an.

Navenias dachte, dass auch sie von niemand anderem als ihm ins Paradies würde geleitet werden wollen. »Wir warten.«

Als er fort war, wandte sie sich an Fay. »Ich will, dass du alles an dich nimmst und zur Herberge gehst. Brecht sofort auf. Wartet nicht, auf niemanden.«

5.

Avignonet

Es wurde Abend und dunkel in den Straßen. Ein Gewitter zog donnergrollend auf. Navenias dachte an Fay und an deren Bruder mit ihrer kostbaren Fracht und hoffte, dass sie eine sichere Unterkunft für die Nacht gefunden hatten. Mabelia neben ihr war zusammengesunken vor Erschöpfung und schnarchte leise. Der Schuster hatte aufgehört zu hämmern. Er saß nur da und starrte auf das Leder vor sich auf dem Arbeitstisch. Gott allein wusste, woran er dachte.

»Schwester«, sagte er auf einmal.

Navenias hob den Kopf zum Zeichen, dass er sprechen könne.

Zögernd begann er. »Stimmt es, was man sagt, dass die Engel in uns sind?«

Sie musste lächeln. »Ja«, sagte sie, »ja, das ist wahr. Sie sind Gefangene unseres Leibes und warten darauf, erlöst zu werden.«

»Weil ich nämlich manchmal geglaubt habe, ich kann diesen Engel sehen.« Er hob den Kopf, rot vor Verlegenheit. »In den Augen meiner Frau, wisst Ihr?«

Sie antwortete nicht.

»Und dann habe ich manchmal das Bedürfnis, ihn zu berühren, diesen Engel, ihn zu streicheln und zu küssen, aus Freude, dass er da ist. Versteht Ihr? Und es hat mich traurig gemacht, dass ich ihn dadurch nur weiter einsperre.«

Navenias saß da wie betäubt. So einfach und schlicht hatte ihr noch nie jemand erklärt, dass man einen anderen Menschen mit ganzer Seele lieben kann. Lange betrachtete sie die ärmliche

Werkstatt, den gebeugten Rücken des Mannes, der es nicht wagte, sie anzusehen, und den von Blitzen zerrissenen Nachthimmel.

»Nun, ich denke«, sagte sie langsam, »auch ein Engel kann den Friedenskuss empfangen.«

Sie hörte seinen ungläubigen Seufzer und lächelte, als sie aufstand. Durch die Hülle des Schleiers, der über ihrem Scheitel lag, berührte sie im Vorbeigehen seine Schulter. »Wer, wenn nicht die Engel Gottes, sollte wissen, was wahre Liebe ist?«

An der halb geöffneten Tür blieb Navenias stehen. »Es regnet noch immer nicht«, stellte sie fest und rieb sich über die fröstelnden Arme. »Aber es ist kühl geworden. Und es donnert wieder.«

Der Schuster hob den Kopf. »Das ist kein Donner«, sagte er. »Das sind Pferdehufe.«

Erschrocken lauschte Navenias. Der Mann hatte recht. »Aber die Tore sind geschlossen.« Mit aufgerissenen Augen schaute sie ihn an. »Schon mehrere Stunden.«

»Dann hat sie jemand geöffnet«, knurrte der Schuster. Sie lauschte auf die lauter werdenden Rufe, und, unverkennbar, das Klirren von Eisen.

»Ihr solltet nach oben gehen«, sagte er und machte sich daran, die Tür abzuschließen.

Navenias kam ihm zuvor und schlüpfte hinaus. Sie rannte zum Marktplatz und kam gerade recht, um die wilde Horde vorbeipreschen zu sehen. Es war, wie sie gedacht hatte: Eine Gruppe Ritter donnerte vorbei, so schnell die engen Gassen es zuließen; die Hufe ihrer Pferde schlugen Funken auf dem Steinpflaster. Sie hatten die Waffen gezückt und die Visiere geschlossen.

Navenias raffte ihre Röcke und rannte hinterher. Sie kannte das Wappen auf den Wämsen. Navenias lief, bis ihre Lungen brannten. Es war das Wappen von Montségur. Der Burgherr, der den Katharern Unterschlupf gewährte, hatte offenbar beschlossen, ihrer Sache noch auf andere, auf seine Weise nämlich, zu dienen: mit seinen Waffen.

Sie werden es uns anlasten, dachte Navenias verzweifelt, sie werden alle Katharer Mörder heißen. Hunderte von Unschuldigen werden dafür büßen. Sie rannte, als gälte es ihr Leben, ohne zu wissen, was sie tun sollte.

Das Ziel der Ritter war das Pfarrhaus, in dem die Inquisitionsbeamten abgestiegen waren. Schon von Weitem sah Navenias die Pferde der Eindringlinge davor stehen. Als sie zum Pfarrhaus kam, schlugen aus den Fenstern im Erdgeschoss bereits lodernde Flammen. Es klang, als wenn Fahnen heftig im Wind knattern. Hitze schlug ihr entgegen, und sie wich zurück. Schreie drangen aus dem Haus, Waffenlärm war zu hören. Im ersten Stock wurden geräuschvoll die Fensterläden aufgeschlagen, und ein menschlicher Körper im blutigen Nachthemd fiel aus dem Fenster. Dann wieder einer und noch einer. Blutgetränkte Bettwäsche wurde hinterhergeworfen, Aktenstücke, Möbel. Pergamentstücke flogen durch die Luft wie Nachtfalter.

Der Lärm hatte viele Menschen aus ihren Häusern getrieben. Nun standen sie singend und feiernd und Flüche rufend vor dem Pfarrhaus und schüttelten die Fäuste. Manche traten auf die Toten ein oder hieben mit Holzlatten, die sie aus den zerstörten Möbeln brachen, auf die Körper ein. Manche angelten nach den Papieren und lasen einander laut die Namen vor, die sie darauf fanden. Ein Mann versuchte, die toten Körper anzuzünden. »Holt Pech«, rief einer. »Pech von der Stadtmauer.«

Allmählich wurde es still in dem Haus. Nur die Flammen flackerten weiter. Die Ritter kamen aus dem Pfarrhaus und jagten auf ihren Pferden davon, unter dem Jubel der Menschen, die tobten, als gäbe es kein Morgen. Was sie zurückließen, war eine Hölle aus Flammen und Blut.

Navenias betrachtete das Chaos fassungslos. Die Rache, das wusste sie, würde nicht lange auf sich warten lassen. Und diese Rache würde nicht minder grausam sein. Mabelia! Der Diakon, Fay! Sie mussten von hier fort! Langsam wich sie zurück, bis ihr Fuß in etwas Feuchtes, Glitschiges trat. Es war ein menschlicher Körper, bis zur Unkenntlichkeit entstellt. Jemand packte sie an den Schultern und riss sie beiseite.

Sie schrie auf und fuhr herum wie ein scheuendes Pferd.

»Schwester, Schwester!« Sobald der Diakon sah, dass sie wieder bei sich war, ließ er sie sofort los. »Verzeiht«, sagte er. Und dann: »Es ist vorbei.«

»Die Stadttore stehen offen.« Sie rang nach Atem. »Aber nach dem hier werden sie jeden anhalten, der unterwegs ist.«

»Gefahr gibt es immer.« Er zuckte mit den Schultern, die so schmal waren und doch so große Verantwortung trugen. »Also, gehen wir?«

Sie machten sich auf den Weg. »Erzählt mir, um die Zeit zu nutzen, wer ich bin, Schwester. Damit ich antworten kann, wenn ich gefragt werde.«

»Ihr seid Evrard, aus Castres«, sagte sie. Langsam beruhigte sich ihr Herzschlag wieder.

»So, so, aus Castres«, sagte er. »Wie interessant. Und was tue ich, um meinen Lebensunterhalt zu verdienen?«

»Ihr seid ein Schreiber, Bruder, und auch Kopist.«

»Ein Kopist also. Nun ja, das erklärt wohl den Tintengeruch, der an mir haftet.«

»Ja, Tinte mischt Ihr auch«, bestätigte sie, »und Farben, und Ihr fertigt gute Federn an und Pinsel. Ich verkaufe all das für uns auf dem Markt. Nahe dem Brunnen ist mein Stand, im Schatten des Marktgerichts. Und an warmen Tagen sitzt auch Ihr dort und schreibt, statt in der kleinen Kammer unseres Heimes auf Kundschaft zu warten.« Beinahe konnte sie die Szene vor sich sehen, die sie für ihn ausmalte, ein ungelebtes Leben, fern wie etwas, das man durch ein Fenster sah, aber auch so scheinbar perfekt und begehrenswert, oder wie eine Miniatur in einem Buch.

»Dann sieht es so aus«, sagte er, und ihre Schritte hallten friedlich in den abgelegenen Gassen von Avignonet, durch die sie ihren Weg zum Tor suchten, »als hätten wir uns ein gutes Leben gewählt.«

»Ja«, bestätigte sie und drückte seinen Arm, dankbar dafür, ihn für die Dauer dieser Reise berühren und an ihm Halt finden zu dürfen. »Ein gutes Leben.«

6.

Carcassonne, im Jahr 1243

Amalric balancierte über ein dünnes Seil. Er sah nicht, von wo nach wo es gespannt war, es schien kein Ende zu nehmen. Vor ihm tänzelte Amiel, drehte den Kopf zu ihm um und lachte, und in dem Moment, als er den roten Mund sah, der Navenias geküsst hatte, überkam Amalric eine glühende Wut, und er versetzte dem Freund einen Stoß, sodass dieser das Gleichgewicht verlor. Er hörte den Schrei und sah Amiels aufgerissene Augen, seine nach Halt suchenden Hände in der Luft. Amalric fuhr mit einem Ruck hoch. Allmählich begriff er, dass er zuhause hockte, auf dem verschwitzten Strohsack, der ihm als Matratze diente. Und dass das Lager neben ihm verlassen war.

»Paris«, rief er und war erleichtert, als er Schritte vor der Türe hörte. Aber es waren die Schritte von mehr als einer Person. Und die flüsternden Stimmen von mehr als einem Mann.

War es jetzt so weit? War das der Augenblick, vor dem er sich immer gefürchtet hatte? So leise er konnte, rollte Amalric sich aus dem Bett, und mit einem Geschick, das die Zeit als Bauer nicht hatte zerstören können, schlich er zu dem Versteck unter den Bohlen und holte sein Schwert hervor. Er befreite es aus seiner Hülle aus geöltem Stoff, mit allen Sinnen bei den Geräuschen vor seinem Haus, und hob es über den Kopf. Die Schritte kamen näher. Die ledernen Türangeln quietschten.

»Herr im Himmel!« Paris starrte seinen Vater an. Hinter ihm spähten zwei junge Männer in die Hütte herein.

»Paris!«, donnerte Amalric. Er packte die drei jungen Männer, zog sie nach drinnen und stieß die Tür zu. »Was habt ihr um diese Zeit dort draußen verloren?«

Die anderen Jungen tauschten überraschte Blicke. Vergeblich versuchten sie, die dicken, schweren Stöcke, die sie in Händen hielten, hinter ihrem Rücken zu verstecken.

Paris sagte: »Woher hast du das Schwert?«

Amalric wies auf den Blonden. »Du bist der Sohn von Raymond und Claire, nicht wahr?« Er warf Paris einen Blick zu, der besagte: ›Hatte ich dir nicht befohlen, dich von denen fernzuhalten?‹ »Geh zu deinen Eltern«, verlangte er. »Sie werden dir alles sagen.«

»Er bleibt«, sagte Paris fest. »Wir haben das zusammen angefangen, und wir bringen es zusammen zu Ende.«

»Er geht.«

Der Junge legte die Hand auf die Klinke.

Paris umfasste sie mit der seinen. »Er ist mein Freund.«

»Er ist so gut wie tot, verdammt noch mal«, schrie Amalric. Die drei zuckten zusammen.

Aber in Paris' Augen glühte etwas auf. »Jetzt nicht mehr«, sagte er, und dann brach es aus ihm heraus, die ganze Heldentat, er konnte einfach nicht schweigen. »Wir haben ihre Boten überfallen, du weißt schon, die die Listen zu den Archiven bringen, in Toulouse und in den anderen Großstädten. Wir haben alles abgefangen. Und sie dabei ordentlich verprügelt.« Paris strahlte, und seine Augen glänzten wie im Fieber. »Du hättest sie laufen sehen sollen, Vater.«

Amalric presste die Lippen aufeinander. »So? Hätte ich das?«

Die vermeintliche Ruhe in Amalrics Stimme machte Paris mutiger. »Ja, hättest du! Hah! Wie die Hasen sind sie geflüchtet, oder besser, gehinkt, was, Jungs?«

Die drei lachten miteinander. Sie hielten erst inne, als sie bemerkten, dass Amalric nicht in ihr Gelächter mit einstimmte.

»Und nun glaubt ihr, dass alles gut ist ob eurer heldenhaften Tat, ja?« Amalric hatte leise begonnen, aber seine Stimme wurde immer lauter. »Was zum Teufel glaubt ihr, wird jetzt geschehen? Häh? Himmelhergottverflucht noch mal. Wir müssen hier fort.«

Er ging hinüber zu seinem Versteck und hob die Bohlen an. Die Zeit der Geheimnisse war vorüber. Vor den Augen der staunenden Jungen holte er sein Wams, seinen Waffenrock, den Gürtel, Dolch und Schild hervor, dazu die Beutel mit den Münzen, die er für Zeiten wie diese aufbewahrt hatte. »Sie werden die ganze Stadt exkommunizieren, wie sie es in Avignonet getan haben«, fuhr er sie an. »Und dann werden sie jeden Einzelnen einer Befragung unterziehen.« Er packte mit hastigen Bewegungen. »Haben sie eure Gesichter gesehen?«, fragte er.

Die drei schauten ihn ratlos an. Kinder, dachte er, Kinder noch trotz ihres Alters. Er wandte sich ab. »Ihr hättet sie besser getötet«, sagte er.

Paris brachte kein Wort heraus. Seine Augen wanderten über die kalt schimmernden Waffen, die Amalric eine nach der anderen anlegte. »Aber ...«, stammelte er schließlich.

»Es gibt kein ›Aber‹ mehr.« Amalric schaute nicht auf.

»Aber töten ist Sünde.« Es war Raymonds Sohn, der das herausgebracht hatte. Instinktiv wich er zurück, als Amalric auf ihn zutrat und die Hand hob.

Er aber strich dem Jungen nur über das struppige blonde Haar. »Geh heim zu deinen Eltern«, sagte er. Dann befahl er, an Paris gewandt: »Sag ihnen, sie sollen beten!«

Sein Sohn verschränkte die Arme vor der Brust. »Ich gehe nirgendwohin.«

Amalric ließ sich nicht beim Packen stören. »Du gehst, und wenn ich dich niederschlagen und über den Sattel legen muss.«

»Ich gehe nicht mit einem Lügner.« Paris schob den Unterkiefer vor. »Ich will wissen, wer du bist. Wer ich bin.«

Amalric seufzte.

»Du bist ein ehemaliger Perfectus, nicht wahr?«

Amalric schüttelte den Kopf. »Du musst dich schon entscheiden: Bin ich ein Heiliger? Oder bin ich ein Lügner?«

»Perfecti dürfen nicht lügen«, fiel Raymonds Sohn ein.

Wie hieß er doch gleich? Marcabrus, dachte Amalric, er hieß Marcabrus, genau wie der Junge, der einst Ohren sammelte. Und der vermutlich schon in Lavaur gestorben war.

»Und sie tragen auch keine Waffen.«

Paris biss sich auf die Lippen. Er hatte so lange und begeistert an der Geschichte vom heimlichen Perfectus gesponnen, dass er sich nur ungern von ihr löste.

Amalric trat zu ihm. »Ich trug einst ein Wappen, Sohn, und ich diente einem Herrn. Beides gibt es nicht mehr, den Herrn und den Titel. Ich bin nur, was ich bin. Und was ich bin, ist nicht von Bedeutung.«

»Aber meine Mutter?«, fragte Paris verzweifelt. »Ich weiß, dass da etwas ist. Ich spüre es, in mir.« Er legte unwillkürlich eine Hand auf sein Herz.

Amalric hob die Hand und schlug ihm auf die Brust, damit er den hohlen Ton hörte, den das ergab. Aber Paris' dramatische Miene verzog sich nicht.

Amalric seufzte. »Ihr verschwindet«, wies er die beiden anderen an. »Und du«, wandte er sich an Paris, »wirst du ohne Widerspruch mit mir kommen, wenn ich dir alles erzähle?«

Sie waren weit geritten, ehe Amalric mit der Geschichte zu Ende war.

»Und sie hat sich weihen lassen, ohne noch einmal mit dir zu sprechen?«, fragte Paris. »Sie hat kurz danach mit mir gesprochen, aber ich wollte nicht zuhören. Ich ritt davon, in den Krieg.

Vielleicht hat sie mir damals schon von dir erzählen wollen. So aber erfuhr ich es erst, als du zehn warst.« Er verschwieg, dass er zugleich erfuhr, dass er nicht Paris' Vater war, es gar nicht sein konnte. Aber war er es wirklich nicht? Was sonst war er denn die letzten zehn Jahre gewesen? Konnte man nicht ein Vater werden, so nach und nach? Er dachte an Amiel, an seinen Traum. Und mit einem Mal hatte er das Gefühl, dass auch er dem Gaukler etwas geraubt hatte und dass sie quitt waren. »Da habe ich dich geholt.«

»Und sie wollte, dass ich bei dir lebe«, sagte Paris gedankenverloren.

»Nein«, antwortete Amalric. »Sie wollte, dass ich dich zu ihr bringe.«

Paris fuhr auf. »Warum hast du es nicht getan?«

»Es hat sich nicht ergeben.« Amalric hob die Hände. »Die Verfolgung, der Krieg. Anfangs habe ich es erwogen. Aber immer wenn ich aufbrechen wollte, kam etwas dazwischen. Es schien immer zu gefährlich zu sein. Ich sah dich an, diesen Heuhüpfer, der noch nicht für sich sorgen konnte, und ich brachte es nicht über mich. Ich wusste, du warst sicher bei mir. Und es war mir das Wichtigste auf der Welt, dass du in Sicherheit warst.«

»Aber warum ...?«

»Sie ist eine Perfecta. Sie hätte dir nicht einmal über den Kopf streichen dürfen, ohne einen Schleier zwischen euch zu legen. Und sie darf nicht lügen. Wärt ihr gefangen worden und man hätte sie gefragt – sie hätte sich bekannt. Und dich hätte sie ihren Sohn genannt und dich damit auf den Scheiterhaufen gebracht, oder ins Gefängnis.«

»Aber du«, sagte Paris. »Du hättest gelogen für mich.«

»Ja«, bekannte Amalric knapp. Das und noch vieles mehr. Alles, was nötig gewesen wäre.

Paris schwieg lange. Sie hörten die Hufe der Pferde, die im Dunkeln sehr vorsichtig ihren Weg suchten. Man konnte die graugrünen Hügel des Sabarthès, seine Wälder und Höhlen und die friedlichen Wasser der Aude zu ihrer Rechten nur erahnen. Es duftete nach Thymian und nach trockener Erde. Ein paar Vögel regten sich hier und da, vorsichtig und verschlafen, als hätten sie die Venus bemerkt, die am durchsichtiger werdenden Blau des Horizonts erstrahlte. In den Städten würden jetzt die Bäcker aufstehen und das Feuer im Ofen anschüren, um ihre einsame Arbeit zu beginnen. Aber hier schien es, als wären sie die einzigen Menschen auf der Welt. Und das Licht der archaischen Göttin leuchtete nur ihnen, den Belissensöhnen, die für diese Landschaft geboren waren.

»Wo lebt sie, dass es so gefährlich ist, bei ihr zu sein?«, fragte Paris endlich.

Amalric war zu überrascht von der Frage, um zu lügen. »In Montségur«, antwortete er.

»Aber Montségur wird von Hugo de Arcis im Auftrag des Königs belagert.«

Es war keine Frage. Sie kannten den Mann, jeder in Carcassonne kannte ihn. Er war der Seneschall des neuen, königstreu besetzten Carcassonne und jemand, der die Dinge in die Hand nahm. Die Bürger Carcassonnes hatten das an der Art gesehen, wie er mit der letzten Revolte der Trencavel fertig geworden war und die einstige Katharer-Stadt zu einer Bastion der Kirche und des Reiches ausbaute. Er hatte ihnen im Namen des Königs die Leichen über die Tore hängen lassen. Wenn er Montségur belagerte, dann würde er das gründlich tun. Und die katholischen Bischöfe von Narbonne und Albi gaben das Geld dazu.

Nach einer Weile schob Paris vorsichtig nach: »Du liebst sie sehr, nicht wahr?« Er wandte den Kopf und schaute seinen Vater an.

Nein, dachte Amalric, nein, ich hasse sie. Ich hasse sie wie niemanden sonst. Aber im selben Augenblick wusste er, dass das die größere Lüge war.

7.

Bei Canet, im Jahr 1243

Navenias warf die letzte Hand voll Erde auf das Grab und wandte sich ab. Der Diakon hatte einen unbeugsamen Geist besessen, aber sein Körper war schwach gewesen. Zu schwach, wie sich zeigte, für die Strapazen der Flucht. Sie waren weit herumgeirrt, seit die Nachricht sie erreicht hatte, dass Montségur belagert wurde und sie dort keine Zuflucht mehr finden würden. Sie waren immer weitergeschickt worden, von einem halbwegs sicheren Ort zum nächsten. Ein Ziel jedoch hatten sie nicht. Eine Rückkehr war vorerst ausgeschlossen. Und einen anderen Platz, an den sie gehen konnten, gab es nicht. Es galt, von einem Tag auf den nächsten zu überleben. Ihr Leben war zu einer Reise mit ungewissem Ausgang geworden.

»Wir müssen weiter«, drängten ihre Beschützer.

Es waren Credentes, ein Ehepaar aus Canet, bei dem sie die letzten Nächte verbracht hatten und das sie mit ebenso viel Furcht wie Verehrung behandelte. Im Bett des Mannes, eines einfachen Händlers, war der Diakon gestorben. »Bitte kommt. Man wird schon auf uns aufmerksam.«

Navenias ließ sich mitziehen. Sie wusste selbst nicht, wohin sie sich wenden sollte. Sie ließ sich von den beiden Credentes führen wie eine Kranke. »Morgen«, sagte die Frau, »bringen wir Euch nach Laran; mein Mann kennt die Hirtenpfade dorthin, niemand wird Euch sehen. Im Ort wartet der Apotheker auf Euch, ein guter Mensch und einer von uns, seit seine Frau gestorben ist. Aber es ist nötig, dass Ihr die Nacht abwartet, denn …«

Sie hielt inne, als sie in die Gasse einbogen, an der ihr Haus lag. »Gott steh uns bei«, murmelte sie und bekreuzigte sich. »Sie sind da.«

»Schnell«, drängte ihr Mann, der seine Geistesgegenwart als Erster wiedergewann, »schnell. Hier hinein.« Er schob die beiden Frauen in den nächsten Durchgang. Bebend standen sie in der fremden Hofeinfahrt. »Hinten ist eine Pforte«, flüsterte er Navenias zu, »zwischen dem Hühnerstall und dem Holzschuppen. Sie führt zum Bachlauf.« Und er bat: »Segnet mich.«

»Was hast du ...?«, begann seine Frau.

Navenias' Hände zitterten, aber sie zögerte nicht. Rasch flüsterte sie: »Gott segne Euch und führe Euch rechte Wege. Und er gewähre Euch einen guten Tod.«

Seine Frau schluchzte auf und presste die Hand auf den Mund.

Navenias legte den Arm um sie. »O Gott, ich wünschte, ich hätte euch mehr zu bieten.«

In den Augen des Mannes lag ein trauriges Lächeln. »Was könnte es Besseres geben?« Dann drehte er sich jäh um und ging davon.

Die Frauen drängten sich an die Hausecke und sahen zu, wie er mit großen, Sicherheit ausstrahlenden Schritten auf sein Haus zuging, an das die Wächter mit ihren Spitzhacken bereits Hand angelegt hatten. Sie hörten seine Stimme, als er bejahte, dass er derjenige sei, der gesucht wurde, und sie hörten auch den weithin hallenden Klang der Worte des Inquisitors, der verkündete, dass er das Urteil spräche wegen Beherbergung einer Ketzerin, was bedeutete, dass dieser Mann und seine ganze Familie, seine Eltern und Großeltern, seine Nachfahren und alle Verwandten, ihrer bürgerlichen Rechte und ihres Vermögens verlustig gingen, dass ihr Haus niedergerissen werde bis auf die Grundmauern und sie selbst exkommuniziert wären. Dass das

Gefängnis und ein Gerichtsverfahren auf sie warte und am Ende der Feuertod, wenn sie nicht geständen.«

»Ich bekenne freudig ...«

Navenias konnte es nicht länger ertragen. Sie riss sich von ihrer Begleiterin los und wollte dazwischengehen.

Die schrak aus ihren lautlosen Tränen auf. »Wo wollt Ihr hin?«, rief sie entsetzt und zog die widerstrebende Navenias in den Schutz des Durchganges zurück. »Mein Gott, wir haben schon viel zu lange gezaudert.« Sie straffte sich. »Er hat gesagt, wir müssen zur Hintertür.« Sie winkte Navenias zum Hinterausgang und von dort über den schmalen, unratbedeckten Streifen zwischen fensterlosen Hauswänden hindurch weiter in Richtung Stadttor. »Wir müssen hinaus, ehe sie alles abriegeln«, sagte sie, mehr zu sich selbst als zu Navenias. »Und dann den Bergpfad finden. Ich war dort zuletzt als Jungverheiratete, Gott steh mir bei.« Die Erinnerung zauberte ein Lächeln auf ihr Gesicht, das rasch in Tränen erstickte. »Als ich ihm noch jeden Mittag das Mahl vorbeibrachte. Bis er dann die Hirtenburschen einstellte und wir die Käserei aufbauten. Wir wurden ja nicht jünger. Es war ein gutes Leben ...« Sie hielt inne. »Hier ist es, glaube ich.«

Sie bog in den farnbestandenen Pfad ein, mit der gleichen fahrigen Eile, mit der sie redete. Fassungslos lauschte Navenias dem Wortschwall, bis sie begriff, dass das die Art war, wie diese Frau mit dem Schrecken fertig wurde. Mit der Trauer und dem Entsetzen darüber, dass sie soeben ihr ganzes Leben verloren hatte. Navenias versuchte sich zu sagen, dass die beiden durch ihr Handeln die ewige Seligkeit erlangen würden und das Paradies sie erwartete. Aber sie konnte nicht anders: Sie schämte sich. Warum, Gott, fragte sie bitter, musste ich das Instrument für die Heiligung dieser Menschen sein? Warum mussten die beiden ihr Leben opfern, um das meine zu erhalten? Aber sie bekam keine Antwort.

An einer Gabelung blieb Navenias' Führerin stehen. »Von hier aus ist es einfach«, erklärte sie. »Entscheidet Euch an jeder Kreuzung für den Weg, der bergauf führt. Bis ihr die Umrisse von Laran in der Ferne seht. Ihr seht sie sicher schon von Weitem. Und man hört auch die Glocken über das ganze Tal.« Sie hielt inne, in Erinnerung an etwas, das nur sie wusste. »Dann geht abwärts«, schloss sie und nahm Navenias' Hand. »Bitte segnet mich.«

Navenias kam der Bitte nach. Spontan hielt sie die Finger der anderen umklammert. »Kommt mit mir«, sagte sie drängend. Oder bat sie, angesichts des einsamen Weges? »Dort hinten lauert nur Gefahr auf Euch.«

Die Frau lächelte. »Und meine Kinder?«, sagte sie. »Niemand wird sich ihrer annehmen wollen. Sie sind noch viel zu jung, um allein auf der Straße zu überleben.«

»Aber wie wollt Ihr ...?«, fragte Navenias.

Die andere winkte ab. »Für mein Seelenheil ist gesorgt, das ist mehr, als viele von sich sagen können. Ich danke Euch.« Sie küsste Navenias' Hand.

Bitterkeit wallte auf in Navenias. Sie hatte eine Familie zerstört, und man dankte ihr noch dafür. War das Größe? Oder schwang darin nicht schon Hohn mit, der Hohn eines gleichgültigen Gottes? Ihre Stimme blieb tonlos, als sie sagte: »Ich wünsche dir einen guten Tod.«

Navenias war zwei Tage unterwegs, ehe sie in Laran ankam. Ihre Füße bluteten, und ihr Magen knurrte. Sie hatte im Freien geschlafen und hoffte nur, dass man ihr das nicht allzu sehr ansähe. An einem Bachlauf hatte sie sich notdürftig gewaschen und sich die Blätter aus dem Haar gezupft. Aber wie ein Mädchen aus gutem Haus sah sie nur noch bei oberflächlicher Betrachtung aus. Einer vom fahrenden Volk hingegen glich sie ebensowenig. Sie sah aus wie das, was sie war: ein Flüchtling und eine Verlorene.

Sie zögerte lange, durch das Tor zu gehen, und noch länger, ob sie ihr letztes Geld auf dem Markt für ein paar gebrauchte Schuhe ausgeben sollte, da ihr Paar völlig zerschlissen war. So, wie sie war, zog sie zu viele Blicke auf sich. Eine Frau, die nicht von hier war, die allein reiste, das war selbst in Zeiten, wo es viele Flüchtlinge gab, etwas sehr Auffälliges.

Mit einem Fladen Brot, für den die Münzen noch gereicht hatten, zog Navenias sich nach dem Kauf in den Schatten der Tamarindenbäume hinter dem Brunnen zurück, wie eine Marketenderin, die sich eine Pause gönnt. Wachsam ließ sie den Blick schweifen. Der Mann am Töpferstand, der sah immer wieder zu ihr her. Aber jetzt bekam er Kundschaft, die ihn in ein Gespräch verwickelte, und er schien sie zu vergessen. Vielleicht hatte sie ihm auch einfach nur gefallen. Eine Horde Dorfjungen tobte durch die Gassen und veranlasste die Eierfrau zu warnendem Geschrei. Offenbar verfolgten sie ein entflohenes Huhn, das gerade unter dem Beil des Metzgers ausbluten sollte. Eine Olivenverkäuferin herrschte über fünf große Tontöpfe vor sich, von denen sie vor ihren Kunden den Deckel hob, um wunderbare Düfte daraus zu entlassen. Einige Händler in gutem Tuch standen auf den Stufen der Kirche und hielten abwägende Gespräche. Die Sonne ließ die Pracht ihrer bunt gefütterten Mäntel aufleuchten.

Deren Geld, dachte Navenias ganz unheilig, und dann nur eine Hand voll schwarzer Oliven und ein Stück guten Käse dazu. Sie legte die Hand auf ihren knurrenden Magen, der trotz der trockenen Brotbissen rumpelte und aufbegehrte.

Da fiel ihr Blick auf eine junge Frau. Sie war vielleicht achtzehn, zwanzig Jahre alt. Und sie war allein. Die Art, wie sie sich bewegte, wie sie sich umsah und immer wieder einen unruhigen

Blick über die Schulter warf, erinnerte Navenias an eine herrenlose, hungrige, stets zur Flucht bereite Katze. Das Mädchen war ein Spiegelbild ihrer selbst.

Nein, dachte Navenias unwillkürlich, während sie ihr zusah. Geh nicht so unsicher, schau dich nicht so um, halt dich gerade, und heb den Kopf. Im selben Moment fiel ihr auf, dass auch andere das junge Mädchen bemerkt hatten. Die Straßenjungen, die das Interesse an dem flüchtigen Huhn verloren, warfen ihr anzügliche Blicke zu und stießen sich gegenseitig mit dem Ellenbogen an. Es war nur eine Frage der Zeit, bis der Erste es wagen würde, einen derben Scherz mit ihr zu versuchen.

Navenias stieß sich von der Tamarinde ab und ging auf die Frau zu, erst langsam, dann immer rascher. Schließlich baute sie sich vor dem Mädchen auf wie eine eifrige Hausfrau.

»Mein Gott, Mädel«, rief sie vernehmlich. »Wo treibst du dich wieder herum? Hast du die Oliven besorgt? Nein? Und das Geld, das ich dir gegeben habe? Komm du mir nach Hause!« Sie fasste das Mädchen betont unsanft am Arm und zog es mit sich. Dabei beugte sie sich zu ihr hin, so als wollte sie ihr weiter ins Gewissen reden, und flüsterte ihr ins Ohr: »Ruhig, Schwester, hab keine Angst. Gott wird unsere Wege leiten.«

»Er segne dich«, flüsterte die verschreckte Frau zurück und klammerte sich mit beiden Händen an den Arm ihrer Retterin.

8.

Carcassonne, 1243

Das Mädchen lief dem Seiltänzer hinterher. Sie war eine Hure, das verrieten ihr offenes Haar, die nackten Schultern unter der ärmellosen Kotte, die sie nur notdürftig mit einem Tuch verbarg; das verriet auch ihr Gesicht, jung unter der Schminke und doch bereits alt, von Erfahrungen gezeichnet, die sie niemals hätte machen dürfen. »Was glaubst du, wer du bist?«, rief sie quer über den Platz. »Bleib gefälligst stehen, wenn ich mit dir rede.« Sie bückte sich, hob einen Stein auf und warf ihn nach Amiel. Sie traf ihn am Rücken.

Er drehte sich um.

Sie verschränkte die Arme. »Gaspard erschlägt dich, wenn er das mitkriegt. Du kannst nicht mittendrin einfach weg.«

»Das wolltest du mir also sagen? Dass Gaspard mich erschlagen wird?« Amiel grinste, als er sah, wie sie schmollend den Mund verzog. Er hob die Hände. »Ich wäre ohnehin beinahe abgestürzt. Gaspard hat sicher schon beschlossen, dass ich zu nichts mehr nütze bin. Wahrscheinlich verhandelt er schon mit dem Abdecker.«

Sie stemmte die Hände in die Hüften und stellte ein Bein vor, eine Pose, die sie für den Kundenfang gelernt hatte und die ihr zur zweiten Natur geworden war. »Du bist selber schuld. Sauf weniger.«

Amiel lächelte müde. »Ob du es glaubst oder nicht, mein Täubchen, ich habe seit Tagen keinen Tropfen mehr getrunken.«

Sie schüttelte ihr Haar. »Dann fang eben wieder an, wenn dich das vernünftiger macht. Mir doch egal.«

»Und weil dir das so egal ist, hängst du ja auch an mir wie eine Klette.« Er lachte und hob den Stein auf, den sie nach ihm geworfen hatte. Eine Weile betrachtete er ihn, als könnte er ihm eine Antwort geben, dann ging er zu ihr. Ihre Augen leuchteten ihm entgegen, ihr Atem ging schneller, als er näher kam. »Du«, flüsterte sie.

Er drückte ihr den Stein in die Hand. »Ich gehe nicht wieder auf das Seil. Es würde nicht gut gehen.« Er wandte sich ab.

Sie betrachtete verdutzt den warmen Stein auf ihrem Handteller, ehe sie ihn wütend fortwarf. »Das soll ein Abschiedsgeschenk sein?«, schrie sie.

Er schaute über die Schulter zurück. »Willst du Geld? Ich habe nichts.«

»Alle Nächte habe ich dich gewärmt. Du bist zwischen meinen Brüsten eingeschlafen.« Anklagend schlug sie sich auf die Brust. Tränen traten ihr in die Augen.

»Und ich bin dir sehr dankbar dafür.« Er machte eine spöttische Verneigung.

»Und jetzt redest du mir von Geld?«

»Ich sagte doch nur, ich habe nichts.«

»Mistkerl.«

»Such dir einen andern. Mistkerle gibt's zuhauf.«

»Ich sag es Gaspard, der schneidet dir die Beine ab.«

»Ich muss los.«

»Wo willst du schon hin!«, schrie sie. »Sag mir das. Glaubst du, auf so ein kaputtes Wrack wie dich warten sie irgendwo?«

Er kam noch einmal zurück und packte sie an den Schultern. »Ob du es glaubst oder nicht, ja, das glaube ich. Es gibt noch etwas, das ich tun muss. Das ich schon längst hätte tun sollen.

Das«, er tippte sich an die Schläfe neben der leeren Augenhöhle, »habe ich begriffen, hier in diesem Wrack von Schädel.«

»Scheißkerl«, flüsterte sie.

»Tut mir leid.« Es klang nüchtern. Er hatte nicht mehr die Kraft zu lügen.

Sie spuckte ihm ins Gesicht. Kommentarlos wischte er sich ab und ging.

»Heh«, brüllte sie ihm nach. »Du wirst elend verrecken, hörst du mich? Du Schwein, du ... was kann einer wie du denn schon noch vorhaben, heh? Was?«

9.

Montségur, im Jahr 1243

Amalric hockte mit Paris auf einem Stein am Wegrand unterhalb von Montségur, ließ die Beine baumeln und zupfte mit dem Gänsekiel auf seiner alten, verstaubten Quinterne herum. Sie hatte mehr gelitten unter den Jahren des Versteckseins als seine Waffen. Die Goldverzierungen am Drachenkopf waren abgeblättert, und sie klang spröde und verstimmt. Aber der Platz war gut gewählt, man bekam mit, wer in das nahe Dörfchen und in das Zeltlager ging, hier unten am Fuße des Berges. Und man wurde gesehen.

Bisweilen, wenn ein Trupp Soldaten vorbeikam, stimmte Amalric ein anzügliches Lied an. Er unterhielt sich, wenn sie stehen blieben, mit den Männern, fragte nach ihrem Woher und Wohin und früher oder später nach der Burg. Wenn er sich sicher fühlte, brachte er das Gespräch auf reisende Katharerinnen. Der eine wusste dies, der andere das, manch einer etwas Interessantes, keiner etwas Genaues.

Paris warf mit Steinen nach Heuschrecken.

»Du könntest ein wenig jonglieren«, schlug Amalric seinem Sohn vor.

»Oder seiltanzen, was?«, gab dieser bissig zurück. Sein Vater zuckte innerlich zusammen. »O Gott«, knurrte Paris und versuchte sich daran, ein paar Äpfel in der Luft zu halten. Es gelang ihm erstaunlich gut, das war wohl das Erbe Amiels.

Ein Söldner blieb stehen und schaute ihm zu. Er lachte, als die Früchte wieder einmal herunterfielen. »Ein Joglar, der nicht jonglieren kann«, rief er seinen Freunden zu und zeigte mit dem Finger auf den jungen Mann.

Paris schnitt ihm eine Grimasse. »Ich arbeite ja auch für einen Troubadour, der nicht singen kann.«

Amalric schlug einen schiefen Akkord an. »Selber besser machen«, sagte er zu dem Söldner. »Aber das Einzige, womit du jonglieren kannst, sind vermutlich Eier.« Und er machte eine anzügliche Bewegung in Richtung seines Hosenbundes.

Grölendes Gelächter vonseiten der Soldaten antwortete ihm. Amalric legte noch einen drauf. »Und das sind nur zwei – im besten Fall.«

»Du, willst du mir …«, rief der Verspottete und wollte auf Amalric losgehen.

»He, Bruno, kannst du keinen Spaß vertragen?« Seine Kumpel hielten ihn gutmütig zurück und klopften ihm auf die Schulter. Endlich lachte auch er. »Nichts für ungut, Mann.« Er bot allen etwas zu trinken an. Amalric sagte nicht Nein und gab als Dank das Lied von der Jungfer zum Besten, die den in den Orient abgereisten Kreuzrittern nachtrauerte, aber von einem zurückgebliebenen Pagen befriedigend getröstet wurde.

Als die Meute abzog, ein wenig betrunkener als zuvor und ein wenig lauter, schaute Paris ihnen kopfschüttelnd nach. »So hast du also gelebt?«, fragte er.

Amalric lächelte vielsagend und zupfte eine Saite.

Paris schnaubte ungläubig. »Und mich hast du Gemüse anbauen lassen.«

Amalric rutschte von seinem Stein. »Immerhin wissen wir jetzt, wo wir uns um Arbeit und Sold bemühen können, dass die Belagerung von Montségur unbefriedigend verläuft und dass es bestimmt noch ein Jahr dauert, bis die Festung fällt. Wenn nicht diese Basken doch noch Erfolg haben und es schaffen, die Hänge zur ersteigen und oben Belagerungsmaschinen aufzustellen.«

Paris maß die auf dem Fels thronende Burg mit Blicken. »Steinschleudern, dort hinauf?«, fragte er und lachte. »Das kann nur ein Scherz sein.« Beeindruckt fügte er hinzu: »Sie sieht aus, als ob sie sich nur dem Himmel ergäbe.«

Amalric wandte sich ab und machte sich auf den Weg. »In dir steckt ein Poet, mein Sohn. Vielleicht wird ja doch noch ein Troubadour aus dir.«

»Besser singen könnte ich«, rief er seinem Vater nach und lief los, um ihn einzuholen. »Wo gehen wir hin?«

»Einen Spaziergang machen.«

»Einen Spaziergang?«, fragte Paris.

»Bisher haben wir nur die eine Seite gehört.«

Paris schloss zu Amalric auf. »Einen Spaziergang, bist du von Sinnen? Die erschlagen hier Spaziergänger.«

Amalric schaute ihn an. »Dann müssen wir eben darauf achten, wo wir spazieren gehen.«

»Ach, und der Gemüsebauer aus Carcassonne weiß das?«

»Ja«, bestätigte Amalric knapp. Er packte seinen Sohn am Arm, und in einem unbeobachteten Moment zog er ihn vom Weg ins Gestrüpp. »Mein Herr«, raunte er, »der Graf von Toulouse, der, der diesen Titel rechtmäßig geerbt hat, war einer jener Männer, die Geld für den Ausbau dieser Festung gaben. Ich habe die Baupläne bei ihm gesehen.«

Sie schlugen sich durch dichtes Unterholz, überquerten sumpfige Bachläufe, ließen den Farn um ihre Waden peitschen. Mit Mühe erreichten sie eine steinige Hochfläche, von der aus sich der Blick wieder ins Weite öffnete. Direkt über ihnen ragte die nackte Steilwand des Berges auf. Obwohl sie stetig bergan gestiegen waren, wirkte der mauerbewehrte Gipfel ferner denn je. Geröllfelder zogen sich über die Flanken und wirkten unüberwindlich. Überkragende Felsen rahmten den Himmel ein, erreichbar nur für die Falken.

Paris, außer Atem geraten, ging zu der Felswand hin und schaute sich um. »Willst du direkt dort hinauf?«, fragte er und streckte die Hand nach einem griffig wirkenden Felsen aus, zog sie aber zurück, als er die Schlange entdeckte, die dort träge in der Sonne lag. Sie war länger als seine Armspanne und beinahe genauso dick.

»Donnerwetter«, entfuhr es Paris. Das Tier war doch nicht ganz so lang, wie er gedacht hatte, es war nur gerade dabei, eine andere Schlange zu verspeisen, die kaum kleiner war als es selbst und die ihm noch zu einem guten Teil aus dem klaffend geöffneten Maul ragte. Es schüttelte den Jungen, dennoch konnte er seinen Blick nicht von dem lautlosen Schauspiel wenden, wie eine Schlange auf immer in der anderen verschwand.

Amalric war zu ihm getreten, neugierig, was seinen Sohn so fesselte. »Hast du das noch nie gesehen?«, fragte er und fügte, als Paris wortlos den Kopf schüttelte, hinzu. »Der Mensch ist des Menschen größter Feind. Warum sollte das bei Schlangen anders sein?« Nachdenklich legte er den Kopf schräg. »Auf den zweiten Blick wirken sie doch fast wie geschaffen dafür.«

Paris fand seine Stimme wieder. »Die Schlangen?«, fragte er. »Oder die Menschen?«

Gemeinsam beobachteten sie gebannt, wie aus zwei Schlangenkörpern einer wurde. Schon war von der einen nur noch die dünne Schwanzspitze zu sehen. Die Halsmuskeln der anderen bewegten sich in Wellen.

»Was übrig bleibt, sieht beinahe so aus wie das, was verschwunden ist.«

»Aber es ist nicht dasselbe«, sagte Paris.

»Nein«, bestätigte Amalric leise. »Das ist es nicht.« Er legte eine Hand auf die Hand seines Sohnes, als die unwillkürlich zum Dolch gezuckt war. »Lass gut sein«, sagte er. »Sie muss jetzt verdauen und wird uns nicht stören.«

Als hätte sie diese Bemerkung gehört, schaute die Schlange sie einen Moment lang an und glitt dann träge davon.

Angeekelt schüttelte Paris sich. »Ich hätte sie zertreten sollen.«

»Das tun die Bauern hier seit Jahrhunderten, und nichts hat sich geändert.«

Paris atmete noch immer rascher. »Also?«, fragte er schließlich, »wohin jetzt? Nach oben?«

»Nach unten«, rief Amalric nicht ohne Theatralik und griff in einen verdorrten Weißdornbusch, der seltsamerweise am Fuß einer verkrüppelten Korkeiche wuchs. Der Busch ließ sich mühelos herausziehen und beiseitefegen, und eine schmale Höhlenöffnung wurde sichtbar. »Die Pläne des Grafen umfassten auch die Umgebung der Festung«, erläuterte Amalric beiläufig. »Für den Fall, dass wir einmal eine Belagerung würden aufheben müssen.«

Neugierig streckte Paris den Kopf vor. Vor ihnen öffnete sich der Eingang zu einer Grotte. »Unglaublich«, flüsterte er.

»Aber von uns stand nichts in euren Plänen, Freundchen!« Ein kräftiger Arm packte Paris am Kragen und zog ihn in die Dunkelheit.

»Vater!«

Amalric sah voller Entsetzen, wie Paris in dem dunklen Maul verschwand.

»Nein!«, schrie er und versuchte noch, in die Öffnung nach seinem Sohn zu greifen, verlor das Gleichgewicht, geriet ins Rutschen und stürzte ins Dunkel. Gleich darauf landete er in einer rasselnden Lawine aus Staub und Steinen auf dem tiefer gelegenen Höhlengrund. Hustend rappelte er sich auf. »Paris?«, rief er und kniff die Augen zusammen, um sich so rasch wie möglich an das Halbdunkel zu gewöhnen. »Paris, wo bist du?«

Schräg über ihm schnitt ein Kreis von Licht den Himmel aus.

Der Farn, der vom Eingang herunterhing, leuchtete in einem fast unwirklich intensiven Grün. Ringsum jedoch schien alles schwarz. Jemand schrie, und Amalric fuhr herum, griff zum Schwert und duckte sich. Doch es war nur eine aufgescheuchte Fledermaus, die an ihm vorbeiflatterte und hilflos ins Sonnenlicht taumelte. Hinter sich hörte Amalric ein Knirschen.

Er streckte die Arme über den Kopf, das Schwert gut sichtbar erhoben. »Ich bin ein Freund!«, rief er in die Dunkelheit hinein.

Ein abfälliges Schnaufen antwortete ihm. Amalric beschloss, alles auf eine Karte zu setzen. Wenn dies Kreuzritter wären, hätten sie ihn schon längst überwältigt. »Ein Freund von Blanca de Laurac.«

»Das kann jeder behaupten. Namen sind leicht auszusprechen. Legt Euer Schwert auf den Boden.«

Amalric gehorchte. »Lasst meinen Sohn los«, sagte er.

»Erst sagt mir Euren Namen«, forderte sein unsichtbarer Gegner. Ein Umriss löste sich aus dem Schatten, und Amalric erkannte Paris' schmutzverschmiertes, angstblasses Gesicht und das Messer an seinem Hals. Hinter ihm duckte sich ein Mann, der ihm vage bekannt vorkam.

»Ich bin Amalric«, sagte er. »Ich diente einst als Minnesänger der Dame Gerauda de Laurac, bis sie in einem Brunnen starb.«

»Das weiß jeder, wie sie gestorben ist.«

Amalric trat einen Schritt näher. »Und ich kenne auch dich, Marcabrus aus Béziers«, sagte er, mit einem Blick auf die zerzausten Haare seines Gegners, der ihn mit demselben Trotz ansah, den Amalric einst so gut an ihm kannte. »Sammelst du immer noch Ohren?«

10.

Im Ariège nahe Mirepoix, im Jahr 1243

Navenias spürte die misstrauischen Blicke im Rücken. Aber sie hatte nicht mehr die Kraft, schneller zu gehen. Der Hunger fraß in ihr, und die Beine wollten ihr einfach nicht mehr gehorchen. Die Welt verschwamm vor ihren Augen; ihr war schwindelig. »Wir sollten nach der Biegung diesen Weg verlassen«, flüsterte sie Alix zu, die sich ebenso bemühte wie ihre Herrin, aufrecht und frei einherzuschreiten, um möglichst unverdächtig zu erscheinen.

Aber wie unverdächtig waren zwei alleinreisende Frauen in diesen Zeiten? Das Wort ›Katharerinnen‹ schien ihnen auf die Stirn geschrieben zu sein. Freund wie Feind konnte es lesen. Manchmal hatte ihnen jemand kaum merklich lächelnd zugenickt, hatte sich eine Hand auf ihren Arm gelegt, waren sie verstohlen in einen Hauseingang gewunken worden. Dann hatten sie wieder einmal an einem Tisch gesessen, unter Menschen, und mit Tränen in den Augen das Brot gebrochen. Navenias hatte den Segen gespendet, und für eine kleine Weile hatten sie den Frieden einer vergangenen Zeit gespürt, ehe sie sich wieder davonschleichen mussten wie Diebe.

Immer öfter jedoch waren ihnen Schimpfwörter und Drohungen nachgeschrien worden, hatten die Leute die Fäuste geballt und gedroht, sie festzuhalten, hatten sie sich in wachsender Panik durch eine aufgeregte Menschenmenge drängen müssen, die nach dem Büttel rief, und waren um ihr Leben gerannt.

Katharer! Da, wo Alix herkam, hatten die Menschen es in den Gassen gejohlt und mit dem Finger auf sie gezeigt. Ihr Vater, der seiner Frau schon lange überdrüssig war, hatte die Stimmung aufgegriffen und sein ungeliebtes Weib als Katharerin denunziert. Sie hatte sich gewehrt, indem sie ihn ihrerseits anzeigte. Die List schlug auf sie beide zurück, beide wurden verhaftet und zu Gefängnis verurteilt, nachdem sie eilig abgeschworen hatten. Sie saßen im Kerker, als Alix heimlich zusah, wie ihr Zuhause von den Bütteln der Inquisition abgerissen wurde. Ein Nachbar, der sie trotz ihrer Verkleidung erkannte, trat zu ihr hin und machte ihr einen Vorschlag, der sie immer noch würgen ließ. Er hatte ihr angeboten, die Gosse mit seinem Bett zu vertauschen. Aber willig sollte sie sein, und so fleißig wie keine seiner Mägde dazu, sonst würde er sie an den Haaren vor die Inquisitoren schleifen. »Die warten nur auf solche wie dich.« Sein Blick, als sie sich hastig abwandte und ging, hatte sich ihr schmerzhaft in den Rücken gebohrt, genau wie die Blicke jetzt. Und genau wie jetzt hatte sie sich kerzengerade aufgerichtet.

»Alix, hast du gehört?«

Alix nickte. Den Weg verlassen. Sie hatte diesen Satz oft gehört in den letzten Tagen. Und ebenso oft hatten sie sich zwischen den Dörfern ins Dickicht geschlagen oder in den Schutz der letzten noch nicht abgeernteten Felder. Ihre Kleider waren voller Kletten, und der Saum war vollgesogen mit Schmutz. Stroh hing in ihren Haaren, die sie nur mit den Fingern kämmen konnten. Ihre Schuhe waren zerfetzt. »Dort, hinter dem wilden Apfelbaumhain«, sagte sie schließlich.

Navenias nickte ergeben, und sie gingen hinüber. Sie fanden noch ein paar vergessene Früchte an den Bäumen. Sie waren hart und schmeckten grün und sauer, aber man konnte die Bissen lange im Mund behalten. Sie schluckte ihren Speichel. Manchmal dachte sie, ihr Magen wäre selbst schon so hart und klein und grün wie ein unreifer Apfel, und es passte gar nichts anderes mehr hinein als ein wenig Flüssigkeit. Die wenigstens spendeten die Bäche ihnen reichlich. Sie hasste sich dafür, aber sie musste die Frage stellen: »Ist noch etwas von dem Brot da?«

Alix schüttelte den Kopf. Der letzte harte Kanten war schon lange aufgebraucht.

»Aber der Mann neulich«, begann Navenias. Ein böses Misstrauen keimte in ihr auf, für das sie sich sofort noch mehr hasste. Trotzdem war es da, wie ein tollwütiger Hund tobte es in ihr. »Der Mann, hat er dir nicht etwas hingestreckt?«

»Er, er wollte etwas dafür haben, was ich ihm nicht geben konnte.«

Navenias schwieg und senkte verzagt den Kopf. »Verzeih«, sagte sie nur. Für mehr hatte sie keine Kraft.

»Schau! Da führt ein Fußweg entlang.« Alix klang hoffnungsvoll. Sie hatten die scharfen grauen Steine fürchten gelernt, die den Untergrund der zundertrockenen Wiesen bildeten, und auch die Schlangen, die dazwischen lebten.

»Wo ein Pfad ist, sind Menschen«, gab Navenias zu bedenken.

»Aber er ist ganz überwachsen.« Alix griff nach Navenias' Arm und legte ihn sich um die Schulter.

»Lass nur«, wehrte die ab. »Es geht leichter, wenn du mich nicht stützt.«

»Du wärst nicht so schwach, wenn du mich beim Brotteilen nicht immer begünstigt hättest.« Alix hielt Navenias' Arm fest um ihre Schulter geschlungen. Voller Vertrauen und voller Verzweiflung. »Vielleicht führt Gott uns ja auf diesem Weg zu guten Menschen.«

Navenias schlug das Kreuzzeichen. »Man soll nie an Gott verzweifeln«, sagte sie. Ihre Stimme allerdings klang matt und tonlos.

Wenig später standen sie auf einer Lichtung in einem Wäldchen mit jungen Eichen, die kaum größer waren als sie selbst, grotesk verdreht und verkrüppelt wie Sagengestalten, durchsetzt mit Hartlaubgewächsen, Tannen, einigen wenigen Linden und Zypressen, deren Laub sacht duftete. Ein Geruch nach kaltem Rauch lag in der Luft. Und mitten zwischen den Bäumen stand eine baufällige Hütte.

»Die Hütte ist verfallen«, stellte Alix fest.

Navenias wies auf einen großen Kreis verkohlter Erde vor der Behausung, auf dem frisches Gras von beinahe beißendem Grün wuchs. »Ein Köhler hat hier gelebt. Aber ich glaube nicht, dass er noch da ist.«

»Setz dich hierher, ich gehe nachsehen.« Behutsam half Alix Navenias, sich zu setzen, und lehnte sie mit dem Oberkörper gegen einen Baum.

Die streckte die Hand nach ihr aus. »Sei vorsichtig«, wollte sie ihr nachrufen. Aber dann fiel ihr ein, dass es unvorsichtig wäre, laut zu sprechen, und sie presste die Hand auf den Mund. Meine Hand stinkt, dachte sie dabei, sie stinkt und schmeckt bitter nach Dreck. Tränen des Selbstmitleides wollten ihr in die Augen treten. Aber sie presste die Lider fest zusammen. All dies folgte einem Plan, und der Plan führte sicherlich zu ... zu irgendetwas, das ... das ..., dachte sie.

In diesem Moment hörte sie Alix schreien. Mit letzter Kraft zog Navenias sich hoch und humpelte auf die Hütte zu. »Gott!«, betete sie, »Gott!«

II.

Unterhalb Montségurs, im Jahr 1243

»Ich dachte, sie hätten dich damals getötet«, fuhr Amalric fort, die Hände mit dem Schwert immer noch erhoben. »Ich sah dich vor dem Burgtor hocken, gefangen wie all die anderen.«

»Sie haben es nicht geschafft«, erwiderte Marcabrus. Der Griff seiner Hand lockerte sich nur zögernd. Als Paris sich verärgert losmachen wollte, packte Marcabrus ihn noch einmal fester. »Langsam, langsam«, sagte er.

»Das ist mein Sohn, den du da gepackt hältst.«

»Ich bin noch immer aus Béziers«, sagte Marcabrus, »und du? Bringst du den Bauernjungen immer noch bei, wie man Ritter besiegt?«

»Ich war in Muret dabei, und ich war mit dem Grafen in England. Ich habe ihn nach Rom begleitet und Toulouse für ihn zurückerobert.« Amalric hob die Hände höher und legte dann langsam seine Waffe weg. »Aber nach Paris bin ich ihm nicht gefolgt. Ich bin selbst ein Bauer geworden, Marcabrus. Ich habe das Kämpfen aufgegeben. Doch jetzt suche ich jemanden. Navenias, erinnerst du dich an sie? Ein Mädchen, das bei Blanca de Laurac lebte. Ziemlich vorlaut, Haare bis hier.« Er deutete mit der Hand bis zu seiner Taille.

»Ein Mädchen von Blanca?« In Marcabrus kam Leben. »Ob ich Navenias kenne, fragt der.« Er lachte und schaute sich um, als würde er zu einem Publikum sprechen. Endlich ließ er Paris los, der sich mit einem spöttischen Dank den Hals rieb. »Ob ich die Dame Navenias kenne, Mann!« Marcabrus schlug sich an die Stirn. »Du wirst hier wohl kaum einen Menschen finden, der sie nicht kennt, du Ritter, der zum Bauern wurde. Die Frau ist eine gottverdammte Heilige, das schwöre ich bei meiner toten Familie.« Wie zur Bekräftigung dieses Eides bekreuzigte er sich.

Amalric öffnete schon den Mund, um ihm zu widersprechen, da bemerkte er den hingerissenen Ausdruck in Paris' Gesicht und ließ es sein.

Derweil fuhr Marcabrus mit seiner Lobeshymne fort. »Ich wüsste gar nicht, was wir hier ohne sie gemacht hätten. Sie war die rechte Hand Esclarmondes, ach was, des Bischofs. Deshalb hat er ihr ja auch diesen Auftrag gegeben.«

»Sie *war?*«, fragte Amalric. Mit einem Mal fröstelte er. »Welcher Auftrag? Wieso *war?* Wo ist sie? Warum sprichst du in der Vergangenheitsform von ihr?«

Marcabrus ging in die Hocke wie einer, der eine lange Geschichte zu erzählen hat. Unwillkürlich taten die beiden anderen es ihm gleich. »Nun ja.« Marcabrus strich sich ein paar Mal durch die widerspenstigen roten Borsten. »Ich bin nur alle paar Tage hier, versteht ihr?«

Nein, wollte Amalric schon sagen, das ist zu hoch für mich. Aber er bezähmte seine Ungeduld und zwang sich, Marcabrus nicht zu unterbrechen.

»Ich bin sozusagen der Hüter der Hintertür.« Marcabrus grinste. »Bringe von hier Nahrung nach oben, und Nachrichten, manchmal Menschen.«

»Aber wie …? Du meinst …? In die Festung?«

»Oder heraus«, bestätigte Marcabrus stolz. Er schlug Paris auf den Schenkel. »Davon träumen die Herren Kreuzritter nicht mal, sag ich dir, Junge.«

»Aber wie macht ihr das?«, wiederholte Paris.

Marcabrus grinste. »Seile«, sagte er und wies mit dem Finger nach oben. »Sie hängen zwischen den Felsen. Bei Tag nicht zu sehen. Wir lassen uns bei Nacht daran runter. Oder ziehen uns rauf. Ist nicht ganz einfach.«

Paris schwieg. Marcabrus klopfte ihm aufmunternd auf die Schulter und wandte sich an Amalric. »Vor sechs Wochen also begleitete ich die Dame Navenias mit einem Auftrag hier herunter. Sie sollte nach Avignonet gehen, um den Diakon des Bischofs von Castres herzubegleiten. Er hatte wichtige Sachen bei sich, Geld und so heilige Bücher.« Er kratzte sich am Kopf. »Ich verstehe nichts von Büchern.«

»Sie hat sich an diesem Berg abgeseilt?«, rief Paris.

»Avignonet«, rief Amalric aus. »Ausgerechnet.«

»Ja, ja«, Marcabrus nickte hilflos. Dann trat ein Leuchten in seine Augen. »Ein großartiges Gemetzel, was? Ich wünschte, ich wäre dabei gewesen. Zwölf von den Schweinehunden tot, in ihren Betten.«

Amalric dachte an Pierre de Castelnaudary und den Rausch jener Nacht, der so bitter endete. »Es wird überschätzt«, stellte er fest. »Aber erzähl weiter.«

»Der Diakon kam niemals hier an. Zwei der Begleiter, die mit ihr aufgebrochen waren, tauchten irgendwann auf, ziemlich zerzaust, aber heil. Sogar das Geld hatten sie noch. Von Navenias wussten sie aber nichts zu berichten. Oben beten sie bereits für sie. Aber ich denk mir, bereit sein ist besser als beten. Drum komm ich immer wieder her und warte ein bisschen.« Plötzlich lachte er. »Konnte ja nicht ahnen, dass ihr mir begegnen würdet.« Er schaute Amalric an, dann runzelte er die Stirn. »Wieso sucht ihr die Dame eigentlich?«

Amalric und Paris schauten einander an. Unmerklich schüttelte Amalric den Kopf. Aber Paris warf die Haare zurück und verkündete: »Sie ist meine Mutter.«

»Heilige Scheiße«, entfuhr es Marcabrus. Dann lachte er. »Na klar, du bist Jesus und du«, er stieß Amalric in die Seite, »der Heilige Geist.« Er lachte weiter, bis ihn ein Husten schüttelte.

Amalric schloss die Augen. Schon eher bin ich Josef gewesen, dachte er, die wohl undankbarste Rolle, die ein Mann spielen kann. Paris wollte auffahren, aber er hielt ihn am Arm zurück. »Alles, was ich wissen will, Marcabrus, ist: Wo könnte sie stecken?«

Der alte Söldner wischte sich die Lachtränen aus dem Gesicht und wurde schlagartig wieder ernst. »Tja«, sagte er. Sonst nichts.

12.

In den Wäldern des Ariège, im Jahr 1243

Navenias humpelte, so rasch sie konnte, zum Eingang der Hütte. Unterwegs griff sie einen kahlen Ast aus dem Gras und hob ihn drohend, als sie sich in den zerfallenen Türrahmen stellte. Alix kniete in einer Ecke des Raumes. Um sie herum spross Unkraut und Gras aus dem Boden. Dazwischen lagen Trümmer des eingestürzten Daches und der groben Möbelstücke. Mit Tränen in den Augen schaute das Mädchen zu ihr auf. »Ich hatte diesen Topf gefunden, und da dachte ich, da dachte ich ...« Hilflos hielt sie ein irdenes Gefäß hoch, in dem Hausfrauen Käse aufzubewahren pflegten.

Navenias hinkte zu ihr, ließ sich neben ihr zu Boden sinken und strich ihr übers Haar. »Köhler sind arme Leute«, sagte sie mit ruhiger Stimme, als erkläre sie einem Kind eine Lektion. »Sie lassen nichts zurück, was noch zu gebrauchen wäre. Schau, der Topf ist kaputt.« Zum Beweis nahm sie ihr das Gefäß aus den Händen und zeigte ihr den tiefen Riss, der den Ton durchzog. Dann warf sie es in eine Ecke im Raum, wo es in zwei Teile auseinanderbrach.

Alix blickte auf die Scherben. »O mein Gott«, rief sie aus und kroch auf allen vieren hin »Das sind Pilze. Oder? Nein, tatsächlich. Es sind Pilze, Pilze, Navenias!« Sie hielt die braunen Schirme hoch, größer als ihre Handfläche und duftend, sodass Navenias es bis zu sich herüber riechen konnte. Alix geriet in Aufregung. »Und sie sind gut, sie sind essbar, ich schwöre, ich erinnere mich, ich bin mir ganz sicher, mein Vater hat immer ...

Pilze, Navenias!« Sie strahlte. Auf allen vieren kam sie zurück und hockte sich vor Navenias. »Wir könnten sie kochen. Oder braten. Ich werde ein Feuer machen. Wenn wir sie auf einen Stecken spießen ... oder ich mache Wasser heiß in dieser Scherbe. Wir könnten Kräuter dazutun. Kräuter, Navenias.« Ihre Finger aber, voll unruhigem Eigenleben, kratzten bereits am Schirm des Pilzes herum. Ehe sie sich's versah, hatte sie ein Stück abgebrochen und es sich in den Mund gesteckt. Mit offenem Mund kaute sie, hastig, heftig, als könnte man es ihr noch zwischen den Kiefern entreißen. Und noch ein Stück stopfte sie hinein. Und noch eines.

Navenias ließ sich mit dem Rücken gegen die Reste eines Bettgestells sinken und betrachtete sie mit einem Lächeln, das noch auf ihrem Gesicht lag, als ihre Augen sich schon langsam schlossen.

»Entschuldige«, stammelte Alix. »Verzeih mir. Das war selbstsüchtig. Unverzeihlich. Aber ich werde es wiedergutmachen. Ich koche Suppe für dich, eine Brühe. Ich finde noch mehr Pilze. Ich esse keinen Bissen mehr.«

Navenias' Augenlider begannen zu flattern. Besorgt strich Alix ihr über die Wangen, über die Stirn, nahm ihre Hand und drückte sie, so fest sie konnte. »Ich werde für dich sorgen, du wirst sehen. Ich kümmere mich um dich. Nur lass mich nicht allein, bitte, bitte lass mich nicht ...«

Ihr Flehen ging in ein Wimmern über. Mit letzter Anstrengung öffnete Navenias noch einmal die Augen. »Segne mich«, bat Alix.

»Das war ein Reinfall«, stellte Amalric fest. Er und Paris lenkten die Pferde zum Stadttor von Avignonet hinaus.

Paris schaute noch einmal zurück. Über den Dächern hing die

Rauchwolke, die von den Scheiterhaufen aufgestiegen war. Auf einem von ihnen war eine Frau namens Mabelia verbrannt, die Letzte, von der sie sicher wussten, dass sie Navenias lebend gesehen hatte.

Er dachte daran, wie der Henker den Strick um den Hals der alten Frau zugezogen hatte, sodass ihr Kopf zur Seite fiel. Und wie dann ihr Haar Feuer gefangen hatte. Neugierige hatten hernach in der noch heißen Asche nach etwas Brauchbarem herumgestochert, nach Münzen oder Edelsteinen, die am Körper verborgen gewesen waren. Andere nach heilen Zähnen und Knochen, denen Zauberkraft nachgesagt wurde.

»Wenn wir nur einen Tag früher hier gewesen wären, Vater, vielleicht hätten wir sie retten können«, sagte Paris bedrückt.

Amalric zuckte mit den Schultern. Er blickte nicht zurück. Aber Paris schien zu verstehen, was er hatte sagen wollen. »Hast du viele verloren?«

»Alle.« Amalric dachte nach. »Außer Navenias.« Wieder eine Pause. »Und außer dir.«

»Und Marcabrus«, warf Paris ein.

Amalric warf ihm einen Seitenblick zu, dann lächelte er. »Und Marcabrus«, gab er zu. »Wir haben zusammen vor der Festung Laurac gekämpft. Mein Gott, wir haben sie vernichtet, ein ganzes Heer, und wir waren nur zwölf Ritter.«

»Hast du ein Lied darüber gedichtet?«, fragte Paris.

»Und ob ich das habe.« Er räusperte sich.

»Es ist kein Wunder, wenn ich besser als andere singe,
wenn meine Lieder heller und heiterer klingen,
denn ich sah, ja ich sah jenen Tag, da
wir siegten im Krieg, um heimzukehren, ja,
heimzukehren zur Liebe, dem größten Sieg von allen.«

»Ich hatte mehr an etwas mit Pferden und Bannern gedacht.«

»Warte doch ab.« Amalric sang weiter. Sang von ihren schlagenden Herzen, von dem Ritt den Abhang hinab, dem Wahnsinn der Schlacht, der nur geheilt werden konnte von dem anderen Wahnsinn der Liebe.

Als Amalric fertig war, schwiegen sie eine Weile.

»Vater?«, fragte Paris irgendwann. »Welche Farbe hat Mutters Haar?«

Wieder trat Schweigen ein. Endlich sagte Amalric: »Schwarz. Es ist schwarz.«

13.

In den Wäldern des Ariège, im Jahr 1243

»Ich gehe mich ein wenig umsehen«, sagte Alix. Navenias nickte ihr zu. Es ging ihr besser, dank der hingebungsvollen Pflege des Mädchens. Noch immer war sie dürr, das waren sie beide, elfenleichte Knochengerippe mit einer Haut, die die Herbstsonne verbrannt hatte, die zu ihrem Glück nicht aufhören wollte zu scheinen und die den Boden, auf dem sie schliefen, noch immer ein wenig wärmte. Alix, die unermüdlich die Umgebung durchstreifte, fand Pilze und Hagebutten, wilde Äpfel und Brombeeren, Nüsse und die letzten Bucheckern, die die Eichhörnchen nicht entdeckt hatten. Daraus kochte sie Suppen, angedickt mit den Körnern wilder Gräser, und es reichte, um sie beide am Leben zu erhalten.

Einmal hockte eine Eidechse auf dem Kochstein ihrer Zuflucht. Lange starrten sie auf den schuppigen, grün schillernden Körper, dessen langer Schwanz am Ende in ein fast pfauenhaftes Blau auslief. Am Hals des Wesens klopfte sein flinker Puls, das dreieckige Maul stand offen, die Augen öffneten und schlossen sich. Eigentlich sollte das Tier schon längst im Winterschlaf liegen. Alix starrte es wie gebannt an, während sie mit gekreuzten Beinen dahockte, Löffel und Scherbe in der Hand, in der ihre grüne Brühe schwamm. Vorsichtig wanderte ihr Blick zu dem losen Brett, das nicht weit von ihr im Gras lag.

Navenias schüttelte den Kopf. »Wir essen kein Fleisch.«

Die Echse blinzelte und verschwand. Alix senkte den Kopf und nahm den nächsten Löffel. Sie aßen schweigend.

»Dort hinter den Weißdornbüschen habe ich gestern ein paar Nussschalen gefunden.« Sie blickte zu Navenias, als wartete sie darauf, dass diese etwas sagte.

Die saß mit dem Rücken an einen alten Lorbeerbaum gelehnt und hob das Gesicht mit den geschlossenen Augen in die Sonne. »Mir geht es gut«, sagte sie.

Alix nickte und ging. Navenias schlug die Augen wieder auf und sah, wie das Licht in grünen und goldenen Flecken im Wald tanzte. Sie betrachtete das Flirren des Laubes und ließ ihren Blick an den Säulen der Stämme hinauf in das Laubdach gleiten. Sie liebte es, dem Gesang der Vögel zu lauschen, der zwischen den Bäumen widerhallte wie der Gesang in einer Kirche. Ihre langen Gänge waren für sie wie ein Gottesdienst.

Sie genoss die Momente, wenn sie allein war, während Alix die Gegend durchstreifte, die Stofftasche über der Schulter, die sie aus ihren Unterröcken gefertigt hatte, um einzusammeln, was sie an Essbarem fand. Nüsse, dachte Navenias, und bei dem Gedanken an deren bitteren und zugleich fetten Geschmack lief ihr das Wasser im Munde zusammen.

Sie überquerte eine Lichtung und folgte einem Bachlauf, nach dem sich von allen Seiten bemooste Wurzeln reckten. Hier, wo der Wald dunkler war, gab es sogar noch spät gereifte Holunderbeeren. Sie pflückte die kleinen runden Früchte, bis ihre Finger lila waren. Auf einmal stolperte sie über etwas. Ein Blau leuchtete ihr entgegen, wie es das im Wald nicht gab, ein Gelb dazu, dann sah sie einen Schuh. Beklommen hob Alix die Zweige hoch. Vor ihr lag das, was von einem Menschen übrig geblieben war, tief in Moos und Ranken eingebettet. Die Kleider, gelb und blau gemustert, waren noch beinahe heil; den Rest hatten kleine Tiere gefressen, und noch immer krabbelten Ameisen zwischen den Knochen herum. Es musste eine Frau gewesen sein, und blond, das konnte Alix noch erkennen. Weiter hinten lag ein weiteres Nest aus Knochen, dort ein Schädel, mit Erde gefüllt, ein paar Fetzen, schimmelig und von Moos überwuchert.

Als Alix sich bückte, sah sie eine kleine Grotte, die diesen Menschen einst als Zuflucht gedient haben musste. Erschrocken ließ sie die Zweige los, die alles wieder gnädig verbargen. Aber jetzt schlug ihr auch der unverkennbare beizende Geruch entgegen, gemischt mit dem der Beeren und mit dem Aroma von frischer Minze, die in dichten Büscheln ebenfalls dort wuchs. Alix bekreuzigte sich und pflückte die Minze ab.

Sie wusste, wer dort lag, sie konnte es sich denken. Aber wir werden nicht so enden, sprach sie sich Mut zu. Wir nicht. Navenias und ich, wir werden nicht einsam im Wald krepieren. Sie wollte sich gerade abwenden, da kam ihr ein Gedanke. Noch einmal schob sie die Zweige beiseite. Fast sofort fand sie, was sie eigentlich gleich hätte bemerken müssen: das goldene Kettchen mit dem Kreuz um den Hals der Toten.

»Du warst lange fort«, bemerkte Navenias, als Alix wiederkam.

Alix verwahrte ihre Funde und sagte, über die Schulter. »Dort ist noch mehr, ich muss noch einmal hin.«

»So kurz vor dem Abend?«

»Ich kenne den Weg.« Alix ging zu ihrer Freundin und drückte ihr einen raschen, verlegenen Kuss auf die Stirn.

Nun hob Navenias den Kopf und blickte ihr ins Gesicht. Alix schlug die Augen nieder, als fühlte sie sich durchschaut bis auf den Grund. Aber Navenias sagte nur: »Sei vorsichtig.«

»Ich komme wieder«, sagte Alix hastig.

Navenias lächelte nachsichtig. »Ich danke dir für alles.« Sie nahm Alix' Hand. »Für alles.«

Alix lächelte verlegen und machte sich los. Die ersten Schritte ging sie langsam, dann immer schneller, am Ende rannte sie. Fort von ihrer Herrin, von ihrem Elend, von ihrem schlechten

Gewissen. In ihrer Tasche, in der geballten Faust, brannte das goldene Kreuz.

Paris ließ sich erschöpft auf die Stufen vor der Kirche fallen. Er hatte vergessen, was für eine Kirche es war und wie dieses Städtchen hieß. Es glich den vielen anderen, in denen sie schon gewesen waren. »Jetzt wissen wir, wie man Katharer findet«, sagte er. »Aber wie findet man die richtigen?«

Sein Vater stand mit dem Rücken zu ihm und studierte einen Anschlag an der eichenen Kirchentür. »Kein Mensch hat sie gesehen oder etwas von ihr gehört. Wie sollen wir ...?« Er unterbrach sich, als er ein Ratschen hörte. Amalric hielt ihm ein Stück Pergament hin. »Was ist das?«, fragte er und blickte Amalric ratlos an.

»Das ist eine Namensliste«, antwortete Amalric.

»Das sehe ich.«

»Und hier steht der Name deiner Mutter.« Ein zweites Ratschen, dann hatte er die Liste in Stücke gerissen und sie in die Luft geworfen. »So sucht man die richtigen Katharer«, stellte er fest, während er zusah, wie die Fetzen im Wind davontrudelten.

»Wir sind nicht allein«, sagte Paris und stand auf, als eine Gruppe Männer langsam über den Platz auf sie zukam.

Amalric stellte sich neben ihn.

»Was tut ihr da?«, fragte einer der Männer, die Hand misstrauisch am Griff eines Knüppels. Seine Gefährten trugen Spieße. Sie sahen nicht aus wie Bauern, wenn auch die Uniformen, die sie trugen, ausgebleicht und aus unpassenden Stücken zusammengestückelt waren.

Amalric überlegte. Er spürte, wie die Hand seines Sohnes langsam in Richtung des Dolches wanderte, den er am Gürtel trug. Mit einer kaum merklichen Geste hieß er ihn innehalten.

»Dasselbe wie ihr«, sagte er dann. »Wir suchen Katharer. Und ich werde verflucht noch mal nicht zulassen, dass mir einer meine Prämie wegschnappt.«

»Katharer, he? Ihr seht nicht aus, als gehörtet ihr zu den Männern des Bischofs.«

»So wenig wie ihr«, gab Amalric zurück. »Ich sag dir, wir gehören zu den Männern, die ein Drittel vom Geld eines Katharers dafür kassieren, dass sie ihn anzeigen.« Er verschränkte die Arme. »Dafür braucht man kein Pfaffe zu sein.«

Der andere musterte ihn eine Weile, dann grinste er. »Ich glaube, wir haben eine Menge gemeinsam.«

Als die ersten Häuser in Sicht kamen, hielt Alix inne. Sie war so lange im Wald gewesen, dass der Anblick von Behausungen ihr seltsam erschien. Dort war es gefährlich. Dennoch weckte der Anblick Hoffnung in ihr. Hastig fuhr sie sich über die verfilzten Haare und strich ihren schmutzigen Rock glatt. Sie sprach ein stummes Gebet, dann hielt sie plötzlich inne. Sie wusste nicht, wie man ein Schmuckstück zu Geld machte. Sie würde sich auf ihr Glück verlassen müssen. Oder auf ihren Instinkt.

Als sie näher kam, sah sie, dass neben der Mühle, dort, wo die Wege sich kreuzten, ein Gasthof stand. Vielleicht ein Wink des Schicksals, dachte Alix und trat vorsichtig näher.

Eine Frau kam heraus, in den Händen einen Eimer voll Unrat, den sie schnaufend an Alix vorbeischleppte. Als sie den Inhalt in hohem Bogen weggeschüttet hatte, blieb sie stehen. »Gott, Kind«, sagte sie. »Du siehst ja schlimm aus. Du kannst bestimmt etwas zu essen vertragen.«

In der Stimme schien so viel Freundlichkeit mitzuschwingen, dass Alix die Tränen in die Augen traten. Sie blinzelte, und sie schaffte es, zu nicken.

Die Frau lachte. »Na, dann komm mal rein. Du kannst mir in der Küche helfen, wenn du magst, du siehst anständig aus. Aber vorher gibt es erst mal ein paar Scheiben Brot. Ich habe heute gebacken.«

Brot, dachte Alix, duftendes, warmes, frisch gebackenes Brot. Flüchtig dachte sie noch, sie sollte für das Kreuz mehr davon erwerben, um es Navenias zu bringen. Dann aber hatte in ihrem Kopf nichts anderes mehr Raum als der Geruch, der Geschmack, die weiche Beschaffenheit von Brot. Das Wasser lief ihr im Munde zusammen. Sie konnte gar nicht schnell genug nicken und folgte der Frau ins Haus.

Amalric schnitt dem letzten der Männer die Kehle durch und ließ die Leiche neben das Lagerfeuer sinken, um das herum sie bis eben gemeinsam gesessen und getrunken hatten. »So«, sagte er und wischte sich den Schweiß von der Stirn. »Die jagen keine Perfecti mehr.« Er mied den Blick seines Sohnes. »Wir sollten sie mit Zweigen bedecken, damit sie nicht so rasch gefunden werden. Obwohl, nach ein paar Leichen mehr wird in diesen Zeiten keiner fragen. Und die waren nicht von hier.« Er schleifte sie einen nach dem anderen ein wenig tiefer ins Gestrüpp. Dem, der sich vor ihm noch damit gebrüstet hatte, dass er höchstselbst dreißig heilige Frauen gefasst habe, stieß er mit dem Fuß in die Seite. »Tut mir leid, Kumpan.« Er legte ein Höchstmaß an Verachtung in das Wort. »Aber wenn zwei das Gleiche tun, ist es eben nicht dasselbe.«

»Durfte ich dir deshalb nicht helfen?«, fragte Paris.

»Helfen.« Ächzend legte Amalric die letzte Leiche ab. »Du kannst jetzt mit Hand anlegen, wenn du magst. Aber mit dem Töten beginnst du nicht eher als notwendig, verstanden?«

»Und das hier«, fragte Paris und schaute über die drei Männer, die eben noch ihre Saufkumpane gewesen und ihnen von ihrem billigen Wein angeboten hatten. »Das war wohl notwendig?«

Amalric begann, Zweige abzubrechen. »Ich kannte ein paar der Namen, mit denen sie angaben.«

»Sollen wir sie anzünden?«, fragte Paris. »Ein paar Scheiterhaufen mehr fallen doch in diesen Zeiten nicht auf.«

Amalric hielt inne, die Arme voller Zweige. »Du solltest genug gesehen haben, um zu wissen, wie viel Holz es braucht, damit ein Mensch verbrennt.«

»Mehr als genug«, murmelte Paris und machte sich daran, Zweige zu schneiden.

»So, hier sind die Zwiebeln. Und wenn du mit denen fertig bist, kannst du dich daranmachen, die Linsen zu waschen.« Die Wirtin stellte zwei Schüsseln vor Alix hin.

»Gern«, sagte das Mädchen. Allein der Anblick des Essens stimmte sie glücklich.

»Ich muss noch eben zur Mühle rüber«, sagte die Frau und band sich die Schürze ab. »Wenn du Durst hast, in der Kanne dort drüben ist Bier.«

Alix dankte ihr und machte sich an die Arbeit. Sie wässerte die Linsen und begann, die Zwiebeln zu schälen. Der Zwiebeldunst trieb ihr die Tränen in die Augen; immer wieder wischte sie sich mit dem Ärmel über das Gesicht. Trotzdem konnte sie nicht anders, als in eine der saftigen, frischen Knollen zu beißen und das scharfe Fleisch hinunterzuschlingen. Ihr Magen, in dem schon das frische Brot lag wie ein Stein, protestierte und rumpelte. Sie wusste nicht, ob ihr übel war oder ob der Hunger sie immer noch trieb. Sie schielte nach der Bierkanne, entschied sich dann aber für Wasser, um kein Gebot zu übertreten. Endlich war sie fertig mit dem Zwiebelschneiden und kümmerte sich um die Linsen. Sie hob gerade mit einem Sieb diejenigen ab, die oben schwammen, als die Wirtin zurückkam. Sie trug ein Bündel über der Schulter, das sie mit einem Schwung auf den Tisch warf.

Alix schrie leise auf.

»Gänse«, verkündete die Wirtin. »Keiner hat bessere als der Müller. Heute Abend werden die Gäste sich freuen. Da, rupf sie schon mal, und nimm sie aus. Ich kümmere mich derweil um das Feuer.«

Alix starrte die Vögel an, deren schlaffe Körper auf der Tischplatte lagen. Die Füße waren grellorange und schmutzig, das Gefieder, sie betastete es vorsichtig, war noch warm. Es fühlte sich glatt und weich an. Die Tropfen, die von Alix nassen Fingern darauffielen, perlten ab wie Tränen.

»Ich …«, sagte Alix. Übelkeit stieg in ihr auf. »Wir essen kein Fleisch«, hörte sie Navenias sagen. Sie schaute die Wirtin an. Die lächelte noch immer. So freundlich war sie gewesen, dachte Alix. Das konnte doch unmöglich Absicht, das konnte doch keine Falle sein. Sie suchte in den Augen der Frau nach einem Zeichen. Aber sie sah nur Biederkeit.

»Ist irgendwas?«, fragte die Wirtin.

»Nein, nein.« Alix schüttelte den Kopf. »Es ist nur so lange her. Zu Hause hat das immer die Magd gemacht.« Das war immerhin nur eine halbe Lüge. Zwar hatten sie nie geschlachtet oder Fleisch gegessen, aber sie konnte nicht ausschließen, dass ihre katholische Magd es irgendwann einmal getan hatte.

»Lass dir Zeit«, sagte die Wirtin. »Es dauert noch, bis die Glut so weit ist.«

Alix wandte sich wieder den Vögeln zu, deren blanke Augen auf die Tischplatte starrten. Du wolltest eine Eidechse erschlagen, sagte sie sich. Du warst kurz davor, sie roh zu verspeisen. Zumindest hast du es dir vorgestellt. Sie nahm eines der Tiere am Fuß und hob es halbherzig hoch. Aber dann sah sie die Kotspuren am After und ließ es mit einem leisen Schrei wieder fallen.

»Da fällt mir ein, ich muss noch etwas erledigen«, sagte ihre Gastgeberin. »Mach einfach weiter. Ich bin gleich wieder zurück.« Ihre Stimme klang sorglos und freundlich.

Alix schaute erst wieder auf, als die Tür zufiel. So nett, so unverstellt wirkte das für einen ahnungslosen Betrachter. Ein kleiner Teil von ihr hoffte noch immer, dass all das nur ein böser Traum war, dass es keine Gefahr gab und dass sie einfach hierbleiben konnte, umgeben von dieser Idylle mit den Blumen in den angeschlagenen Töpfen auf dem Fensterbrett, den Zwiebelzöpfen, die von der Decke hingen, und vom Ächzen der Mühle in der Ferne.

Alix trat ans Fenster und spähte zwischen den Wicken hindurch. Drüben am Weg stand die Wirtin und redete gestikulierend auf zwei Reiter ein, nickte immer wieder oder schüttelte den Kopf, und schließlich wies sie mit dem Finger auf ihr Haus. Erschrocken trat Alix vom Fenster zurück. Ihr war, als hätte man ihr mit dieser Geste direkt auf die Brust getippt. Im nächsten Augenblick fuhr sie herum und rannte aus dem Haus. Sie lief, so schnell sie konnte, suchte den Schutz der Bäume und hielt erst inne, als die lauten Rufe hinter ihr verstummten.

»Verdammt«, rief die Wirtin und klatschte die Faust in die offene Hand. »Warum habt ihr sie entkommen lassen?«

Amalric zuckte mit den Achseln und steckte sein Schwert zurück. »Das war sie nicht.« Er nickte Paris zu.

»Das war ganz sicher eine«, widersprach die Frau. »Ich hab sie aufgefordert, die Gänse auszunehmen, ein unfehlbares Mittel. Und sie hat sich geweigert.«

»Ihr seid eine kluge Frau«, sagte Amalric.

»Wir sollten den Müller rufen und seine Knechte. Gemeinsam könnten wir sie im Wald aufspüren. Notfalls mit Fackeln!« Die Augen der Frau funkelten. »Wir haben schon so manche dort aufgespürt.«

»Wie gesagt«, wiederholte Amalric. »Eine kluge Frau.« Und seine Hand griff zum Schwert.

Paris fiel ihm in die Bewegung. »Ihr geht jetzt besser, Weib«, rief er der Wirtin zu, die die Augen aufgerissen hatte.

Die Wirtin ließ es sich nicht zweimal sagen. Mit wehenden Schürzenbändern rannte sie ins Haus. Das Knallen der Tür, gefolgt vom Knarzen des Riegels, war weithin zu hören.

»Und jetzt?«, fragte Paris.

Amalric schaute dorthin, wo die Frau verschwunden war, die nicht Navenias war. »Wir suchen weiter«, sagte er.

Alix lehnte am Stamm eines Lorbeerbaumes und versuchte, ihren Atem zu beruhigen. Ihre Beine zitterten und auch ihre Hände. Es kam ihr vor, als würde ihr Herzschlag ihr die Brust zersprengen. Mit jedem krampfhaften Klopfen wurde ihr noch schwärzer vor Augen. Doch allmählich beruhigte sie sich, der schwarze Nebel vor ihren Augen lichtete sich ein wenig.

So stand sie da und starrte blicklos auf den Waldsaum, während wieder und wieder die eben erlebte Szene durch ihren Kopf zog. Noch immer hörte sie die freundliche Einladung der fremden Frau, die scheinheilige Frage: »Ist irgendetwas?« Spürte die Hand auf ihrem Arm. Roch den Duft nach Brot. Sie vernahm den Hufschlag und den wirren Schall der fernen Stimmen. Stimmen von Männern, von Söldnern, da war sie sich sicher. Sie hatte die Rüstung des einen und ihre Waffen sehr wohl gesehen. Einer war jung gewesen, einer alt. Und beide sahen aus wie der

Hölle entsprungen. Sie hatten den Tod bedeutet, und sie waren schnell gewesen, aber nicht schnell genug.

Alix war zu verschreckt, um sich darüber zu wundern, dass sie noch lebte. Eine Sache aber verstörte sie zutiefst. Sooft sie sich auch sagte, dass sie sich getäuscht haben musste, dass ihre vom Hunger geschwächten Sinne ihr einen Streich gespielt hatten, ihr noch immer einen Streich spielten, so oft hörte sie es wieder. Sie bekam ihn einfach nicht aus ihrem Kopf, den Klang jener Männerstimme, die ihr wieder und wieder nachrief: »Navenias!«

14.

In den Wäldern der Ariège, am selben Abend

Navenias ruhte auf ihrem Lager, das aus trockenem Laub bestand und mit Moos gepolstert war. Sie lag dort wie aufgebahrt, die Hände auf der Brust gefaltet. Ein neuer Frieden lag über ihr, eine Gelassenheit, die die Qualen des Hungers und der Krämpfe ihres leeren Magens hinter sich gelassen hatte.

»Mutter?«, hörte sie plötzlich Alix' Stimme, die sie mit ihrem Ehrentitel anredete, und sie schlug die Augen auf. Alix, völlig außer Atem, sank neben ihr auf die Knie.

Navenias lächelte sie an. »Du bist zurück«, stellte sie, ein wenig verwundert, fest.

»Wie ich es versprochen habe.« Alix senkte den Kopf und nahm aufgewühlt Navenias' Hand. Die Finger waren schlaff und erschreckend kalt. Eine Angst packte Alix, größer als die vor ihren Verfolgern. »Ihr, Ihr ... seht so anders aus. Was ...?«

Mühsam bewegte Navenias die rissigen Lippen. »Ich habe eine Entscheidung getroffen ... Ich ...«

Alix drückte Navenias' Hand fester und fiel ihr ins Wort. »Ihr habt mir nicht vertraut.«

»Nein, nein.« Navenias schüttelte sacht den Kopf und hob die Hand, um Alix über das Haar zu streichen. »Das hier hat mit dir nichts zu tun. Es ist allein eine Sache zwischen mir und Gott.« Ein Lächeln zog über ihr Gesicht, und Alix presste voller Schmerz die Lippen aufeinander. Navenias fuhr fort. »Du kennst die Endura?«, fragte sie.

Alix hob bittend die Hände. »Nicht jetzt, bitte, dafür haben wir keine Zeit«, stieß sie hervor. »Da, wo ich herkomme, da waren Söldner, die haben Euch gesucht.«

Ungläubig lächelte Navenias.

»Doch, doch.« Alix wurde eindringlich. »Sie sagten Euren Namen. Und sie haben mich gejagt. Wir müssen aufbrechen, wir müssen sofort weg von hier. Auf der Stelle. Hört Ihr?«

Navenias wandte das Gesicht ab. »Ich gehe nirgendwo mehr hin«, sagte sie.

»Aber ...«, wandte Alix ein. »Die Endura ist nur etwas für Schwerkranke, für Todgeweihte. Es ist eine Sünde, sich mutwillig zu Tode zu hungern.« Sie hob die Stimme und war selbst erschrocken über die nackte, schrille Angst, die darin lag. »Es ist noch nicht die Zeit.«

»Wenn sie mich schon jagen, ist die Zeit. Ich bin todgeweiht, Alix.« Sie schaute ihren Schützling wieder an. »Mädchen«, sagte sie dann weicher. »Ich bin auf das hier vorbereitet, seit vielen, vielen Jahren; seit ich mich entschloss, eine Perfecta zu werden. Glaub mir, es ist alles gut.« Sie lächelte. »Du kannst gehen und bist frei. Wir beide werden frei sein.«

»Ich gehe nirgendwohin.« Alix schrie es fast. »Wo soll ich denn hingehen?«, fuhr sie leiser fort. »Was soll ich machen ohne Euch?«

Navenias schloss die Augen. Sie drückte Alix' Hand fester, aber sie sagte nichts mehr. Wie sollte sie ihr auch sagen, dass sie es müde war, die sterben zu sehen, die auf sie vertrauten?

»Mutter«, wimmerte Alix. Dann schwieg auch sie.

Es wurde dunkel. Die Stimmen der Nachtvögel setzten ein. Irgendwann dann sah Alix die roten Brände der Fackeln am Himmel und hörte das ferne Rufen. »Sie suchen nach uns«, dachte sie. Und sie verfluchte das Brot in ihrem Magen, das sie am Leben erhalten würde, bis sie gefunden wären. Aber sie rührte sich nicht vom Fleck. Als sie das Knirschen von Schritten auf der Lichtung hörte, schloss sie die Augen.

Fünfter Teil

Der Flug der Lerche

I.

Montségur, im Januar 1244

»Da wir soeben unterrichtet worden sind, dass die Verteidigung dieser Veste in Kürze zusammenbrechen wird, gibt es einige Entscheidungen zu fällen.« Der Bischof von Razès, Raymond Agulher, war der Jüngste in der Runde, ein energischer Mann von vierzig Jahren mit breitknochigem Gesicht und einer dicken Nase voller rotblauer Äderchen. Er nickte seinen beiden Amtskollegen zu.

Die drei Bischöfe der Katharer, die in den Mauern der belagerten Festung eingeschlossen waren, schauten einander an. An ihrer Seite saßen ihre Vertreter, genannt die »älteren Söhne«, einige angesehene Perfecti und ein weltlicher Vertreter, der Seneschall des Burgherrn, Raymond de Péreille. Zwischen den anderen, die in ihren dunklen Kutten dahockten wie ein Schwarm zerzauster Raben, fiel er auf in seinem Waffenrock, dessen Stickerei im Rot der Ofenglut leuchtete. Breitbeinig hockte er auf seinem Schemel.

Die gesamte Spitze der Kirche war hier versammelt, in einem düsteren, feuchten Raum, den ein großer offener Kamin mit mehr Rauch erfüllte als mit Wärme. Auf dem Tisch vor ihnen standen Wasser und getrocknete Früchte. Das Wasser war brackig und die Rationen streng bemessen, auch Grütze gab es schon lange nicht mehr. Die meisten Männer hatten sich eine Decke um die Schultern gelegt, sie hatten Ringe unter den Augen, und Sorge lag in ihrem Blick. Es stank nach altem Schweiß und nach Fäulnis.

Raymond Agulher bemühte sich um einen zuversichtlichen

Ton. »Als Erstes wird wohl ein neuer Rückzugsort einzurichten sein.«

Der Bischof von Toulouse, Bertrand Marty, hob die Hände. Es waren die großen, rissigen Hände eines Bauern, gezeichnet von der Arbeit und mit gelblichen Nägeln. Sein Gesicht aber mit den schwarzen Augen war blass. Und er klang müde. »Die Städte haben sich ergeben. Unsere Brüder dort leben im Untergrund. Meine Zuträger sagen mir, dass die Inquisition für Toulouse in den nächsten Monaten eine Befragung aller Bürger plant. Und der Graf ist krank. Er hat keinerlei Einwände mehr dagegen erhoben.«

Sein »älterer Sohn«, wie der offizielle Titel eines Stellvertreters lautete, hob den Kopf. »Das bedeutet Tausende neuer Protokolle. Futter für ihre Listen.« Er ließ das »s« zischen vor unterdrückter Wut. Seine vor Hunger tief eingesunkenen Augen funkelten.

»Vor allem bedeutet es Hunderte von Toten. Gott steh uns bei.« Bertrand Marty warf seinem Stellvertreter einen strafenden Blick zu.

Der Bischof von Carcassonne schloss sich an. »Für uns gilt dasselbe. Und die Verhöre laufen bereits.« Er schüttelte den Kopf, sodass die Tränensäcke unter seinen überraschend hellen Augen bebten. Es sah aus, als wollte er weinen.

Raymond Agulher richtete sich auf und straffte sich. »Nun, ich denke, wir sind uns einig, dass nur eine der kleineren Adelsburgen in den Pyrenäen infrage kommt. Ich schlage Quéribus vor. Es wird von Olivier de Termes gehalten, dessen Vorfahr Pagan ein Perfectus war. Mein Vorgänger hatte dort bis zu seinem Tod eine sichere Zuflucht gefunden.«

Der Bischof von Carcassonne unterdrückte ein Aufstoßen. »Dann sollte jemand aufbrechen und mit dem Burgherrn verhandeln, falls das noch möglich ist.« Der Atem, der aus seinem leeren Magen aufstieg, stank bestialisch.

»Die übliche Route steht uns offen.« Der Seneschall nickte. »Ich werde alles Nötige veranlassen, wenn ihr den Boten benennt.«

»Im Übrigen habe ich gehört«, fuhr Agulher fort, »dass unser Bruder Rainer Sacconi sich in den Dienst der Inquisition gestellt hat.« Abfälliges Murmeln wurde laut, das er mit einer Handbewegung dämpfte. »Er wird sich bald öffentlich bekehren.«

»Er ist nicht der Einzige.« Bertrand Marty ließ seine schwermütigen Augen auf dem Sprecher ruhen. »Warum sollte das unsere erste Sorge sein?«

»Weil Sacconi sich nicht nur öffentlich zeigen, sondern, wie ich höre, auch eine Streitschrift gegen uns verfassen wird. Hier«, der Bischof von Razès zog ein Dokument hervor. »Man hat mir erste Entwürfe hinterbracht. Sie zeigen mehr von der Handschrift der Inquisitoren, vor allem von diesem Dominikaner ...«

»Bernardus de Cantio«, warf jemand ein.

Raymond Agulher nickte. »Bernardus de Cantio, genau. Mehr von ihm also als von der Meinung Sacconis. Aber der ist ohnehin nur eine Marionette, und ich sage euch, diese Schrift, mit seinem Namen versehen als dem eines intimen Kenners unseres Glaubens, wird unserem Ruf überall schaden.«

Er räusperte sich und senkte den Blick auf das Manuskript. »Ihr Name stammt vom lateinischen Wort *cattus*, die Katze. Das kommt daher, dass die den Anus des Tieres küssen bei ihren schändlichen Ritualen, da es als Wappentier des Teufels gilt.« Mit ruhiger Stimme las er weiter.

Empörung machte sich unter seinen Glaubensbrüdern breit. »Unerhört!« »Infame Lügen!« »Wie stehen wir da!«

»Das ist theologisch nicht zu vertreten.« Selbst der alte Bertrand Marty war erregt. »Von solchen widerlichen Unterstellungen wie dem Küssen des Katzenhinterns einmal abgesehen!« Er schaute in die Runde. »Wollen wir, dass es das ist, was von uns bleibt?«

Einen Augenblick lang schwiegen sie alle. Zu deutlich hatte in Martys Worten mitgeklungen, dass es nur mehr um ihr Erbe gehen konnte, nicht mehr um ihr Leben. Dann räusperten sich einige, setzten sich zurecht, griffen zum Wasser.

Bischöfe wie Stellvertreter beschlossen, umgehend die Arbeit an einer einheitlichen theologischen Darstellung des Katharertums aufzunehmen. »Das war ohnehin ein überfälliges Unterfangen.« Die Stimme des Bischofs von Carcassonne erhielt neues Feuer. »Eine Kirche, die Bischöfe hat, sollte auch ein Kirchenbuch besitzen. Erst in ihrem gesicherten Wissen erhebt sie sich zu ihrer vollen Gestalt wie eine Kathedrale.«

Der Seneschall spuckte einen Mundvoll Traubenkerne auf den Boden. Eine halb verhungerte Katze schlich geduckt aus dem Dunkel heraus und schnupperte daran.

Bertrand Marty hustete und erhob dann die Stimme. »Wir werden beginnen mit der Feststellung, dass wir Christen sind in der Urbedeutung des Wortes: Anhänger der unbedingten Liebe Gottes. Denn steht es nicht so bei Johannes: ›Das gebiete ich euch, dass ihr euch untereinander liebet. Dabei wird jedermann erkennen, dass ihr meine Jünger seid, so ihr Liebe untereinander habt.‹«

Sein ›älterer Sohn‹, trotz seines Titels ein alter Mann, fügte mit brennenden Augen hinzu: »Und wir müssen darlegen, warum wir das Alte Testament verwerfen. Denn der Jehova der Sintflut, der Jehova, der Feuer auf Sodom und Gomorrha regnen ließ, der seine Feinde vernichtet und Rache an Missetätern nimmt bis ins vierte Glied, der kann kein Gott der Liebe sein. Satan ist er, und sein Gesetz ist das ›Gesetz der Sünde und des Todes‹, das sagt auch Paulus im siebten Kapitel des Römerbriefes. Das siebente Gebot zeigt nur, dass er so schlau war, auch ein wenig Gutes in sein Täuschungsmanöver zu mischen, damit auch sittlich hochstehende Menschen auf ihn hereinfallen.« Zustimmendes Gemurmel antwortete ihm. Der Raum war noch immer so kalt, dass sie mit klammen Fingern die Decke über der Brust zusammenhielten, aber in ihre Stimmen kam Feuer.

»Wir sollten aber auch über eine Räumung von Montségur nachdenken.« Das war der junge Diakon von Razès. »Ich meine sogar, das ist jetzt die dringlichere Frage.«

Der Bischof von Carcassonne schnalzte ablehnend mit der Zunge. Man sah ihm an, wie die Frage ihn quälte, und seinen Amtsbrüdern erging es nicht anders. Zu wenig Erhebendes war damit verbunden. Und zu viel Tod.

Raymond Agulher, der Bischof von Razès, sagte schließlich widerstrebend: »Für den Weg über die Felsen kommt nicht jeder infrage.«

»Eben deshalb müssen wir uns einen Plan zurechtlegen.«

»Die Frauen scheiden wohl aus«, nickte einer der ›älteren Söhne‹. Er schüttelte den Kopf.

»Haltet Ihr sie für geeigneter für den Scheiterhaufen?«, gab der junge Diakon zurück.

»Wie gesagt, wir müssen planvoll denken.« Der Bischof von Razès klopfte energisch auf die Tischplatte. »Wir werden zuverlässige Boten benötigen, die auf den Straßen unauffällig reisen können. Das ist nun einmal einfacher für Männer. Außerdem sollten wir auf solche achten, die gute Verbindungen nach Quéribus haben und außerdem zu den Städten Oberitaliens. Dort leben, wie ich höre, einige unserer Brüder und Schwestern im Exil, und es empfiehlt sich, mit ihnen Verbindung aufzunehmen, um Geld und Unterstützung zu sammeln und bei den dortigen Banken ein Konto einzurichten.«

Seine Worte hallten in der Runde nach. Einige nickten zustimmend. Marty nahm das als einstimmigen Beschluss. »Bischof«, wies er seinen Amtsbruder an, »bittet Euren ›älteren Sohn‹, eine entsprechende Liste zu erstellen.«

»Aber die Frauen«, begann der Diakon erneut. »Sie haben so viel getan, und wir sollten sie zumindest fragen, ob ...«

»Fraglos werden sie den unmittelbaren Weg zu ihrem Herrn vorziehen.« Bertrand Marty klang mit einem Mal laut und befehlshaberisch. Dann aber verfiel sein Gesicht, und aus seinen schwarzen Augen verschwand jedes Feuer. »Was können wir denn noch tun für sie?«, fragte er leiser. »Was erwartet sie denn dort draußen?«

»Ich sage ja nur, dass wir fragen sollten.« Auch der Diakon hatte leiser gesprochen. »Ich selbst bin bereit, meinen Platz abzutreten.«

Raymond Agulher, Bischof von Razès, schaute ihn an. »Noch«, sagte er, »hat niemand einen sicheren Platz.«

2.

In der Nähe von Mirepoix, im Januar 1244

»Amalric?« Navenias öffnete fragend die Augen. Sie lächelte, als sie sein Gesicht über sich sah. »Ich hatte einen langen, seltsamen Traum.«

»Von mir, hoffe ich«, sagte er und hob den Löffel. »Du musst etwas essen.«

Sie schaute ihn an, dann öffnete sie langsam den Mund. Wie ein kleines Kind ließ sie sich füttern und schluckte mit Andacht. Als es genug war, gab sie ihm ein Zeichen mit den Augen. Er fuhr ihr mit einem Lappen über das Kinn. Sie lächelte, nahm seine Hand und führte sie an ihre Lippen.

Alix zuckte zusammen, als wäre sie es, die von einem Mann berührt worden war. Sie wusste nicht, was sie denken sollte. Ihr war, als hätte sie aufgehört, die Welt zu begreifen in jener Nacht vor zwei Monaten, als sie die Fackeln der Verfolger schon zwischen den Bäumen hatte leuchten sehen. Als sie die Schritte draußen vor der Schwelle gehört hatte. Und als sich plötzlich diese Hand über ihren Mund legte und eine Stimme in ihr Ohr flüsterte: »Keinen Laut, sonst finden sie uns. Ich werde euch helfen.«

Sie erinnerte sich kaum noch, wie sie es aus jenem Wald hinausgeschafft hatten. Am eindringlichsten hatte sie noch den Geruch des Pferdes in der Nase, auf das der Mann sie hob, und den Anblick von Navenias, die in den Armen jenes Fremden lag, den Kopf herabhängend, die Haare beinahe über den Boden schleifend, mit offen stehendem Mund. Wie tot hatte sie ausgesehen. Und tot war sie beinahe gewesen.

Damals hatte Alix die Augen geschlossen, sich dem Wiegen des Pferdes und der beruhigenden, wenn auch fremden Wärme des Rückens überlassen, an den sie sich anlehnte, und war irgendwann eingeschlafen. Als sie angehalten hatten, irgendwann, irgendwo, sie hatte nie die Kraft aufgebracht, danach zu fragen, aber es gab dort frisches Obst und Brühe und saubere Strohsäcke und Laken. Als sie also hier angekommen waren, wo sie nun schon seit Wochen lebten, hatte sie anfangs einfach weitergeschlafen, Stunde und Stunde, sich einem Zwischenreich zwischen Wachsein und Traum überlassend, in dem sie trieb, ohne in eine bestimmte Richtung gezogen zu werden, und von dem sie nicht wusste, ob es das Tor zum Tod, zum Leben oder zum Wahnsinn war.

Irgendwann in dieser Zeit musste der Fremde die Pflege ihrer Mentorin übernommen haben. Und wenn Alix am Anfang auch zu erschöpft gewesen war, um etwas dabei zu empfinden, so durchzuckte es sie nun jedes Mal, wenn sie sah, wie die beiden einander berührten, an den Händen, den Wangen, den Lippen. Sie suchte die Frage beiseitezuschieben, wo sie einander bereits noch berührt haben mochten. Bilder tauchten auf und quälten sie und machten es ihr schwer, ihr Essen hinunterzuschlucken.

Sie selbst hatte dem Jungen das Stück Seife, das er ihr mit den Worten gab, er habe es selbst gekocht, ohne Dank aus den Händen gerissen. Es hatte zwei Tage gedauert, ehe sie sich hatte entschließen können, sich damit zu waschen. Selbst dann noch hatte es sie Mühe gekostet, zu vergessen, dass er es in Händen gehalten hatte. Männerhände hatte sie schon allzu viele gespürt, seit sie auf den Straßen wanderte. Schon viel zu viele Männeraugen auf sich ruhen gefühlt. Sie wollte, während sie sich einseifte, nicht an den Jungen denken, der ihr erzählt hatte, dass er Paris hieß, der sie betrachtete, wenn er glaubte, sie merkte es nicht. Was ging er sie an? Sie wollte ein Kind sein, krank, in ein sauberes Nachthemd gekleidet und in ein Laken gehüllt, eine mütterliche Hand auf der Stirn, und ein Lächeln, das ihr versprach, sie würde genesen.

Dann hatte sie die Seife und eine Waschschüssel genommen und war zu Navenias gegangen, damit auch sie endlich einmal wieder in den Genuss von Sauberkeit kam nach all der Zeit in der Wildnis. Navenias aber hatte ihrer Hilfe nicht mehr bedurft. Jemand war ihr zuvorgekommen.

Und nun diese Gesten, dieser Kuss! Das war kein Friedenskuss, wie er nur zwischen Frauen ausgetauscht werden durfte. Um ihn mit einem Mann auszutauschen, hätte ein Schleier oder eine Bibel zwischen sie gehalten werden müssen. Navenias erlaubte dem Fremden das Berühren ihrer Haut, schlimmer noch, sie berührte die seine, so hungrig, so unersättlich, als wäre es eine Speise, die sie auf der Flucht entbehrt hatte und die ihr nun die Heilung brachte.

Denn das musste Alix zugeben: Navenias ging es besser. Sie war immer noch sehr dünn. Aber ihre Haut schimmerte wieder, ihr Haar wirkte nicht mehr spröde wie etwas Totes, und ganz allmählich kehrte das Leben in ihre Bewegungen zurück. Doch Alix konnte sich nicht daran erfreuen. In ihren Augen lag Sünde in dieser Gesundheit, sie war nicht rein. Sie verhöhnte alles, was Navenias und sie miteinander durchlitten hatten, machte es wertlos, machte es lächerlich. Navenias mochte das vielleicht anders sehen; sie hatte, wenn sie ihren Glauben über Bord warf, ja noch immer diesen Mann. Was aber blieb ihr, Alix?

»Magst du ein wenig Linsengemüse?«

Alix schrak auf und trat von der angelehnten Tür weg, an der sie gelauscht hatte. Vor ihr stand der Junge. Paris. Widerstrebend erinnerte sie sich seines Namens. Sie schnupperte. Aus der Schüssel, die er ihr hinhielt, roch es anregend nach Petersilie und Knoblauch. Aber waren ihre Eltern dafür gestorben, hatte sie selbst all dies auf sich genommen, dass sie jetzt auf die honigbraunen Augen des erstbesten Jungen hereinfiel und auf einen Teller Suppe?

»Nein danke«, sagte sie spröde. »Für ein Linsengericht ist schon allzu viel verkauft worden.«

»Geschenkt«, erwiderte er, stellte die Schüssel neben ihr auf den Boden und schlenderte davon.

Alix hockte sich auf die Stufen und sah ihm böse nach. Seine unbeirrbare Freundlichkeit ärgerte sie. Er hätte es ihr wahrhaftig leichter machen können, ihn zu hassen.

»Er behandelt mich wie eine Fremde«, sagte Navenias, die ihn durch den Türspalt davongehen sah, und setzte sich auf.

Amalric setzte die Schale mit dem Essen neben ihrem Lager ab, ging zurück und schloss die Tür.

»Sogar dem Mädchen schenkt er mehr Aufmerksamkeit.«

»Also zumindest das finde ich erfreulich normal«, sagte er und begann sie liebevoll zu füttern. »Du bist doch auch eine Fremde für ihn«, fuhr er dabei fort.

»Aber du bist sein Vater, oder wie?«, gab sie zurück, und für einen Moment blitzte ihr alter Kampfgeist auf.

»Es sieht so aus«, sagte er schlicht.

Sie schwieg, aber ihre Blicke fanden sich immer wieder. Als sie satt war, bettete er sie wieder und streckte sich dann neben ihr aus. Es war lange her, seit sie das zum letzten Mal erlebt hatten: diese Nähe, die Ruhe dabei und die Vertrautheit, beinahe wie in ihren Kindertagen.

»Schau«, sagte Amalric und zeigte hinauf in den Himmel. Durch ein Loch im Dach sahen sie ein Stück davon.

Er lag neben ihr, bekleidet wie sie, aber so nah, dass er den Duft ihrer Haut atmen konnte, den er so lange vermisst hatte und der ihm immer noch das Gefühl gab, hier und nirgendwo anders zu Hause zu sein. Ihre Hand lag in der seinen, so schmal wie je. Er fuhr mit den Fingern über die Adern, die sich nun deutlicher abzeichneten, und ihm war, als würde er jede einzelne davon lieben. Als hätten der Krieg und der Hass und die Verfolgung alles, was an Gefühlen in ihnen gewesen war, fortgebrannt. Bis auf dieses eine Gefühl.

Wir sind Treibholz, dachte er, angeschwemmt am Ufer eines Stroms. Wo wir herkommen, war gestern; morgen ist ewig. Und wir bleichen in der Sonne. »Dort«, flüsterte er und zeigte auf den flatternden Punkt, der sich höher und höher schraubte, dem Himmel entgegen.

»Eine Lerche«, sagte sie, und unwillkürlich summte sie die ersten Töne des Liedes mit.

»Dass du das noch weißt.« Er drückte ihre Hand.

Sie drehte den Kopf leicht zu ihm hin und fuhr mit der Nase durch sein Haar. »Ich fand es immer dein schönstes«, sagte sie. »Allein der Gedanke, dass sie fällt, weil sie ohnmächtig wird von einem Übermaß an Freude ...« Sie hielt inne. »Es war, als hätte ich immer gewusst, dass darin eine Wahrheit lag, die nur für mich bestimmt war. Für mich und für dich. Amalric ...« Sie wollte noch etwas sagen.

Er verschloss ihr die Lippen mit einem Kuss. Glücklich schmiegte sie ihren Kopf an seine Schulter. So lagen sie und sahen der Lerche zu.

3.

Bei Mirepoix, einige Tage später

»Es ist eine Schande, eine Schande«, murmelte Alix und ging schneller. Sie hatte das Milchholen übernommen und war nun dankbar, dass sie dem Haus entfliehen und sich bewegen konnte. Wäre es ihr nicht zu kindisch erschienen, sie hätte zu einem Stock gegriffen und die späten Brennnesseln längs des Weges geköpft. So flüsterte sie nur vor sich hin und erstickte jeden weiteren Laut, indem sie in ihre Faust biss.

Seit Tagen schon gärte es in ihr. Sie hatte gesehen, was sie nie hatte sehen wollen. Was sie sicher auch nicht hätte sehen dürfen. Durch Türritzen zu spähen war schließlich nicht erlaubt, und sie hasste sich dafür, dass sie es tat, sie hasste die Faszination, die sie dorthin zog, ebenso sehr wie die Verzweiflung, die in ihr wuchs dabei. Aber noch mehr hasste sie diejenigen, die sie ausgespäht hatte. Denn viel größer als ihre eigene Sünde wog die Sünde, die sie gehört und gesehen hatte.

Alix hatte gebetet, sie hatte Gott um Erleuchtung angefleht, um Seelenfrieden und um eine Lösung. Doch ihr war keine Hilfe zuteilgeworden. Ihre Wut war nur gewachsen und wuchs noch immer, mit jedem Schritt. Empört blieb sie stehen und wandte sich um. »Und wieso lauft Ihr mir eigentlich dauernd nach?«, rief sie über die Schulter.

Paris blieb auf dem Weg stehen, einige Schritte hinter ihr. Ja, warum tat er das? Warum saß er nicht bei Navenias und ließ sich alles über seine Kindheit und über seine Herkunft erzählen, was er seit Jahren wissen wollte? Noch immer hatten sie kein vertrautes Gespräch miteinander geführt. Er hatte es nicht gewagt, mit ihr allein zu bleiben. Seine Mutter, nach der er sich so sehr gesehnt hatte, kam ihm vor wie eine Fremde und machte ihn scheu. Ihr Anblick warf so viele Fragen in ihm auf. Während dieses fremde Mädchen ihm so vertraut vorkam und es ihm schien, als wäre sie der Schlüssel, der ihm helfen könnte, all seine Fragen zu beantworten.

Er wurde ein wenig rot, als sie ihn ansah, denn er fürchtete, sie würde bemerken, wie gut sie ihm gefiel, mit ihren zerzausten blonden Flechten, die sie sich mehrmals um den Kopf gewunden hatte, ein wenig wie ein schlecht gefaltetes Fischernetz, mit ihrem zu breiten Mund und den Sommersprossen, die ihr Gesicht und ihre Schultern überzogen wie ein spröder Schleier. »Papa hat gesagt, ich soll auf Euch achtgeben, und das tue ich.«

»Ich gehe doch nur Milch holen«, sagte sie, setzte ihren Weg fort und schwenkte den Krug. »Das habe ich nun schon oft genug gemacht.«

Schweigend ging auch er weiter, ein Stück hinter ihr. »Was ist eine Schande?«

Alix blieb nicht stehen. »Als ob Ihr das nicht wüsstet«, stieß sie hervor. Sie atmete auf, als sie die ersten Häuser des kleinen Weilers erblickte, in dem sie sich mit dem Nötigsten zu versorgen pflegten. Eine Fortsetzung des Gesprächs würde ihr vorerst erspart bleiben.

Paris schloss zu ihr auf und hielt sich dicht neben ihr. Nebeneinander setzten sie ihren Weg fort. »Es ist wichtig, dass sie uns für ein Paar halten«, sagte er, »das wisst Ihr doch.«

Sie schlug seine Hand weg, die so nah bei ihrer Hüfte pendelte, dass sie ihre Hitze zu spüren meinte. »Ich weiß, dass Ihr und Euer Vater keine Gläubigen seid.«

Ein Bauer in seinem Garten hielt in der Arbeit inne und stützte sich auf seinen Rechen, als sie vorbeikamen. Paris grüßte ihn freundlich, bis der Alte den Kopf wieder senkte. »Das ist im Moment also Eure Sorge?«, fragte er und beobachtete aus den Augenwinkeln die übrigen Dorfbewohner, während er sich bemühte, ein sorgloses Liedchen zu pfeifen. »Lächelt doch wenigstens einmal«, forderte er sie mit zusammengepressten Zähnen auf.

»Ich soll *lächeln?*«, rief sie, so wütend, dass sie beinahe die Kanne zu Boden geschleudert hätte. »Ihr wisst wohl nicht, wovon Ihr redet!«

»Nicht jetzt«, zischte Paris und grüßte eine Magd, die den Kopf aus dem Stall steckte. Sie musterte Alix, und er zwinkerte ihr keck zu. Der aufreizende Hüftschwung, mit dem sie sich abwandte, beruhigte ihn wieder ein wenig.

»Wisst Ihr denn nicht, was Euer Vater und Navenias, was sie da … was sie …« Alix brachte es nicht über sich, es auszusprechen. »Sie ist eine Perfecta«, bekam sie schließlich heraus.

Sie hatten den Milchhof erreicht und betraten die Scheune, in die zwischen den Wandlatten hindurch ein Vorhang von Licht fiel. Eine alte Magd schlurfte heran, nahm Alix den Krug ab und ging zu einer größeren Kanne, um Milch daraus zu schöpfen. Schäumend tropfte es herab.

»Vielleicht will sie keine mehr sein?«, fragte Paris zurück, da sie einen Moment sich selbst überlassen waren. Im hinteren Teil der Scheune waren einige Knechte dabei, frisches Stroh in die Boxen zu häufen, unbeachtet von den Kühen, die ihre schweren Köpfe ruhig hin und her pendeln ließen. Schwalben schwirrten über ihnen unter dem Dach entlang. Ihm, der nicht so vertraut war mit den katharischen Glaubenssätzen, schien das nicht so schlimm zu sein. Sein Leben hatte sich verändert, das seines Vaters hatte sich auf den Kopf gestellt. Warum sollten andere ihren Entwurf nicht auch überdenken? Als er von Navenias nur gehört hatte, war sie auch ihm wie eine Heilige erschienen. Jetzt sah er in ihr eine Frau in den Armen seines Vaters, zart, schwach und mit einem Licht in den Augen, wenn sie Amalric anschaute, wie er es sich heimlich wünschte.

»Das ist keine Frage des Wollens«, gab Alix zurück.

Paris suchte ihr mit einer Handbewegung Schweigen zu gebieten, da die Magd zurückkam.

»Hier, mehr gibt's heute nicht.«

Paris suchte in seiner Börse nach den Münzen.

Aber Alix, die sich über den Mund gefahren fühlte, hörte nicht auf zu reden. »Sie hat Verantwortung«, ereiferte sie sich. »Sie ist ein Glied in einer Kette, an der das Seelenheil von vielen Menschen hängt. Von unserer ganzen Gemeinschaft. Sie hat andere geweiht. Sie hat Menschen vor ihrem Tod gesegnet. All dies ist wertlos, wenn sie selbst nun versagt.«

»Seltsam«, sagte Paris überlaut, da er sie mit Blicken nicht zum Schweigen bringen konnte. »Ich habe die Münzen bestimmt hier. Gleich ...«

»Gibt es Ärger, Jeanne?«, rief einer der Knechte herüber. Die anderen legten ihre Mistgabeln beiseite.

Paris nahm das Geld, wie es ihm in die Finger kam. Es war viel zu viel, aber er drückte es der Alten in die Hand und packte Alix am Handgelenk, um sie mit sich zu ziehen. »Komm«, befahl er.

Das Mädchen jedoch war nicht zu beruhigen, es war, als hätte ein Ventil sich geöffnet nach der Anspannung der letzten Tage. »Mit Euch gehe ich nirgendwo hin. Keinen Schritt mehr.«

Er packte sie fester, doch sie riss sich los. »Alix«, flehte er. Die Knechte kamen drohend näher.

Tränen liefen ihr über die Wangen. Sie dämpfte ihre Stimme nicht mehr. »Hunderte haben ihr Seelenheil in Navenias' Hände gelegt, und jetzt taumeln sie in langen Reihen hinab in die Hölle. In die Hölle, Paris. Weißt du, was das ist? Hörst du ihre Schreie, hörst du sie nicht? Sie sind verloren ohne eigene Schuld. Und Ihr wollt, dass ich dasselbe tue. Ihr wollt...«

»Alix, verdammt.« Hilflos ballte er die Fäuste. »Kommt freiwillig mit, oder ich schlage Euch besinnungslos.«

Sie wich jäh einen Schritt zurück. Paris holte aus, doch sein Hieb traf einen der Knechte, der gerade versuchte, ihn an der Schulter herumzureißen, mitten ins Gesicht Schon stürzte sich ein weiterer Knecht auf ihn. »Alix!«, rief er.

Sie jedoch ging immer weiter rückwärts. »Ja«, schrie sie. »Ich bin eine Ketzerin. Ich bin eine Gläubige. Und ich verstecke mich nicht länger. Gott«, sie breitete die Arme aus.« Nimm mich zu Dir, solange ich rein bin.«

Die alte Magd packte Alix so grob an den Haaren, dass diese aufschrie. Paris schlug blind um sich, als er es hörte, aber immer neue Angreifer kamen. In hilflosem Zorn musste er mitansehen, wie einige Frauen herbeigelaufen kamen und Alix zu Boden rissen, sodass sie in den Mist fiel. Sie wehrte sich am Ende doch, rein instinktiv, aber ihr Gesicht war verzerrt von einem seltsamen Lachen, das ihm noch in den Ohren hallte, als es ihm endlich gelungen war, aus der Scheune zu entkommen. Der Bauer, den sie auf dem Herweg in seinem Garten hatten arbeiten sehen, kam ihm entgegen, die Sense in den Händen, die er bei Paris' Anblick drohend hob.

Paris wich ihm aus, sprang zwischen die Bohnenstangen und rannte davon. Hinter sich hörte er Alix' Stimme, die noch immer schrie. »Ich bin des Herrn. Ich bin rein. Rein! Rein!« Er hörte sie noch, als bereits die Zweige des Waldes hinter ihm zusammenschlugen.

»Wo ist Alix?«

Für Paris klang es wie das Echo seiner eigenen Gedanken, als

Navenias ihn nach dem Mädchen fragte. Er zuckte mit den Schultern und wich ihrem Blick aus. »Ich weiß es nicht«, sagte er unbestimmt. Vielleicht im Kerker, dachte er, vielleicht erschlagen im Straßengraben. Wenn sie nicht schon brannte. Er blickte zu Boden.

Navenias richtete sich auf. »Wie kannst du das nicht wissen?«

»Paris?«, fragte auch Amalric, der an Navenias' Lager saß.

»Herrgott!« Er hob die Hände, hilflos. »Sie hat sich mit einem Mal gebärdet wie von Sinnen. Hat herumgeschrien wie eine Wilde. Rief, sie sei eine Katharerin, mitten im Dorf.« Seine Stimme war laut geworden, und er schämte sich. Endlich wagte er es, seinen Vater anzusehen. Erklär es mir, flehte sein Blick. Mach, dass ich es verstehe. »Ich weiß nicht, was ich ...« Alix, dachte er. Ihre Sommersprossen, ihr störrischer Blick.

Amalric trat zu ihm hin und legte ihm die Hand auf die Schulter. »Es ist gut, mein Junge. Du konntest nichts tun. Sie hat gewählt.«

»Das sagt sich so leicht«, warf Navenias ein.

Paris zuckte zusammen. »Sie meinte, Mutter würde alle in die Hölle reißen.«

Navenias wurde blass.

Amalric, der sich bereits abgewandt hatte, um zu packen, sagte wie beiläufig: »Wir müssen los. Es wird nicht lange dauern, bis sie uns finden.«

»Warte bis morgen«, bat Navenias ihn. Ihre Augen waren wie tot. Sie ließ sich zurücksinken. »Mir fehlt die Kraft.«

Amalric packte sie bei den Schultern. »Wir können nicht warten. Diese Wahnsinnige ist imstande und führt sie direkt hierher.«

»Sie ist nicht wahnsinnig«, widersprach Navenias, »sie ist verzweifelt. Und ich bin schuld daran.« Sie ergriff seine Hände. »Bitte, gib mir eine Nacht. Um nachzudenken.«

Amalric drückte sie an sich und seufzte. »Denk nicht zu viel nach«, sagte er und strich ihr übers Haar.

Die Nacht kam lautlos. Als die Reihe zu wachen an Paris war, zog Amalric sich in seine Kammer zurück, doch er fand keinen Schlaf. Zu viele Dinge gingen ihm durch den Kopf, zu viele Bilder, aber sie waren alle flüchtig, unruhig und quälend. Keines konnte ihn trösten.

Er war noch wach, als er den Fußboden knarzen hörte. »Paris?«, fragte er leise und griff zu seinem Schwert. Er erhielt keine Antwort. Aber langsam, ganz langsam bewegte sich die Tür in ihren Angeln. Die Gestalt, die dort stand, sagte kein Wort.

»Paris?«, wiederholte Amalric. Dann sog er scharf die Luft ein.

Mit zwei Schritten war Navenias bei ihm und legte ihm die Finger auf die Lippen. Als sie sicher war, dass er schweigen würde, huschte sie zurück zur Tür, um sie zu schließen. Mit einer langsamen, entschlossenen Bewegung legte sie den Riegel vor. Dann wandte sie sich wieder zu ihm um. Er hatte sich auf seinem Strohsack aufgesetzt und starrte sie an wie eine Erscheinung.

»Navenias!« Fassungslos flüsterte er ihren Namen.

Statt einer Antwort löste sie die Bänder an ihrem Untergewand, ließ es über die Schultern zu Boden gleiten und stand nun nackt im Mondlicht vor ihm. Die kalte Januarluft ließ sie ein wenig zittern. Sie wartete, bis sein Blick über jede Einzelheit ihres Körpers gewandert war. Dann trat sie näher.

»Dies«, flüsterte sie, »ist etwas, das ich schon sehr lange tun wollte.«

Der Morgen dämmerte bereits, als sie sich voneinander lösten. Ihr Haar lag über seinem Gesicht, seiner Brust, wie ein dunkler Fächer. Ihre Wärme, der Geruch ihres Schweißes, umgab sie beide wie eine schützende Hülle, als atmeten sie die Luft einer anderen, ihrer ganz eigenen Welt. Er umschlang sie, so fest er konnte. Niemals wieder wollte er diese Welt verlassen und in die andere zurückkehren. Sie legte einen Arm und ihren Schenkel über ihn, schmiegte ihr Gesicht in seine Halsbeuge und wünschte sich, sie könnte mit ihm verwachsen. Wie alt hatte sie werden müssen, um dies hier zu erfahren. Nun endlich wusste sie, warum es auch »Liebe machen« genannt wurde. Ihre beiden Körper hatten nichts anderes getan, als das zu vollziehen, was ihre Seelen empfanden. Was immer sie auch getan hatten, was immer sie tun würden, es war auf tiefe Weise rein. Ihre Ängste fielen nach und nach von ihr ab.

»Die Lerche hatte recht.« Es war das erste Wort, das seit Langem gesprochen wurde. Und dann, als wäre ein Damm gebrochen, strömte es aus ihr heraus. »Immer, immer habe ich dich geliebt. Und habe es nicht gewusst. Wie dumm ich war.«

Stumm drückte er sie an sich.

»Oder doch«, fuhr sie fort, »ich wusste es, aber ich dachte, es sei ohne Bedeutung. Und das war noch dümmer.« Sie unterbrach sich, um ihn zu küssen, seine Augen, seine Brauen, seine Wangenknochen, seinen Hals.

»Iss mich nicht auf«, lachte er leise.

»Alle Entscheidungen, die ich jemals getroffen habe und von denen ich dachte, sie seien so großartig und endgültig und weise und eigenständig, habe ich doch nur getroffen, weil ich im Grunde meines Herzens wusste, egal, was ich tue, und egal, was geschieht, du würdest doch immer da sein. Wie erbärmlich von mir.«

»Schsch, mein Herz, quäl dich nicht.« Er nahm ihre Hand

und küsste sorgsam jeden einzelnen Finger, die Innenfläche, ihren Puls und knabberte dann an der weichen Stelle zwischen Daumen und Zeigefinger. »Ich bin ja da«, hauchte er hinein und schloss seine Finger fest darum.

»Ich weiß jetzt, dass ich nicht ohne dich leben kann. Und ich will, dass du es weißt.« Sie stützte sich auf einen Ellenbogen und schaute ihn mit ihren schwarzen Augen an.

Wie tief und unergründlich und wie traurig diese Augen waren, dachte er wieder.

»Ich liebe dich«, sagte sie ernst. Sie sprach langsam, als müsste sie ihm etwas in einer fremden Sprache verständlich machen. Oder als hätten die Worte einen verborgenen Sinn, der sich jetzt, indem sie sie aussprach, zum ersten Mal offenbarte.

Er hob die Hand und strich ihr sanft über die Wange. »Ich weiß es«, sagte er und zog sie an sich. Zum ersten Mal in seinem Leben war er glücklich. Und endlich, endlich schlief Amalric ein.

Als er aufwachte, war der Platz neben ihm leer.

4.

Montségur, im März 1244

»Sie hat gesagt, sie liebt mich.« Amalric zog den Sattelgurt seines Pferdes so energisch fest, dass das Tier empört schnaubte.

Verwirrt schaute Paris seinem Vater zu. Wieso war seine Mutter verschwunden? Und warum war sein Vater so außer sich, wie er ihn noch nie gesehen hatte, nicht einmal beim Anblick brennender Scheiterhaufen? »Was habt ihr gemacht?«, fragte er, noch immer verschlafen, und fuhr sich durch das Haar. »Kann mir mal einer verdammt noch mal erklären, was das alles zu bedeuten hat?«

Amalric schaute nicht auf. Er steckte sein Schwert in die Scheide und hängte sich einen Wasserschlauch um. »Sie sagte, sie könne nicht ohne mich leben.«

Er warf einen letzten Blick auf die Hütte, auf den Vorplatz und auf seinen Sohn. »Was sie nicht gesagt hat, ist, dass sie gar nicht mehr weiterleben will.«

»Wovon redest du eigentlich?«, sagte Paris barsch und fiel seinem Vater, der aufgesessen war, in die Zügel.

Amalric starrte auf ihn hinunter. Einen Augenblick glaubte er, er sehe Amiel vor sich, der ihm sagte: »Du weißt, dass das keinen Zweck hat, oder?« Ja, ich weiß, dachte er. Laut aber sagte er: »Weißt du, was ein schlechtes Gewissen ist?«

»Ja. Nein. Ich weiß nicht.« Verwirrt starrte er seinen Vater an.

»Dann danke Gott«, sagte der und stieß seinem Hengst die Fersen in die Seiten. Paris musste zur Seite springen, um nicht niedergeritten zu werden. »Kehr zurück nach Carcassonne«, rief Amalric ihm über die Schulter zu. »Hüte unseren Garten. Es wird Zeit für die Aussaat.«

Vergebung, dachte er, während er ritt, als gälte es sein Leben. Wird es für einen von uns Vergebung geben? Für die sündige Perfecta, für ihn, der so viel gemordet hatte und der nun seinen Sohn verließ? Für Paris, der nicht wusste, was er tat? Warum musste das alles so sein? Warum hatte er Navenias mit seiner Liebe das Herz gebrochen? Warum verwüstete sie das seine? Und er verwundete nun das seines Sohnes, der wiederum Alix unglücklich gemacht hatte. Und immer so weiter. Hatte das denn nie ein Ende?

Als Montségur vor ihm auftauchte, hielt er einen Augenblick inne. Er sah den Rauch über den Mauern aufsteigen und fühlte sich für einen Moment nach Lavaur versetzt. Auch das, dachte er, war nicht auch das alles schon einmal geschehen?

Wieder trieb er sein Tier an, in der Hoffnung, sie möge es nicht geschafft haben, obwohl sie Paris' Pferd gestohlen hatte. Sie möge die Höhle nicht erreicht, nicht an den Seilen nach oben gestiegen und Blanca nicht in die Arme gesunken sein, um an der Seite derer zu sterben, die zu enttäuschen sie ihr ganzes Leben lang nie über sich gebracht hatte.

Einen Moment lang versuchte er, Blanca zu hassen und Esclarmonde und all die anderen, die sie geprägt hatten. Auch Navenias wollte er hassen. Aber es gelang ihm nicht. Sie waren, wie sie waren. Sie glaubten, was sie glaubten. Und auf seine Weise war er ein Teil von ihnen und hatte ihnen sein Leben lang gedient. In Wahrheit empfand er nur eine große Zärtlichkeit für sie.

Weißt du, was aberwitzig ist, Navenias?, fragte er sich, während er auf die Truppen zuritt, die vom Tor Montségurs herabkamen, das erobert worden war, zerstört und verloren. Dass du, die Reine, mich betrogen hast. Zumindest einmal hast du es getan, meine Geliebte. Aber ich, ich habe es nie getan. Ich war dir treu mein Leben lang. Das hätte ich dir gerne noch gesagt. Es dir als mein Geschenk zu Füßen gelegt. Nun bleibt mir nur die Hoffnung, dass du es einfach weißt, auch ohne Worte. Und dass du deshalb glücklich in den Tod gegangen bist.

Amalric ritt so nah heran, wie die Spieße der Söldner es zuließen. Er sah das Getümmel am Fuß des steilen Burgbergs, dieses Kalksteinriesen, der sein gewölbtes Haupt so hoch erhoben hatte und doch nicht hoch genug. Er roch den Rauch, er sah die Flammen, die Scheiterhaufen, oder vielmehr einen riesigen, lang gezogenen Hügel aus Scheiten und Brettern, aus Dachschindeln und Möbeln, die aus der Burg herangeschleppt wurden, um das hungrige Feuer zu speisen. Statt der Pflöcke, an die die Verurteilten normalerweise gebunden wurden, sah er hier die Menschen aneinandergefesselt den Flammen ausgeliefert, so dicht gedrängt, dass der Rauch kaum seinen Weg zwischen ihnen fand. Viele waren schon fast verkohlt. Andere schrien noch. Der Anblick war grauenvoll. Dennoch konnte Amalric den Blick nicht abwenden.

Er lenkte sein Pferd hierhin und dorthin, immer eine Lücke zwischen den Bewaffneten suchend, um so viel wie möglich von all dem aufzunehmen. Immer in der Hoffnung, immer in der Angst, ihr Gesicht zu erkennen: Navenias' Züge: zerstört, ihr Haar eine glutrot lodernde Flagge, die Farbe seines eigenen Wahnsinns.

»Was wollt Ihr hier?« Der Befehlshaber der kleinen Truppe, die ihn aufgehalten hatte, zog ihn schließlich vom Pferd. Er trug einige Frauenketten um den Hals, einen Pelzumhang, der wohl nicht ihm gehörte, und in der Linken hielt er einen silbernen Pokal. Als er ihn sah, hatte Amalric eine Eingebung.

»Wollt ihr den Schatz der Katharer finden?«, fragte er. Sein Denken hatte ausgesetzt. Seine Augen glühten. Sein Gesicht war verzerrt von einem Lächeln, das sogar die hartgesottenen Soldaten zur Vorsicht gemahnte. Hatten sie vielleicht einen irrsinnigen Ketzerpropheten vor sich? Aber das Wort Schatz hing in der Luft, verführte, lockte.

Amalric zog den Kopf ein, machte sich klein und fuchtelte mit den Händen, um seine hastig hervorgestoßenen Sätze zu unterstreichen. Dabei spielte er den Wahnsinnigen nicht einfach nur. Er war wahnsinnig in diesem Augenblick. »Jeder weiß doch, dass sie Reichtümer angehäuft hatten dort oben, ja, Herr, ja. Und die haben sie rechtzeitig versteckt. Und sie hüten den Gral, schon vergessen?«, fragte Amalric. »Und noch viele andere Dinge, Herr, schöne Dinge, das schwöre ich. Ich kann Euch hinführen.«

Drinnen ertönte ein Krachen, und eine Wolke aus Funken und Rauch stob auf, als ein Scheit explodierte. Amalric sah ein Bein, das sich in unnatürlichem Winkel krümmte, weiter und weiter nach oben, dem Himmel entgegen. Er schloss die Augen.

»Es ist nicht weit von hier. In einer Höhle.« Eine tiefe Freude erfasste ihn, als der Trupp ihm folgte, langsam, misstrauisch und mit gezückter Waffe.

»Wenn du uns zum Besten hältst, bringen wir dich um.«

Amalric nickte und grinste wie ein Narr. »Sehr wohl, die Herren. Hier entlang, hier entlang, kommt, kommt.« Er schnalzte mit der Zunge und tänzelte. Er lockte sie und gurrte, wie ein Schausteller, der seinem Publikum schmeichelt.

Die Söldner schauten sich misstrauisch um, während sie Amalric folgten, so als erwarteten sie einen Hinterhalt oder den gebieterischen Ruf eines Kommandeurs, der sie zur Ordnung rief. Oder auch nur ein hämisches Gelächter. Aber es galt einen Schatz zu finden. Unendlicher Reichtum erwartete sie, ein sorgloses Leben bis ans Ende ihrer Tage.

Es kam Amalric vor wie eine Ewigkeit, ein endloses Stapfen durch niedrigen Wald und durch Unterholz, ein mühsames Klettern über Kalkfelsen, bis sie endlich die Höhle erreichten, in der er einst Marcabrus wiedergefunden hatte. Amalric lachte laut auf, als er sie sah. Dies war der letzte Ort, den Navenias' Fuß berührt hatte und den er erreichen konnte. Er war am Ziel. Hier würde er sterben. Er war endlich angekommen.

»Hier entlang, immer hinein, immer hinein«, rief er mit einer komischen Verbeugung. In seinem Kopf drehte sich alles. Er war nicht mehr von dieser Welt und dennoch vollkommen klar. Nichts zählte mehr, er war endlich frei. Hätte er eine Laute gehabt, dann hätte er gesungen, hätte er Bälle gehabt, dann hätte er jongliert. Sinnlose Freude schoss in seine Glieder. Das Leben, dachte Amalric und stolperte, von seinen Begleitern gestoßen, in das Dunkel der Grotte. Das Leben. In dem Augenblick, wo man es losließ, war es wunderschön.

Wie durch einen Schleier hörte er die Soldaten, die sich umschauten, mit ihren Spießen herumstocherten, einander Fragen zuriefen und nichts fanden. »Hier ist nichts«, hörte er den Anführer sagen. Und er lächelte. Kaum spürte er, wie er gepackt wurde, und er fühlte kaum mehr, wie die Faust ihm die Nase brach. Blut lief ihm über die Lippen. Er wischte es nicht fort.

»Nichts?«, sagte er leise und lachte. »Was wisst ihr vom Nichts? Was wisst ihr vom Leben!«

»Deine Philosophiererei kannst du dir schenken«, schrie einer. »Verdammter Dreckskerl, uns so reinzulegen.« Er versetzte Amalric einen Hieb in den Leib, sodass er zusammensackte, und als Amalric in die Knie ging, trat er nach ihm. Immer enger schloss sich der Ring der Angreifer um den Troubadour, der am Boden lag und sich nicht wehrte. Sie traten ihn in den Rücken, gegen den Kopf, trampelten auf ihm herum und ließen erst von ihm ab, als er fast nur noch eine formlose, blutige Masse war. Einer spuckte neben ihm aus. »Da hast du das Leben«, sagte er.

Amalric lag da, reglos, nicht mehr ganz lebendig. Aber noch nicht tot. Seine Augenlider flatterten, unruhig, flirrend, wie die Flügel einer Lerche. Und er hörte Geräusche, Stimmen, sie verwoben sich zu einem seiner Lieder. Wunderbare Bilder schwebten auf den Tönen und zogen an ihm vorbei. Erinnerungen, die ihn lächeln ließen. Irgendwann schlug er die Augen auf. Und da wusste er, er war im Paradies. Vor sich sah er die Kathedrale der Liebe: Navenias' Gesicht.

5.

Montségur, im März 1244

Ihre Augen waren weit aufgerissen, ihre Wangen dreckverschmiert. In ihren Haaren hing das tote Laub aus der Höhle, in der sie sich versteckt hatte, in einer Bodenspalte zusammengerollt wie ein Kind im Mutterleib und zitternd vor Angst, dass einer der Spieße sie durchbohren könnte. Sie hielt ihre Hände hoch und starrte in die Handflächen, die nur noch blutig rohes Fleisch waren. »Ich habe es nicht geschafft«, stammelte sie. Und sie führte die Hände zur Nase und roch an der Haut, die von den durchrutschenden Seilen aufgerissen und verbrannt war. »Ich bin nicht hinaufgekommen.« Ihre Stimme bebte. »Ich habe sie im Stich gelassen. Alle habe ich im Stich gelassen.«

»Navenias.« Mit Mühe nur bewegte er die Lippen. Das Wort war kaum zu hören.

»Amalric!« Endlich schien sie zu sich zu kommen. Sie kroch aus der Bodenspalte und schob sich näher. Entsetzt bemerkte sie seine Wunden, wollte sie berühren, doch sie wagte es nicht. So saß sie eine Weile vor ihm. Endlich fasste sie einen Entschluss, streckte sich neben ihm aus und umschloss ihn mit ihrem ganzen Körper. Dein Schweiß, dein Samen, dein Blut, dachte sie und strich ihm mit dem Unterarm über das Gesicht. Endlich haben wir alles geteilt. »Es tut mir so leid«, flüsterte sie. »So unendlich leid.«

Es gelang ihm nicht mehr, die Augen zu öffnen, sie waren zugeschwollen. »Weißt du was«, brachte er mühsam hervor. »Ich liebe dich auch.«

Sie drückte seinen Kopf an ihre Brust, lachte und schluchzte zugleich. »Ich weiß«, sagte sie. »Ich weiß. Und alles wird gut«, flüsterte sie dann, wieder und wieder, wie ein Gebet, wie im Wahn. »Alles wird gut.« Langsam schwanden ihre Kräfte, und sie sanken erschöpft aneinander. Keiner von ihnen hörte die Schritte.

»Gottverfluchter Scheißkerl«, sagte der Söldner, als er in die Höhle stolperte. »Wo steckst du? Ich werde das jetzt beenden.« Entschlossen hob er seine Armbrust. Als er im Halbdunkel Navenias bemerkte, stutzte er. Einen Moment zu lange.

Der Bolzen, aus nächster Nähe abgeschossen, drang in den Rücken des Soldaten und trat an der Brust wieder aus. Er war fast sofort tot. Seine Augen quollen aus den Höhlen, und von seinen Lippen tropfte rot das Blut. Er wäre vornüber auf das Liebespaar gesunken, hätte Amiel ihn nicht mit einem gezielten Tritt zur Seite stürzen lassen.

Lange schaute der Joglar die beiden Daliegenden an.

Erst nach einer Weile gelang es Amalric, der vergeblich auf den letzten Schmerz gewartet hatte, noch einmal die Augen zu öffnen.

»Quitt?«, fragte Amiel ihn.

Amalric wollte den Mund öffnen, doch es gelang ihm nicht. Er nickte nur.

Amiel schnaufte und starrte ihn weiter an. »Weißt du überhaupt, wie schwer es war, dir auf den Fersen zu bleiben?«, fragte er in anklagendem Ton. »Reitest hierhin, reitest dorthin. Ich hatte mich schon gefragt …« Er unterbrach sich. »Mann, du siehst wirklich scheiße aus.«

Amalric brachte so etwas wie ein Lächeln zustande und umarmte Navenias fester, die an seiner Seite in tiefer Ohnmacht lag. Er lächelte noch, als er die Augen wieder schloss.

Amiel fragte sich, was er wohl sah, während er hinausging, um

Wasser für die beiden zu holen. Vielleicht sah er ja einen Vogel, eine Lerche, die hoch hinaufgeflogen war und nun hinabstürzte. Er blinzelte in den Himmel, der blau war und weit und leer. Dann begann Amiel zu pfeifen, seit langer Zeit zum ersten Mal. Das Leben, dachte er, das Leben.

»Lerche, wenn ich dich zur Sonne fliegen seh,
jeder Flügelschlag aus Freude am Sein,
und wenn du dann plötzlich zitternd stehst,
getroffen von der Süße des Seins.
Wenn du dann fällst und dich vergisst,
im Rausche des Lebens,
dann schmilzt mein Herz, und mir ist,
als verginge auch ich in der Fülle des Lebens.«

Nachtrag

Am 16. 3. 1244 fiel die Festung Montségur. 220 Katharer wurden am Fuße des Burgberges verbrannt. Rainer Sacconi bekehrte sich 1245 offiziell zum Christentum und verfasste seine Kampfschrift *Summa de Katharsis*, die 1250 erschien. Sie galt einer bereits fast ausgestorbenen Art. Denn 1255 fiel mit Quéribus die letzte katharische Burg; damit war die katharische Kirche in Südfrankreich ausgelöscht.

Ihre Kirchengelder und zahlreiche Unterstützer hatten sie nach Norditalien schicken können, doch wurden die Katharer auch dort verfolgt. Sie zogen sich als letzten Stützpunkt in die Festung Sirmione am Gardasee zurück, die 1276 eingenommen wurde. 1278 wurden die »rund zweihundert« dort gefangen genommenen Katharer, darunter viele französische Perfecti, in der Arena von Verona verbrannt. Das war, bis auf wenige kurzlebige Neuansätze um 1300, weitgehend das Ende dieser Glaubensrichtung.

Der Süden Frankreichs, Okzitanien, war nach Jahren der Verwüstung ein Teil des französischen Königreichs geworden, und mit seiner Eigenständigkeit verlor es auch seine besondere Kultur.

Amiel, Amalric und Navenias sind meine Erfindung, nicht jedoch die grausame Historie, vor deren Hintergrund ihr Schicksal sich abspielt. Esclarmonde de Foix, die Dame Gerauda und Blanca de Laurac gab es ebenso wie die katharischen Bischöfe, die Grafen und Vizegrafen, Pierre Maurand aus Toulouse oder die

Dominikaner der Inquisition, allen voran Pierre de Castelneau, und Montfort, den Anführer dieses Kreuzzuges. Sie alle lebten und starben, wie ich es beschrieben habe.

Mit den Gesängen der Troubadours habe ich mir Freiheiten erlaubt, die aber von der Überlieferung inspiriert wurden. Das Vorbild des Lerchenliedes stammt von dem Troubadour Bernard de Ventadour und lautet im Original:

Can vei la laudeta mover
De joi, sas alas contral rai,
Que s'oblid'es laissa chazer per la doussor c'al cor li vai,
Ai! Tan grans enveya m'en ve
De cui qu'eu veya jauzion,
Meravilhas ai, car desse
Lo cor de dezirer nom fon.

Zu Deutsch etwa:

Wenn ich die Lerche vor Freude ihre Flügel gegen den Strahl (der Sonne) bewegen sehe
(und sehe), dass sie sich vergisst und sich wegen der Süße, die ihr ans Herz geht, fallen lässt,
ach erwächst mir daraus ein so großer Neid,
auf wen ich auch immer freudig sehe,
und ich bin erstaunt, weil das Herz mir nicht vor Sehnsucht sofort schmilzt.

Beides entnahm ich mit Dank dem Reclam-Band: *Mittelalterliche Lyrik Frankreichs I, Lyrik der Troubadours* in der Übersetzung von Dietmar Rieger.

Dort findet sich z. B. auch das Gedicht *Neulich an einem Morgen* (L'autre dia, per un mati) des Troubadours Gavaudan und *Am Brunnen des Gartens* (Al la fontana del vergier) von Marcabru, die dem Leser dieser Geschichte bekannt vorkommen mögen, sowie viele andere lesenswerte Verse, viel anrührender und lebendiger, als der nüchterne Titel des Buchs es vermuten lässt. Die Worte der Troubadours schaffen es durch all die Jahrhunderte, einen tief zu berühren.

Es gibt viele Werke über die Katharer. Mich persönlich hat vor allem der Essay *Albigenser, Inquisitoren und Troubadoure* von Zbigniew Herbert fasziniert, der in dem Buch *Opfer der Könige* erschien. Keiner beschreibt so mitreißend die Anziehungskraft der ganz eigenen okzitanischen Kultur und die Trauer über ihren Verlust wie Herbert. Er hat mit seiner Arbeit den eigentlichen Anstoß für meine eigene Bearbeitung des Themas gegeben. Er und der Anblick der katharischen Burgruinen.

Zbigniew Herbert ist Dichter, kein Historiker; möglicherweise ist einiges an seinem Katharerbild falsch, einseitig oder von der heutigen Forschung überholt. Aber er ist inspiriert und mitfühlend. Beides erklärt vielleicht, warum gerade er mich zu einem Roman angeregt hat. Ich bin ihm dafür zu großem Dank verpflichtet.

Mehr Fakten und Feinheiten findet der Interessierte zum Beispiel bei Malcolm Barber: *Die Katharer*. Oder bei Lothar Baier: *Die große Ketzerei*. Beide Bücher haben mir sehr weitergeholfen.

Wer Glück hat und kann, der reise nach Südfrankreich und betrachte die Städte, die Burgen, die Landschaft und die Steine, die noch immer sprechen.